浙江文化名人传记精选修订丛书

原 主 编：万　斌

执行主编：卢敦基

风流道学

李渔传

万晴川　著

浙江人民出版社

图书在版编目（CIP）数据

风流道学 ：李渔传 / 万晴川著. -- 杭州 ：浙江人民出版社，2024. 12. -- ISBN 978-7-213-11747-3

Ⅰ. K825. 6

中国国家版本馆CIP数据核字第2024U3N069号

风流道学：李渔传

FENGLIU DAOXUE LI YU ZHUAN

万晴川　著

出版发行　浙江人民出版社（杭州市环城北路177号　邮编　310006）

　　　　　市场部电话:(0571)85061682　85176516

责任编辑　朱碧澄

责任校对　姚建国

责任印务　程　琳

封面设计　王　芸

电脑制版　杭州天一图文制作有限公司

印　　刷　杭州富春印务有限公司

开　　本　710毫米×1000毫米　1/16

印　　张　19.5

字　　数　295千字

插　　页　6

版　　次　2024年12月第1版

印　　次　2024年12月第1次印刷

书　　号　ISBN　978-7-213-11747-3

定　　价　78.00元

“浙江文化研究工程成果文库”总序

有人将文化比作一条来自老祖宗而又流向未来的河，这是说文化的传统，通过纵向传承和横向传递，生生不息地影响和引领着人们的生存与发展；有人说文化是人类的思想、智慧、信仰、情感和生活的载体、方式和方法，这是将文化作为人们代代相传的生活方式的整体。我们说，文化为群体生活提供规范、方式与环境，文化通过传承为社会进步发挥基础作用，文化会促进或制约经济乃至整个社会的发展。文化的力量，已经深深熔铸在民族的生命力、创造力和凝聚力之中。

在人类文化演化的进程中，各种文化都在其内部生成众多的元素、层次与类型，由此决定了文化的多样性与复杂性。

中国文化的博大精深，来源于其内部生成的多姿多彩；中国文化的历久弥新，取决于其变迁过程中各种元素、层次、类型在内容和结构上通过碰撞、解构、融合而产生的革故鼎新的强大动力。

中国土地广袤、疆域辽阔，不同区域间因自然环境、经济环境、社会环境等诸多方面的差异，建构了不同的区域文化。区域文化如同百川归海，共同汇聚成中国文化的大传统，这种大传统如同春风化雨，渗透于各种区域文化之中。在这个过程中，区域文化如同清溪山泉潺潺不息，在中国文化的共同价值取向下，以自己的独特个性支撑着、引领着本地经济社会的发展。

从区域文化入手，对一地文化的历史与现状展开全面、系统、扎实、有序的研究，一方面可以借此梳理和弘扬当地的历史传统和文化资源，繁荣和丰富当代的先进文化建设活动，规划和指导未来的文化发展蓝图，增强文化软实力，为全面建设小康社会、加快推进社会主义现代化提供思想保证、精神动力、智力支持和舆论力量；另一方面，这也是深入了解中国文化、研究中国文化、发展中国文化、创新中国文化的重要途径之一。如今，区域文化研究日益受到各地重视，成为我国文化研究走向深入的一个重要标志。我们今天实施浙江文化研究工程，其目的和意义也在于此。

千百年来，浙江人民积淀和传承了一个底蕴深厚的文化传统。这种文化传统的独特性，正在于它令人惊叹的富于创造力的智慧和力量。

浙江文化中富于创造力的基因，早早地出现在其历史的源头。在浙江新石器时代最为著名的跨湖桥、河姆渡、马家浜和良渚的考古文化中，浙江先民们都以不同凡响的作为，在中华民族的文明之源留下了创造和进步的印记。

浙江人民在与时俱进的历史轨迹上一路走来，秉承富于创造力的文化传统，这深深地融汇在一代代浙江人民的血液中，体现在浙江人民的行为上，也在浙江历史上众多杰出人物身上得到充分展示。从大禹的因势利导、敬业治水，到勾践的卧薪尝胆、励精图治；从钱氏的保境安民、纳土归宋，到胡则的为官一任、造福一方；从岳飞、于谦的精忠报国、清白一生，到方孝孺、张苍水的刚正不阿、以身殉国；从沈括的博学多识、精研深究，到竺可桢的科学救国、求是一生；无论是陈亮、叶适的经世致用，还是黄宗羲的工商皆本；无论是王充、王阳明的批判、自觉，还是龚自珍、蔡元培的开明、开放，等等，都展示了浙江深厚的文化底蕴，凝聚了浙江人民求真务实的创造精神。

代代相传的文化创造的作为和精神，从观念、态度、行为方式和价值取向上，孕育、形成和发展了渊源有自的浙江地域文化传统和与时俱进的浙江文化精神，她滋育着浙江的生命力、催生着浙江的凝聚力、激发着浙江的创造力、培植着浙江的竞争力，激励着浙江人民永不自满、永不停息，在各个不同的历史时期不断地超越自我、创业奋进。

悠久深厚、意韵丰富的浙江文化传统，是历史赐予我们的宝贵财富，也是我们开拓未来的丰富资源和不竭动力。党的十六大以来推进浙江新发展的实践，使我们越来越深刻地认识到，与国家实施改革开放大政方针相伴随的浙江经济社会持续快速健康发展的深层原因，就在于浙江深厚的文化底蕴和文化传统与当今时代精神的有机结合，就在于发展先进生产力与发展先进文化的有机结合。今后一个时期浙江能否在全面建设小康社会、加快社会主义现代化建设进程中继续走在前列，很大程度上取决于我们对文化力量的深刻认识、对发展先进文化的高度自觉和对加快建设文化大省的工作力度。我们应该看到，文化的力量最终可以转化为物质的力量，文化的软实力最终可以转化为经济的硬实力。文化要素是综合竞争力的核心要素，文化资源是经济社会发展的重要资源，文化素质是领导者和劳动者的首要素质。因此，研究浙江文化的历史与现状，增强文化软实力，为浙江的现代化建设服务，是浙江人民的共同事业，也是浙江各级党委、政府的重要使命和责任。

2005年7月召开的中共浙江省委十一届八次全会，作出《关于加快建设文化大省的决定》，提出要从增强先进文化凝聚力、解放和发展生产力、增强社会公共服务能力入手，大力实施文明素质工程、文化精品工程、文化研究工程、文化保护工程、文化产业促进工程、文化阵地工程、文化传播工程、文化人才工程等“八项工程”，实施科教兴国和人才强国战略，加快建设教育、科技、卫生、体育等“四个强省”。作为文化建设“八项工程”之一的文化研究工程，其任务就是系统研究浙江文化的历史成就和当代发展，深入挖掘浙江文化底蕴、研究浙江现象、总结浙江经验、指导浙江未来的发展。

浙江文化研究工程将重点研究“今、古、人、文”四个方面，即围绕浙江当代发展问题研究、浙江历史文化专题研究、浙江名人研究、浙江历史文献整理四大板块，开展系统研究，出版系列丛书。在研究内容上，深入挖掘浙江文化底蕴，系统梳理和分析浙江历史文化的内部结构、变化规律和地域特色，坚持和发展浙江精神；研究浙江文化与其他地域文化的异同，厘清浙江文化在中国文化中的地位和相互影响的关系；围绕浙江生动的当代实践，深入解读浙江现象，总结浙江经验，指导浙江发展。在研究力量上，通过课题组织、出版资助、重点研究基地建设、加强省内外大院名校合作、整合各地各部门力量等途径，形成上下联动、学界互动的整体合力。在成果运用上，注重研究成果的学术价值和应用价值，充分发挥其认识世界、传承文明、创新理论、咨政育人、服务社会的重要作用。

我们希望通过实施浙江文化研究工程，努力用浙江历史教育浙江人民、用浙江文化熏陶浙江人民、用浙江精神鼓舞浙江人民、用浙江经验引领浙江人民，进一步激发浙江人民的无穷智慧和伟大创造能力，推动浙江实现又快又好发展。

今天，我们踏着来自历史的河流，受着一方百姓的期许，理应负起使命，至诚奉献，让我们的文化绵延不绝，让我们的创造生生不息。

2006年5月30日于杭州

目录

引　言

清代康熙年间，南方人周彬若客居京师，酒席闲聊之间，北方朋友常问他："南方有异人吗？"周彬若答道："有，他就是李渔！"朋友又开玩笑："南方有怪物吗？"周彬若还是认真地回答："有，他就是李渔！"周彬若是李渔的朋友，这是他在批点《闲情偶寄》时记下的话，他最后说：你只要读完《闲情偶寄》这部书，就知道我并没说谎。[①]可见，连李渔的好友都视他为"异人""怪物"。实际上，李渔生前身后，都饱受争议，誉之者称他是陶渊明转世，与杜甫、苏轼鼎足而三，"海内文人无不奉为宗匠"；毁之者则骂他"极龌龊""性淫亵""不齿于士林"，是"帮闲"文人的代表。

对李渔的评价之所以产生如此巨大的两极反差，是因为李渔所选择的人生道路"不合外人的式"。

李渔，字笠鸿，号笠翁，明万历三十九年（1611）生于如皋，早年曾习举子业，鼎革后，先是回到祖籍兰溪隐居，久之，不甘寂寞，移居杭州，弃举子业，卖文为生。居杭十年之后，又携家迁居金陵，继续小说、戏曲创作，且经营书铺，从事编辑、出版等工作。他还组建以姬妾为成员的"家班"，兼任班主、编导和教师于一身，四处巡演，以此获取达官贵人的缠头之赠。既有舟车劳顿之苦，还要巧妙应对无耻之徒的骚扰和挑衅，维护家姬和自己的尊严；最

① 〔清〕李渔：《闲情偶寄》卷三《声容部·选姿第一·肌肤》眉评，《李渔全集》第三卷，浙江古籍出版社2013年版，第109—110页，

重要的是要有收获，不虚此行。其中艰辛，唯有自知。后随着核心演员乔、王二姬谢世，家班解散。此时李渔年近花甲，携家返杭，落叶归根。清康熙十九年（1680）正月，李渔在贫病交迫中溘然长逝。

纵观李渔的一生，在今天看来，委实算不上什么“怪物”。但他生活的时代，很多价值观念与今天迥然不同。他选择以艺谋生，便与主流社会格格不入，成为“另类”。李渔也深知这一点，并为此苦闷。他晚年赠好友许茗车七古一首，其中道：“担簦戴笠游寰中，阿谁不知湖上翁。誉者渐多识者寡，金云曲与元人同。近之则方汤若士，‘四梦’以来重建帜。询其所以同前人，众口莫能举一字。”感叹说：我李渔虽名满天下，但真正知我者、能正确评价我的文学成就者却极为少见，李渔认为许茗车即是其中之一：“许子才高能识吾，穷幽晰微遗其粗……君非他人吾益友，汝南月旦出君手。君荣我亦叨余荣，管鲍千年同不朽。”但许茗车也不自信，他在点评这首诗时感慨道：“今天谁不知笠翁，然未有尽知者。笠翁岂易知哉！止以词曲知笠翁，即不知笠翁者也！”最后又茫然道：“我亦不解何以故，当问圯桥纳履人。”①

由于社会偏见及时代局限，李渔一生遭受了太多的误解和歧视、造谣与诽谤，所谓“百口嘲谤，万目睚眦”。这一切仅是因为他从事“娼优贱业”，不得不以“打抽丰”的方式，获取本应支付的报酬。其实，李渔在大是大非面前，一直坚守做人的底线。易代之际，多少文人士大夫觍事新朝，但李渔绝意仕进，不与新朝合作，宁愿从事“贱业”，自食其力。虽然因生活所迫，难免会向权贵求告，但其实他“耻为干谒”②，内心十分痛苦。他曾在与朋友的信中自豪地说：“弟虽贫甚贱甚，然枉尺直寻之事，断不敢为。”③李渔晚年曾填过一首《多丽·过子陵钓台》词对“打抽丰”行为真心表示惭悔。其女婿沈因伯在点评这首词时一针见血地说：“此词累累百余言，无一字不犯人所耻。人皆不屑而我屑之，讵非诧事，然人所不肯言、不屑言者，皆其极肯为而极屑为者也。”④可谓

① 〔清〕李渔：《赠许茗车》，《笠翁一家言诗词集》卷一，《李渔全集》第二卷，第61—62页。
② 〔清〕李渔：《笠翁一家言文集》卷三《复柯岸初掌科》，《李渔全集》第一卷，第204页。
③ 〔清〕李渔：《笠翁一家言文集》卷三《答周子》，《李渔全集》第一卷，第180页。
④ 见《笠翁一家言诗词集》，《李渔全集》第二卷，第494页。

知李渔者。李渔是个坦诚的人，他曾公开承认自己爱钱好色。他深受李贽等进步思想的影响，诗文无字不真，不矫饰，不虚伪，而很多攻击他的所谓正人君子，不过是些口谈道学、行若狗彘的伪道学。

明清易代之际，很多文人士大夫都面临着人生选择和身份认同的焦虑，李渔是一个独特的标本，具有很高的研究价值。李渔一生主要生活在江浙地区，在他身上，体现出吴越文化典型的剑箫合璧、勇于创新的文化精神。他在众多领域都做出了杰出的成就，头上可以安戴数十“家”的帽子，令人惊叹！如今，李渔所作出的文化贡献已走向世界，成为人类文化遗产的重要组成部分。虽然我们早已进入了新时代，人物评价标准也发生了根本性的改变，但传统的思维仍保持着较大的惯性。因此，走进李渔的心灵世界，还原李渔的本来面目，恰如其分地认识和评价他的卓越成就，使李渔精神遗产在现代得到创新性转化和发展，正是本书写作的要义。

第一章　生于末世

五经童子

明代万历三十九年（1611）八月初七，江苏如皋药材商人李如松的家里，一个婴儿呱呱坠地，他就是我们的传主——李渔。婴儿清亮的啼声，也许使李家大人们想起了他们的本家、谪仙李白的故事（后来李渔常以李白后人自居），他们祈盼这个婴儿是太白转世，负起光大李家门楣的使命，于是给他取名为“仙侣”，字“谪凡”。

据《龙门李氏宗谱》记载，李渔的祖先万三太公，名弟儿，唐时从福建长汀迁居于浙江寿昌。寿昌位于建德县南，兰溪西北。宋理宗宝祐三年（1255），李渔的祖先再次由寿昌移家兰溪县下李村（今兰溪孟湖乡下李村）。从宋宝祐三年至李渔时，已有十四代，子孙繁衍，瓜瓞绵绵，支脉众多，李渔一支属敦睦堂。所以李渔虽生于如皋，但他的原籍却在浙江兰溪。

李渔的祖父名李似源，生子有二。长子李如椿，生子迎晖等六人；次子李如松，生有李茂、李仙侣、李皓三子。仙侣即李渔，排行第二。

浙江兰溪处于浙中黄土丘陵地带，秦属会稽郡乌伤县，隋开皇十三年（593）改为吴宁县，十三年改吴州为婺州，十八年又改吴宁为金华县。县城西面兰阴山下，一条小河潺潺流过，崖岸兰茝丛开，所以唐时名水为“兰溪”，而县又以水名。兰溪县位于衢江、金华江、兰江三江汇合之处，水上交通便利，素有“三江之会，七省通衢”之誉。元人王奎在《重建州治记》中描述道：“乘传之骑，漕输之楫，往往蹄相靡而舳相衔。”古老的名胜兰阴山灵源积庆侯庙有一副对联，描述了这座商埠曾经有过的繁华：“日对千舟竞发，夜照万户明灯。”兰溪人的心也像这流动的溪水，永远向着远方。

兰溪境内分布着绵延不绝的丘陵，贫瘠的土地无法承受不断增长的人口，但山丘上繁茂的植被又对它的贫瘠作了补偿——植被中蕴含着丰富的药材。因此，兰溪的中医、中药历史悠久，名医辈出，药业兴隆，邻近山区的中草药汇聚于此，形成了颇具规模的中草药市场。自明代以来，兰溪有不少人以经营中草药为生，有的把生意做到了外地，从事药业者遍布大江南北，形成了药业经营中的“兰溪帮”。不少人背井离乡，外出谋生，李渔家族就在其中，据敦睦堂《龙门李氏宗谱》称：“本族外出商贾者多，故流寓外者几三分之二。”李渔父辈的族人中，流寓在外的就有二三十人之多，而其中又多“寄寓雉皋”。“雉皋”就是江苏如皋。这些移民在如皋娶妻生子，买地建房，安营扎寨。同时，他们又不断地在兰溪和如皋之间来来往往，互通有无，著名的金华火腿制作技术就是这样被带到如皋，这些人利用当地原料，制作出了与金华火腿齐名的如皋火腿。

李家这种不安分、好迁移的基因也遗传给了李渔。

李渔的伯父如椿、父亲如松都在如皋行医，兼营药材，兄弟俩的后代均居住在如皋。李如松的长子李茂生有四子，长子早夭，次子“列肆扬州”，四子到如皋西南的石庄镇行商，只有三子仍居如皋原宅。

李茂不幸先于其父而逝，葬在如皋。数十年后，李渔有次路过如皋，重访故宅，看见曾停放先兄棺木之处，不禁潸然泪下，赋《过雉皋忆先大兄》诗云：

一望皋城百感生，无兄何暇说嘤鸣。
可怜夜月飞鸿雁，不忍春花看紫荆。
在日埙篪无可乐，别来急难有谁惊。

明朝谒墓愁风雨，一哭能教地有声。①

诗中回忆起了兄弟间的手足之情，表达了对李茂的深深悼惋。李渔之弟李皓由于生计艰难，漂泊在外，以致清光绪年间重修《龙门李氏宗谱》时，其子孙已经“久无所闻，不知流寓何处”了。

如皋古城坐落于长江出海口北岸，“如”训为“到达”，“皋”作“海边”解，所以“如皋”就是“到达海边”的意思。长江、东海、黄海在如皋附近交汇，使如皋成了航运交通的枢纽。早在两千六百多年前，史书中已有关于“如皋”地名的记载，唐朝时如皋称为“海阳郡”。这里盛产海盐、大米和蚕丝。唐时，日本和尚圆仁来大唐取经，在东海漂泊了二十多天，最后来到如皋。他在如皋住了一月之久，遍览定慧寺藏经楼中的经书，写下了著名的《入唐巡礼行记》。后来，日本的佛学研究会专门来如皋考察寻宗，证实如皋就是《入唐巡礼行记》中提到的“唐镇”。

如皋不但经济发达，而且人文荟萃。五代、北宋时，冒家巷集贤里就曾住着名门望族王家，王家子弟从这条巷子走出去后，一个个捷报频传，其中王俊还状元及第。王家衰落后，冒家继之崛起，“明末四公子”之一的冒襄就出生在这里。他与“秦淮八艳”之一董小宛的风流韵事，就从这条巷子西侧的沉沉院落里飘逸出来，缠绵凄婉了三百多年，令无数的才子佳人为之颠倒神往。位于如皋古城东北隅的水绘园，始建于明代，系冒氏别墅。“绘者，会也，南北东西皆水绘其中，若绘画然”，是我国古代著名的园林之一。明末清初，冒襄偕董小宛栖隐水绘园，啸傲林泉。水绘园常常是风流云集，诗酒唱和，极一时之盛。传说明末战乱时，董小宛流落民间，辗转进入宫中，大得顺治皇帝宠爱，但小宛不能忘怀冒氏，思念不止，郁郁而亡。顺治大为灰心，抛弃江山，遁入空门。冒襄晚年，水绘园已池干流塞。数传后，水绘园已属他姓，清乾隆年间，盐运副使汪之珩慨名园之荒芜，构筑水明楼于洗钵池畔，取杜甫“残夜水明楼”诗句之意，以凭吊冒氏，缅怀水绘盛景。冒、董两人的风流韵事在明末已是藉藉

① 〔清〕李渔：《笠翁一家言诗词集》，《李渔全集》第二卷，浙江古籍出版社1992年版，第178页。

人口，李渔当亦耳熟能详，也许，李渔后来“云雨荒唐忆楚娥”的风流生活和小说戏曲创作的才子佳人格套，受到了冒、董韵事的浸润。

李家刚移居如皋时，租赁别人的房屋居住，经历了一段相当艰辛的创业过程。但至李渔出生时，他的祖父辈已在如皋经营多年，财运亨通，收入可观。地处长江北岸的如皋，与江南繁华的商业城市常熟、松江隔江相望，又是苏北重镇扬州通向通州、东台的要道，经济文化比较发达，所以，李家的生意一直很红火。李如椿受雇于如皋县唯一官府兴办的医院，被称“冠带医生”，大概由于他医术精湛，常常给当地的官员、士绅、商人看病，在当地有一定的身份地位。因此，李家门庭若市，生意兴隆，建造了自己的高楼。后来黄鹤山农夸张地说，李渔少时“家素饶，其园亭罗绮甲邑内”[①]。李渔长大后喜欢造园，当与他这段少年经历有关。但李渔常常自称生于贫贱之家——说“贱”，倒是大实话，因为在重农抑商的封建社会，商人的地位不高；说“贫”，就不符合事实了，可见李渔也难以摆脱封建文人喜欢叹穷嗟卑的俗套。

从李渔的父辈上溯十多代，都是平头百姓，没有做过一官半职。在重农抑商的封建社会中，商人虽然富了，还是受到歧视。乾隆年间的吴敬梓在其《儒林外史》中，写穷秀才的女儿沈琼枝，向杜少卿解释自己为何不肯嫁与大盐商宋为富，道：“况且我虽然不才，也颇知文墨，怎么肯把一个张耳之妻，去事外黄佣奴！”这是封建社会中，商人尴尬处境的生动阐释。所以，富商大贾一面挥金如土，以炫耀自己的阔绰和不凡，借以求得心理上的平衡；一面又附庸风雅，借名士以自重。精明的商人在发家致富后，为了改变自己的地位，都很重视后代的教育，设法让他们走上科举之路，猎取功名，步入仕途，从而改换门庭，其中有不少人取得了成功。当然，与这些富商大贾比，李家算不上什么，但遭遇和心态却是相似的。他们在多年的行医、经商生涯中，饱尝了世情冷暖，对权势有着切肤之感，体会到只有读书做官才是正途，才能出人头地，光宗耀祖。因此，孩子的教育对他们来说就成为一个十分重要的问题。他们平时特别注意在子孙中物色读书种子，不久，他们就欣喜地发现，李渔天资聪慧，过目成诵，

① 〔清〕黄鹤山农：《玉搔头·序》，《笠翁传奇十种》（下），《李渔全集》第五卷，第215页。

在李氏子孙中可谓鹤立鸡群。

李渔自小就对文字、音韵学有着浓厚的兴趣，并具有这方面的特殊天赋。还在母亲的怀抱里牙牙学语时，李渔就开始学习认字，稍大一点，就能辨别四声。如皋城都知道李家出了个小神童，大人们把很大的希望寄托在他身上，对他既宠爱，又严格，尤其是伯父李如椿。李如椿年轻时也曾读过书，应过举，但没有成功，便转而学医。但他内心一直为举业上的失败而抱憾不已，如今他在侄儿身上看到了希望，所以视李渔如己出，闲时教他读书识字，行医时带他穿门串户。尤其是去一些高门大户人家出诊，李如椿总是携着侄儿前往，让他增长见识，学会交际。大人们自然也免不了要逗逗李渔，考考李渔。而每当这时，乖巧的小李渔总能给大人们带来意想不到的惊奇和快乐。顾客们为李渔的表现啧啧称奇时，李如椿的脸上总会露出一丝不易觉察的、得意的微笑。后来李渔回忆道："自乳发未燥，即游大人之门。"因此，李渔从小就广泛接触了五光十色的社会，体味到了人情世态的滋味，这对李渔后来的生活影响深远，他文人兼商人的品性，他机智圆滑、善于交际的能力，他的小说戏曲中扑面而来的生活气息以及表现的人生经验，还有在作品中常常出现的中草药名和医疗用语，无不与幼年时的这些经历有关。例如，在李渔的传奇《比目鱼》中，男主人公谭楚玉介绍身世时便道："襁褓识之无，曾噪神童之誉；髫龄游泮水，便腾国瑞之名。"这无疑是李渔早年生活的缩影。又如在《闲情偶寄》中，李渔告诉读者，如果你工作、生活中诸事纷纭，难以理清，你就应该学习"百眼橱"，先对各种事情一一分类，然后逐一完成。这里提到的"百眼橱"，就是药店中存放药材的橱柜，橱柜上嵌着许多可以拉出的小抽屉，抽屉上分门别类地贴着各种不同药名的标签，里面装着药材，这样就便于取用，不会混乱。

李渔"艳才拔俗"的天赋使父辈们终于作出了重大决定——不让李渔继承祖业，行医经商，而是让他读书习文，走科举之途。这或许是李渔人生中最为重要的一次命运转折。大概在这次重大决策中，他的母亲和伯父起了关键作用，所以，李渔后来一提起母亲，总是满怀深情。

于是，李家重金请来如皋城中有名的私塾先生，教授李渔读书。从此以后，李渔开始接受正规教育，他发愤苦读，如饥似渴，在知识的海洋中尽情遨游，到十余岁时，已熟读了四书五经，而且兴趣广泛，诗词歌赋、经史六艺无不涉猎，为文旁征博引，下笔千言，倚马可待。黄鹤山农曾说他“髫岁即著神颖之称，于诗赋古文罔不优赡，每一振笔，漓漇风雨，倏忽千言”[①]。“四书”包括《论语》《孟子》《大学》和《中庸》，“五经”由《诗》《书》《礼》《易》《春秋》五部书组成。明清乡试和会试专取四书五经，因此这是明代科举士子的必读书目。

同时，李渔还必须接受八股文写作的训练。八股又称“制艺”，在写作时，必须严格按照八个段落结构进行，即破题、承题、起讲、入手、起股、中股、后股和束股，字数有一定的限制，而且不能自由表达自己的思想，只能以宋儒尤其是朱熹的解释为解释，模仿宋人经义，代圣贤立言。八股制对明代的政治、经济、文化产生了相当深刻的影响，文学创作也不例外，许多著名文人如汤显祖、唐顺之、唐寅等都是八股名家。明代诗文讲究法度，拘谨不开，模式化，受八股影响的痕迹非常明显。潘德舆在《养一斋诗话》中说：“汉魏诗讲赋，晋诗讲道德论，唐诗讲骈文和道德论，宋诗讲策纵，南宋诗嗜语录，元诗讲词，明诗讲八股。”[②]甚至以小说戏曲为代表的通俗文学也无法摆脱八股的影响。文人们发现，戏曲和八股两者之间有着许多相似之处，都是代言体。李渔说，戏剧创作必须进入角色，“欲代此一人立言，先宜代此一人立心”[③]。八股文写作也要站在圣贤的角度说话。所以，李渔的前辈、著名的戏剧家汤显祖指导士子写作八股时，就先让他们精读自己的剧本《牡丹亭》，以从中悟出作八股的诀窍，然后再开始作八股，这样就可使笔锋生刃，墨生烟云，纸呈香泽。李渔的朋友、“太仓诗派”的创立者吴伟业训徒时，竟让他们终日欣赏优人演剧。学生们“游月余始赴塾，试一拈管，觉思风发而言泉涌，笔墨为之歌舞矣”[④]。金圣叹则以八股文法评点小说戏曲，他批点的《西厢记》，前面载有《才子西厢醉心

---

① 〔清〕黄鹤山农：《玉搔头·序》，《笠翁传奇十种》（下），《李渔全集》第五卷，第215页。

② 〔清〕潘德舆：《养一斋诗话》卷二，郭绍虞编选、富寿荪校点：《清诗话续编》四，上海古籍出版社1983年版，第2023页。

③ 〔清〕李渔：《闲情偶寄》卷二，《李渔全集》第三卷，第47页。

④ 〔清〕贺贻孙：《激书》卷二“涤习”条，《四库全书存目丛书》子部第94册，杂家类，齐鲁书社1995年版。

篇》二十四首，其中有尤侗的一篇，题为《怎禁那临去秋波那一转》，以八股的形式代张生立言。曲家黄周星一气谱成六篇《秋波六艺》。当时还出现了以时文为南曲的现象，《东郭记》每出戏的标目，都俨然是八股文题目。焦循《易余籥录》谓八股“亦可备众体：史才、诗笔、议论。其破题开讲，即引子也；提比中比后比，即曲之套数也；夹入领题出题段落，即宾白也。习之既久，忘其由来，莫不自诩为圣贤立言，不知敷衍描摹，亦仍优孟衣冠。八股人口气，代其人论说实原本于曲剧”①。李渔后来的小说戏曲理论和创作实践也都深受八股文的影响，他说：“予谓词曲中开场一折，即古文之冒头，时文之破题。”②其“立主脑”“密针线”“减头绪”都来自八股文法。有人指出其《比目鱼》中第十七折“不是传奇，是一篇绝妙时艺”③。

李渔虽专心于举业，但并不是书呆子，他兴趣广泛，看戏就是他的业余爱好之一。每逢节日，民间都会演出社戏，有时甚至连续几天。那是老百姓一年之中最热闹、最快乐的日子。为迎接这几天的到来，他们作了长久的准备。而一些官宦富商之家，遇有寿诞或婚庆喜事，一般也会请剧团或艺人来家演出。冒辟疆家即蓄有戏班，据说尤侗写完《黑白卫》后，诗人王士禛即携至如皋，交付冒家戏班演出。无论是社戏还是家戏，只要有机会，李渔几乎每场必到。那曲折紧张的故事情节，婉转动人的歌喉唱腔，色彩斑斓的面具服装，都使李渔如痴如醉，兴奋不已。多年后，李渔还对这些少年时的赏心乐事难以忘怀。

李渔八九岁时就会吟诗作赋，他把自己早期的诗都“发表”在屋后院子里的一棵梧桐树上。他用小刀刮去梧桐躯干上的一块皮，然后细心地刻上自己写的一首诗，再用毛笔蘸着墨汁把刻过的线条重新描摹一遍。一年刻一首。随着时光的流逝，梧桐树越长越高，上面的字也随之越变越大，这样，梧桐树就成了一本美丽的、记载着少年心事的奇书。至于是什么原因促使这个少年产生了在树上刻诗的冲动，李渔后来解释道，他是试图在梧桐树上刻诗纪年，“予垂髫种此，即于树上刻诗纪年。每岁一节，即刻一诗，惜为兵燹所坏，不克有终。

---

①〔清〕焦循：《易余籥录》，木犀轩丛书，清光绪十二年。

②〔清〕李渔：《闲情偶寄·词曲部·格局第六》，《李渔全集》第三卷，第60页。

③〔清〕李渔：《比目鱼》，《李渔全集》第五卷，第168页。

犹记十五岁刻桐诗云云”[1]。

我们现在所能见到的、唯一的一首刻在梧桐树上的诗是《续刻梧桐诗》，这也是李渔现存的最早的一篇作品，大约写于他十五岁那年：

小时种梧桐，桐本细如艾。
针尖刻小诗，字瘦皮不坏。
刹那三五年，桐大字亦大。
桐字已如许，人长亦奚怪？
好将感叹词，刻向前诗外。
新字日相摧，旧字不相待。
顾此新旧痕，而为悠忽戒。

李渔在诗前的小序中说：“此予总角时作。向有《龆龄》一刻，皆儿时所为，灾于兵火，百无一存。兹记忆数篇，列于简首，以示编年之义。”[2]《龆龄集》是李渔自费出版的一本汇集少时作品的诗集，后毁于战火，百无一存。这个损失，对我们来说，也许比对当年李渔还要大——我们因此失去了许多解读少年李渔的珍贵线索。《续刻梧桐诗》排在《笠翁诗集》之首，可见李渔对它十分重视。作者从树的生长联想到岁月的流逝，树犹如此，人何以堪！由此得到了应该珍惜光阴、奋发努力的启示。此诗风格质朴清新，初显李渔的文学才华。李渔信守了自己的诺言，一生都勤奋好学，直到生命的最后一刻。清初文坛泰斗钱牧斋评点此诗道：“龆龀时便惜分阴，宜其以文章名世也。”李渔在文学上取得的杰出成就，与他惜时如金是分不开的。

然而，从李渔在树上刻诗自励这种近乎稚嫩的行为中，我们还可以发掘出更为丰富的内涵，那就是，它表现了李渔强烈的作品发表欲，这也许是成就一个作家的重要心理素质之一。

① 《闲情偶寄 · 种植部 · 竹木第三 · 梧桐》，《李渔全集》第三卷，第303页。
② 〔清〕李渔：《笠翁一家言诗词集》，《李渔全集》第二卷，第5页。

少年李渔天天埋头于举业之中，取得了出色的成绩，但他并不骄傲自满，而是更加发奋努力，刻苦攻读。如皋城南离长江不远，江边芦苇丛生，水鸟飞翔，虽是景色宜人，但蚊虫众多，又酷热难当，这使李渔难以专心读书。不久，他听说距如皋城四十五里远的海边，有座老鹳楼，夏天没有蚊虫叮咬之苦，又很安静，没有人打搅，是个读书的好地方。于是，在征得了父辈的同意后，他收拾行李，只身来到楼上读书。李家堡是个小镇，濒临黄海。据民国《如皋县志》卷三"古迹"记载："老鹳楼在李家堡南街，自明以来，不详建自谁氏。昔有鹳鸟乘海潮来栖楼上，虽炎暑，蚊虫绝迹，人咸异之，故名其楼曰'老鹳'。相传明季诗人李笠翁尝侨寓于此，自后屡易其主。"可见，李渔也为这座名胜增添了光彩。李渔大约是在明末天启、崇祯年间，即十五岁至二十岁期间在老鹳楼读书。读书之暇，李渔常常登楼远眺，或见烟波浩渺，或见白浪涛天，或见碧水蔚蓝，或见沙鸥翔集，不觉豪情满怀，常常对着大海朗吟起前贤的名篇。

这一时期，有两部重要的著作对李渔产生了很大的影响，一部是太史公的《史记》，另一部是李贽的《藏书》。《史记》激发了李渔对历史学的浓厚兴趣，他为《史记》中的英雄、侠客故事所感动，以致有时梦想做一个侠客，手挥吴钩，"十步杀一人，千里不留行"，锄强扶弱，打抱不平。他甚至铸了一把宝剑，闲时常拿在手中把玩。大约写于此时的《鱼钩行》《少年行》《赠侠少年》等诗篇，突出地表现了李渔的侠客梦，如七律《赠侠少年》：

生来骨格称头颅，未出须眉已丈夫。
九死时拚三尺剑，千金来自一声卢。
歌声不屑弹长铗，世事惟堪击唾壶。
结客四方知己遍，相逢先问有仇无！①

天启五年至六年间（1625—1626），是明代的黑暗时期，把持朝政的大太监魏忠贤大兴党狱，将许多反对他的忠臣关进监狱。东林党人杨涟、左光斗、魏

①〔清〕李渔：《笠翁一家言诗词集》，《李渔全集》第二卷，第147页。

大中等皆惨死狱中。魏忠贤又下令毁天下东林书院，编《东林奸党录》，想把清流一网打尽。在北方，少数民族势力则不断侵扰蚕食，具有卓越军事才华的辽东经略熊廷弼被传首九边。国事江河日下，国人莫不痛心疾首。因此，李渔所描绘的侠少年也许就是自我心灵的写照。李渔还模仿古乐府写了一首《古从军别》，诗中写了一位美丽而又多情的女子，告别自己即将出征的夫君，鼓励他奔赴前线，英勇杀敌立功，为国尽忠。她对丈夫说，忠孝不能两全，你不必挂念家里，我会照顾好公婆："妾虽巾帼儿，窃听师儒语。人生学何事，忠孝而已矣。二者不可兼，愿言代君子。君行力功名，妾居力甘旨。"[①]诗中这位即将出征的军人，可能也是李渔想象中的自己。

李渔后来没有成为英雄，也没有成为侠客，但他的侠客梦始终没有幻灭。若干年后，他在漫游途中，似遇到过一位少年侠客。这位侠客貌似美女，弱不胜衣，但路遇暴徒时出手快似闪电。李渔为他填了一首《忆秦娥》：

> 长安侠，貌似佳人愁力怯。愁力怯，路逢暴客，身强似铁。　　宝刀一试头如叶，随风飘去人情贴。人情贴，举杯相庆，依然红靥。[②]

当与少年侠客分手时，李渔心情复杂，他在《别同行少年》中道：

> 难分手，少年侣伴前途有。前途有，不堪说剑，只堪论酒。　　英雄少似多情友，临岐声逐青萍吼。青萍吼，许多恨事，未从君剖。[③]

在明末战乱中，李渔徒有中流击楫之志，却始终没有投笔从戎，上马杀敌，这是明代文人和唐代文人的重要区别之一。

《史记》和《藏书》虽没有把李渔塑造成英雄与侠客，却成就了一个卓有史识的史论家，尽管李渔这方面的成就不为后人所重视。

---

① 〔清〕李渔：《笠翁一家言诗词集》，《李渔全集》第二卷，第6页。
② 〔清〕李渔：《笠翁一家言诗词集》，《李渔全集》第二卷，第422页。
③ 〔清〕李渔：《笠翁一家言诗词集》，《李渔全集》第二卷，第422页。

李渔后来在《笠翁别集·弁言》中回忆青年读书时的经历时，自称“然当其读时，偏喜予夺前人，曲直往事；其所议论，大约合于宋人者少，而相为犄角者众”[①]。他在《读史志愤》诗中，愤怒地指斥道：“一部廿一史，谤声如鼎沸！”[②]甚至连他尊敬的太史公也不放过，骂他为“腐史”。他的这种大胆向传统秩序和权威以及现实挑战的勇气，无疑得益于《藏书》。

自成化以后，由于程朱理学末流“只在注脚中讨分晓”，于是儒学日趋腐朽，失去了维系封建纲纪的张力，濒于“槁而死”的边缘。这时，浙江余姚人王守仁起而标举“致良知”，企图挽救儒学。他主张尊重人的个性。王学登上历史舞台后，开启了儒学内部纷争的闸门，不同思想流派乃至异端邪说纷纷竞起，对明中叶的思想解放运动起了极大的推动作用。尤其是王学左派，对伪道学发起了猛烈的攻击，提出“百姓日用即是道”，而李贽被称为“异端之尤”。

李贽字宏甫，号卓吾，福建晋江人，生于一个商人家庭。李贽中举后，曾任南京刑部主事、云南姚安知府。中年后辞去官职，专心著书讲学。他认为“穿衣吃饭即是人伦物理。除却穿衣吃饭，无伦物矣”[③]。人人都有私心，有私心是很正常的，“私者，人之心也。人必有私而后其心乃见”[④]。即使圣人也不能无势利之心，好货好色乃是人的天性。所以，应该“各遂其千万人之欲”。他还“掊击道学，抉摘情伪”，主张不应以孔子之是非为是非。他的这些观点对当时的思想界和学术界产生了很大的影响。他的著作主要有《焚书》和《藏书》。《藏书》是一本历史人物传记体的随笔集，明万历二十八年（1600）首次刊刻于南京。李贽以嬉笑怒骂的形式，对历史上八百多位人物进行了评述。其标新立异的思想对李渔的为人处世和文学创作影响很大，现代学人黄强等认为李渔的哲学思想源于阳明心学[⑤]。李渔后来出版的《论古》，就继承了《藏书》的风格。

---

①〔清〕李渔：《笠翁一家文集》，《李渔全集》第一卷，第308页。

②〔清〕李渔：《笠翁一家言诗词集》，《李渔全集》第二卷，第19页。

③〔明〕李贽：《答邓石阳》，《焚书·续焚书》，岳麓书社1990年版，第4页。

④〔明〕李贽：《藏书》卷二四《德业儒臣后论》，《李贽文集》卷三，社会科学文献出版社2000年版，第626页。

⑤参见黄强：《再论李渔哲学观点源于王阳明心学》，《江南大学学报（人文社会科学版）》2022年第4期，等文。

《论古》中收有一篇李渔读韩愈《诤臣论》后写的短评，就作于此时：

> 陆（贽）免于死，裴（延龄）不果相，阳城之谏，不为无功。但论者曰：向止五六年而遂迁，是终无一言而去也。此二语折得人倒，予欲代为致辨，终不能措一辞矣；但可为之解嘲曰：与其言之无当，徒渎听闻，又不如作寒蝉御史之为得耳！①

在这篇短评中，李渔不同意韩愈对阳城的指责，他首先肯定了阳城作为谏官的政绩，接着又为他几年未建言辩解。这则短评短小精悍，机智幽默，充分显示了一个十六七岁青年的独特史才和史识。

李渔的《连城璧》中有一篇《清官不受扒灰谤　义士难伸窃妇怨》，描写了一个叫作"一钱太守"的官员，此人名为清官，实是酷吏。作者在第四回中说："'从来廉吏最难为，不似贪官病可医。执法法中生弊窦，矢公公里受奸欺。怒棋响处民情抑，铁笔摇时生命危。莫道狱成无可改，好将山案自推移。'这首诗，是劝世上做清官的，也要虚衷舍己，体贴民情，切不可说'我无愧于天，无怍于人，就审错几桩词讼，百姓也怨不得我'这句话。那些有守无才的官府，个个拿来塞责，不知误了多少人的性命。所以怪不得近来的风俗，偏是贪官起身，有人脱靴，清官去后，没人尸祝。只因贪官的毛病，有药可医；清官的过失，无人敢谏的缘故。"这显然受了李贽的影响，李贽在给朋友的信中曾指出："公但知小人之能误国，不知君子之尤能误国。小人误国犹可解也，若君子而误国则末之何矣。何也？彼盖自以君子而本心无愧也，故其胆益壮，而去益决，孰能止之！"②君子若刚愎自用，自以为是，造成的社会危害更大。晚清的刘鹗也从这句话中得到了启发，他在《老残游记》中说，清官有时比贪官更为可怕，因为贪官之恶家喻户晓，清官之坏鲜为人知，所以欺骗性更大，破坏力更强。

---

①〔清〕李渔：《笠翁一家言文集》，《李渔全集》第一卷，第468页。

②〔明〕李贽：《党籍碑》，《焚书·续焚书》，第216页。

科场失利

少年不识愁滋味，这时的李渔，以为凭着自己的天赋和勤奋，功名唾手可得，锦绣前程似乎在向自己微笑招手。他对自己满怀信心，对未来充满无限遐想。在他周围，仿佛只有鲜花、阳光和赞美。写于十七岁时的《丁卯元日试笔》，就充分展示了他此时的心态：

岁朝毕竟异寻常，天惜晴明日爱光。
春气甫临开冻水，寒梅旋吐及时香。
尊前有酒年方好，眉上无愁昼始长。
最喜北堂人照旧，簪花老鬓未添霜。[①]

这一年，崇祯即位不久就将肆恶的太监魏忠贤流放到凤阳，魏忠贤自知末日已到，自缢于途中。崇祯接着拨乱反正，平反冤狱，整顿吏治，起用东林党人，天下称快，李渔似乎从中看到了希望的曙光。

唯一让李渔不快的是，他由父母作主，娶妻徐氏。徐家原是兰溪生塘村人，距下李村十余里，大概也在苏北经商。徐氏大李渔几岁，出身普通农家，虽没有文化，但勤快能干，善良贤惠，深得李如松夫妇喜爱。但可以肯定的是，满脑子才子佳人梦想的李渔对这桩婚事不会满意。李渔后来在传奇《风筝误》中，写到青年才子韩世勋，当他的上司要把自己丑陋的女儿嫁给他，而他又不敢推辞时，在心里暗暗发誓道：结婚后立即去扬州买几个美女做妾。这也许就是李渔成婚时的内心独白。后来李渔不断地寻花问柳，买婢纳妾，或许就是对这桩婚事的报复和对自己的补偿。从李渔现存的著作，看不出他对徐氏有什么深厚的感情，他的才子佳人情怀，后来终于在乔、王两姬身上找到了寄托。

李渔婚后次年，生下一女，取名淑昭，字端明。膝下弄儿之乐，暂时冲淡

① 〔清〕李渔：《笠翁一家言诗词集》，《李渔全集》第二卷，第149页。

了他婚姻上的失意。然而，李渔更没有想到的是，“最喜北堂人照旧，簪花老鬓未添霜”说完不久，一场巨大的灾难就突然降临到他的头上。

李渔十九岁那年，他的父亲李如松遽然病逝，这对李渔来说是个致命的打击，从此，他衣食无忧的生活结束了，他第一次真正尝到了忧愁和痛苦是什么滋味。他深知，父亲的死对他来说，不仅是失去亲人，也意味着他从此没有了丰厚的经济来源，家庭的重担开始落在了他孱弱的肩上。

李渔此时六神无主，不知所措，好在伯父李如椿等都来帮忙料理丧事。按照民间风俗，死者安葬之后第七天，鬼魂会回家探视，叫“回煞”。这时，死者所有在世的亲人都必须移居外舍回避，或请法师来禳祓驱鬼。但年轻的李渔却不肯离开，他声称这是迷信，并专门写了一篇《回煞辩》予以驳斥：

> 己巳，丁失怙忧。日者告余曰：“某日回煞，请徙宅避之。”予曰：“予惑是久矣。请与子辨之，煞果有乎？”曰：“有。有雌煞，有雄煞。人死则二煞与魂相依，若罔两与影之不相脱也。”“有则果回乎？”曰：“焉有人死而煞不回者！”“回则果当避乎？”曰：“趋吉避凶，古有明训，奈何不避？”予曰：“此予所以惑也！夫无煞则不必避，使诚有煞，则又不可避。孝子于亲之殁，有刻木以肖其形者，有于诗书、杯棬征其手口之遗泽者，皆以亲之不可再见也；今既惠然肯来，将逆之不暇，何避之有？”①

李渔说，孝子在失去亲人后，要刻木主纪念，还要在他（她）曾经翻过的书、喝过茶的杯子上找寻他（她）的遗泽。现在既然亡父母回家了，这不正是人子与父母相见的好机会么，为什么还要回避呢？这篇文章紧紧抓住回煞之说与儒家孝道之间的矛盾，一针见血，击中要害。表现了青年李渔不肯俯仰流俗、不循于陈规陋习的新思想。后来，无论是论史，还是文学创作、营造园林，他都力求避俗求新，不肯拾人牙慧，这一性格特点在《回煞辩》中已初露端倪。年轻气盛的李渔不相信迷信，有次他病倒了，大家要为他祈禳，李渔写诗回绝道：

① 〔清〕李渔：《笠翁一家言文集》，《李渔全集》第一卷，第121页。

“天生一大数，岂为鸡豚移！”

按照封建礼教的规定，父母辞世后，儿子必须守孝三年。这期间，孝子不能婚娶、饮宴、远游、应试。于是，李渔利用这段时间，发愤苦读，准备应考，希望搏得一第，告慰亡父的在天之灵。在封建社会，中举做官、光大门楣被认为是对父母最大的“孝”。但是，自从父亲去世后，李渔对生活似乎感到有点茫然，他在中秋节作的七言古体诗《中秋看月歌》，就集中体现了他内心的失落、怅惘、沮丧和无助之感：

> 中秋月色不平铺，邻家有月侬家无。
> 携酒邻家借月看，月光又照侬家院。
> 月来月去非离群，只因天际多浮云。
> 一年能得几今夕，东蒙西翳何纷纷。
> 浮云不独天边有，人事违心常八九。
> 明宵明月照谁家，酩酊莫辞今夜酒。①

中秋之夜，李渔像往年那样，携酒赏月。结果他惊奇地发现，今晚的月亮对他很不公平——自家院子里的月亮被浮云所遮，邻家院子里却是月华如练！他只得携酒去邻家借月看，不料刚走过去，自家院子里又是清辉满院。他不禁气愤地质问道：老天啊！一年之中有几个中秋夜，何必要这样捉弄人呢？由此，他联想到，人世不如意事常八九，不正像今晚的月亮吗？明晚的明月又会照临谁家呢？唉，管他呢，还是今宵有酒今宵醉吧！人不过是受命运摆布的奴隶，有谁能把握住自己呢？

明崇祯三年（1630），如皋流行疫疠，李渔全家先后罹病，卧床呻吟，而李渔病得最重。当时正值夏天，杨梅上市。李渔平时嗜食杨梅，每食必过一斗。李渔问徐氏，杨梅是否上市？徐氏不敢贸然让病中的李渔吃杨梅，便暗地去向医生请教。医生回答说，杨梅性热，正好与病症相反，若患疫疾的病人吃杨梅，

---

①〔清〕李渔：《笠翁一家言诗词集》，《李渔全集》第二卷，第41—42页。

一二枚就足以致死。徐氏回家便骗李渔说，杨梅还没有上市。不料李渔的住宅邻近街道，卖花售果的声音时时传入屋内。忽然，李渔听到门外传来大声叫卖杨梅的声音，于是追问家人，大家不敢隐瞒，把医生的话对他说了一遍。李渔不听医者之言，坚持购而食之，“才一沁齿，予满胸之郁结俱开，咽入腹中则五脏皆和，四体尽适，不知前病为何物矣”，李渔的病霍然而愈。由此，李渔得出了一条养生经验：“本性酷好之物可以当药”，“癖之所在，性命与通，剧病得此，皆称良药”[①]。后来，李渔写了一篇《杨梅赋》，称赞杨梅“肤如雨粟，汁比天浆。肉有丝纹，馋夫但嚼而弗辨；味同醪醴，浅人多食而少尝”[②]。他还写了一首《杨梅》诗，在诗中，他先是把杨梅的色、香、味大大赞美了一番，然后质问杨贵妃：你为什么喜欢荔枝而冷落同姓的杨梅呢？[③]

明代科举制度规定，士子必须在原籍参加科举考试；如果在外地应试，就是“冒籍”，是违反法律的，一经查出，政府将严肃处理。明万历年间，浙江士子冯诗等八人就因为冒籍应试，被斥革为民。冯诗和章维宁于京兆门前枷号示众，几乎冻僵而死。太史史钶因为纵容儿子冒籍应试，被革职闲住。主考官张玉阳等被降职调用，甚至连上书为他们说话的御史蔡时鼎也被迁谪外任[④]。这件轰动全国的冒籍案件，李渔不会不知道。殷鉴不远，所以，尽管原籍兰溪已没有了至亲好友，为了参加科举考试，李渔还是必须回到故里。后来，李渔在短篇小说集《连城璧》第九回《寡妇设计赘新郎　众美齐心夺才子》、第十回《吃新醋正室蒙冤　续旧欢家堂和事》中，都写到秀才因为冒籍考试而受到当地士人攻击的事件。

除参加科考外，李渔回乡还有重要的家庭原因。自从父亲去世后，家里入不敷出，已难以维持。长兄李茂又早逝，家庭的重担完全落在了他身上。但李渔一向闭门攻书，不谙生意之道。因此，在如皋是很难生存下去了。李渔大概是在父亲去世三年后，即崇祯六年（1633）前后，依依惜别了生活二十多年的

① 〔清〕李渔：《闲情偶寄》卷六“颐养部”，《李渔全集》第三卷，第348—349页。
② 〔清〕李渔：《笠翁一家言文集》，《李渔全集》第一卷，第21页。
③ 〔清〕李渔：《笠翁一家言诗词集》，《李渔全集》第二卷，第157页。
④ 〔明〕沈德符：《万历野获编》卷十六“乙酉京试冒籍”，中华书局1959年版，第418页。

如皋，回到了只在父辈们描述中听过的故乡兰溪。

李渔在如皋住了二十多年，实际上已认如皋是故乡了。后来，他在荆州旅行时，遇到籍贯江苏的太守李雨商，称为同乡。在他的小说戏曲中，还保留着许多如皋方言，如《十二楼·萃雅楼》中，严东楼的管事家人对金、刘二人说道："……你们二人都是有窍的人，为甚么丢了钥匙不拿来开锁，倒用铁丝去捺？万一捺穭了簧，却怎么处？"这些话如皋人至今还在说。"捺"就是比"拔"还轻的动作，"穭"就是"卡"的意思。由此反映出他内心对第二故乡的眷恋之情。

即将从城市搬到农村，从一个熟识的地方迁移到一个陌生的地方，李渔的心情是复杂的，既有对如皋的依依难舍，又有对兰溪的朦胧向往，在《归故乡赋》中，他描述了回到兰溪前后的心情："岁云徂兮客缘尽，赀告竭兮游兴阑。归期迫兮心转亟，家山见兮到转难。""燕迁旧垒之巢，鹊喜新归之客。虫网厚兮如茧，蜗迹纷兮如织。书破蠹肥，花稀棘密。妻颜减红，亲发增白。"[1]

如皋的房产等留给了弟弟李皓和李茂的幼子，李渔来兰溪时已是两手空空了。当他确信眼前这个破败荒凉的地方，就是他的故乡下李村时，心里顿觉一阵冰凉，愁上眉头。

李渔的母亲已先他到了下李村，正在倚闾而望。恰好这一天又是母亲的生日。在献给母亲的诗《广陵归值家慈诞日》中，李渔表达了自己内心的深深愧疚：

> 瀫上旧村居，黄花绕竹庐。
> 儿归千里外，亲寿六旬余。
> 为见奚囊满，因怜心血虚。
> 浪游荒子职，何以谢倚闾。[2]

① 〔清〕李渔：《笠翁一家言文集》，《李渔全集》第一卷，第12页。

② 〔清〕李渔：《笠翁一家言诗词集》，《李渔全集》第二卷，第85页。

可能李如松原先在下李村置有一些房屋田产，在族人的帮助下，李渔总算安顿下来了。

“浪游荒子职，何以谢倚闾。”当然最好的报答莫过于搏得一第，为父母争光了。所以，接下来的日子，李渔把全部精力，投入应付即将到来的考试上。对于一个知识分子来说，如果想走上仕途，必须经过三四次的考场拼搏。最初一级的考试由县、府、院主持，通过者通称“生员”，俗称“秀才”。获得了生员的资格，就意味着儒生地位得到了国家承认，而在此前，一个儒生无论年龄多大，只要不具备生员资格，就只能被称为“童生”。接着是乡试，每三年一次，秋天时在各省省城（包括京城）举行，又叫“秋闱”，通过者被称为“举人”。最后是会试，在春天杏花盛开时举行，又叫“春闱”，中者叫“贡士”。会试之后是殿试，虽说是皇帝主考，其实皇帝并不一定亲临考场，有时只是虚设御座而已。然后将前十名名单送给皇帝御览，前三名通称一甲，第一名称“状元”，第二名俗称“榜眼”，第三名叫“探花”；二甲赐“进士出身”，第一名通称“传胪”；三甲赐“同进士出身”。明代殿试第二、三甲第一名俗称“传胪”。会试通过者，皆统称“进士”，具备了正式被任命官职的资格。

崇祯八年乙亥（1635），李渔在金华府参加了童子试，一举成为五经童子，这时他已经二十多岁了。主考官浙江提学副使许豸对李渔的文章激赏，把李渔的试卷印成专帙，作为范文，每到一处，广为散发。并得意地说：“我这次到金华主持府试，就是为国家选拔到了一位优秀的五经童子！”四十年后，李渔偶然在杭州巧遇许豸的儿子许宾，许宾请李渔为其父遗稿《春及堂诗》作跋。在跋中，李渔追忆往事，对许豸的知遇之恩仍然充满发自肺腑的感激之情：

侯官夫子为先朝名宦，向主两浙文衡，予出赴童子试，人有专经，且间有止作书艺而不及经题者，予独以五经见拔。吾夫子奖誉过情，取试卷灾梨，另为一帙。每按一部，辄以示人曰：“吾于婺州得一五经童子，讵非仅事！”予之得播虚名，由昔徂今，为王公大人所拂拭者，人谓自嘲风啸月之曲艺始，不知实自采芹入泮之初，受知于登高一人之说项始。[①]

许豸，生卒年不详。据乾隆《福州府志》卷五十《许豸列传》载：许豸字玉斧，号平远，福建侯官人，所以李渔在文中尊称他为“侯官夫子”。明崇祯四年（1631）进士，历官浙江提学副使、左参政等职。

考取秀才后，崇祯十一年（1638），李渔进入金华府学，攻读举业，准备参加乡试。金华是浙东重镇，文化名城。元代著名的散文家如义乌黄溍、浦江柳贯、浦阳吴莱等，都属金华人。明初，形成了以浦江宋濂、青田刘基、义乌王祎等为代表的浙东作家群。其中王祎早死，宋濂影响最大，门生遍天下，宋濂和王祎都是许谦的再传弟子，又向黄溍、柳贯问过学，还向吴莱学过诗。所以，他们都主张文学创作应将韩、欧文统与程、朱道统结合起来。《宋元学案》中说：“金华之学，自白云（许谦）辈而下，多流而为文人，夫文与道不相离，文显而道薄耳，虽然，道之不亡也，犹幸有斯。”[②]金华治下的兰溪县也是人杰地灵之地，历史上仅有史可稽的书院就有二十多处。有明一代，中进士六十六名，举人六十三人。成化二年（1466），章懋会试第一，后官至礼部尚书，为当时著名学者，人称枫山先生。弘治三年（1490），金华府四名进士均为兰溪人。嘉靖二十九（1550）年，唐汝楫殿试第一，钦点状元，后任至兵部尚书。隆庆二年（1568），赵志皋高中探花，后任礼部尚书兼东阁大学士。清乾隆年间，兰溪知县左士吉在重修《云山书院记》中说道：“兰之科第蝉联勋名烂于朝野者，指不胜屈。是故浙东为郡八、为县五十有四，实学名儒，巍科显仕无出兰之右者，猗欤盛哉！”这些科第盛事令李渔羡慕不已，同时，对他也产生了极大的激励作用。

这时，由于许豸的揄扬，李渔在金华城已是小有名气。金华距兰溪很近，所以，李渔常来往于兰溪、金华之间，结识了许多朋友，大家趣味相投，于是仿效江南一带通都大邑文人雅士的做法，结成了一个诗社，定期切磋举业，分

---

① 〔清〕李渔：《〈春及堂诗〉跋》，《笠翁一家言文集》，《李渔全集》第一卷，第134—135页。

② 〔清〕黄宗羲原著、全祖望修补：《宋元学案》卷八十二《北山四先生学案 · 文宪宗潜溪先生濂》，中华书局1986年版，第2801页。

坛拈胜。

初试成功后，李渔信心倍增。他摩拳擦掌，准备向更高一级的科名攀登。崇祯十二年（1639），志在必得的李渔去省城杭州参加乡试，结果却铩羽而归。他虽然牢骚满腹，却也强为排解。在《榜后柬同时下第者》一诗中，他写道：

> 才亦犹人命不遭，词场还我旧诗豪。
> 携琴野外投知己，走马街前让俊髦。
> 酒少更宜赊痛饮，愤多姑缓读《离骚》。
> 姓名千古刘蕡在，比拟登科似觉高。①

李渔认为，自己的才华并不逊于别人，只是运气不佳罢了。科场虽然失意，词场却还有我一席之地！李渔虽然如此自我宽慰，却仍然无法排解落榜后的郁闷心情，于是他带上琴，走出旅店，准备去郊外寻找知音诉说。一路上，看到那些考中的幸运儿们一个个眉飞色舞、得意洋洋。有的傲然而过，目中无人，考前相遇时还互相打声招呼，现在却成了陌路人。李渔内心禁不住一阵酸楚，他走进一家酒店，赊酒痛饮。李渔的酒量本来就不大，几杯下肚，满腹牢骚不觉为酒所销。最后他声称：刘蕡虽然下第，但却流芳千古，那些登第者又怎能与之同日而语！

刘蕡是唐敬宗宝历二年（826）的进士，博学善属文，耿介嫉恶。太和二年（828），被举为贤良方正，但在殿试时，他直斥宦官乱政。考官非常佩服他的才华和胆识，以为汉之晁错无以过之，但慑于宦官的淫威，结果在被荐的二十三人中，独刘蕡落选。一时舆论哗然，同时应试的李郃说："刘蕡不第，我辈登科，实厚颜矣。"他请求把自己的官职让给刘蕡，却没有得到朝廷的允许②。崇祯年间，朝政日非，李渔在诗中以屈原、刘蕡自比，或许是因他在试卷中大胆直陈时弊，导致了落榜。

---

①〔清〕李渔：《笠翁一家言诗词集》，《李渔全集》第二卷，第149—150页。

②《旧唐书》卷一九〇下，浙江古籍出版社1998年版，第347页。

然而，李渔的厄运并未就此结束，在返回兰溪的路上，他和同行的旅客走至萧山境内虎爪山时，突然冲出一伙拦路抢劫的强盗。强盗们挥舞着手中大刀，命令过客交出身上所有值钱的东西，那些交不出多少钱或胆敢反抗者，立即被砍死。李渔囊空如洗，以为必死无疑，延颈受诛。没想到强盗看到他是穷书生，一副可怜的样子，动了恻隐之心，挥手让他过去，李渔死里逃生。后来他把这次遭遇称为一生中最为侥幸的事之一。

这次落第对李渔的打击很大，也影响了他后来的思想和生活方式。李渔后来对政治颇为冷漠，或许这是其中原因之一。三十多年后，他流寓南京时，为江苏布政使佟寿民题写江南贡院至公堂对联，表明他对这次落榜犹是愤愤不平，记忆犹新：

其一

圣朝无政不宜公，况此举乎更属抡才大典

天子命名原有意，登斯堂也当兴顾义深思

其二

三载辛勤来此地，人怀必售之心，非秉至公，则举者喜矣，错者不能无怨，怨蓄谤兴

一生期许坐斯堂，务擅空群之识，惟持极慎，则得者快矣，失者也可无惭，惭消誉起[①]

在这两副对联中，李渔特别强调考官的“空群之识”和取士的大公无私，以为必如此才能为国家选拔到真才，才能使考生心服口服。明末清初，不少清醒的知识分子都对科举制度进行了尖锐的讽刺和深刻的批判，有人甚至把大明王朝灭亡的原因归咎于八股取士制。但李渔对科举的认识远未达到如乾隆时期吴敬梓那般深度，而与稍后的蒲松龄大致处在同一层次。蒲松龄把科举的弊端归之于“聋僮署篆”，换言之，衡文者是“乐正师旷，司库和峤”，不是无知就

---

①〔清〕李渔：《笠翁一家言文集》，《李渔全集》第一卷，第244—245页。

是贪婪，假如换上正直的张飞、二郎神监督考场，就能主持公正，为考生吐气。还认为，一个人的科名与其命相也有关系，如果考生命薄，就是才高八斗，也难蟾宫折桂；如果考生福厚，就是目不识丁，也会身到凤凰池。

后来，李渔在《闲情偶寄》中，以自己的经验教训，为儿辈们总结出了几条写作八股文的秘诀，其中一条就是教考生如何迎合考官："场中作文，有倒骗主司入彀之法：开卷之初，当以奇句夺目，使之一见而惊，不敢弃去，此一法也；终篇之际，当以媚语摄魂，使之执卷留连，若难遽别，此一法也。"他又引用戏剧《西厢记》中莺莺初见张生"临去秋波那一转"的表情，来说明终篇用"媚语"能起到对考官勾魂摄魄的效果[①]。实际上，李渔在这里提供的诀窍，在明代不过是科考中的公开秘密而已，只可惜李渔领悟得太晚了。

岁月匆匆，李渔不知不觉就到了而立之年。此时功名未立，犹是一领青衿，时光催人老，前途仍渺茫。他感慨万千，夜不能寐，心中有无限的郁闷无法排遣。大年初一清晨，他一起床，就泼墨挥毫，赋词一首：

凤凰台上忆吹箫·元日

昨夜今朝，只争时刻，便将老幼中分。问年华几许？正满三旬。昨岁未离双十，便余九，还算青春。叹今日，虽难称老，少亦难云。

闺人也添一岁，但神前祝我，早上青云。待花封心急，忘却生辰。听我持杯叹息，屈纤指，不觉眉颦。封侯事，且休提起，共醉斜曛。[②]

大年初一，本是阖家欢喜的日子，李渔全家却各怀心事，李渔持杯叹息一事无成；徐氏神前祈祝李渔早日登第。看到徐氏十分虔诚的样子，李渔解嘲说，也许是她急于得到封诰，结果连自己的生辰也忘了。总之，李渔是在黯淡恶劣的心绪中度过新年第一天的。

正当李渔闷闷不乐时，金华府同知瞿萱儒送给他一只小老虎，李渔用笼子

① 〔清〕李渔：《闲情偶寄·词曲部下》，《李渔全集》第三卷，第64页。
② 〔清〕李渔：《笠翁一家言诗词集》，《李渔全集》第二卷，第149—150页。

装着，运到兰溪家中。此事在当地引起了一场小小的轰动，前来看热闹的人摩肩接踵。兰溪距金华不过四五十里路，但由于前来看虎的人太多，李渔走了三天三夜才抵达兰溪。李渔一介书生，受此殊荣，大家钦羡不已。这件事又让李渔重新振作起来了，他写了一首长诗《活虎行》详细叙述此事始末，诗前还有一段长长的序文：

> 郡司马瞿公萱儒摄篆汤邑，予偶过从。时山民获二稚虎，槛而献之。公留其一，以一赠予。予即日携归，欲使家人各识其状。讵料汤溪至予家仅四十五里，行三日夜始至。盖以途间男妇聚观如堵，皆谓虎之活者从未经见，必欲一试咆哮，观之不足，复以羔羊、乳彘竞投，观其搏食。予苦纠缠，然彼众我寡，势不能拒，且有截予前路，使不得行者。……迨携至山居，百里内外之人无不就观异物，而富贵之家又以闺人不见为恨，走书固索，词极哀恳，咸以先见为荣，不得为辱。噫！一虎之微，只以但见其死，未见其生，遂致倾动一国，宝若凤麟。使人而虎者，炳蔚其文，震作其声，而又不为人所习见之事，则一鸣惊人，使天下贵贱老幼，以及妇人女子，咸以得见为幸，其得志称快又当何如？借物志感，作《活虎行》以自励。①

瞿同知赠虎事件在李渔内心引起的涟漪是丰富的。第一，李渔的虚荣心从许多羡慕的眼光中获得了暂时的满足。第二，他的思想受到了极大的震动——这件小小的事件尚且倾动一郡，他年若金榜题名，衣锦还乡，“其得志称快又当何如？”当是“天上一轮方捧出，人间万姓仰头看！”他本已心灰意懒的心不禁又亢奋起来，高唱起“丈夫威名当自立”“炳在文章威在德”②，准备在科场上重振雄风。第三，从这件事中他又得到一个启示，即名望对一个人的重要性有时不亚于科名。因此，为了巩固他在金华文人中的地位，扩大影响，他决定筹

① 〔清〕李渔：《笠翁一家言诗词集》，《李渔全集》第二卷，第44页。
② 〔清〕李渔：《笠翁一家言诗词集》，《李渔全集》第二卷，第45页。

资出版一本自己的诗集。这部诗集收录了他童年至三十岁期间的诗作，以早年的作品为主，因此，李渔定名为《龆龄集》。但是，李渔此时手头相当拮据，为了筹到这笔款项，他卖掉了自己相伴三十年的心爱的琴、砚台、宝剑以及收藏的名人书画，才使这部诗集得以问世。总之，这件事给李渔留下了很深的印象，以致后来他把这一事件改造为小说《夺锦楼》中的一个情节。

崇祯十五年（1642）是明王朝的多事之秋。公平地说，明王朝除开国之君朱元璋和他的儿子朱棣尚能励精图治外，其他皇帝几乎都无所作为。宪宗一生沉溺于神仙佛道、声色货利之中，方士李孜省、都御史李实、给事中张善、首辅万安都由献房中术骤贵。宪宗宠幸的万贵妃悍妒异常，与父兄控制百官，把持朝政。太监汪直专权，势倾天下。武宗荒嬉误政，建“豹房”，制“御女车”，纵欲享乐，还屡屡出游，夜入民宅，抢夺妇女。宦官刘瑾等“八党”利用他这一特点，“威福任情”，打击贤臣，贿赂公行，挥霍无度。世宗迷信道教，朝臣如李春芳、夏言、严嵩、徐阶等，皆以善撰青词而拜相。方士陶仲文以献春药，宠信不衰。大臣顾可学、盛端明、朱隆禧俱以炼春药贵显。奸相严嵩父子弄权十多年，结党营私，排斥异己，而且贪污纳贿，卖官鬻爵，令天下人“罔不怨恨”。神宗嗣位之初，权相张居正进行了一系列大刀阔斧的改革，整顿吏治，整饬边防，实行“一条鞭法”，收到了很大的成效。但由于张居正的改革损害了一些权贵的利益，为此遭到他们的忌恨，加上他生前“威柄之操，几于震主”，所以死后仅九个月，神宗就下令追夺他的官秩，并查抄了他的家。张居正的改革成果也随之付诸东流。张居正死后，神宗更是肆无忌惮，他“好货成癖”，疯狂地聚敛财富，向各地派出矿使、税监。矿使、税监到处树旗建厂，巧立名目，甚至米盐鸡豕，也要征税，激发多起民变。熹宗沉湎酒色，喜好构建，每日运斤如风，朝政掌控在明代最为肆虐的太监魏忠贤手中。至崇祯时，已是内忧外患，岌岌可危。崇祯元年，陕西发生大饥荒，爆发了高迎祥、李自成领导的起义。崇祯二年，清皇太极大举攻明，陷遵化，趋蓟州；六年，明将孔有德、耿仲明降皇太极；七年，皇太极四路攻明；九年，建国号大清，攻入居庸关，逼近北京。

在农村，土地兼并严重，皇庄、王府庄田和官僚豪绅的田庄大量出现，而农民占有的土地却越来越少。甚至有“粟帛灌输天下”之称的苏州、松江一带，也是“有田者什一，为人佣作者什九”[①]。统治者不仅大量掠夺农民的土地，而且将很重的田赋、徭役以及各种苛捐杂税加在农民头上，“历观往古，自有田税以来，未有若是之重者也。以农夫蚕妇，冻而织，馁而耕，供税不足，则卖儿鬻女；又不足，然后不得已而逃，以至田地荒芜”[②]。农民被迫离开家园，流落异乡，造成了明中叶以后严重的流民问题，以致内乱频仍。从英宗初年开始，农民起义不断发生，到了万历年间，更是如火如荼。

这一年，明王朝派驻山海关负责指挥对清军作战的兵部尚书兼松辽总督洪承畴，在经过了激烈的抵抗之后，投降了清廷。洪承畴被认为是当时最出色的将领，而且深得崇祯皇帝的倚重，甚至在他投降后，崇祯帝还坚信他已以身殉国，在京城为他举行了隆重的遥祭仪式。可以想见，洪承畴的投降对明统治者的打击有多大！从此，明帝国的北大门完全敞开了。

这一年，对李渔来说，也是恶梦连连。母亲患病在床，使李渔无法全力应付即将举行的乡试，他甚至一度想放弃参加这次乡试的机会。但是，对儿子寄予厚望的母亲坚决不同意，她不想让儿子为自己做出在她看来最大的牺牲。最后，李渔不得不妥协，暗中祈求上天保佑，一举成功，使好消息变成一剂治愈母亲疾病的灵丹妙药。于是，李渔在做了一番充分的准备后，卷土重来。他乘船沿兰江而下，向杭城进发。此时，李自成、张献忠等农民起义已成燎原之势，烽火连天。李渔还未抵达杭州，前方已是警报频传。科名虽荣耀，生命价更高！况且病榻上的母亲使他放心不下，李渔只得掉转船头，打道回府。回家后，李渔万般无奈，只得以天意如此自解。他在《应试中途闻警归》一诗中写道：

正尔思家切，归期天作成。
诗书逢丧乱，耕钓俟升平。
帆破风无力，船空浪有声。

① 〔清〕顾炎武著、黄汝成集释：《日知录集释》卷十，上海古籍出版社1985年版，第811—812页。

② 〔清〕顾炎武著、黄汝成集释：《日知录集释》卷十，第793页。

中流徒击楫，何计可澄清？[①]

诗中表达了他空手而归的失意之感和对国家命运的关切之情。诗的尾联化用了祖逖的典故，祖逖是东晋名将，建兴元年（313），祖逖上书要求北伐，收复中原。晋元帝任命他为豫州刺史，祖逖率部渡江，“中流击楫而誓曰：‘祖逖不能清中原而复济者，有如大江！’”李渔生逢乱世，徒有祖逖击楫之志，但除祈祷国家太平之外，别无他法。这其实是明中叶以后士人的通病，他们平时高谈性命，束书不观，一到国家危难之秋，却拿不出一策一略为国家出力。

李渔永远不会料到，这次没有成行的乡试，竟成了他在明王朝的最后一次科试！不久，处在风雨飘摇中的明王朝这条破船，就在内外夹击的惊涛骇浪中沉没了。

李渔归家后，母亲的病越来越严重，不久就撒手而去了。母亲的死对他的打击太大了，他觉得心里空空荡荡的，什么理想啊，激情啊，人生目标啊，仿佛就在一瞬间灰飞烟灭！一切都失去了，一切都变得毫无意义。母亲带着失望和叹息走了，他永远失去了在母亲面前证明自己的机会。他诅咒战乱，诅咒命运！这段时间，李渔沉浸在巨大的悲伤中不能自拔。直到有一天晚上，他梦见母亲向他走来，责备他不该如此消沉，荒废学业，他在《夜梦先慈责予荒废举业，醒书自惩》诗中写道：

久失过庭教，重为泣杖人。
已孤身后子，未死意中亲。
恍惚虽成梦，荒疏却是真。
天教临独寐，砺我不才身。[②]

诗写得非常沉痛。梦醒后，李渔又重新振作起来，捧起了久违的书本。

---

① 〔清〕李渔：《笠翁一家言诗词集》，《李渔全集》第二卷，第94页。
② 〔清〕李渔：《笠翁一家言诗词集》，《李渔全集》第二卷，第92页。

第二年清明，李渔为母亲扫墓，母亲往日的教诲又历历在目，李渔不禁失声痛哭，在《清明日扫先慈墓》中写道：

高冢如山足草莱，松楸虽说几曾栽。
三迁有教亲何愧，一命无荣子不才。
人泪桃花都是血，纸钱心事共成灰。
鸡豚未及存时养，此日椎牛亦枉哉。[①]

在诗中，李渔把母亲比作孟子的母亲，孟母是历史上著名的贤母，据说她为了让孟子有一个好的读书环境，曾三次迁居。李渔觉得自己不能为母争光，辜负了母亲的期望，愧对母亲在天之灵。诗写得真挚感人，可谓字字是血。

母亲去世后，李渔便与弟弟分了家。第一次过没有母亲、没有弟弟在一起的大年，李渔似乎还不习惯，他感到冷清和孤独。但他还没有完全绝望，对未来还是寄予了乐观的期待。在《壬午除夕》诗中，他写道：

酒债征除夜，难赊此夕酣。
五穷不缺一，八口尚余三。
少贱诸艰试，常愁万态谙。
逆知明岁好，苦尽自来甘。[②]

李渔还不知道，苦尽甘来对他来说还暂时是个奢望，前方还有更大的灾难在等着他。

---

①〔清〕李渔：《笠翁一家言诗词集》，《李渔全集》第二卷，第158页。

②〔清〕李渔：《笠翁一家言诗词集》，《李渔全集》第二卷，第91页。

战乱岁月

崇祯十七年（1644），政治风云突变，你方唱罢我登场，城头变幻大王旗，对大明天子的子民来说，恐怕谁也不会想到时局变化得这么快。这年正月，李自成在西安称帝，国号大顺，改元永昌。二月，兵分两路，直指北京。三月十八日，攻占北京外城。十九日凌晨，崇祯皇帝在绝望中自缢于煤山（今北京市景山）。李自成进据北京，明王朝正式宣告崩溃。

同年五月，福王朱由崧在奸臣马士英、阮大铖的拥戴下，即位于南京，改元弘光，史称南明王朝。不久，吴三桂投降清朝，开关揖敌。山海关一战，李自成败走。十月，清太宗皇太极第九子福临入关，定都北京，改元顺治。接着挥戈南下，把战火烧到了南方。

此前，李渔常来往于兰溪和金华之间，偶然结识了谪居于金华的明宗室朱梅溪。他在崇祯末年作的《朱梅溪先生小像题咏序》中曾述及此事：

> 士之获交于王公，殆有天焉；李生于梅溪先生是也。先生为帝室苗裔，生于楚，仕于豫章，与婺州风马牛。使先生以显宦临吾地，冠盖森肃，李生有望尘而走耳。幸其来也以谪，李生以袜线短才，炫弄于先生之前，先生遂谬赏焉。然李生之重先生也，不以官故，以才故；先生之怜李生也，不以才故，以落拓故。两人忘形之交，自今日始。今日何日？癸未之阳九也。阳九为数之奇，先生数奇于仕，李生数奇于儒，两奇相遇，而适值斯节，讵非天乎？

朱梅溪曾长期担任谏官，以敢言获罪，先是被贬往南昌，后又迁官金华。金华有座八咏楼，朱梅溪常常拉着李渔的手，一同啸歌其上。从这篇小序中可以看出，李渔对能与帝王苗裔朱梅溪结交感到有些受宠若惊。李渔认为，两人之所以能结为“忘形之交”，是因为自己敬重朱梅溪，不是冲着他的官职，而是他的才华；而朱梅溪同情自己，并不是自己的才气吸引了他，而是自己的落拓不遇。

但是，最根本的原因是两人有着共同的遭遇，朱梅溪仕途坎坷，李渔科场蹭蹬，同是天涯沦落人，相逢何必曾相识！李渔与朱梅溪的交情，无形中加固了他对明王朝的忠诚。从序中，我们也可知悉，李渔此时已颇有才名，他开始了以文交友或干谒当道。李渔的好友杜濬对这篇序文给予了很高的评价，他指出："以'天'字为起结，以'奇'字为间架，措辞命意，古朴纵横，置之昌黎集中，世亦应莫能辨。"①

易代之际，狼烟四起，白骨撑天，流血殷地，江浙一带作为南明王朝的最后堡垒，受害更为惨烈。明亡之前，浙江东阳诸生许都率领"白头军"揭竿而起，旬日之间，聚众数万，连下东阳、义乌、浦江，直逼郡城金华。浙江方面的军事长官急忙调集杭州、台州一带的官兵前去镇压，双方在金华附近展开了激烈的拉锯战。然而，由于明王朝国库空虚，士兵军饷久欠不发，所以官兵奸淫抢劫，较之叛军有过之而无不及。此时，退至浙东的亡明各镇溃兵，也大肆趁火打劫，明败将之间则趁机公报私仇。总兵方国安因与驻守金华的总督朱大典之间有个人恩怨，便率兵攻城，纵兵抢掠。

为了躲避战乱，老百姓纷纷拖儿带女，逃入深山。撕心裂肺的哭声随处可闻，烧杀掠夺的暴行处处可见，尸横遍野，惨不忍睹。在逃难的人群中，也有李渔全家的身影。在《甲申纪乱》一诗中，李渔写道：

昔见杜甫诗，多纪乱离事。
感愤杂悲凄，令人减幽思。
窃谓言者过，岂其遂如是。
及我遭兵戎，抢攘尽奇致。
尤觉杜诗略，十不及三四。
请为杜拾遗，再补十之二。
有诗不忍尽，恐为仁者忌。
初闻鼓鼙喧，避难若尝试。

①〔清〕李渔：《笠翁一家言文集》，《李渔全集》第一卷，第33—34页。

尽日偶然尔，须臾即平治。
岂知天未厌，烽火日以炽。
贼多请益兵，兵多适增厉。
兵去贼复来，贼来兵不至。
兵括贼所遗，贼享兵之利。
如其吝不与，肝脑悉涂地。
纷纷弃家逃，只期少所累。
伯道庆无儿，向平憾有嗣。
国色委菜佣，黄金归溷厕。
入山恐不深，愈深愈多祟。
内有绿林豪，外有黄巾辈。
表里俱受攻，伤腹更伤背。
又虑官兵入，壶浆多所费。
贼心犹易厌，兵志更难遂。
乱世遇萑苻，其道利用讳。
可怜山中人，刻刻友魑魅。
饥寒死素封，忧愁老童稚。
人生贵逢时，世瑞人即瑞。
既为乱世民，蜉蝣即同类。
难民徒纷纷，天道胡可避。[①]

李渔为我们展示了一幅天崩地解之际催人泪下的乱世难民图！“兵去贼复来，贼来兵不至。兵括贼所遗，贼享兵之利。”老百姓腹背受敌，生命贱如蜉蝣，以致“伯道庆无儿，向平憾有嗣。国色委菜佣，黄金归溷厕”——世上还有比这更令人伤心惨目的悲剧吗？李渔在诗中还说明了自己写作乱离诗的动机。他说，以前读杜甫描述安史之乱的史诗，怀疑他言过其实；及至现在亲身经历了战乱，

① 〔清〕李渔：《笠翁一家言诗词集》，《李渔全集》第二卷，第8—9页。

才真正理解了杜诗，而且“尤觉杜诗略，十不及三四”。所以，他写作乱离诗，就是为了弥补杜诗的这一缺憾，进一步丰富杜诗。李渔为避锋镝，东奔西逃。他后来回忆起这段生活，仍然心有余悸：“甲申、乙酉之变，予虽避兵山中，然亦有时入郭。其至幸者，才徙家而家焚，甫出城而城陷。其出生于死，皆在斯须倏忽之间。”[①]

李渔梦想寻觅到陶渊明笔下的“桃花源”，来躲避这场浩劫：“桃花秦国远，流水武陵香。去去休留滞，回头是战场。”[②]可是，不久他就发现，这个想法是多么幼稚、荒唐和可笑！现在普天之下，莫非乱土，人们无处可逃，只能任人宰割。在七古《避兵行》中，李渔真实地反映了人民走投无路的困境：

八幅裙拖改作囊，朝朝暮暮裹糇粮。
只待一声鼙鼓近，全家尽陟山之岗。
新时戎马不如故，搜山熟识桃源路。
始信秦时法网宽，尚有先民容足处。
我欲梯云避上天，晴空漠漠迷烽烟。
上帝迩来亦好杀，不然见此胡茫然？
我思穴处避入地，陵谷变迁难定计。
海作桑田瞬息间，袁闳土室先崩替。
下地上天路俱绝，舍生取义心才决。
不如坐待千年劫，自凭三尺英雄铁。
先刃山妻后刃妾，衔须伏剑名犹烈。
伤哉民数厄阳九，天不自持地亦朽。
太平岁月渺难期，莫恃中山千日酒。[③]

在作者笔下，明清鼎革之际的战乱较之秦时的暴政更加残酷，暴秦时还能找到

① 〔清〕李渔：《闲情偶寄·饮馔部》，《李渔全集》第三卷，第255页。
② 〔清〕李渔：《笠翁一家言诗词集·甲申避乱》，《李渔全集》第二卷，第95页。
③ 〔清〕李渔：《笠翁一家言诗词集》，《李渔全集》第二卷，第42—43页。

桃花源这片净土躲避苛政，而明清之际，官兵和叛贼“搜山熟识桃源路”，人们上天无路，入地无门，只得全家自杀。李渔绝望地哀叹道：“太平岁月渺难期，莫恃中山千日酒。”

李渔的家毁于战火，乱后已无家可归。顺治二年（1645），幸好金华府通判许檄彩邀往府中，聘为幕僚。许檄彩名宸章，字檄彩，江苏常熟人，明贡生。李渔在《许青浮（檄彩）像赞》中写道：“公以吾郡别驾，即擢吾郡司马，怜人好士，容我于署中者凡二年。”[①]李渔入许通判府中，除为躲避战乱外，还想借此干一番事业，施展自己的平生抱负。他在《乱后无家，暂入许司马幕》诗中写道：

> 丧家何处避烽烟，一榻劳君谬下贤。
> 只解凌空书咄咄，那能入幕记翩翩。
> 时艰借箸无良策，署冷添人损俸钱。
> 马上助君唯一臂，仅堪傍执祖生鞭。[②]

在诗中，李渔自谦说，自己一介书生，只会书空咄咄，并无良策救济时艰，徒费俸银而已，只堪为祖生执鞭。李渔又一次提到了曾经率军北伐，收复黄河以南地区的东晋名将祖逖，不过，在这里，李渔是把许司马比作祖逖，对他寄予很高的期望。

但许府二年，李渔在政治上几乎一事无成，在其他方面倒是颇有收获。当时，不少文人和官僚从南京、杭州逃难到金华，著名诗人、“西泠十子”之一丁澎就是其中一位。据丁澎后来回忆，在金华的文人圈子中，李渔是一位很活跃的人物：“时李子方少壮，为任侠，意气倾其坐人。”[③]此外，李渔还给烽火连天的战乱岁月插入了一段小小的艳曲，即纳妾曹氏。据他在七绝《纳姬》三首的“题记”中称，曹氏乃“故明某公之幼妾，娶未期年而寡，其得归予者，以许檄

① 〔清〕李渔：《笠翁一家言文集》，《李渔全集》第一卷，第104页。
② 〔清〕李渔：《笠翁一家言诗词集》，《李渔全集》第二卷，第162页。
③ 〔清〕李渔：《笠翁诗集丁序》，《笠翁一家言诗词集》，《李渔全集》第二卷，第3页。

彩司马为押衙氏也”[①]。可见，曹氏曾是某一有权有势者之小妾，所以他与曹氏的婚事开始遇到了不小的阻力，赖许檄彩仗义出手相助，才如愿以偿。李渔起初担心妻妾不相容，没想到徐妻贤惠宽容，曹妾也善解人意，妻妾相得，其乐融融。李渔颇为欣喜，他在序七绝《贤内吟》十首之四云：“乙酉小春，纳姬曹氏，人皆窃听季常之吼，予亦将求武帝之羹。讵知内子之怜姬，甚于老奴之爱妾。喜出望外，情见词中。”[②]

当时徐氏所生长女淑昭已十七岁了，但一直没有生男。按照当时观点，“不孝有三，无后为大”，李渔纳妾的理由冠冕堂皇，善良柔顺的徐氏当然不敢冒不孝的罪名加以阻止。

顺治二年乙酉（1645），清兵大举南下，史可法沉江殉国，扬州陷落，南明王朝失去了最后一道军事屏障，随即灭亡。六月，清兵攻入杭州。弘光政权覆灭的消息传到浙江，原籍浙江鄞县的明末官僚钱肃乐，联合号称“六狂生”的宁波秀才董志宁、陆宇、王家勤、毛聚奎、华夏、张梦锡等，在宁波举旗反清，明定海总兵王之仁随即起兵响应。明末著名学者、浙江余姚人黄宗羲在余姚山中组织了一支义军，号为“世忠营”。这些义军联合原弘光朝的官僚，如总督江上军务的尚书朱大典、协理兵政的尚书张国维、总兵方国安等，将流落在台州的鲁王朱以海迎到绍兴，以监国的名义建立政权。

顺治三年（1646），清兵在方国安、阮大铖等明朝降臣的带领下围攻金华，总督朱大典固城自守，双方连续相互炮击，轰鸣如雷。从六月二十六日开始进攻，至七月十六日攻破金华，朱大典等二十余人自焚死。恶战之后的金华，城垣颓废，尸首遍地，满目苍凉，府治也为兵火所焚。许檄彩逃走，李渔再次避入深山。当他后来重新回到战乱后的金华时，眼前的景象令他触目惊心：

荒城极目费长吁，不道重来尚有予。
大索旅餐惟麦食，遍租僧舍少蓬居。

---

①〔清〕李渔：《笠翁一家言诗词集》，《李渔全集》第二卷，第321页。
②〔清〕李渔：《笠翁一家言诗词集》，《李渔全集》第二卷，第320页。

故交止剩双溪月，幻泡犹存一片墟。

有土无民谁播种，孑遗翻为国踌躇。[1]

李渔忍不住伤心惨目，一掬亡国之泪。他为死去的朋友焚骨埋尸，挥笔写下了许多悼念在战乱中死难者的诗文，如歌颂胡中翰："轻则鸿毛重泰山，志士谁能不沟壑。……既喜君能殉国危，复喜君能死知己。"[2]赞扬季海涛："服官无冷热，大节总宜坚。师道真堪表，臣心不愧毡。"[3]这时，烽烟弥漫，杀机四伏，生活在恐怖中的人们，如惊弓之鸟。嫩绿的枝条上，似乎仍然残留着战火；绽开的花朵，也仿佛森森剑戟。李渔冒着生命危险，热情讴歌那些坚持民族气节、为国殉难的仁人志士，愤怒声讨那些残民以逞的清兵，在当时不能不说是十分大胆和难能可贵的。

对于异族统治者入据中原，李渔和绝大多数汉族知识分子一样，是充满抵触情绪的。清统治者为了同化汉族人民，曾发布剃发诏令，要求布告发出之后，所有汉人全部剃发。若"遵依者为我国之民"，违命者就是心怀贰心，"必置重罪"。清统治者对诏令的执行是非常血腥和严酷的，所征服的地方，以十日为限，"留头不留发，留发不留头"。清兵以剃发匠人随军，挑担过市，强制剃发，抗拒者杀无赦，把头挑在担上示众。儒家传统文化认为"身体发肤，受之父母，不敢毁伤"，因此，清政府的剃发令激起了江南人民更加高涨的反抗情绪，是留发还是剃发成了是否坚持民族气节的标志。苏州、松江等地组织的"乌龙会"，就以反对剃发为宗旨，遇有剃发者立即处死。顺治二年（1645）六月，江阴爆发了以诸生许用和明朝典史阎应元为首的反对剃发的武装斗争，据城坚持斗争八十日。城破后，为了报复，清兵屠城三日，杀人十七万之多。同时，嘉定也爆发了以崇祯时任浙江右参政的官僚侯峒曾和进士黄淳耀为首的反对剃发起义。清兵对嘉定进行三次屠城，杀人两万多，这就是历史上著名的"嘉定三屠"。

当然，在残酷镇压下，汉族文人和士大夫虽心存不满，但大多不敢以身试

① 〔清〕李渔：《婺城乱后感怀》，《笠翁一家言诗词集》，《李渔全集》第二卷，第163页。
② 〔清〕李渔：《婺城行吊胡仲衍中翰》，《笠翁一家言诗词集》，《李渔全集》第二卷，第43页。
③ 〔清〕李渔：《挽季海涛先生》，《笠翁一家言诗词集》，《李渔全集》第二卷，第98页。

法，李渔就是如此。针对剃发一事，他写了好几首诗。如在《丁亥守岁》诗中，李渔沮丧地写道："骨立先成鹤，头髡已类僧。"[①]在《丙戌除夜》诗中又自嘲道："秃尽狂奴发，来耕墓上田。"[②]他还写有《薙发》二首，其一云：

晓起初闻茉莉香，指拈几朵缀芬芳。
遍寻无复簪花处，一笑揉残委道旁。[③]

李渔早上起床，闻到茉莉花香，便摘下几朵，下意识地往头上插。不料遍摸头上无簪处，只得苦笑几声，揉碎花朵弃于道旁。作者试图以其特有的幽默，消解自己内心的亡国之痛。但是，通过这首诗，我们仍然可以触摸到李渔发自内心的忧愤和不平。

作为一个饱经战乱的文化人，李渔不仅用自己的笔描述了人民的苦难，而且对劫火毁灭文明的行为也予以强烈的谴责。他写下了《吊书》四首。其三云：

将军偶宿校书台，怒取缥缃入灶煨。
国事尽由章句误，功名不自揣摩来。
三杯暖就千编绝，一饭炊成万卷灰。
犹幸管城能殉汝，生同几案死同堆。[④]

愚蠢无知的将军，把对国事的愤恨尽情发泄在儒生和文化之上，"始信焚坑非两事，世间书尽自无儒"，与当年秦始皇焚书坑儒的暴行何其相似！李渔这类诗作，在明末清初的作家作品中非常罕见，具有珍贵的史料价值。

总之，李渔战乱中的诗歌创作，真实地描写了明清易代之际金华、兰溪一带的动乱现实，是李渔诗集中最有价值的部分。如果说，李渔后期的诗主动学

---

① 〔清〕李渔：《笠翁一家言诗词集》，《李渔全集》第二卷，第103页。
② 〔清〕李渔：《笠翁一家言诗词集》，《李渔全集》第二卷，第98页。
③ 〔清〕李渔：《笠翁一家言诗词集》，《李渔全集》第二卷，第325页。
④ 〔清〕李渔：《笠翁一家言诗词集》，《李渔全集》第二卷，第161页。

习李白的话，那么，他这一时期的诗更像杜诗，把它也称为“诗史”毫不过誉。

隐居伊园

清统一之初，汉族尤其是东南沿海的知识分子多拒绝和新朝合作，有的亲自参加到抗清斗争中去；有的隐居山中不仕；有的虽做了贰臣，但身在清营心在明，暗中仍与抗清将领郑成功、张煌言等秋波频送。

明亡后，许多遗民知识分子痛心疾首，进而对明王朝的衰亡进行了深刻的检讨和反省。为什么堂堂天朝会亡于异族之手？一些作家以文学创作的形式来总结历史教训，如孔尚任的传奇《桃花扇》。对历史有着浓厚兴趣的李渔自然也在苦苦思考这些问题，并发表了自己独特的看法。他在小说《连城璧》中《乞儿行好事皇帝做媒人》的入话中，叙述了明末一个具有气节和操守的乞丐，在清兵来时投水自尽，并留下了一首遗诗：

三百余年养士朝，一闻国难尽皆逃。
纲常留在卑田院，乞丐羞存命一条。

清兵南下时，文武百官或闻风而逃，或望风而降，觍颜事贼。而一个卑贱的叫化子却能为国殉身，这与那些食君禄、居高位的文臣武将形成了何等鲜明的对比！对封建理学无疑也是个绝妙的讽刺。持这种看法的人在明末清初并不只有李渔一个。著名的戏剧家孔尚任在《桃花扇》中，就全力抨击了以马士英、阮大铖和弘光帝为代表的上层统治者，他们一面荒淫无耻，追求声色享受；一面又极力排斥史可法等元老重臣，大兴党狱。通过这些描写，作者痛心疾首地告诉观众，南明王朝的锦绣江山，是如何断送在这班昏君乱臣之手的。同时，孔尚任又以最大的热情塑造了李香君、柳敬亭、苏昆生、卞玉京、丁继之、兰田叔等底层人物的正面形象。这些妓女、艺人、清客们，社会地位虽极为低微，却能关心国家安危，耻与奸党为伍，临危不惧。剧中把他们的高尚品德和民族气节与那些高踞要津的官僚士大夫的龌龊行为进行对比，爱憎分明。

据《如皋县志·忠义传》记载：南宋末年，文天祥微服赴国难，路过如皋。大宋如皋县令朱省二却甘为元人走狗，准备捉拿文天祥。在这紧要关头，是一个普通的护堤农民张阿松冒着生命危险，热情地接待了文天祥，留文天祥在家住了五日。听到有兵追来，阿松父子二人，又让文天祥装扮成渔民，用船将他送到南通，逃亡海上。文天祥的七绝《过如皋》写道：

雄狐假虎之林皋，河水腥风接海涛。
行客不知身世险，一窗春梦送轻蒿。[①]

这段发生在如皋的历史掌故，给青年李渔留下了深刻的印象，给了他极大的情感刺激。后来，李渔在他的历史著作《论古》中，对民族英雄文天祥推崇备至："至于文丞相之死，不死于八日不食之余，而死于三载尚存之后，真所谓千锤之铁、百炼之钢，较尸浮海上之十万余人，犹觉忠纯义至。"[②]在同书中，他还歌颂了苏武、马援等守忠不屈之士，称赞他们是"华夏之忠臣义士"。因此，文天祥过如皋的历史事件，很可能影响了李渔对明亡历史教训的总结。

李渔没有亲身投入到血与火的抗清斗争中去，而是隐居起来，以不与统治者合作的方式，表示对清朝统治者的抗议。"自知不是济川材，早弃儒冠辟草莱"，[③]他决心"但作人间识字农"，托身草莱，做个忘怀世事得失的隐士。[④]后来，李渔虽从伊山复出，但还是大致信守了自己的承诺，他从没有参加过清政府举行的科举考试。我们知道，李渔功名富贵、光宗耀祖的思想一直都非常强烈，可以想见，清统一后，他决定永远放弃科举考试，是经过了一番多么激烈而痛苦的思想斗争！而这时，又有多少明文人士大夫向清统治者投怀送抱！著名诗人钱谦益、龚鼎孳等，率先做了贰臣，散文家侯方域等参加了清政府的乡

① 《全宋诗》第68册，北京大学出版社1998年版，第43016页。

② 〔清〕李渔：《论文天祥之全节》，《笠翁一家言文集》，《李渔全集》第一卷，第496页。

③ 〔清〕李渔：《六秩自寿四首》其二，《笠翁一家言诗词集》，《李渔全集》第二卷，第185页。

④ 〔清〕李渔：《伊山别业成寄同社五首》其五，《笠翁一家言诗词集》，《李渔全集》第二卷，第166页。

试，学者尤侗等则被清政府以博学鸿词科收罗，与他们相比，李渔的品格之高不言自明。然而，一些封建文人却片面地抓住他所谓“打抽丰”的行为不放，只见树木，不见森林，这是有失公允的。

战争过后李渔挈妇将雏，又回到了老家兰溪下李村。经过战火洗劫的下李村，到处是断壁残垣，破败荒凉。清人的铁蹄不但扫荡了明王朝，也碾碎了李渔的梦。李渔决定在下李村营构草庐，过自耕自食的农民生活。在《拟构伊山别业未遂》一诗中，他写道：

> 拟向先人墟墓边，构间茅屋住苍烟。
> 门开绿水桥通野，灶近清流竹引泉。
> 糊口尚愁无宿粒，买山那得有余钱。
> 此身不作王摩诘，身后还须葬辋川。[①]

可见，李渔早就注意上了伊山别业。还在崇祯年间，李渔刚从如皋搬到下李村不久，就在伊山的北面修建了一座亭子，叫“且停亭”，又名“十济庵”，供来往行人休憩，且停亭成为了“伊山十景”之一。据飨诚堂《李氏宗谱》称：“且停亭，崇祯年间笠翁公倡建，即匾额亦公手笔，今名十济庵。”据传，亭上还有一副对联，亦为李渔手笔：

> 名乎利乎，道路奔波休碌碌
> 来者往者，溪山清静且停停[②]

伊山别业坐落在下李村东北的伊山头，高三十余丈，广不足百亩。这里风景优美，伊山环拱屏障于后，清流激湍回环左右，更为重要的是，李渔家的祖墓就在旁边，他亲爱的母亲也长眠于此。这也许就是李渔对伊山情有独钟的主

① 〔清〕李渔：《笠翁一家言诗词集》，《李渔全集》第二卷，第148页。
② 〔清〕李渔：《李渔年谱》，《李渔全集》第十九卷，第21页。

要原因。李渔很早就打算将它买下，但因隔无宿粮，身无余钱，一直无力购置。如今，他的旧居已废于战火，而且他也做好了隐居乡间、啸傲余生的准备，因此，决定举债买下伊山别业。

李渔买下这块风水宝地后，立即着手将自己的家园建在上面。其实，还没买下它之前，李渔就在心里为自己的空中楼阁草拟过无数遍蓝图，如今，这些设计草图总算可以付诸施工了。当然，根据具体情况和工匠们的建议，他对原来的设计图作了一些局部的修改。

日夜施工一年之后，顺治五年（1648），房屋终于建成，李渔将它命名为“伊山别业”。

明代著名的园林建筑家计成说，构园先要选好地，“相地合宜，构园得体”。关键技术则在“巧于因借，精在体宜”。他进一步解释道：“‘因’者，随基势之高下，体形之端正，碍木删桠，泉流石注，互相借资；宜亭斯亭，宜榭斯榭，不妨偏径，顿置婉转，斯谓‘精而合宜’者也。”“‘借’者，园虽别内外，得景则无拘远近，晴峦耸秀，绀宇凌空，极目所至，俗则屏之，嘉则收之，不分町疃，尽为烟景，斯所谓‘巧而得体’者也。体、宜、因、借，匪得其人，兼之惜费，则前工并弃，即有后起之轮。云何传于世？”[①]伊山别业是一座构思独特的乡间别墅，充分体现了以计成为代表的明代园林建筑思想。一条小河从附近缓缓流过，李渔指挥工人凿开一条水渠，将水引来，让它环绕着房屋四周流淌，形成护屋河，从而把房屋与外界隔开。大门外的河上架起一座便桥，用于出入，成了房屋主人与外界交往的唯一通道。这样，伊山别业既安全又富于诗情画意。房屋正门面对着大山，一开门，青山排闼而来，诗意盎然。山上茂密的树木，犹如一幅翠色屏幕，生机勃勃，使人须眉皆绿。从窗口向外眺望，青山绿野映入眼帘。屋前有一方塘，塘边桃红柳绿；屋后有一瀑布，李渔把几根粗大的竹子打通，把它们连接在一起，将竹管的一端接在屋后的山泉上，把泉水引入厨房内。房屋四周满栽花草果树，夏天凉爽宜人。李渔还打算在房屋后院中养鸡鸭和蜜蜂，妻妾则养蚕缫丝。这样，伊山别业就成了一个自产自足、

---

① 〔明〕计成：《园治》，中国建筑工业出版社1981年版，第18页。

无需外求的世外桃源。

李渔又在园内构筑了燕又堂、停舸、宛转桥、宛在亭、踏响廊、打果轩、迂径、蟾影口、来泉灶等景点，总之因陋就简，匠心独运。从李渔为伊山别业写的《十便》和《十宜》等诗可以看出，伊山别业既经济实用又风光迷人，显示了李渔在建筑方面的杰出才能。然而，由于经济条件所限，伊山别业不过是李渔在园林建筑方面的牛刀小试，他这方面才能的尽情发挥，还要等到营建芥子园时。

李渔搬入新居后，写了五首诗，表达自己的山居之乐和隐逸之志，其中有两首云：

其三

南轩向暖北轩凉，宜夏宜冬此一方。
栽遍竹梅风冷淡，浇肥蔬蕨饭家常。
窗临水曲琴书润，人读花间字句香。
诗债十年酬未始，拟从今日备奚囊。

其五

但作人间识字农，为才何必擅雕龙。
养鸡只为珍残粒，种橘非缘拟素封。
酒少更栽三亩秫，花多添饲一房蜂。
贫居不信堪舆改，依旧门前着好峰。[①]

然而，李渔有时称伊山别业为“容身小屋”，这告诉我们，所谓“别业”，可能不过是一幢设计精巧的蓬屋草房罢了。“燕又堂”“停舸”等充满诗意的名称，也许是李渔苦中寻乐而已，其实名不符实。但是，总算有了安身之地，李渔心中的阴霾暂时散去，豁然开朗。在这一时期，李渔吟诗填词五十余首，如五言律诗《山居杂吟》五首，七言律诗《伊山别业成寄同社》五首，五言绝句

① 〔清〕李渔：《伊山别业成寄同社五首》，《笠翁一家言诗词集》，《李渔全集》第二卷，第166页。

《伊园杂咏》七首，五律《我爱江村晚》七首，七言绝句《伊园十便》《伊园十二宜》，还有《山居漫兴》等词作。

李渔原名仙侣，字谪凡，号天徒，这时他改名为李渔，字笠鸿，号笠翁。其中有一首《忆王孙》词给我们透露出了他改名的原因：

> 不期今日此山中，实践其名住笠翁。聊借垂竿学坐功，放鱼松，十钓何妨九钓空。[①]

由此可见，李渔归隐兰溪，构建伊山别业之后，为了“实践其名住笠翁”，遂改今名。“十钓何妨九钓空”，李渔垂钓之意不在鱼，而在“坐功”，即为了表明自己的隐逸情怀。李渔的其他诗作，也表露了这一心迹，如《伊园十便·钓便》：“不蓑不笠不乘舠，日坐东轩学钓鳌。容欲相过常载酒，徐投香饵出轻鲦。”[②]《安贫述》之一：“为农不披蓑，田间有高树；为渔不戴笠，绿水斜通户。非不备阴晴，无所施其具。”[③]

然而，据沈新林先生说，传主改名另有隐情，这是他思想上的里程碑。[④]李渔的《耐歌词》中有一首《渔家傲本题》，给我们传递了这一信息：

> 世上多男谁第一？渔人不解操何术，儿女满船难着膝，尤奇特，冲风冒雨无他厄。多少贵人求不得，渔家自视为常格。执此傲人人尽默。难回诘，其余乐事多难述。

方渭仁评：“渔人多子，举世皆然。从未引入诗词，又从傲字拈出，恰合本题，令人叫绝。”[⑤]

---

①〔清〕李渔：《笠翁一家言诗词集》，《忆王孙·山居漫兴》，《李渔全集》第二卷，第387页。

②〔清〕李渔：《笠翁一家言诗词集》，《李渔全集》第二卷，第311页。

③〔清〕李渔：《笠翁一家言诗词集》，《李渔全集》第二卷，第7页。

④ 沈新林：《李渔评传》，南京师范大学出版社1998年版，第39页。

⑤〔清〕李渔：《笠翁一家言诗词集》，《李渔全集》第二卷，第449页。

俗话说，无官一身轻，有子万事足。李渔却“少不宜男”，结婚多年，仍未生男，不免有些遗憾。尤其是他绝意功名，隐居田园后，求子之心就更为急切。封建宗族社会对子嗣是非常重视的，李渔当然也不能免俗。在他后来写的小说《连城璧》中，有一篇《重义奔丧奴仆好 贪财殒命子孙愚》，李渔在开头议论道：“话说人间子嗣一节，是人生第一桩大事，祖宗血食要他绵；自己终身要他养；一生挣来的家业要他承守。”因此，李渔想尽了一切办法求子嗣，改名为“渔”，就是希望自己有旺盛的生育能力。他的太太和姬妾还怀疑房屋的风水出了问题，请来一位风水先生视察。对于这之类的迷信，李渔本来是反对的，可是，这次他不想扫妻妾们的兴，只得抱着信则有、不信则无的态度处之。风水先生到房屋内外各处看了看后，建议李渔与妻妾分榻而睡，这是提醒他节制性生活。李渔没想到风水先生会说出这样有道理的话，便接受了他的建议。他曾在一首诗的诗题中谈到过此事：“内子与侧室并不宜男，因听堪舆家言，改设二榻。榻成索诗，予令随口限韵，内子曰：予徐姓，姬曹姓，即以二姓为韵可也。走笔应之。”[①]不过，这个办法后来也没有奏效。

我们认为，李渔改名当也与古代生殖崇拜有关。中国古代的生殖信仰不但表现为人类本身，而且普遍寄寓于自然界的植物和动物中，“这些自然物包括多子植物、多产动物以及能同妇女的生育行为进行类比的自然物。到了图腾信仰阶段，上述两种心理情感就会集中体现为对于生殖原因的好奇；曾经与某种事变发生偶然联系的动植物就会被选择出来成为生殖概念的具象；它或它们就会同时承担两种角色：既是妇女生殖力的象征，又是妇女怀孕原因的象征，并进而成为氏族的象征。接下来，一旦祖先信仰成为新的信仰焦点，男女之间为生殖而进行的活动就会被人们认识和注意，图腾物就会被女性祖先、男性祖先或他们的象征物所代替。”[②]鱼和葫芦等多子而又形似女阴的动、植物，就这样成了生殖崇拜图腾物。李渔改名之后数年，连举数子，这件事对他影响很大，李渔后来转而较为迷信，或与此不无关系。

---

① 〔清〕李渔：《笠翁一家言诗词集》，《李渔全集》第二卷，第93页。可能其他人也有这样的看法，所以李渔在《伊山别业成寄同社五首》之一中说：“贫居不信堪舆改，依旧门前着好峰。”

② 王小盾：《原始信仰与中国古神》，上海古籍出版社1989年版，第115—116页。

山村的生活平静而单调，但李渔最初对这种悠闲自得的隐居生活是满意的，他在五律《我爱江村晚》中写道：

其三

我爱江村晚，家家酿白云。

对门无所见，鸡犬自相闻。

其六

我爱江村晚，门无显者车。

道傍沽酒伴，什九是樵渔。①

有迹象表明，李渔除在伊山别业练“坐功”外，还经常出游。兰溪风景优美，古迹也不少，如灵源积庆侯庙、兰阴石刻、东峰亭、望衢亭、六洞山及小飞来峰等。唐代诗人戴叔伦在《兰溪棹歌》中写道：

凉月如眉挂柳亭，越中山色镜中看。

兰溪三月桃花雨，半夜鲤鱼来上滩。

元萨都剌也有一首《兰溪舟中》诗：

水底霞添鱼尾赤，春波绿占白鸥汀。

越船一叶兰江上，载得金华一半青。

这些地方都留下了李渔的足迹，他还到过离兰溪不远的衢州、常山、开化、义乌等地。李渔出游，主要是为了饱览浙东的名山胜水，为文笔生色。

但是，李渔并不了解自己，他轻率地把自己封闭起来了。实际上，李渔天性好动不好静，练“坐功”的时候，他只能感觉到生活的闲散，而无法享受到

---

①〔清〕李渔：《笠翁一家言诗词集》，《李渔全集》第二卷，第263页。

内心的宁静，有时候，心里会飘来一丝惆怅，一丝失落，甚至一丝烦躁。他发现，自己的感觉似乎比从前迟钝了，澎湃奔放的激情也很久没有撞击他的心灵。对一个作家来说，这并不是好事。于是，李渔开始着手调整自己的生活方式，一方面开始读书作文，另一方面则尝试融入到乡人们的生活中去，主动做一些族务和公益事业，借以驱赶内心的寂寞。

首先，李渔参与了清理家族的公共财产和账目。由于战争等原因，这些账目已很久无人过问，变得混乱不清了。李渔每天一早就端坐在书桌前，一手翻着账本，一手打着算盘，不断地写写画画，勾销已故族人的死账，补入应新增的账目，一一理清收入和支出。这件事耗费了他两个多月的时间，但他似乎余兴未尽，又向族中建议修建石坪坝。1935年重修的飨诚堂《家谱》卷一“水利”记载了此事：

> 伊山后石坪，上受厚伦方与胡楼山堰之水，应注伊山畈一带，坪久塌坏。顺治年间笠翁公重砌完固。彼时笠翁公构居伊山之麓，适有李芝（之）芳任金华府刑厅之职，与笠翁公交好，求出牌晓谕，从石坪处田疏凿起，将田内开掘堰坑一条，直至且停亭，复欲转湾伊山脚住宅前绕过。公意欲令田禾使有荫注，更欲乘兴驾舟为适情计也。后因折生塘胡楠木厅欲建祠中飨堂，胡姓刁诈，事不如愿，结讼终止，此堰坑亦未开掘完局，其石桥复冲坏一段，今改作二段。[1]

通向村后伊山畈的灌渠，由于年久失修而被湮塞堵住。伊山畈是李氏家族的祭田，也是族中公积金的来源之一，原来一直栽种水稻，自灌渠堵塞后，由于缺水，只得改种小麦、红薯等作物。李渔在清理族中公共财务时，发现祭田对族中公共资金的贡献逐年减少，因此，他建议重新疏通，并提出新渠应从石坪处开始疏凿，由两条互不相连的河道连起来，直通到且停亭，然后从伊山脚下李渔宅前流过。这样不但可以灌溉田禾，李渔还可以直接从家门口驾舟出行，

---

① 《李渔年谱》，《李渔全集》第十九卷，第21页。

可谓公私两得。

但是，这条灌渠必须经过邻近的下胡村，并占用其中的一部分土地，下胡村人坚决不同意。为此，李渔只得亲自去了一趟金华，请当时任金华府推官的朋友李之芳帮忙。李之芳虽正春风得意，但并没有轻慢这位从乡间来的友人，而是热情地接待了他，同时爽快地答应了李渔的请求，立即签发了一道命令，宣布支持下李村的开渠行为。

然而，当李渔匆匆赶回下李村时，他并没有那种完成使命的快乐。金华之行，仿佛在他平静的心灵港湾中投下了一枚炸弹，激起了阵阵波澜。

内心驿动

李渔从金华回来后，在金华的所闻所见使他久久不能入睡。“故交止剩双溪月，幻泡犹存一片墟”的金华，又恢复了往日的繁华。从行人的脸上，已很难找出他们不久前经历过一场天崩地裂的浩劫的痕迹。李之芳摇身一变成了新贵，应了那句“识时务者为俊杰”的古老格言。而且据他讲，丁澎已回到杭州，正在积极准备参加清政府即将举行的科考。这一切变化使李渔内心难以平静。他忽然意识到自己被生活遗弃了，不由得一阵惆怅。在李之芳面前，他似乎觉得自己不是一个傲世脱俗的隐士，而更像一个乡巴佬。如果长此以往，自己不就成了孔子所说的、只能挂在壁上供人欣赏而没有任何用处的“匏瓜”吗？于是，他从床上爬起来，挥笔写下了组诗《山居杂咏》，其一云：

为结山林伴，因疏城市交。
田耕新买犊，檐盖旋诛茅。
花绕村为县，林遮屋是巢。
此身无别往，久系欲成匏。[①]

---

①〔清〕李渔：《笠翁一家言诗词集》，《李渔全集》第二卷，第89页。

连续几夜，李渔想了很多很多，想起了那些拖儿带女四处仓皇逃难的苦难日子，想起了那些在战乱中死去的亲朋好友，想起了录取为五经童子时考官许豸称扬他的荣耀，想起了母亲对他的信任和殷切期望，想起了那些刻在如皋宅院里梧桐树上的豪言壮语，想起了在老鹳楼上面对大海发下的誓言……所有这一切，都形成了强大的诱惑，使他烦躁不安。他不断地叩问自己，当年决定隐居伊山是不是出于一时冲动？

李渔开始为自己改变初衷寻找理由。

李渔自称“但作人间识字农”，实际上，他在伊山别业并非真的像农民那样种田耕作，而只不过养花种草，饮酒赋诗而已，如《治圃》吟道：

> 老农不可作，圃事尚堪娱。
> 宁为夫子薄，吾愿学樊须。①

这样坐吃山空，经济难免捉襟见肘。况且，这几年风不调雨不顺，他在《卖山券》中就说过：“讵意兵燹之后，继以凶荒，八口啼饥。”因此，李渔感到在下李村很难生活下去了。

况且，正在修筑的石坪坝也被迫停止。尽管李渔从金华回来后，李之芳随即签署了文告，但是，下胡村人并不肯轻易地屈服和放弃，他们也在四处活动，疏通关节，并向更高一级的官府控告。此事未了，下李村又因拆生塘胡楠木厅欲建祠中飨堂，与胡姓发生了纠纷，胡姓可能找到了更大的来头，修建飨堂之事遂被迫终止。这可能是促使李渔离开兰溪的导火索。李渔的好友虞巍后来在《怜香伴序》称“笠翁携家避地，穷途欲哭”。可见，李渔移家杭州，的确还有难以言说的隐情。

经过一段时间的慎重考虑后，李渔认为，外面的世界也许很精彩，现在到了该出去闯一闯的时候了。天生我材必有用，他不能把自己永远埋没在这个偏僻的山村，他不能默默无闻无所作为地了此一生。实际上，就在伊山别业尚未

---

①〔清〕李渔：《笠翁一家言诗词集》，《李渔全集》第二卷，第267页。

完全竣工时，李渔“但作人间识字农”的想法就曾经动摇过，这在顺治三年（1646）除夕之夜写的一首诗中已有所表露：“著述年来少，应惭没世称。岂无身后句，难向目前誊。……每逢除夕酒，感慨易为增。”[①]以前，他曾信誓旦旦地说：“但作人间识字农，为才何必擅雕龙”，按理说，一个决心做隐士的人是不会“应惭没世称”的，但是，这种内心偶尔的躁动，不久就被伊山别业竣工所带来的喜悦冲淡，而现在，这些又被重新勾引起来了。他不得不承认，他喜欢座中客常满、杯中酒不空的生活，而伊山别业是寂寞无为的。对他来说，城市生活的纷扰喧嚣比乡村的宁静寂寥更有吸引力。他喜欢色彩斑斓，喜欢高谈阔论，喜欢美食，喜欢美女，喜欢被人赞美和夸奖！

接下来的问题是，应该选择什么手段来达到自己的目标，这是让他颇费踌躇的。可以肯定，李渔出山之前进行过一番激烈的思想斗争和反复权衡——像李之芳那样，投入清朝统治者的怀抱，摇尾受新衔吗？但自己没有科名，只是一个普通的秀才，对新朝而言，没有什么利用价值，此路不通！去投奔某个封疆大吏，做幕客吗？这又与他自由散漫的个性格格不入，他也不愿意。像丁澎那样，重新捡起八股，寒窗苦读，追逐科名吗？但是，自己已是四十多岁的人了，《礼·曲礼》上说：“四十曰强而仕。”就是说，四十岁是一个人仕进的最后机会，过了四十，就不应再去追求功名。李渔很赞同《礼·曲礼》中的这句话，他后来在小说《十二楼·闻过楼》中，借主人公顾呆叟之口表达了这种观点：“秀才只可做二十年，科场只好进五六次。若还到了强仕之年而不能强仕，就该弃了诸生，改从别业，镊须赴考的事我断断不为。”

然而，他之所以不愿意走上述三条路，还有更重要、更深层的原因，那就是，作为一个晚明诸生，他无法彻底割舍对朱明王朝的眷恋，更无法抹去“扬州十日”“嘉定三屠”留下的血腥味。他还记得，自己当年是如何忍气吞声执行了清统治者的剃发令，是清朝统治者的铁蹄碾碎了他的科举仕宦之梦；他不能愧对胡中翰、季梅涛等死节之士的在天之灵；他不能使自己隐居伊山别业的行为显得矫情、虚伪和可笑……因此，他必须选择一条既能保持自己的独立人格，

---

①〔清〕李渔：《丁亥守岁》，《笠翁一家言诗词集》，《李渔全集》第二卷，第103页。

又切实可行、能实现自己梦想的道路。

因此，李渔必须另辟蹊径。经过再三考虑，他决定举家迁往省城杭州，卖文为生。这样的决定，是李渔对个人、对当时社会作了再三的估量和研究后作出的。李渔并不认为卖文为生是一件低贱的事。明中叶以来，以王学左派为代表的进步思潮呼吁尊重人的价值和尊严，李贽说“人人皆可以为圣”[①]，只要你对他人对社会作出了贡献，你就是圣人，而与个人所从事的职业无关。名士何伟然说：“技到妙处，皆足不朽，何必骚词?”[②]袁宏道称：“薄技小器，皆得著名。”[③]李渔深受王学左派的影响，他坚信：“天生一人，必备一人之用”[④]，认为成名不一定非得要做官，其他精一技一艺也行。他曾指出：

> 一艺即可成名，农圃负贩之流，皆能食力。古人以技能自显，见重于当世贤豪，遂致免于贫贱者，实繁有徒，未遑仆数；即今耳目之前，有以博弈声歌、蹴鞠说书等技，遨游缙绅之门，而王公大臣无不接见恐后者。[⑤]

在封建社会，诗文被视为文学正宗，戏曲小说则是难登大雅之堂的“末技”和“贱业”。但李渔却认为：

> 填词一道，非特文人工此者足以成名，即前代帝王，亦有以本朝词曲擅长，遂能不泯其国事者。请历言之：高则诚、王实甫诸人，元之名士也，舍填词一无表见；使两人不撰《琵琶》《西厢》，则沿至今日，谁复知其姓字？是则诚、实甫之传，《琵琶》《西厢》传之也。汤若士，明之才人也，诗文尺牍，尽有可观，而其脍炙人口者，不在尺牍诗文，而在《还魂》一剧；使若士不草《还魂》，则当日之若士已虽有而若无，况后代乎？是若士

① 〔明〕李贽：《答耿司寇》，《焚书·续焚书》，第30页。
② 〔清〕黄宗羲：《明文海》第419卷，中华书局1987年版。
③ 〔明〕袁宏道：《与龚散木》，《袁中郎随笔》，作家出版社1996年版，第72页。
④ 〔清〕李渔：《与龚芝麓大宗伯》，《笠翁一家言文集》，《李渔全集》第一卷，第162页。
⑤ 〔清〕李渔：《与陈学山少宰》，《笠翁一家言文集》，《李渔全集》第一卷，第165页。

> 之传，《还魂》传之也。此人以填词而得名者也。历朝文字之盛，其名各有所归，“汉史”“唐诗”“宋文”“元曲”，此世人口头语也。《汉书》《史记》，千古不磨，尚矣；唐则诗人济济，宋有文士跄跄，宜其鼎足文坛，为三代后之三代也。元有天下，非特政刑礼乐一无可宗，即语言文学之末，图书翰墨之微，亦少概见；使非崇尚词曲，得《琵琶》《西厢》以及《元人百种》诸书传于后代，则当日之元亦与五代、金、辽同其泯灭，焉能附三朝骥尾，而挂学士文人之齿颊哉？此帝王国事，以填词而得名者也。由是观之，填词非末技，乃与史传诗文同源而异派者也。[①]

词曲不仅可以使一名作家流芳后世，也可使一代帝王甚至一个时代永垂后世。所以，“填词非末技，乃与史传、诗文同源而异派者也。”而且，李渔从小就对填词有着浓厚的兴趣，并且有这方面的特殊天赋，为什么不在这方面与天下人一较短长呢？

而且，自明中叶以后，小说戏曲的地位，经过李贽、袁宏道等人的提倡，已有了很大的提高。李贽称《西厢记》和《水浒传》是“古今至文”。袁宏道认为，在艺术方面，《水浒传》超越了《史记》和《六经》。更为重要的变化是，自明中叶以后，随着资本主义经济的萌芽和发展，以小说、戏曲为代表的通俗文学创作，开始明显地打上商品生产的烙印，带有自觉的商业赢利性质。通俗文学的受众和作者数量急剧膨胀，“农工商贩，抄写绘画，家畜而人有之”[②]。以致“纸为之贵，无翼飞，不胫走”[③]。一些颇有名气的文人墨客开始涉足文化产业，他们不但从事著述，也开设书肆、笔店、墨庄和印刷工厂，如袁无涯、叶敬池、陆云龙、许自昌和凌濛初等人都是明末有名的作家和书商，尤其是常熟汲古阁主人毛晋，以藏书刻书闻名海内，其家印刷工厂规模之大，刻书之多，前所罕有。文人经商，商人业儒，儒商关系日见密切。而杭州，自明中叶以来，就成了通俗文学生产、出版和销售的中心之一，培育了众多通俗文学读者。因

① 〔清〕李渔：《闲情偶寄·词曲部上》，《李渔全集》第三卷，第1—2页。

② 〔明〕叶盛：《水东日记》卷二十一，中华书局1980年版，第30页。

③ 〔明〕空观主人：《拍案惊奇序》，《明清小说序跋选》，春风文艺出版社1983年版，第1页。

此，李渔自信凭着自己的这一特长，可以养家糊口，鸣于当世。他相信，卖文为生是切实可行的。

这样，李渔大约在顺治七年（1650）前后，忍痛贱价卖掉了自己精心营造的伊园，举家迁往杭州。大概李渔卖伊园时受了乡里富人的掯勒之苦，所以他到杭州后就以卖伊园事件为原型，创作了小说《三与楼》。小说中“一生爱造园亭，穷精极雅”的虞素臣，乃是李渔自寓。入话中引用了他卖伊园时写的两首诗：

卖楼徙居旧宅

茅斋改姓属朱门，抱取琴书过别村。
自起危楼还自卖，不将荡产累儿孙。

还有一首《卖楼》七律。但是，李渔虽然勉作达观的话，心中却希望将来有好儿子、好朋友帮助恢复自己的产业。

然而，当李渔告别伊山别业时，难免有些恋恋不舍，伊山别业毕竟凝聚了他大量的心血，他特地满怀深情地撰了一篇《卖山券》，其中说：

故海内名山，皆有所属，如严陵受氏于子陵，龙冈贻称于诸葛，兰亭噪名于羲之，赤壁蜚声于子瞻，诸难枚述。自商贾仕宦以及樵畛牧竖，经其地则绎其名，不俟问津而后识。其富且贵者，虽积金与山齐，力能负之而走，终不能削前人之姓氏，而代以己名。即或业主递更，亦仅同守薪之吏、灌园之丁，为护往迹而已。若号于人曰：“此山为我有也。”谁其然之？

伊山在瀔之西鄙，舆志不载，邑乘不登，高才三十余丈，广不溢百亩，无寿松美箭、诡石飞湍足娱悦耳目，不过以在吾族即离之间，遂买而家焉。吾侪小人，既无德行可传，而诗文又不能好，第山鲜奇胜，投以鄙固之辞，亦未甚亏其价值，谬计可常有之矣。讵意兵燹之后，继以凶荒，八口啼饥，悉书所有而归诸他氏。噫，山弃人耶？人弃山耶？何相去之疾而相别之

> 惨也！[①]

李渔宣称，名山名园，皆以贤人而闻名，而不在乎你拥有它多久。言外之意是说，我今天虽然被迫卖掉了伊山别业，但是，等着吧，它还终将因为我而留名于世！由此可见，李渔离开兰溪时，是何等的自信和雄心勃勃！众所周知，李渔后来以他杰出的成就实现了他的预言。据史载，李渔的伊山别业古迹至清末犹存，在今天，伊山与李渔一起更是永远留在了兰溪人心里。

可以说，李渔是怀着不愉快的心情卖掉伊山别业离开兰溪的。然而，当他来到杭州，初尝漂泊之苦后，才感觉到伊山隐居生活是多么难得。他在小说《闻过楼》中，追怀往事，将在伊园时作的诗移录在入话中，又说，古语云："小乱避城，大乱避乡""予生半百之年，也曾在深山之中做过十年宰相，所以极谙居乡之乐。如今被戎马盗贼赶入市中，为城狐社鼠所制，所以又极谙市廛之苦"。认为"此等福地，虽不敢上希蓬岛、下比桃源，方之辋川、剡溪诸胜境，也不至多让"。尤其是他历经沧桑之后回忆起这段生活时，仍是满怀深深的眷恋之情，认为这是自己一生中最快乐的日子：

> 追忆明朝失政以后，大清革命之先，予绝意浮名，不干寸禄，山居避乱，反以无事为荣。夏不谒客，亦无客至，匪止头巾不设，并衫履而废之。或裸处乱荷之中，妻孥觅之不得；或偃卧长松之下，猿鹤过而不知。洗砚石于飞泉，试茗奴以积雪；欲食瓜而瓜生户外，思啖果而果落树头。可谓极人间之奇闻，擅有生之至乐者矣。后此则徙居城市，酬应日纷，虽无利欲薰人，亦觉浮名致累。计我一生，得享列仙之福者，仅有三年。[②]

这时，李渔已年届不惑。隐居兰溪可以说是他生活和思想方面的重大转折点，生活上，他虽已由小康坠入困顿，但却由颠沛流离趋于安定；人生理想

---

①〔清〕李渔：《笠翁一家言文集》，《李渔全集》第一卷，第128—129页。

②〔清〕李渔：《闲情偶寄 · 颐养部》，《李渔全集》第三卷，第318—319页。

方面，他已由一个科举士子变成了“识字农”，由热衷于功名富贵变得绝意科举仕进，选择了卖文为生的道路，并最终成为中国文学史上罕见的一个专靠创作为生的文人；在他个人性格和艺术风格方面，则由原来的庄重严肃变为诙谐通脱。

第二章　卖赋杭州

穷游舞榭

清顺治八年（1651），李渔满怀希望和梦想，举家迁居省城杭州，开始了一种全新的生活，并在那里，以其文学创作铸就了生命的辉煌。

杭州地处浙江东北部，是京杭大运河的南方终点。这里有波光潋滟的西湖，有涛声如雷的钱江，有轻柔飘逸的丝绸，有韵味悠长的龙井茶，被誉为“人间天堂”。杭州不但以它的湖光山色著称于世，而且到处弥漫着浓郁的艺术情调，千百年来，令无数的文人墨客魂牵梦绕。唐长庆二年（822），著名诗人白居易出任杭州刺史。当他回到北方后，仍时时沉醉在对杭州的回忆中，因此写下两首著名的《忆江南》词来寄托对杭州的思念，其一云：

> 江南忆，最忆是杭州。山寺月中寻桂子，郡亭枕上看潮头。何日更重游？

宋熙宁六年（1073），大诗人苏东坡任杭州通判。有一天，他与朋友荡舟西湖，饮酒取乐。在阳光的照耀下，只见西湖波光粼粼、柔情万种。忽然，风云突变，下起一阵淅淅的细雨，西湖变得山色空蒙。凄艳迷离。东坡不禁想起了越国美女西施，挥笔写下了《饮湖上初晴后雨》二首，其一云：

水光潋滟晴方好，山色空蒙雨亦奇。
欲把西湖比西子，浓妆淡抹总相宜。

稍早于东坡的浪子词人柳永，填有《望海潮》词一首，更是写尽了当时杭州的繁华富庶：

东南形胜，三吴都会，钱塘自古繁华。烟柳画桥，风帘翠幕，参差十万人家。云树绕堤沙。怒涛卷霜雪，天堑无涯。市列珠玑，户盈罗绮竞豪奢。　　重湖叠巘清嘉。有三秋桂子，十里荷花。羌管弄晴，菱歌泛夜，嬉嬉钓叟莲娃。千骑拥高牙。乘醉听箫鼓，吟赏烟霞。异日图将好景，归去凤池夸。

后来，有人把这首词与北宋的亡国悲剧联系在一起，称这首词流传到北方时，金主完颜亮读了后，为美丽、繁华的杭州所倾倒，于是立誓率军渡江，提兵西湖，立马吴山。南宋诗人谢处厚还为之写了一首诗：

谁把杭州曲子讴？荷花十里桂三秋。
那知卉木无情物，牵动长江万里愁！①

公元12世纪，北宋灭亡后，康王赵构渡江南逃，在杭州建立了南宋王朝。然而，南宋统治者恢复中原的雄心壮志，不久就被杭州的妩媚柔婉和轻歌曼舞所消磨，“直把杭州作汴州”，中原已经不在他们的记忆中了。

蒙古人入主中原后，遭受战火蹂躏的杭州的经济和文化迅速得到了恢复和发展，从元大德末年开始，它又代替大都成了戏剧创作中心，南方以及流寓南方的北方作家，都聚集在这里。

在北杂剧衰微的同时，产生于浙江温州的另一种戏剧形式——“戏文”又

① 〔宋〕罗大经：《鹤林玉露》卷一“十里荷花”，中华书局1983年版，第33页。

兴盛起来，并衍生了余姚和海盐等戏剧声腔。至明代，在南戏和北杂剧的基础上，又形成了一种全国性的剧种——传奇，杭州仍然是它茁壮成长的肥沃土壤。吕天成在《曲品》中就指出："博观传奇，近时为盛。大江左右，骚雅沸腾；吴浙之间，风流掩映。"①

杭州不但是戏曲发展的重镇，而且是通俗小说尤其是才子佳人小说的创作和消费中心之一。有迹象表明，《三国志通俗演义》的作者罗贯中和《水浒传》的作者施耐庵都与杭州有密切的关系。

明王朝建都南京后，明太祖朱元璋曾下令将元代杭州西湖书院所刻二十余万板片转移到南京国子监，宋元以来杭州出版业的领导地位遂为南京所夺，以致明朝陆深称"今杭绝无刻"。其实，明代杭州的出版业虽远不能与宋元时期相比，但仍然相当发达，书坊可考者有二十四家，其中平山堂、容与堂、钱塘金衙、古杭秋爽阁、文会堂等，都以刊刻戏曲小说而著名。

总之，杭州在当时是个经济繁荣、文化发达的城市，这是李渔选择来杭州发展的重要原因。

李渔刚来杭时，生活非常艰难，穷途欲哭。他最初居住在武林门外，当时，那里还是城市和郊区的交界处，比较偏僻。屋外有个小小的池塘，李渔伏案读书写作，只有门外的蛙声常常打破深夜的岑寂。

李渔揣着出售伊山别业得来的有数几个钱，来到处处都要花钱的城市闯天下，不能不说是个冒险。一家八口，包括妻妾、儿女、婢仆，都把希望的目光投向李渔。不久，囊中就开始羞涩，遂至借债度日。虽然生活清苦，但大家都无怨无悔，坚信李渔一定会有办法，全家人和睦相处，其乐融融。虞巍曾以梁鸿、孟光举案齐眉，比喻这时李渔与妻妾之间的关系："窃窥伯鸾，见其妻妾和偕，皆幸得御夫子，虽长贫贱，无怨。不作《白头吟》，另具红拂眼，是两贤不但相怜，而直相与怜李郎者也。"②这使李渔感到十分欣慰，并得以把全部精力投入到创作中去。

① 《中国古典戏曲论著集成》六，中国戏剧出版社1959年版，第211页。

② 〔清〕虞巍：《怜香伴序》，《笠翁传奇十种上》，《李渔全集》第四卷，第3页。

顺治八年（1651），李渔四十一岁。元旦这一天，他写下了五言律诗《辛卯元日》，对未来的新生活进行了展望：

又从今日始，追逐少年场。
过岁诸逋缓，行春百事忘。
易衣游舞榭，借马系垂杨。
肯为贫如洗，翻然失去狂。①

新春节日，债主也不上门追债了，李渔心情轻松了许多。面对歌舞繁华的杭州，他忽然觉得，自己在伊山别业中的枯寂生活过得太久了，虽年逾不惑，他还是不由得聊发少年狂，换上平时很少穿的新衣，向朋友借来马匹，快马加鞭赶往歌楼舞馆。当然，他去那里不是为了追欢买笑，而是进行市场调查，了解观众喜欢何种内容、何种风格的戏剧。李渔当时的目的很明确，他写作是为了还债，为了生存，而不是为了立身扬名。如果把写作视为名山事业的话，伊山别业的创作环境也许比喧嚣的都市更为理想。他之所以两手空空，冒险举家来到杭州，就是因为这里是文化产品的生产和消费中心，在这里更容易捕捉到文化商业信息，更容易掌握观众的审美取向，更容易使自己的创作面向市场，也更容易把自己的作品推向市场。在李渔看来，市场是至高无上的，是决定一切的。唯美主义戏剧家汤显祖、吴炳等人的作品，虽然风行于世，但李渔却毫不客气地指出：《牡丹亭》等剧，“得以偶登于场者，皆才人侥幸之事，非文至必传之常理也”②。

李渔还深入到杭州附近的一些地方作市场调查。顺治八年（1651）六月，他访问了浙江东安，游览了附近的黑山，写下游记《黑山记》。文章开头以极简略的语言介绍了黑山的地理位置、周围山峰的形势和黑山得名之由来，接着便写登山及登山所见之景物，层层写来，有主有次，详略得当。如写登山之

① 〔清〕李渔：《笠翁一家言诗词集》，《李渔全集》第二卷，第88页。
② 〔清〕李渔：《闲情偶寄·演习部》，《李渔全集》第三卷，第67页。

艰辛：

> 时方中伏，臂衣而行。至麓，无级可拾，惟于草木间处，猿步而升。既至，喘如吴牛，席地啜苦茗无算而始定。

又写鸟瞰山下之景：

> 石之奇者，千态万状，草木亦自有异，以所见之异异之也。俯观下界，绿野如枰，千家棋列，烟火郁然，不可涯际。①

李渔登黑山时，正赶上东安举行一年一度的迎神赛会。虽然早在如皋时，李渔就是民间赛神娱乐节目的忠实观众，但参与赛神活动的东安百姓那种如痴如醉的狂热情景，仍使李渔惊叹不已。在《东安赛神记》中，他指出："细民拮据终岁，被食而外，能余几钱？今赛神一昼夜，自设祭、演剧以至种种火焰之费，亦甚不赀。"②老百姓穿衣吃饭都成问题，却肯把牙缝中省下的钱花费在赛神娱乐上，李渔不禁深深地为下层民众的乐天精神所感动。东安之行使李渔认识到了通俗文化在民间的巨大消费潜力，他仿佛在喧嚣声中看到了希望的光芒，增强了以卖文为生的信心。

这年秋天，李渔应虞巍的邀请，带着全家来到江苏金坛。金坛虞氏为名门望族，祖孙三代都与李渔为友。虞巍之父名虞来初，为万历三十五年（1607）进士，与钱谦益、冯梦龙、彭天锡等著名曲家为友。虞巍承其父荫，官居待诏。虞巍之子虞宁，顺治四年（1647）丁亥科第三甲赐同进士，授福建侯官知县，后补掖县知县。虞氏家族中当数虞巍与曲坛文人相交游最广。虞巍字君哉，号玄洲，勾吴社成员，性喜招客，颇有信陵之风。他殷情地招待了李渔，李渔一家的和睦给他留下了很深的印象，作为美食家的李渔对在虞家享受到的美味佳

① 〔清〕李渔：《笠翁一家言文集》，《李渔全集》第一卷，第74—75页。

② 〔清〕李渔：《笠翁一家言文集》，《李渔全集》第一卷，第77页。

肴也一直念念不忘，他在《虞君哉待诏数数招饮，不欲稍却，赋此言谢，并志豆觞之盛》诗序中称："君哉……豪纵不羁。性喜昼眠夜饮，开尊迟客，无夕不然。食味之精，甲于天下。他客或有间时，惟予夜夜在座。"[①]可见，这期间，李渔是虞家的座中常客。次年，李渔的处女剧《怜香伴》问世，首先请虞巍作序。

顺治十年（1653），李渔又出访江苏南通，与当地及附近一些名流交游唱酬。同游者有罗休、杨麓、吴彦周、詹瑶、凌录等人。清初通州籍诗人范国禄《十山楼诗钞》中有两首涉及李渔：

其一　芙蓉池上同李渔、罗休、杨麓拏舟观荷

倚山池馆就凉开，香泛荷花水半隈。
欲向中流操楫去，却从陆地荡舟来。
美人笑解江皋珮，醉客吟登泽畔台。
日暮风光青渺渺，蒲菰杨柳一潆洄。

其二　姚咸招同吴彦周、李渔、詹瑶、凌录赏腊月梅花

摇落霜林后，惊秋渺一团。
玉烟依叶净，金雪压枝繁。
瘦欲纫云影，幽宜淡月痕。
岁寒情不尽，招隐荷香温。[②]

从以上两首诗可以看出，李渔访问通州大约在初夏至隆冬期间，待的时间比较长。诗中提到的范国禄、杨麓、凌录等人，都是通州籍人，都是诗人，还都是由明入清不肯与清统治者合作的明遗民，范国禄曾参与东海社。从李渔与这些人的交往，我们可以窥见李渔此时对待新朝的心态。

李渔还顺道访问了阔别多年的如皋，去拜祭了先兄之墓。弹指一挥间，二

---

① 〔清〕李渔：《笠翁一家言诗词集》，《李渔全集》第二卷，第101页。
② 〔清〕王藻：《崇川各家诗钞汇存》卷首二上，咸丰七年有嘉树轩辑。

十多年过去了，李渔小时候住过的老屋还在，但人事的变化太大了。且不说改朝换代，他原来认识的许多朋友也都已作古，伯父李如椿的儿子和兄长李茂的儿子都已长大成人，继承祖业。

李渔很清楚，要靠写作在杭州立足扎根，没有当地官员和文人的支持和帮助是很困难的。早在顺治初年，李渔就在金华结识了杭州诗人丁澎，两人一见如故，“谈说时务，欢然无所忤”[①]。丁澎号药园，字飞涛，浙江仁和人，工诗词，与仲弟景鸿、季弟溁，皆以诗名，世号“三丁”，名列“西泠十子”“燕台七子”“辇下十子”，有《扶荔堂》等著作传世。他在杭州文人中有很好的人缘和相当的影响，李渔来杭首先就去拜访他。后来通过丁澎的介绍和引见，李渔又结识了“十子”中的其他诗人。西泠诗社是明末文坛上一个颇有影响的文学流派，《清史稿·陆圻传》叙述了“西泠十子”的来源：“先是陈子龙为登楼社，圻、澎及同里柴绍炳、毛先舒、孙治、张丹、吴百朋、沈谦、虞黄昊等并起，世号西泠十子。”[②]可见，“西泠十子”皆为当时杭州人，而华亭（今上海）陈子龙实张其军。陈子龙是复社和几社的领袖人物，他诗学前后七子，但又主张学古和求真相统一。清兵攻破南京后，陈子龙曾组织抗清活动，被捕后投水而死。毛先舒和柴绍炳编有《西泠十子诗选》，“十子”中以柴绍炳和陆圻的成就最为突出。他们多受陈子龙的影响，隐居不仕。丁澎是个例外，清政府决定恢复科举取士制后，他就参加了顺治十二年（1655）的会试，并且顺利地中榜，不久，他就离开杭州到外地做官去了。

“西泠十子”中，毛先舒与李渔交谊甚笃。毛先舒字稚黄、驰黄，钱塘人，明季诸生，曾师事陈子龙、刘宗周。入清后，绝意仕进。工诗文，精音韵，为“十子”之首。他与毛奇龄、毛际可齐名，世称“浙中三毛，东南文豪”。有《思古堂文集》《毛稚黄集》等著作传世。清初著名的戏剧家洪昇就是毛先舒的高足。李渔是否与洪昇见过面，我们不得而知。李渔与毛先舒之所以能结为至交，大概因为两人地位相等，彼此以同学好友相称，而且意气相投，有共同的

---

① 〔清〕李渔：《笠翁诗集序》，《笠翁一家言诗词集》，《李渔全集》第二卷，第3页。

② 《清史稿》卷四百八十四《文苑·陆圻传》，中华书局1977年版，第13353—13354页。

志趣和爱好。两人都对清统治者有抵触情绪，都偏好音韵之学。毛先舒在音韵学方面造诣精深，著有《韵学通指》《南曲正韵》等，一生澹泊宁静，不求闻达。

同样，毛先舒对李渔也很佩服，他的《巽书》卷七中有一篇《寄笠翁书》，称赞李渔“履几遍九州，而墨舞笔歌，驱染千古”。李渔的戏曲用韵，是否受过毛先舒的影响，目前尚无法得知。李渔死后四年，洪昇创作的《长生殿》一经面世，立即轰动全国。徐麟说，《长生殿》面世后，“一时朱门绮席，酒社歌楼，非此曲不奏，缠头为之增价”[①]。吴舒凫则说，《长生殿》受到了大家的普遍欢迎，“爱文者喜其词，知音者赏其律，以是传闻益远，蓄家乐者攒笔竞写，转相教习，优伶能是，升价什佰”[②]。应该说，《长生殿》的成功，也有毛先舒的一份功劳。

陆圻与李渔也有很密切的交往。陆圻字丽京，钱塘人，明贡生，工诗。与弟陆培、陆堦齐名，人称“三陆”。明亡后，陆培缢死桐坞殉国。顺治初，陆圻曾参加过抗清，事败后削发为僧，不久还俗。庄廷鑨《明史》案发，陆圻因名列卷首而受到牵连，被捕入狱，旋又获释。故居被焚毁，乃携一老仆采药名山，竟不知所终，或云在岭南为僧，或云入武当为道士。陆圻少时诗名籍甚，渔洋山人推为“西泠十子”之冠，有《威凤堂集》《从同集》等书传世。陆丽京事亲至孝，而又性喜滑稽。李渔很敬佩陆圻的操行，认为“西湖诸旧友，唯尔最称贤”，两人常有书信往来，陆圻为李渔的《论古》《闲情偶寄》及诗文等写过评点。听到陆圻遁入空门后，李渔感慨不已，为之写了二首五言律诗，其一云：

陆子真吾友，高踪世所孤。
逃名征绝学，慕道若膻途。
节岂方廉蚓，禅能辟野狐。

① 〔清〕徐麟：《〈长生殿〉序》，人民文学出版社1980年版，第225页。
② 〔清〕吴舒凫：《〈长生殿〉序》，人民文学出版社1980年版，第226页。

妻孥挥手别，不问有钱无。[①]

李渔晚年非常思念这位老友，有时甚至形之梦寐，在《梦中赠人，止成五句，醒足成之，其人姓陆》中写道："陆子真堪友，逢人吐肺肠。力衰豪兴趣，身贱贵文章。酒德真堪颂，名心老未忘。为生三代后，借此慎行藏。"[②]李渔与陆丽京的妻弟孙宇台也是文字知交。孙宇台名治，号鉴庵，自称武林西山樵者，浙江仁和人，明季诸生，工诗文，慷慨尚气节。孙治长子孙孝祯在《先考文学鉴庵府君行实》中说孙治"偃蹇踬而砥名节"，国变后，坚不应试。晚年居于灵隐寺，著有《鉴庵集》《孙宇台集》四十卷，辑有《灵隐寺志》八卷。宇台笃于友谊，有个魏姓朋友犯法被逮，以爱女为托，后死于狱中，宇台命其子娶为妻。陆骧武死时亦托其照顾孤女，宇台为她择贤婿嫁之，又为陆骧武立嗣，将自己的外甥女嫁之。吴百朋为南和县令，卒于官，囊无遗赀，宇台又为他经纪丧葬，扶棺归乡。所以，这样的朋友值得深交，李渔后来在与孙宇台信中称："弟向在湖上时，益友二三，于吾宇台首屈一指。"并请他评点自己的著作："弟十年之内，著述颇繁。四海同人，非序即评，皆有华衮之锡；独生平最密之宇台，茫无只字。缺陷世界，未有过于此者。兹作一诗奉寄，兼以新刻附览，择其可评者评之。"[③]由此可见李渔很看重孙宇台。

李渔在杭州得到了"西泠十子"等朋友的多方关照，不系园是他与朋友常去聚会的地方。不系园是汪然明的别墅，它坐落在西子湖畔，园中有以木兰为材的楼榭建于水中，仿佛一艘泊岸的游船，故名"不系园"。汪然明为明太学生，原是徽州富商，在培养儿子中进士后，即寄寓钱塘，啸傲湖山，青帘白舫，选伎征歌，日与二三知己倾尊赋诗以为笑乐。后又造一画舫，名"随喜庵"，日与诗人仕女宴游湖中。[④]他工诗善文，轻财好士，热肠侠骨。李渔知识广博，谈

① 〔清〕李渔：《闻老友陆丽京弃家逃禅寄赠二首》，《笠翁一家言诗词集》，《李渔全集》第二卷，第112—113页。

② 〔清〕李渔：《笠翁一家言诗词集》，《李渔全集》第二卷，第116页。

③ 〔清〕李渔：《与孙宇台》，《笠翁一家言文集》，《李渔全集》第一卷，第216—217页。

④ 据《陶庵梦忆》记载，张岱也是不系园的常客，曾与人在不系园听艺人用北调说《金瓶梅》。不知他是否与李渔相识。

吐幽默，自然是不系园中最受欢迎的常客之一。当然，由于文网严密，他们都小心翼翼，一旦触及敏感的话题皆三缄其口，但彼此心照不宣。如果心里实在憋得难受，他们会通过一些其他的方式来宣泄。有一年的清明节，汪然明召集杭城名士饮于湖上，并叫来了几个色艺俱佳的歌妓唱曲侑酒，大家饮酒高歌，渐渐忘乎所以，积压已久的孤愤和隐痛借着酒力涌上心头。于是，有人提议去游览苏小小墓和岳坟。苏小小乃六朝时钱塘名妓，喜欢坐油壁车。唐代陆广微《吴地志》中说其墓在嘉兴县西南六十步，据说风雨之夕，墓上时能听到歌吹之音。南宋吴自牧《梦粱录》则说在西湖上，清初时墓仍完好。借芳草美人抒发自己怀才不遇的情怀，乃是中国古代文学的传统，李渔写下了“酒浇红泪千年血，诗慰丹心万古愁”之句，以表达此时的心情。[1]岳飞是南宋抗金名将，被奸臣秦桧杀害。金人是满族人的祖先，所以，祭拜岳飞的弦外之音不言自明。李渔在《谒岳武穆王墓》写道：

> 忠臣尽瘁矢无他，万死甘心奈屈何。
> 三字狱成千古恨，从来谤语不须多。[2]

站在岳墓前，李渔心情沉重，奸臣秦桧夫妇以“莫须有”的罪名，害死岳飞，李渔以无限的惋惜之情来凭吊这位民族英雄。他想起了大明王朝，想起了袁崇焕、史可法，想起了吴三桂、洪承畴，想起了马士英、阮大铖，历史的悲剧是多么相似啊！

李渔特别注意在生活中捕捉灵感。据说，他后来完成的传奇《意中缘》，就得之于汪然明的不系园，其中主要人物皆是晚明名人。董其昌字思白，号玄宰，华亭（松江）人。崇祯年间进士，官至礼部尚书。精于鉴赏，工书善画，后世称为“华亭派”。陈继儒字仲醇，号眉公，也是华亭人。诸生时三吴名士即争相与他交游，年二十九，绝意科举，隐居小昆山，后居东佘山，屡奉诏征用，皆

① 〔清〕李渔：《清明日，汪然明封翁招饮湖上，座皆名士，兼列红妆》，《李渔全集》第二卷，第170页。

② 〔清〕李渔：《笠翁一家言诗词集》，《李渔全集》第二卷，第346页。

以疾辞，但周旋于高官豪绅间。眉公多才多艺，擅墨梅、山水，自然随意，意态萧疏。汪汝谦（江秋明的原型），字然明，是徽州富商，后移居杭州。他能作诗，精于书画鉴赏，又热情豪爽，挥金结客，有“黄衫豪客”之称。汪然明在杭州西湖旁建了三处宅院：一是城内的缸儿巷，二是西溪的横山别墅，三则是西湖边的“不系园”。“不系园”不是园林，而是一艘大画舫，远远看起来，就像是一座游动的园林，江南一带的大文人陈继儒、董其昌、李渔、钱谦益等名流，都是“不系园”的常客。除了和名士文人交往外，汪然明还和柳如是、王微、杨云友、林天素、张宛等名姝才女有着密切的关系。汪然明常在“不系园”中招待四方文人墨客，诗酒唱和，李渔也曾参加。杨云友、林天素是当时名妓，善画能诗，其才华受到董其昌、陈继儒、柳如是等人的赏识。对李渔来说，这当然是绝佳的创作素材。于是，他稍加点缀，虚构成了一出才子佳人终成眷属的故事。剧中叙明末大名士董其昌与陈继儒以书画名当世，求字求画者盈门，两人不堪其苦，遂相约逃到杭州朋友江秋明处游玩。杭州贫女杨云友色艺双绝，以模仿董其昌的画谋生；另有福建名妓林天素寄居杭州，则以模仿陈继儒的画牟利。是空和尚开有古董店，专门买卖假画。一天，董、陈二人游至古董店，发现了杨、林两人的画，知道是女性手笔，赞叹不已，遂生才子佳人之想。陈继儒很快寻访到林天素，并与之成亲。林天素回闽途中被山贼所掳，幸得江秋明的朋友某将军救出。是空和尚垂涎杨云友已久，听到董其昌意欲娶作画之人，遂指使黄天监冒其名骗娶杨云友。后被杨云友识破毒死，黄天监知道自己被是空欺骗，将之沉尸江中。董其昌托好友江怀一前去说媒，杨云友怕再受人欺骗，要亲自考选佳婿，江怀一便请林天素女扮男装应考。新婚之夜，杨云友才知实情，怀疑又受了骗，不料新郎又换上了董其昌，最终两人结为夫妻。然而，据黄媛介在《意中缘·序》中说：“三十年前，有林天素、杨云友其人者，亦担簦女士也。先后寓湖上，借丹青博钱刀，好事者时踵其门。即董玄宰宗伯、陈仲醇徵君亦回车过之，赞服不去口，求为捉刀人而不得。”[①]据徐沁《明画录》、李鼎《西湖小史》、姜绍书《无声诗史》、董其昌《容台集》等书记载，林天素、

① 《意中缘》第一出，《李渔全集》第四卷，第321页。

杨云友是明末清初著名的妓女画家，两人是好友。林雪字天素，福建建宁人，因在福建受到豪绅迫害离开福建，先流浪到苏州玄墓，后至杭州西溪，投靠汪然明，寄住在西溪“随喜庵”。杨云友死后，又因豪强所迫，离开杭州，回到福建三山老家。汪然明极爱林天素，崇祯十年（1641）前往福建寻访林天素，在建溪得到了林天素深情款待，但林天素没有跟随其回去，据说后受辱而死。董其昌曾赠诗林天素，并在《题林下风画》中云：“山居荏苒，凡三十年，乃闻闺秀之能画者，一再出，又皆于武林之西湖。初为林天素，继为王友云。天素秀绝；友云澹宕，特饶骨韵。”[①]（“王友云”当为“杨云友”之误）杨云友原名成岫，又名慧林，号云道人，别号林下风，钱塘人，工词善画，人称“诗，书，画三绝噪于西泠”。杨云友后来嫁人，但遭人所妒，不久抑郁而死。天启七年（1627）冬，汪然明葬杨云友于智果寺西。林天素与杨友云齐名，如董其昌认为林天素如“北宗卧轮偈”，杨云友如“南宗慧能偈”。可见，《意中缘》中的董其昌、陈继儒与两对才子佳人的爱情故事纯属艺术虚构。陈寅恪在《柳如是别传》一书中对此也有辨证，他斥徐树敏及钱岳记载的小传为妄言，因为董其昌为万历十六年戊子（1588）举人，十七年己丑（1589）进士，此前尚声名不显，不可能有那么多人模仿他的书画。其次汪然明造“不系园”湖舫在天启三年癸亥，剧中董、杨二人结缡时（1588）“不系园”尚未建成[②]。剧名“意中缘”已经告诉了观众：董、陈与林、杨的大团圆结局是作者艺术牵合的结果。李渔在《意中缘》第一出“大意”中公开宣称：“试考《会真》本记，崔张未偶当年。《西厢》也属意中缘，死后别开生面！作者明言虚幻，看官可免拘牵。从来无谎不瞒天，只要古人情愿。”[③]在剧尾，他又承认，董、陈与林、杨两对才子佳人的结合是自己“天攻”的结果：

李子年来穷不怕，惯操弱翰与天攻。

---

①〔明〕朱谋垔：《画史会要》，卢辅圣：《中国书画全书》第4册，上海书画出版社1992年版。

② 参见陈寅恪：《柳如是别传》第四章，生活·读书·新知三联书店2001年版，第370—380页。

③〔清〕黄媛介：《意中缘·序》，《笠翁传奇十种上》，《李渔全集》第四卷，第318页。

佳人夺取归才士，泪眼能教变笑容。[1]

董其昌明末居家期间，豪纵不法，以致激起民变，发生了震惊江南的百姓烧毁、抄掠董家事件。虽然董其昌的操行为当时士人所诟病，但它很难改变牢固地盘踞在李渔思想中的才子佳人模式，在《意中缘》中，董其昌被描写成一个怜贫惜老、受人敬仰的一代文宗。

顺治九年（1652）之后，李渔的传奇《怜香伴》《风筝误》等剧相继推出，并在杭城引起阵阵轰动。一颗文学新星冉冉升起，李渔随即声名鹊起，由斗方名士变成了社会公众人物。不久，李渔名扬海内，以致“天下妇人孺子无不知有湖上笠翁”[2]。不论是当道官员，还是社会名流，都以能认识李渔为荣。浙江左布政使张缙彦就是其中非常重要的一位。张缙彦，字坦公，河南新乡人。崇祯四年（1631）进士，官至兵部尚书。据《明季北略》记载，李自成攻陷北京时，是张缙彦和秉笔太监曹化淳首先开门纳降，迎接大顺军。不过，后来曹化淳张缙彦都坚决否认这一说法，张缙彦声称当时自己准备自缢殉节，只是由于别人的阻拦而未成功。入清后，他又投入了清统治者的怀抱，顺治十年授山东右布政使，次年又改任浙江左布政使。因此，张缙彦的经历复杂而敏感，像他那种琵琶屡屡别抱的人，肯定会为士林所不齿，即便是清朝统治者，他们对这些降臣虽然表面上优待，内心却极瞧不起，把他们视为“贰臣”。所以，钱谦益、张缙彦之类降臣在清政府中并不得志，失望之余，有的心生怨言，有的甚至暗地与反清势力勾勾搭搭。总之，他们的内心是寂寞的。张缙彦此时的心态大概就是如此。他工诗善文，李渔则是文化名人，更重要的是，李渔并不介意他气节上的污点，很尊敬他，所以两人一见如故，相谈甚欢，大有相见恨晚之意。顺治十三年，经过张缙彦的介绍，李渔又认识了浙江巡按御史王汤谷。王汤谷，名元曦，山东掖县人，顺治九年进士，十三年任浙江巡按御史。王汤谷久仰李渔之名，按临杭州时，预先托张缙彦传话，约李渔到他的官船中相会。

---

① 《意中缘》第二十八出，《李渔全集》第四卷，第417页。

② 〔清〕包璇：《李先生〈一家言全集〉叙》，《李渔全集》第一卷，第1页。

李渔在《与王汤谷直指书》中提到此事："时方伯口传德意，谓明公好贤之切……即日按临东越，订渔拜晤于舟中。"[①]"方伯"即指张缙彦。大概这次见面彼此都很满意，所以，王汤谷后来对李渔青目有加，多方关照。李渔在《与卫澹足直指书》中云："渔别后复游湖上，得受知于王汤谷先生"，"谬厕神交之列"。[②]王汤谷还曾为李渔的诗文集作过眉评。李渔编辑的《资治新书》《尺牍初征》中都收有王汤谷的文章。山东莱阳张华平更是对李渔屈尊礼贤。顺治十四年，张华平任浙江乡试正考官，刚主持完乡试，就立即前去拜访李渔，适值李渔有事进城，不遇而返。李渔在《与张华平太史书》中说："明公屈太史之尊，访布衣之贱；且在初出棘闱，一客未揖之时，使道路惊传。渔以他事入城，未及倒屣，晚归晤张蓼匪先生，传述明公怜恤之意，真不啻口。"[③]张蓼匪时任提学佥事，曾是几社成员，张华平是通过他的介绍而欲见李渔的。李渔一介布衣，王汤谷、张华平这些封疆大吏却对他如此器重，由此可以想见李渔在当时的影响之大。

《闻过楼》中的顾呆叟说过："当今之世，技艺不能成名，全要乞灵于纱帽。"顾呆叟是李渔自拟而塑造的，因此，这句话既是李渔的愤世之言，也是经验之谈。尝到不少甜头的李渔，为了进一步拓展自己与当道官员的关系网，决定纂辑一部书信集，取名为《尺牍初征》。尺牍在汉魏六朝时代已在社会生活中广泛应用，也出现过司马迁《报任安书》、李陵《重报苏武书》、扬雄《答刘歆书》等诸多有影响的名牍，但因为归属于"书记"公文范畴，未受到人们的重视。至宋代，人们才开始重视尺牍的文艺性，并将它收入自己的文集中。到了明代，尤其是晚明，个性思潮兴起，随之带来文学思想的大解放，一种形式自由、抒发自己性灵的小品文大放异彩。文人将尺牍视为小品文的一种，这样，尺牍的地位大为提高。人们不但将尺牍收入文人文集中，而且在其中发现了商机，于是关于明人的尺牍专人选本和综合选本开始陆续出现，至清初仍然广受读者欢迎。从顺治末到康熙间较短时期内，相继出现了十余种尺牍选本。在李

① 〔清〕李渔：《与王汤谷直指书》，《笠翁一家言文集》，《李渔全集》第一卷，第159页。

② 〔清〕李渔：《与卫澹足直指书》《笠翁一家言文集》，《李渔全集》第一卷，第160页。

③ 〔清〕李渔：《与张华平太史书》《笠翁一家言文集》，《李渔全集》第一卷，第161页。

渔的《尺牍初征》之后，他的朋友周亮工的《尺牍新钞》、张潮的《尺牍友声》与《尺牍偶存》陆续问世。编辑者和书坊，或以此牟利，或以此邀名，或以此交友，或兼而有之。

《尺牍初征》六册十二卷，凡三十三类，内容广泛，信主众多，既有古人，也有现代名人。古代名人的书信是现成的，只要在各种文集中挑选抄录即可。李渔不同于高官周亮工，编辑尺牍主要是为“书写性情，标举兴会”；也不同于富商张潮，编辑尺牍主要是为扩大自己的影响。李渔编辑尺牍，主要是为射利，一是销售书籍带来的利润，二是编织今后“打抽丰”的网络。所以现代名人书信才是李渔搜集的重点，也是他编辑这部书信集的真正用意。他锁定的约稿对象既有高官政要，也有文坛耆宿，如魏裔介、张星瑞、石鲸、唐宇昭、李如泌、李一贞、胡日新、赵时揖、张安茂、谷应泰、龚鼎孳、冯如京、查继佐、张纲孙、李式玉、范骧、柴世尧、陈之暹、余怀等，其中多为清初江浙人士，文人学者中又有不少是明遗民。作为主编者的李渔，此时在文坛上的声望如日中天，对于那些高官政要来说，这是增添他们身上风雅光环的好机会；对于那些文人墨客来说，则是抬高自己身份地位的好事情，大家何乐而不为呢？所以信主都乐意在这部书信集中相聚。这样，李渔的征稿和出版都很顺利。受到《尺牍初征》编辑成功的鼓舞，李渔接着决定再编辑一部大型司法案例丛书《资治新书》。他请一些当道官员写下一到两个他们曾经处理过的经典案子，包括案件发生、审理的过程，以及结案的法律依据。此书的征稿对象更广，遍及十余省，而且包括了诸如平西王吴三桂、靖南王耿精忠这样的政界显要。然而，李渔编辑这样一本案例丛书，与其说是要为以后的官员审理案件提供参考，不如说是为了展示他自己和当事者的治国才能更为恰当。

总之，两书的编辑出版显示了李渔高超的交际手腕以及他对名利关系的深刻理解。后来，这两部书中的许多官员都成了他“打抽丰”的对象。

初试成功

经过了一年多的准备，顺治八年、九年（1651—1652）间，李渔终于创作出了传奇《怜香伴》和《风筝误》，两剧一经推出，立即轰动杭城。

《风筝误》写戚友先放风筝断了线，被詹淑娟拾到，并在风筝上题诗。后来戚友先的家僮找回风筝，因戚友先正在午睡，就把风筝交给了韩世勋。韩世勋见到上面淑娟的题诗，不禁动了相爱之心。为了向淑娟表达自己的情意，便另制作一只风筝，题上诗，想放到淑娟的院子里，不料风筝误落在淑娟同父异母的姐姐爱娟的院子里。詹爱娟拾到风筝后，冒充淑娟，密约韩生相会。韩世勋误以为爱娟即是淑娟，欣然赴会，见面后，发现爱娟相貌丑陋，惊慌而逃。后来，詹承武要将女儿淑娟嫁给韩世勋，韩世勋误以为就是爱娟，坚辞不允。在成亲之夜，他仍然把淑娟误作爱娟，不肯与其同居，导致婚闹。后来误会消除，才子佳人和丑女庸夫各得其所。《怜香伴》演妻子热心地为丈夫娶妾，妻妾相怜相爱，共侍一夫的故事，表达“真色何曾忌色，真才始解怜才”的主旨。[①]

《风筝误》中的韩世勋，无疑带有李渔个人性格的烙印。他是个具有双重性格的才子，表面上端庄持重，骨子里却风流倜傥；既秉持道学礼法，又倾慕风流艳遇；既津津乐道“非才美不娶”，又不敢“欺君逆父”。从韩世勋这个人物形象中，我们可以看出，李渔“风流道学”的人格已呼之欲出。从中也可以看出李渔性格与时代结合的印痕。受晚明以来社会风气的影响，李渔天性风流；但清初重新倡导程朱理学，因而这时的才子佳人小说中的男女主人公都是发乎情止于礼。《怜香伴》则以李渔的家庭生活为蓝本。李渔非常重视处理好妻妾之间的关系，把它视为“齐家”的内容之一，并在这方面有出色的表现。李渔早年在金华许通判府做幕客时，就为妻妾相得欣然挥笔写下了《贤内吟》十首。李渔移家杭州后，有次去江苏金坛虞巍府中作客，李渔的妻妾“不但相怜，而直相与怜李郎者也”，给虞巍留下了很深的印象，所以虞氏提醒说：“当场者莫竟作亡是公看也。”[②]

两剧出版后，迅速传遍大江南北。李渔的许多朋友与不相识的读者纷纷写信，表示对他的赞美和敬佩。

---

① 〔清〕李渔：《怜香伴》第一出“破题”，《笠翁传奇十种上》，《李渔全集》第四卷，第7页。

② 〔清〕虞巍：《怜香伴序》，《笠翁传奇十种上》，《李渔全集》第四卷，第3页。

有个叫石鲸的人，在寄给李渔的信中，以特有的幽默巧妙地吹捧了李渔。他自称平时常以《怜香伴》和《风筝误》诸作下酒，不料昨日被小偷窃去，因此请求李渔再惠赠几册，并保证今后将严加防范："《怜香》《风筝》诸大刻，弟坐卧其中旬日矣。丹铅匝密，评赞如鳞。每食必藉以下酒。昨者偶失提防，竟为贪人攫去，不啻婴儿失乳。敢向左右再乞数册，以塞无厌之求。得则秘枕，虽同寓诸子垂涎，不使入帐也。"[①]有个叫胡日新的人，对李渔更是崇拜得五体投地，他在给李渔的信中说：

仆浪游人间，竟不知如此世界，尚有笠翁其人，为骚雅文坛撑持倾圮。其赋长卿也，其史司马也，其怨三闾也，其旷漆园也，其高太白也，其谐曼卿也。云耶，龙耶，笠翁耶？眉昆仑而足渊渟，砚滔波而笔摇岳。笠翁果何人？安能不颠倒予以神魂，驱驰我以梦寐乎？今先生固不乏执御之士，然先生座侧，又乌可无胡子其人哉？当先生拥书把酒，策汉鞭秦，醉啸两峰之巅，酣卧六桥之侧，是时，仆或岸帻而歌，或曳裙而起，或出庄语，或出痴语、狂语、亦古亦今、非侠非儒之语。啸舞乎先生之旁，以为文心笔兴之起予，如严武之于少陵，昌黎之于张籍，百谷之于受庵，文长之于宗宪。若是，则乌可一日无胡子其人于先生之座右乎哉？灞陵药客，支杖板桥，欲溯无从，春江入户矣。晨风时至，幸惠我以好音。[②]

在信中，胡日新认为李渔兼具司马相如、司马迁、屈原、庄子、李白、东方朔之长，使他梦魂颠倒，并请求李渔允许他执鞭左右。

当然，这些朋友或崇拜者的话难免有吹嘘之嫌，不可全信，但由此，我们可大致了解当时文人对李渔剧作的评价情况。

《怜香伴》《风筝误》不但成了当时文人士大夫的案头常读之物，也成了戏院盛演不衰的经典之剧。范文白曾在《意中缘》序中说："予自吴阊过丹阳道

① 〔清〕石鲸：《柬李笠翁》，《尺牍初征》卷一，顺治间刻本，南京图书馆藏。

② 〔清〕胡日新：《寄李笠翁》，《尺牍初征》卷七，顺治间刻本，南京图书馆藏。

中，旅食凤凰台下，凡遇芳筵雅集，多唱吾友李笠翁传奇，如《怜香伴》《风筝误》诸曲，而梨园子弟，凡声容隽逸、举止便雅者，辄能歌《意中缘》，……笠翁天才骚屑，触手则齐谐、诺皋比肩，摇笔则王实父、贯酸斋接迹。近自汤临川《牡丹亭》、徐文长《四声猿》以来，斯为绝唱矣。"[1]范文白名骧，浙江海宁人，明贡生。性孝友，尚气节，顺治间，谢绝贤良方正之举。家境贫寒，仍笔耕不辍。曾受庄氏史书案连坐系狱，旋得释。他是李渔的挚友之一，后来还评点过李渔的《闲情偶寄》及诗文。《意中缘》完成于顺治十年（1653），但从末署"时顺治己亥中春，东海社弟范骧文白氏漫题于连山草堂"推知，此序写于顺治十六年，它为我们揭示了李渔处女剧作在清初的传播状况。

事实证明，《风筝误》经受住了时间的考验，后来一再刊行，广为流布。李渔在给陈蕊仙的信中说：

> 《风筝误》行笥偶乏，无以应命。此曲浪播人间几二十载，其刻本无地无之，台翁索此为贽，岂欲售白豕于河东耶？[2]

如果说，《怜香伴》和《风筝误》还没有摆脱明末才子佳人戏曲的流风余韵的话，那么，李渔后来的剧作则更加个性化。从顺治十二年（1655）至十八年，李渔又相继推出了《玉搔头》《奈何天》《蜃中楼》《比目鱼》等五种传奇。在这些剧作中，李渔在演绎才子佳人的爱情故事的同时，开始板起道学面孔，极力宣扬封建伦理道德，体现了李渔风流道学集于一身的本色。而这种说教又是以轻松、诙谐、幽默的喜剧形式进行的，所谓"寓道德于诙谑，藏经术于滑稽"。

顺治十二年（1655），李渔完成了《玉搔头》。在剧中，他把武宗的冶游与兵部尚书许进守国、王守仁平叛合在一起写，以明二臣有匡君之实，武宗有知人之明，"以此示劝于臣，则臣责愈重；以此示诫于君，则君体不愈严乎？"[3]

---

① 〔清〕范文白：《意中缘序》，《笠翁传奇十种上》，《李渔全集》第四卷，第317页。
② 〔清〕李渔：《与陈蕊仙》，《笠翁一家言文集》，《李渔全集》第一卷，第176页。
③ 〔清〕杜濬：《玉搔头》卷末总评，《笠翁传奇十种下》，《李渔全集》第五卷，第314页。

顺治十四年（1657），李渔将其话本小说《连城璧》第五回《美妇同遭花烛冤　村郎偏享温柔福》改编为传奇《奈何天》。小说写三个绝色的女子嫁给了一位奇丑无比又浑身散发着臭味的男人阙里侯。李渔苦心孤诣，为三位婚姻困境中的佳人设计出了与丑夫厮守相安的“绝妙”之法：焚香驱秽，分床而眠；到“那一刻要紧的工夫”才睡在一起。在小说结尾，李渔又亲自介入故事之中，告诫那些“天下的佳人”和“愚丑的丈夫”道：

> “我愿世上的佳人，把这回小说，不时摆在案头，一到烦恼之时，就取来翻阅，说我的才虽绝高，不过像邹小姐罢了；貌虽极美，不过像何小姐罢了；就作两样俱全，也不过像吴氏罢了。他们一般也嫁着那样丈夫，一般也过了那些日子，不曾见飞得上天，钻得入地。或者丈夫虽丑，也丑不到阙不全的地步，只要面貌好得一两分，秽气少得一两种，墨水多得一两滴，也就要当做潘安、宋玉一般看承，切不可求全责备。”
>
> “分付那些愚丑丈夫：他们嫁着你，固要安心；你们娶着他，也要惜福。要晓得世上的佳人，就是才子也没福受用的；我是何等之人，能够与他做配，只除那一刻要紧的工夫，没奈何要少加亵渎，其余的时节，就要当做菩萨一般，烧香供养。不可把秽气薰他，不可把恶言犯他，如此相敬，自然会像阙里侯，度得好种出来了。”

李渔虽是如此苦口婆心，但还是不放心读者，唯恐他们生“红颜薄命”之叹。为了进一步稀释尽小说中的悲剧意蕴，增加它的劝讽效果。李渔在传奇《奈何天》中，对阙里侯的结局作了重大修改。他写阙里侯在义仆阙忠的帮助下，输粮助边、焚券免债，因这一善行，受到朝廷封赠，得到神仙帮助，变形易貌，成了一个既富且贵、才貌双全的完人。

顺治十八年（1661），李渔又推出了《比目鱼》，这也是据《连城璧》第一回《谭楚玉戏里传情 刘藐姑曲终死节》改编而来。这本是一出青年男女为追求婚姻自主，不惜以死抗争的悲喜剧，李渔却仍要给它套上“维风教，救纲常”的光环，卷首王端淑的《比目鱼传奇序》揭示出了李渔的苦心：“笠翁以忠臣信友之志，寄之男女夫妇之间，而更以贞夫烈妇之思，寄之优伶杂伎之流，称名也。小事肆而隐。”①

李渔为了扩大剧作的影响，邀请了不少当道官员和名流为之作序写跋加持，其中有“十子”中的孙宇台、江苏金坛虞巍、浙江秀水黄媛介、钱塘陆梦熊等。黄媛介字皆令，号禾中女史。她出身于儒士之家，文史书画，无不精通，嫁同郡杨元勋为妻。有《越游草》《离隐词》传世。黄媛介是当时名噪一时的奇女、才女，她周游大江南北，以鬻书画或为闺塾师为生，与名卿士大夫、名媛闺秀交往酬唱。她曾为李渔的《意中缘》作序，称：“笠翁先生性好奇服，雅善填词。”她寓居杭州多年，可能与李渔有过交往。为《比目鱼》作序的王玉映也是一位才女。顺治年间，皇宫曾聘请她去教授妃子和公主，但被她拒绝了。陆梦熊字莹若，号古渔，曾官西安训导，中年弃官不仕。他好诗擅文，与友人结“瓣香吟社”，有《黄鹤山农集》。顺治十五年（1658），陆梦熊为《玉搔头》作序，叙笠翁生平甚详，可见两人非泛泛之交。浙江海宁人徐林鸿，本名林鸿，字大文，“佳山堂六子”之一，工词，无意仕进，有《两间草堂诗文集》。他在《意中缘跋》中称：“仆本恨人，曾经乐随事起；卿须怜我，未免伤遂心生。”②可见身世坎坷，《意中缘》或许勾起了他的伤心往事。浙江钱塘人胡介，字彦远，明诸生，入清不仕，工诗。早年笑傲山水，晚年遁入佛门。有《旅堂诗集》《旅堂文集》《河渚集》行世。他曾为李渔的《奈何天》作序，称“笠翁艳才拔俗，藻思难羁，所著稗官《一家言》及填词楔曲，皆喧传都下，价重旗亭”。可见此序写于《一家言》出版之后。他还为李渔《论古》、诗集作过评。李渔和他有书信来往，诗歌唱酬。

由于剧本供不应求，李渔不得不日夜工作，往往十几天便完成一剧，有时甚至边写边交付戏班演出，他在给一位友人的信中说：

> 此剧上半已完，可先付之优孟。自今日始，又为下场头矣。月杪必竣，

① 〔清〕王端淑：《比目鱼序》，《笠翁传奇十种下》，《李渔全集》第五卷，第107页。
② 〔清〕徐林鸿：《意中缘·跋》，《笠翁传奇十种上》，《李渔全集》第四卷，第418页。

> 竣后即行。[1]

由此可见，李渔的剧作在当时非常受欢迎。他的剧本不但音节和谐入格，即脚色场面分配亦至停当，兼能顾及演员的劳逸，非常适合舞台演出。曲家剧本在戏台上演出历史最久的，在清朝，李渔首屈一指。《风筝误》至今仍在舞台上演出。

顺治十六年（1659），李渔的第一部传奇集《李氏五种》出版问世。所收传奇为《怜香伴》《风筝误》《意中缘》《玉搔头》《奈何天》。孙宇台在《李氏五种·总序》中给予了很高的评价：

> 然即就五种而论之，其壮者如天马之鸣霹雳，其幽者如纤林之响落叶，其诙谐如东方舍人射覆于万乘之前，其庄雅如魏邴丞相谋谟于议堂之上。而总以寄其牢愁之感，写其抑郁之思。挂玉钗于东墙，赠荆珠于洛浦，离合变化，出鬼入神。于乎，岂独词翰之飞黄、才思之神皋哉！天下后世之才人硕女，必有读是书而咏叹感泣者矣。虽以颛愚如余者，亦将熔金为贾岛像而拜之赞之也。然则李子又安谓之不得已也。[2]

孙宇台的评价既形象又生动。与别人不同的是，他在《李氏五种》中听到了弦外之音，认为这些作品寄托了李渔的“牢愁之感”和“抑郁之思”，断定“天下后世之才人硕女，必有读是书而咏叹感泣”，这是出乎李渔的初衷之外，还是说，孙宇台真是李渔的“解味”之人呢？

十种曲

现在，让我们来了解李渔的戏剧小说创作。

---

①〔清〕李渔：《与某公》，《笠翁一家言文集》，《李渔全集》第一卷，第174页。

②《李渔年谱》，《李渔全集》第十九卷，第34—35页。

李渔共创作戏剧十六种，称为“前后八种”，现存十种，合称《笠翁十种曲》。在这十种曲中，有六种是在居杭期间创作的，占其全部剧作的十分之六，可见这一阶段是李渔戏剧创作的丰收期。从六种传奇看来，李渔的戏剧创作思想和风格已大致定型。为了介绍方便，我们在这里把他稍后在南京创作的《凰求凤》《巧团圆》等也放在一起论述。

在《风筝误》中，李渔公开宣称：“传奇原为消愁设，费尽杖头歌一阕；何事将钱买哭声，反令变喜成悲咽。惟我填词不卖愁，一夫不笑是我忧；举世尽成弥勒佛，度人秃笔始堪投。”[①]中国古代寺庙中供奉的弥勒造像，两边往往贴着一副对联：“大肚能容，容天下难容等事；开口常笑，笑世间可笑之人。”换言之，李渔一方面是要将天下“难容等事”淡化，挤尽其中的苦汁；另一方面又以嬉笑诙谐的态度面对“可笑之人”。

因此，对李渔而言，戏剧创作是一种娱人娱己的工具，李渔称之为“行乐之法”。它可以宣泄自己内心的苦闷，李渔曾说，戏剧创作是他一生中最为快乐的事情：“予生忧患之中，处落魄之境，自幼至长，自长至老，总无一刻舒眉，惟于制曲填词之顷，非但郁藉以舒，愠为之解，且尝僭作两间最乐之人，觉富贵荣华，其受用不过如此。”[②]同时，戏剧也可以为观众带去快乐，把他们变成“弥勒佛”。李渔认为，观众花钱到戏院中来，是来寻找快乐而不是买回忧愁的，作为一个戏剧家，就有责任满足观众的这一需求。使戏剧家自己也使观众，通过创作或欣赏，从现实的烦恼中获得暂时的心理解脱，达到对现实烦恼永恒的精神超越。因此，李渔所有的戏剧创作都遵循快乐原则，他自称：“学仙学吕祖，学佛学弥勒。吕祖游戏仙，弥勒欢喜佛。……尝以欢喜心，幻为游戏笔。著书三十年，于世无损益。但愿世间人，齐登极乐国。纵使难久长，亦且娱朝夕。”[③]李渔带给观众快乐是以游戏的方式完成的，不过，如果我们进一步抉隐发微，李渔所确立的快乐原则其实就是市场原则，而不是他真有什么菩萨心肠。

① 〔清〕李渔：《风筝误》第三十出“释疑”，《笠翁传奇十种上》，《李渔全集》第四卷，第203页。
② 〔清〕李渔：《闲情偶寄·词曲部下》，《李渔全集》第三卷，第47页。
③ 〔清〕李渔：《偶兴》，《笠翁一家言诗词集》，《李渔全集》第二卷，第25—26页。

因为李渔深知，当时的读者和观众“喜读闲书，畏听庄论”。[①]然而，这并不妨碍李渔的喜剧精神在当时具有某种程度的积极意义。郭英德先生指出：

> 现实世界、现实生活和传统习俗都是对自然人性的外在约束，当人们在嬉笑戏谑或观赏喜剧时，就可以暂时把面具揭开，来享受一霎时的自然人性的欢乐。可见，在人类喜剧创造和喜剧欣赏意识的深处，埋藏着一种反理性规范、反社会约束的潜在需求，而这种需求则基于人们对人的生命自由越来越多地受到规范和约束、人的感性生活越来越严肃和呆板的现实存在状态的逆反心理。李渔张扬的嬉笑诙谐的喜剧精神，从根本上说，正是为了解放人的生命自由，活跃人的感性生活。[②]

这种喜剧精神根植于明清易代之后人们的文化心态。这场“天崩地陷”的动乱，不仅催发了英雄豪杰的壮行义举，在剧坛上奏响了使人热血沸腾的悲怆交响曲；也销蚀了芸芸众生的胆略气魄，在戏场上流连轻松的小夜曲，以抚慰内心的创痛，二者组成了特定历史时期的双重奏[③]。就是说，大变局促使人们形成了两种生活心态，李渔就代表着后者，他的喜剧多为轻松热闹的幽默喜剧。这种幽默喜剧，既不同于否定负能量的讽刺喜剧，也不同于讴歌正能量的歌颂喜剧，而是以幽默情调和浪漫气氛面对苦难的世界，在开心解颐中暂时忘却世俗的烦恼。

李渔剧作的内容，可概括为“十部传奇九相思”，也就是说几乎都涉及男女情爱和婚姻问题，其模式不出才子佳人的格套。李渔认为，男女相交，全在一个“情”字，而且这种情必须是真情，“势利不能夺，生死不能移。”[④]情和欲是有区别的，两者有着迥然不同的内涵，情即是真挚的爱情，欲则是贪欲好色。他在剧中对情和欲作了严格的区分，在《怜香伴·缄愁》这场戏中，曹语花对

---

① 〔清〕李渔：《闲情偶寄·凡例》，《李渔全集》第三卷，第2页。

② 郭英德：《明清传奇史》，江苏古籍出版社1999年版，第397—398页。

③ 郭英德：《明清传奇史》，第396页。

④ 〔清〕李渔：《玉搔头》第十三出“情试”，《笠翁传奇十种下》，《李渔全集》第五卷，第260页。

丫环说："呆丫头，你只晓得'相思'二字的来由，却不晓得'情欲'二字的分辨。从肝膈上起见的叫做情，从衽席上起见的叫做欲。若定为衽席私情才害相思，就害死了也只叫做个欲鬼，叫不得个情痴，从来只有杜丽娘才说得个'情字'。"[①]这实际上就是李渔的观点。在李渔的笔下，《风筝误》中的戚友先、《意中缘》中的是空和尚、《慎鸾交》中的侯隽等，都是贪淫好色之徒；而《风筝误》中的韩世勋、《慎鸾交》中的华秀等，则慕色而不淫，都是痴情之人。李渔对前者进行谴责和嘲讽，对后者加以肯定和赞扬。如《蜃中楼》中的舜华与柳毅一见钟情，私订终身，后被叔父知道，逼嫁泾河小龙。在被逼成亲时，她坚决不肯与新郎同拜天地，而且反问泾河老龙："须知不是夫妻怎拜堂？试问俺是谁家的媳妇？他是若个的儿夫？恁是那姓的姑嫜？"并且公然声称自己已嫁柳毅，若不如愿，宁愿"做个守寡的新娘"！老龙婆听了大怒，威胁说："你看我的拳头，看看我的脚跟，朝一拳，暮一脚，磨你做肉酱也容易。"并叫丫环除下她的钗环，剥去他的衣服，取家法伺候。而舜华却毫不畏惧，自除冠脱衣，说道："俺便卸艳妆，解绣裳，荆钗裙布又何妨！俺劝你怒莫张，气莫扬。自拚击碎这皮囊，纵死骨犹香！"在《比目鱼》中，李渔描写了谭楚玉和刘藐姑这一对青年男女的爱情。书生谭楚玉爱上了演旦角的刘藐姑，为了能得到她，毅然放弃功名，不顾世俗偏见，投身戏班做了一名戏子。谭、刘两人倾心相爱，但刘母贪财，却将女儿许给了财主钱万贯作妾。在压力之下，谭、刘两人借演《荆钗记》中"投江"一出之机，双双投江殉情。在《玉搔头》中，作者又把正德皇帝塑造成了一个情痴情种。他为了寻找真情，化名万遂，微服私访，在大同爱上了妓女刘倩倩。第二次私访刘倩倩时，正值大雪纷飞，寒风凛冽。随从劝阻，他却表示"他既有这般情意，寡人就为他冻死，也自甘心"，"万一有了差池，我也拼一死将他殉，做了九泉下两痴魂。"[②]"宁使我受颠连，把奇穷遭遍，

① 〔清〕李渔：《怜香伴》第二十一出"缄愁"，《笠翁传奇十种上》《李渔全集》第四卷，第69—70页。

② 〔清〕李渔：《玉搔头》第十六出"飞舸"，《笠翁传奇十种下》，《李渔全集》第五卷，第267—268页。

暂脱衮衣旒冕，也不教他再受熬煎。”[①]剧中的正德帝与洪昇《长生殿》中的唐明皇有许多相似之处，他们已经不再是历史中的皇帝，而变成了情意绵绵的才子。

李渔的戏剧创作在清初并不是孤立的存在，而是一种普遍存在的文化现象，尤其是在吴越地区。在明末清初，有一批小说戏剧作家与李渔的审美趣味极其相近，他们大都热衷于演绎才子佳人的风流遇合，标榜文人学士的风韵。浙籍中，与李渔关系较为密切的戏剧作家有徐石麒、徐沁、范希哲等。徐石麒字又陵，号坦庵，原籍浙江鄞县，后居江苏江都。入清后不应科举，约卒于康熙初年。他工诗善画，尤精度曲，有杂剧《买花钱》《大转轮》《拈花笑》《浮西施》，传奇《珊瑚鞭》《辟寒钗》《胭脂虎》《九奇逢》。徐沁字野公，一名炼，字冶公，号水浣，别署若耶野老，委羽山人，会稽人。他博通经史，长于考证，平生游幕四方，以笔耕糊口。作有传奇八种，其中《载花舲》的构思、布局和命意完全模仿李渔的《慎鸾交》。江苏籍作家则以宜兴人万树、苏州人王续古、原籍苏州后迁居无锡的薛旦、昆山人周杲、松江人朱英、华亭人周稚廉等为代表。在历史上，吴越之地盛产才子佳人，因此，明末清初江浙剧坛上出现了大批风流文人，导致了才子佳人小说戏曲创作的空前繁荣，江浙之地成了领导这一美学潮流的中心。他们既受到晚明以来王学左派标举“至情”的影响，汤显祖所谓“情不知所起，一往而深。生者可以死，死可以生。生而不可与死，死而不可复生者，皆非情之至也”；冯梦龙宣称“我欲立情教，教诲诸众生”；同时，又受到清初重新倡扬的程朱理学的濡染。正是迎合了这一文化潮流，李渔的戏剧创作取得了巨大成功。

因此，李渔的才子佳人戏剧与明末小说戏剧中的才子佳人文化是有区别的。李渔不但歌颂“情”，也提倡“理”，用李渔自己的话说，就是风流和道学的完美结合。在李渔前期剧作《风筝误》中韩世勋的身上，风流道学的性格已初现端倪，在后来的剧作中，这一思想得到了进一步的强化，康熙五年（1666）前后完成的《慎鸾交》，是李渔风流道学思想的集中体现。才子的风流艳情既不违

① 〔清〕李渔：《玉搔头》第十八出“得像”，《笠翁传奇十种下》，《李渔全集》第五卷，第276页。

背封建道德，其道德观念也不否定风流；道学中充溢情感，风流里暗藏性理。《慎鸾交》卷末收场诗写道："读尽人间两样书，风流道学久殊途。风流未必称端士，道学谁能不腐儒？兼二有，戒双无，合当串作演连珠。细观此曲无它善，一字批评妙在都"；剧中风流道学的典型形象华秀可谓是李渔的夫子自道，他出场时说的一番话，就表达了清初风流才子们的一种普遍观念和心态：

> 小生外似风流，心偏持重。也知好色，但不好桑间之色；亦解钟情，却不钟伦外之情。我看世上有才有德之人，判然分作两种：崇尚风流者，力排道学；宗依道学者，酷诋风流。据我看来，名教之中，不无乐地，闲情之内，也尽有天机，毕竟要使道学风流合而为一，方才算得个学士、文人。①

在剧中，华秀虽力持伦理道德，却不拒绝逛妓院。但他逛妓院又与众不同，主张"慎鸾交"，一旦发现值得自己爱的女性，则忠贞不渝。他中状元后，拒绝了朝廷权贵的提亲，信守与妓女王又嫱的婚约。《凰求凤》中的吕哉生也是如此。

质言之，李渔的这一思想有着深刻的哲学背景。明代自成化以后，程朱理学末流日趋腐朽，王阳明起而标举"致良知"，企图力挽颓波。但至明末，王学末流也弊端毕露，士人空疏不学，玄谈误国，因而王学开始为世人诟病。为了重新树立程朱理学的权威，清初统治者又大力扶植程朱理学。然而，程朱理学塑造出来的人才仍旧不是口谈道学而行若狗彘的伪道学，就是迂腐可怜、精神麻木的蛀书虫。从而证明倡导程朱理学只是一种无奈的选择，于是人们再一次对程朱理学产生了怀疑和失望。这时，又有人主张程朱理学与阳明心学合流。所谓风流道学其实就是对这一哲学观点的生动诠解。郭英德先生指出：

> 从李渔的作品中我们看到了这样的历史必然性：到李渔的时代，封建

---

①〔清〕李渔：《慎鸾交》第二出"送远"，《笠翁传奇十种下》，《李渔全集》第五卷，第424页。

道学已经越来越多地显示出自己的滑稽性。僵硬的道学在淫靡的世风中不得不渐渐风化，淫靡的世风则在僵硬的道学中找到自己的理论依据。封建道学和风流艳情公开地握手言欢，以自我败损的滑稽方式，重新构造一种摇摇欲坠的体系。①

这种“风流道学”虽受到了李贽、汤显祖等人主情观念的影响，但又有所不同，李贽是要理服从于情，而李渔则要情归附于理，实际上仍不脱才子佳人格套。这是以李渔为代表的风流文人共同的审美趣味，其中深藏着救世卫道的拳拳之心。总之，李渔等风流文人的传奇，既是对晚明淫靡世风的反拔，更是典型的封建风流文人审美情趣的时代变奏。他们表面上似乎承绪晚明进步文艺思潮的浪漫精神，实质上却阉割了这一思潮的叛逆灵魂，把对情欲的充分肯定同对封建伦理道德的维系标榜焊接起来，这就使他们的传奇作品成为个性解放的思想基因注入封建意识母体中而产生的怪胎。猎艳逐色的风流情思冠以名教道学的堂皇冠冕，使他们的传奇透出本质的可笑性，染上浓厚的喜剧色彩。情理合一的追求和嬉笑戏谑的精神，构成了风流文人的主要审美趣味。在传奇艺术上，他们大多追求情节的曲折离奇、结构的精巧细密、语言的秀雅流畅和意境的诗味盎然，把文人审美趣味和平民审美趣味巧妙地融为一体，创造出一种文人化的大众艺术。②

为了达到吸引观众的喜剧效果，李渔特别强调“新奇”，“戏场关目，全在出奇变相，令人不能悬拟”。③所谓新奇，包括故事内容、立题命意和表现手法三个方面。他的剧作中所描写的故事情节，大都为前人所未写或写而未尽者。比如，一般来说，传统戏曲多为生旦联姻，而《奈何天》却打破了这一格套，以丑旦联姻，“此番破尽传奇格，丑旦联姻真叵测”。还有《玉搔头》写皇帝与妓女谈情说爱，《比目鱼》写青年男女借戏传情等等。有了新奇的题材和立意，运用新奇的艺术手法去表现它就显得更为关键。李渔说：“戏法无真假，戏文无

① 郭英德：《明清传奇史》，第394页。
② 郭英德：《明清传奇史》，第421页。
③〔清〕李渔：《闲情偶寄·词曲部下》，《李渔全集》第三卷，第102页。

工拙，只是使人想不到，猜不着，便是好戏法，好戏文。”①为了实现这一目的，李渔在剧中运用误会和巧合，以设置喜剧性的情节，组织曲折幽深的戏剧冲突，从而造成妙趣横生的喜剧效果。例如《风筝误》，其故事情节就是由一系列的误会和巧合构成，因为它根植于社会上普遍存在的真假难分的现象，既出乎意料之外，又入乎情理之中，事件发生的偶然之中又有其必然性。全剧没有设置剑拔弩张的戏剧冲突，使得观众绷紧神经，而是制造许多轻松快乐的笑点，从而使观众的情感得到宣泄，从烦琐平庸的生活进入剧中，获得一种精神解脱，不知今夕何夕。

李渔的有些剧作还为观众传导人生经验，告诉观众如何摆脱生活中的困境。在封建社会，青年男女被剥夺了婚姻自主的权利，他（她）们必须服从“媒妁之言”“父母之命”。因此，李渔在《奈何天》中描写的美貌佳人配丑夫的婚姻故事，既滑稽可笑，但在现实生活中又司空见惯。李渔认为，既然严酷的现实无法抗拒，就只能积极面对。因为在男权社会中，女性是被动的，嫁鸡随鸡、嫁狗随狗，她们几乎无法改变自己的命运。李渔不忍看到她们像冯小青那样抑郁而亡，更不愿看到她们像潘金莲那样偷情杀夫，所以他煞费苦心，为处在婚姻困境中的女性设计出夫妻相处相安之法——尽管这个办法我们今天看来幼稚可笑，也仍然无法消释观众内心的深深遗憾和悲剧感。因此，《奈何天》之类的戏剧虽然突破了传统的格套，但它比才子佳人故事更贴近现实生活。朴斋主人《风筝误·总评》称李渔的传奇“可谓奇之极、新之至矣！然其所谓奇者，皆理之极平；新者，皆事之常有”②。这话并非溢美之词，可谓知李渔者。

李渔主张“戒讽刺”，并曾沥血鸣神，剖心告世：“不肖砚田糊口，原非发愤著书；笔蕊生心，匪托微言以讽世。”若剧中“稍有一毫所指，甘为三世之喑”③。然而，世上不平和缺憾之事擢发难数。明自世宗之后，纲纪日益陵夷，臣不忠，子不孝，贪货赂而忘仁，慕冶容而用计。至明末清初，更是世风浇薄，人情日偷，世上缺憾之事，不胜胪列。为善不得善酬，造恶未蒙祸报；孝而召

①〔清〕李渔：《闲情偶寄·词曲部下》，《李渔全集》第三卷，第63页。

②〔清〕李渔：《笠翁传奇十种上》，《李渔全集》第四卷，第203页。

③〔清〕李渔：《曲部誓词》，《李渔全集》第一卷，第130页。

忧，忠而见谤；施恩而遭负心之友，善教而得不肖之徒；名才以痼疾沉埋，英俊以非辜废斥，等等。这时，具有忧患意识传统的封建文人目睹现状，忧心忡忡，感国事不振，叹世风日下。试图借三寸管，发挥“经夫妇，成孝敬，厚人伦，美教化，移风俗”[①]的社会功用，以竭尽自己对家族、社会和国家的义务，实现自身立言的价值。这样，劝惩小说便大量出现。生存在这样的社会环境中，李渔并不总能像弥勒佛那样宽待“难容等事”，不为所动。有时也难免有违背誓言，借题发挥处，对“难容等事”和“可笑之人”进行尖锐的讽刺，当然，其中不排除有李渔为了营造喜剧效果的需要而“借笔成趣”。如《蜃中楼》中描写奸相李义府，“威权震主，势焰熏人。笑处藏刀，毒性有如蜂虿；柔能害物，别名呼作猫儿”[②]。剧中的文官贪赃枉法，搜刮钱财；武将则贪生怕死，蟹将军自称：“列位不要见笑，出征的时节，缩进头去；报功的时节，伸出头来，是我们做将官的常事，不足为奇。”[③]虾元帅也谓：“列位岂不知道，我外面是个空壳，里面没有一根骨头；若不鞠躬尽礼，怎么挣得这口气来？”[④]《风筝误》中描写征蛮军中有四员大将，分别叫“钱有用”“武不消”“闻风怕”“俞敌跑”，“只知钱有用，都言武不消，今日闻风怕，明朝俞敌跑”。剧中还嘲笑官僚士大夫：“不会齐家会做官，只因情法有严宽；劝君莫笑乌纱弱，十个公卿九这般。”[⑤]《玉搔头》甚至大胆拿皇帝开玩笑：“如今还是皇帝篾片，将来就是篾片皇帝了。”不能说不尖刻。这是晚明社会的真实写照，无怪乎晚清浴血生指出“笠翁殆亦愤世者也，观其书中借题发挥处，层见叠出”，“使持以示余今之披翎挂珠、蹬靴带顶者，定如当头棒击，脑眩欲崩”[⑥]。

总体来说，李渔的剧作没有触及当时的重大事件，这些讽刺也只是偶尔为之，并不是主流。但是，有的观众还是“不谅”，谓“寓讥刺其中”。李渔为他的冲动付出了代价，他在给沧园主人的信中曾提及此事：“弟之见怒于恶少，以

---

① 《毛诗序》，《中国历代文论选》第1册，上海古籍出版社1979年版，第63页。
② 〔清〕李渔：《蜃中楼》第十六出“点差”，《笠翁传奇十种上》，《李渔全集》第四卷，第258页。
③ 〔清〕李渔：《蜃中楼》第五出“结蜃”，《笠翁传奇十种上》，《李渔全集》第四卷，第223页。
④ 〔清〕李渔：《蜃中楼》第五出“结蜃”，《笠翁传奇十种上》，《李渔全集》第四卷，第224页。
⑤ 〔清〕李渔：《风筝误》第三出“闺哄”，《笠翁传奇十种上》，《李渔全集》第四卷，第125页。
⑥ 任讷：《曲海扬波》卷一引，《新曲苑》，中华书局1940年版，第10页。

前所撰拙剧，其间刻画花面情形，酷肖此辈，后来尽遭惨戮，故生狐兔之悲是已。”[①]这当然是李渔所不愿看到的，所以，他主张戏曲应“戒讽刺”，既是告诫自己，也是消除那些“恶少”的猜疑。

在清初剧坛上，李渔与吴伟业、尤侗齐名，号为“三家”。吴伟业和尤侗二人的剧作乃文人案头之剧，而非场上之曲。他们借戏曲寄托个人内心的失意之感和亡国破家的隐痛，因此，很容易触动清初遗民的心弦，在当时也很受欢迎。李渔既没有吴伟业的萧瑟哀咽，也没有尤侗的慷慨激昂，与他们不同，李渔有巨大的生存压力，因此，他选择了一种不同于他们的表达方式。除文人之曲外，清初剧坛上还活跃着以李玉、朱素臣、朱佐朝、叶雉斐、毕魏、丘园等为代表的苏州作家群，其中朱素臣还是李渔的朋友。他们与李渔的身份地位有许多相似之处，都通曲律，长期为供应戏班演出而编剧，并时而合作。他们编剧不是自遣自娱，而是为演出提供剧本，考虑到舞台演出的要求和效果，他们改变了以曲词为核心的戏曲观念，把戏曲结构放到首要位置上，增强了戏剧性，曲词也趋向质朴，宾白的地位有所提高，丑角的宾白往往带有方言的特点。明清易代之后，他们由主要关心社会生活的伦理问题，转而关注历史政治的风云，创作出许多历史剧，代表作有《十五贯》《党人碑》《千钟禄》《清忠谱》等。李渔死后数年，洪昇的《长生殿》和孔尚任的《桃花扇》又风行大江南北。李渔既无吴伟业等剧作家的故国之思，也没有苏州作家的慷慨悲凉。虽然李渔对自己的戏曲很自负，据《皇明世说新语》中记载，李渔自称“可惜元人个个都亡了，若使活到现在，遇见我定不题凡鸟”，但如果单从戏剧的思想意义和历史价值着眼，李渔无疑难以与苏州作家群比肩。

李渔的喜剧就是这样，既没有严肃深沉的哲学思考，也没有治国平天下的政治期望，更没有悲剧和正剧那种执着认真的艺术精神，而是洋溢着一种轻松愉快的幽默风格，一种对现实超然自得的审美态度[②]。李渔太强调舞台性了，有时甚至把它与思想性对立起来，忽视了对思想性的追求。有时为了取悦观众，

① 〔清〕李渔：《柬沧园主人》，《笠翁一家言文集》，《李渔全集》第一卷，第181页。

② 郭英德：《明清传奇史》，第399—400页。

李渔宁肯牺牲艺术，如《玉搔头》中，有许多轻佻庸俗甚至秽亵的细节和曲白，成为一部格调不高的风情闹剧，只有俗趣而无情韵。《风筝误》中也杂有一些庸俗恶趣。清人杨恩寿在指出李渔的传奇作品“位置脚色之工，开合排场之妙，科白打诨之宛转入神，不独时贤罕与颉颃，即元、明人亦所不及”的同时，又批评说：“《笠翁十种曲》鄙俚无文，直拙可笑。意在通俗，故命意遣词，力求浅显。流布梨园者在此，贻笑大雅者亦在此。”[①]这话的确说得到位。

李渔的戏剧在当时产生了很大的影响，不可否认，他对中国古典戏剧的发展作出了一定的贡献。蒋瑞藻在《小说考证》卷六中说：“李渔以词曲负盛名，著传奇十种，纸贵一时。”[②]吴梅《中国戏曲概论》中说，李渔戏曲“排场生动，实为一朝之冠”[③]。李调元《雨村曲话》也说：“李渔音律独擅，近世盛行其《笠翁十种曲》。”[④]《风筝误》《意中缘》《比目鱼》《玉搔头》等传奇，在清末民国初秦腔、晋剧、京剧、川剧、越剧等剧种中都有改编演出。

无声戏

顺治十三年（1656），李渔将他写的一些短篇小说结集为《无声戏·一集》出版，共收拟话本小说十二篇，此书现藏于日本尊经阁文库。次年，《无声戏·二集》在张缙彦的资助下刊刻，此书现已亡佚。《无声戏·二集》有署“伪斋主人”的序，日本学者伊藤漱平认为“伪斋主人”即是张缙彦的化名。李渔移家南京后，又利用旧版印行了《无声戏合集》十二回。所谓“合集”实为“合选”，因为它只收了《无声戏·一集》的七篇小说、《无声戏·二集》中的五篇小说。这个合选本不仅打乱了原刻本的顺序，而且把回目由单句改为上下对偶的双句。此书现残存两回，藏于北京大学图书馆。约在康熙初年，李渔又将《无声戏合集》改刻为《连城璧全集》，还将《无声戏·一集》《无声戏·二集》

---

① 〔清〕杨恩寿：《词余丛话》，《李渔全集》第十九卷，第325页。

② 蒋瑞藻：《小说考证》卷二，上海古籍出版社1984年版，第167页。

③ 吴梅：《中国戏曲概论》卷下《清总论》，《李渔全集》第十九卷，第334页。

④ 〔清〕李调元：《雨村曲话》，《李渔全集》第十九卷，第323页。

中未被《无声戏合集》收入的几篇聚集刻为《连城璧外篇》,《连城璧全集》共有十二回，外编六卷，共收十八篇拟话本小说[①]。顺治十五年，李渔另一部短篇小说集《十二楼》(又名《觉世名言》)也出版行世。在李渔的戏剧小说中，有几篇题材相同，如《凰求凤》与《寡妇设计赘新郎 众美齐心夺才子》,《比目鱼》与《谭楚玉戏里传情 刘藐姑曲终死节》,《奈何天》与《丑郎君怕娇偏得艳》,《巧团圆》与《生我楼》，皆同演一事。这种小说、戏剧题材共享的做法，是李渔以商业化方式运作文学创作的结果。

与他的戏曲一样，李渔的小说故事大多是喜剧和闹剧，是供人解愁破闷的消遣品。理解了他的戏剧也就理解了他的小说，因为在李渔看来，小说与戏剧没有什么不同，差别只在于戏剧是有声之戏而小说是无声之戏而已。在李渔的长篇小说《合锦回文传》第二卷后，有一条署名为“素轩”的评语道：

> 稗官为传奇蓝本。传奇，有生、旦，不能无净、丑。故文中科诨处，不过借笔成趣。观者勿疑其有所刺也；若疑其有所刺，则作者尝设大誓于天矣。[②]

据考证，“素轩”其实就是李渔的化名[③]。李渔在小说《拂云楼》的结尾中说：“看演这本无声戏。”他还把自己的小说集命名为“无声戏”。可见，在李渔

① 萧欣桥：《〈无声戏〉〈连城璧〉版本嬗变考索》,《文献》1987年第1期。

② 《李渔全集》第九卷，第326页。

③ 嘉庆三年（1798）之前，未见文献记载《合锦回文传》此书。1934年孙楷第为亚东版《十二楼》作序，认为《合锦回文传》第二卷后的“素轩”评语涉及李渔尝设誓于天之事，可见《合锦回文传》确与笠翁有关，但未进一步论述。后来吴晓铃坐实“素轩”评语中“稗官为传奇蓝本”就是笠翁的理论，而“素轩”是李渔的别名。1972年台北商务印书馆版《续修四库全书提要·子部》“小说类”也将《合锦回文传》列于李渔名下。此后崔子恩、刘兴汉《回文》皆论证作者是李渔。而《中国通俗小说总目提要》和黄强等学者则认为《合锦回文传》非李渔作，“素轩”评语不足据。笔者认为，“素轩”评语之语气、所提到的发毒誓一事及其有关小说与戏曲互参的观念与李渔完全相同，而《合锦回文传》才子佳人的内容和艺术风格也酷似李渔，所以暂定为李渔作。但难以解释的是，李渔生前完成的著作几乎都自己刊刻发卖过，为何独缺这部小说？参见张成全：《〈合锦回文传〉非李渔所作考》(《中国文学研究》第八辑)等文。

的概念中，小说和戏剧是一而二，二而一的东西。李渔小说的优缺点都由他这一观念而来。

李渔说，有奇事才有奇文，“新即奇之别名”。[①]他把《三国演义》《水浒传》《西游记》《金瓶梅》四大名著称为“四大奇书”。与他的戏剧一样，李渔的小说特别重视追求故事情节的新颖和奇巧。如《十二楼》中的《夏宜楼》，写瞿佶先在千里镜中窥见詹娴娴后，顿生爱慕之情，遣媒说亲，但被詹父拒绝。接着又用千里镜窥见娴娴所作之诗，遂依韵续作一首，托人相赠。娴娴一见，不胜惊奇，也生爱意。后来，瞿佶先又用千里镜窥见詹公祝祷疏文，暗中使人告诉娴娴。娴娴假言母亲托梦，说该与瞿姓者结为姻缘。詹公听其背诵的疏文一字不差，信以为真，便答应招瞿佶先为婿。“千里镜”即望远镜，是在明末由传教士传入中国的，据信，传教士在1618年携至中国，1634年献给皇帝，1626年汤若望刊印其所著《远镜说》，望远镜成为明代士大夫谈论的话题，17世纪中期，孙云球已经在苏州制作望远镜。可见李渔得风气之先，用千里镜作为男女爱情的媒介，构思十分新颖。《合影楼》中的珍生与玉娟，虽为亲戚，但由于父辈不和，两家隔墙而居，使两人不能相见。后来两人各自在水中见到了对方的影子，遂互生爱恋之心，对着池中的人影谈情说爱，借水上的荷叶传递情诗。对影传情，这样的恋爱方式，也是李渔独创。睡乡祭酒评论道：“影儿里情郎，画儿中爱宠，此传奇野史中两个绝好题目。”[②]还有《连城璧》中《谭楚玉戏里传情　刘藐姑曲终死节》，以演戏来表现男女爱情的手法，在李渔之前还没有人尝试过，可谓自出机杼，不落窠臼。但是，当李渔把风流传奇化的时候，他抽掉了礼教社会中男女交往和家庭婚姻方式在温情脉脉掩盖下的悲剧情调，从而使风流失去了生命的力度。

故事情节曲折变化，是“新奇”的又一个重要内涵，也是吸引读者的重要因素。李渔认为，情节发展要曲折顿跌，“文字不贵一直去”[③]，他把这种情节

① 〔清〕李渔：《闲情偶寄·词曲部上》，《李渔全集》第三卷，第9页。

② 《十二楼·合影楼》回末评，《李渔全集》第九卷，第35页。

③ 〔清〕李渔：《李笠翁批阅三国志·上》第三十四回眉批，《李渔全集》第十卷，第383页。

安排方法称为“文字荡漾法”[1]，在安排故事情节时，特别重视这一特点，从而使情节的发展波澜起伏，摇曳多姿，引人入胜。如《连城璧》第六回《遭风遇盗致奇赢　让本还财成巨富》写秦世良出外经商，三次遇险，但写来绝不雷同，富于变化，这就是金圣叹所谓的“反而不犯”，显示出作者处理故事情节的杰出才能。又如《连城璧》第七回《妒妻守有夫之寡　懦夫还不死之魂》，写费隐公帮穆子大制伏悍妻淳于氏，故事情节发展大起大落，出人意想之外，跌宕多姿。还有《连城璧全集》第四回《清官不受扒灰谤　义士难伸窃妇冤》，故事由老鼠引起，曲折离奇，巧中翻巧，但又入情入理，符合生活逻辑，因而真实可信。

李渔还善于运用误会和巧合来增强故事情节发展的曲折起伏。《无声戏》中《美男子避惑反生疑》写，正德初，华阳县书生蒋瑜生得一表人才，未婚妻陆氏却其貌不扬；邻居赵玉吾之子赵旭郎相貌丑陋，妻子何氏却美艳如花。后来，蒋赵两家因误会产生矛盾，最终蒋瑜与何氏结合、赵旭郎娶陆氏为妻，皆因巧合而成。又如《妻妾抱琵琶梅香守节》中的矛盾冲突之发生，则因马麟如妻妾罗氏和莫氏误信他在外病逝而产生。《十二楼》中《生我楼》，写湖广竹山县乡间财主尹小楼之子幼时走失，尹小楼与妻子又在乱中失散，后来天缘凑巧，全家团圆。

与戏曲一样，李渔主张“密针线”“减头绪”。所以他在批阅《三国演义》时，反复强调“伏线”和“照应”的作用。他的小说既结构单纯、布局巧妙，人物配置得体，又注意前后照应，使整部小说的情节发展严谨紧凑。如《无声戏》中《失千金福因祸至》，秦世良首次出海经商，被强盗抢去绸缎，后来强盗良心发现，加倍归还劫去的货物。李渔在小说开头，就写秦世良“平日的笔头极勤，随你甚么东西，定要涂上几个字在上面。又因当初读书时节，刻了几方图书，后来不习举业，没有用处，捏在手中，不住的东印西印，这是书呆子的惯相”。一日舟中无事，秦世良将自己的绸缎解开，逐匹盖上图印，捆好后又在蒲包上写“南海秦记”四个大字。[2]这样就为小说结尾的“让本还财成巨富”这

---

① 〔清〕李渔：《李笠翁批阅三国志 · 上》第三十五回眉批，《李渔全集》第十卷，第387页。

② 〔清〕李渔：《无声戏》，《李渔全集》第八卷，第72页。

一情节埋下了伏线，强盗归还劫物，就是根据绸缎上的印章和蒲包上的字而找到线索的。又如《女陈平计生七出》，开头写耿二娘让丈夫去生药铺买了几粒巴豆，取其肉缝在衣带中。后来巴豆为耿二娘在兵乱中保住贞节、擒住强盗，发挥了重要作用。

李渔认为，小说、戏曲是给不同文化水平的人看的，所以应意深词浅，“即有时偶涉诗书，亦系耳根听熟之语，舌端调惯之文，虽出诗书，实与街谈巷议无别者”[①]。还要戒板腐，主张“离合悲欢、嬉笑怒骂，无一语一字不带机趣而止”[②]。所以他的小说语言都通俗浅显，风趣诙谐。如第七回《妒妻守有夫之寡　懦夫还不死之魂》描写悍妻殴打姬妾时，懦夫穆子大“见两个姬妾打到苦处，就捏着一根门栓，赶上前去，对淳于氏高高擎起，要在当头赏他一根。不想那根门栓，又是雌木头做的，不听男子指挥，反替妇人效力。擎起的时节，十分轻便，就像一根灯草，及至擎到半空，它就作怪起来，不肯向前，只想退后，就是几百斤的铁杵，也没有这般重坠。狠命要打，再打不下去”。又如《谭楚玉戏里传情　刘藐姑曲终死节》中描写刘藐姑的演技精湛：“他在场上搬演的时节，不但使千人叫绝，万人赞奇，还能把一座无恙的乾坤，忽然变做风魔世界，使满场的人个个把持不定，都要死要活起来。为甚么缘故？只因看到那销魂之处，忽而目定口呆，竟像把活人看死了；忽而手舞足蹈，又像把死人看活了。”既通俗易懂，又形象生动，风趣诙谐。

不可否认，小说与戏曲确有许多相同之处，晚清蒋瑞藻在《小说考证》中就指出：“戏剧与小说，异流同源，殊途同归者也。”[③]而且自明代以来，两种艺术形式就出现互渗的现象，不但共用相同的题材，互为改编，而且吸纳各自的艺术表现手法，如小说叙事手法在戏曲中的运用，戏曲中人物出场方式及外貌描写的脸谱化等。但是，两者虽异流同源，毕竟是两种不同的文类，表现手法有着许多根本性的不同。戏曲毕竟是舞台表演艺术，而小说却是案头阅读文学，它的内容、场景和人物塑造，较之戏曲有更广阔的自由空间，可以表现更复杂

① 〔清〕李渔：《闲情偶寄·词曲部上》，《李渔全集》第三卷，第24页。
② 〔清〕李渔：《闲情偶寄·词曲部上》，《李渔全集》第三卷，第20页。
③ 〔清〕蒋瑞藻：《小说考证》，上海古籍出版社1984年版，第337页。

更深刻的内容，所以不能简单等同视之。孙楷第先生对李渔关于小说是“无声戏”的说法很不以为然，他在《李笠翁与〈十二楼〉》一文中对小说与戏曲的差异作了详细的论述：

> （李渔）认为作小说与作戏曲同一门庭，我觉得颇有讨论的余地。因为二者从来源上讲虽同是杂伎，但事情根本不同，风格亦何能一致？最明显的，戏曲是代言的，小说是纪言纪事的。为什么中国演戏要分生旦净丑？是把固定的品类性格付与戏子，要他以活动方式形容出来，示与观众的；作小说时对于人物性格固然要辨清，但其责任完全在记叙者之笔尖，不是另外对于人去扮演的。认为小说中的人物，即等于戏曲中的脚色，这是不对的。关汉卿作杂剧，固然分别生旦净丑；司马子长作列传，何尝胸中有生旦净丑之分呢？况且戏曲所重在唱，言情写景，概以词曲出之，而宾白居于疏通地位，可有可无。如果小说就是无声的戏曲，难道把剧本的曲子部分删去，把宾白联缀起来就是可以变成小说吗？……由说唱的戏曲改成散的小说，必须把科白扩大加细，重新改组一下，才是小说。这可以知道二者文体是如何的不同了。我们看笠翁的小说，有时觉得用意与格局都甚好，可是总觉得有点不足，像少点什么似的，就是因为神理间架都好，而叙次描写尚不能琐细入微，新奇的事情不能用平常的物理周旋回护，所以看来只觉得纤巧。这种地方，大概因为笠翁误认小说戏曲是一件事情的缘故罢。①

李渔认为小说是无声戏，并非就两者的形式而言，而是说两者的阅读、欣赏对象相同，社会功用相同，所以艺术表现手法也一样。孙先生的话虽有误解李渔之处，但一针见血地指出了李渔小说的缺憾。的确，李渔常常把小说中的人物分成生、旦、净、丑来写，根据他的戏剧原则，生旦必须大团圆，末脚只为穿插，在小说中起串线的作用，净丑定受讥弄或遭受恶报。如此一来，小说

---

① 孙楷第：《李笠翁与〈十二楼〉》《图书馆学季刊》第九卷，第三、四合期。

中的人物就与戏曲中的人物一样被规范化、程式化了，“用戏曲手段来写小说，使小说不出戏剧的规矩方圆，这就使戏剧化了的小说人物场景、结构语言，于外在形态上与现实生活拉开了距离，而作品故事又大于人的内涵，这样一来，李渔小说与生活便神不似形亦不似了”[①]。李渔聪明反被聪明误，他的小说戏曲追求新奇，力求不落前人窠臼，结果却适得其反，反而公式化了。他的故事看似千变万化、奇奇巧巧，实际上格局却较为单一。它们一般都是写人物愿望的初生，接下去是愿望的初遂，此后是受阻遭厄，但吉人天相，恶人天谴，终有一个皆大欢喜的大团圆结局。

因而，李渔的小说和传奇的布局，便不是为人物而设，而是为喜剧而设。人物成了作品取得娱乐效果的手段，而不是作品刻画的对象。这就导致他的小说只有外在生活，而内在生活极为贫乏，人物形象刻画简单粗率。他写小说，重在写小说中的戏而不重写人。他的小说中的人物身份，都是一种符号，或是人物外在活动的身份证。现世的苦难、折磨、劳碌根本不会影响他们的心态，如穷不怕（《乞儿行好事　皇帝做媒人》）作为一个常常身处绝境的乞儿，他的心态没有什么变化，行为倒像一个阔佬。偷儿贝去戎（《归正楼》）的改邪归正也缺乏令人信服的依据。这些人物的性格和命运转变都缺乏细腻的心理描写过程，也没有外在社会环境的强力支撑。

与传奇一样，李渔的小说也是劝惩与娱乐同行，不敢也无法触碰社会现实或社会的历史本质问题，而是躲避严酷的人生现象，从根本上排除悲剧因素。如《生我楼》和《奉先楼》，两篇作品的内容都涉及明末清初的社会动荡，然而，“社会的不安，百姓的患难，不过作了构架存孤成功、父子重聚的桥梁，社会生活的本质，被故事推远，成为模糊不清的被团圆的粉红色纱幕轻轻笼罩的远景世界，已不再能引起人们切实的生活感受”[②]。就是说，社会环境描写只是故事构建的一个道具性的工具，而与人物的性格和命运形成关联不大。《萃雅楼》先避开明中叶以后世风淫靡、国势衰弱、帝王奢逸的社会环境，单独写一

① 崔子恩：《李渔小说论稿》，中国社会科学出版社1989年版，第58页。

② 崔子恩：《李渔小说论稿》，第18页。

二奸臣弄权戏龙阳最终遭报应的故事。《鹤归楼》的故事发生在北宋末年，重要事件之一是段玉初和他的好友郁子昌被派往金朝纳币，在作品中，段、郁两人的相同遭际本应同国家、民族的命运息息相关。然而，李渔把徽宗、钦宗被缚金朝作为段、郁二人得释归家的机栝，从而使个人命运独立于国家命运之外，突出表现的是从长远考虑的惜福和一味痴情图眼下快活的不同生活态度所造成的迥异后果。故事的终点是郁子昌妻死家破，段玉初夫妻团圆。北宋灭亡的历史背景和时代灾难却消失得无影无踪，故事发生的社会背景变成了戏曲舞台的布景，两者并无密切的内在联系。从剧中看，段、郁两人不同的命运纯由两人性情差异所致，与社会毫无瓜葛。

李渔把话本小说劝善惩恶的传统发挥到了极致。如《连城璧》中《乞儿行好事　皇帝做媒人》中乞儿仗义疏财，多行好事。《无声戏》中《妻妾抱琵琶梅香守节》中婢女碧连守节抚孤。《移妻换妾鬼神奇》中韩一卿妾陈氏妒恨大妇杨氏，本欲毒死杨氏，却无意中治好了杨氏的恶疾。《十二楼》中《归正楼》写“搅世魔王”贝去戎由于心生善念，改邪归正，终成正果。李渔还常借小说中人物之口劝人多行善事，有时则以作者口吻，向读者说教布道，如《无声戏》中《改八字苦尽甘来　失千金福因祸至》中的结束语：“但凡看书的，遇着忠孝节义之事，须要把无的认作有，虚的认作实，才起发得那种愿慕之心；若把‘尽信书则不如无书’这两句话，预先横在胸中，那希圣希贤之事，一世也做不来了。”

由于李渔深受王阳明“心即理”“致良知”等学说的影响，认为人人天生具有良知，只是有的被物欲遮蔽，但一旦被激起，就知道是非好恶，会遵守封建道德。所以他小说中的恶人一般最终都幡然醒悟，洗心革面，改邪归正，得以善终。

在重视“有裨世道”的同时，李渔十分重视小说娱乐人心的功能，以适合市民读者的欣赏兴趣，让读者在阅读小说时，既能体悟到劝善惩恶的思想内容，又能产生一种轻松愉快的心情。为此，李渔对小说的题材、情节、人物、结局都作了特殊处理，有意避开那些重大敏感的题材，如社会动乱、民族矛盾等，而多写日常生活中的一些琐事，或男女爱情，或妻妾争风吃醋，或美妇配丑郎，或商人行商遇险，或财主施舍求子，或奴仆为主尽忠。小说中的人物多为平头百姓，有戏子、妓女、商贩、奴仆、丫环、渔翁、乞丐、皂隶、术士、村妇、赌徒等，如涉及现实生活中的一些名人，则以化名处理。这些题材虽多为街谈巷议之事，但颇能吊住一般大众读者的胃口，激起他们的欣赏兴趣。

李渔笔下的男女婚恋故事，最能表现李渔小说对悲剧人生的敏感性逃避。在小说中，他只写才子的故事，而且是浪漫的故事，却不写才子功名不遇、遭际坎坷的泪水和辛酸，从而省去了他对人生的思索和感慨，对现实的叩问，因而形象苍白，内涵贫乏。福斯特指出："小说家的功能就在于表现内心最深处的内在生活。"[1]这恰恰是李渔的小说所缺乏的。李渔虽然把这些故事处理得热热闹闹，但是，除却才子满腹经纶，佳人一貌如花，两人一见倾心外，并无多少爱情的深刻内涵。爱情中并无个性的内容，没有独一无二的个人气质、性格、心灵的相互契合，也没有残酷现实所造成的阻隔，最多是一二小人播弄其间。因而，他们的婚配能轻易达成，只要才貌互相吸引，不必灵犀相通，其中所遭受的一些曲折，也是由于误会促成，并非是各自性格的冲突和社会本质使然。他们的结合过程不会有来自传统心理积淀的阻碍，也没有其他社会观念和世俗力量的干扰。谭楚玉和刘藐姑的爱情是个例外，他们双双赴水，本已演完了爱情悲剧，然而，李渔的乐观主义又重新把他们救活了，夫妻荣贵的大团圆结局又把悲剧性的氛围冲涤得干干净净。"所以，感伤、忧愁、苦闷、迷惘、惆怅、沉痛，这一切带有悲剧色彩的人生必有的情感和悲剧本身的残酷，是善恶之报和乐以忘忧的创作追求的威胁。李渔的小说尽量不走近这片危险地带，即使不得已走近，也要竭力释放喜剧的香气，以免读者感受到悲剧的阴湿，败坏了轻松的心绪。"[2]因而他的故事无法撼动人心，虽然赢得了读者的笑，但这种笑是廉价的，不会是发自内心的，也不是带泪的笑，就像看过一场杂耍相声的笑，转瞬即忘，类似于今天的快餐文化。

李渔把现实中不可能实现的愿望，通过人物在作品中得以实现。表面上看，

---

① ［英］爱·摩·福斯特：《小说面面观》，花城出版社1987年版，第37页。

② 崔子恩：《李渔小说论稿》，第70页。

他的小说远离现实，使艺术表现摆脱了生活规律的限定，获得了自由驰骋的空间，可以随心所欲地处理各种人物形象和故事。但实际上，李渔小说不过陷入了比生活世界、人生世界狭小得多的劝惩主义和娱乐主义的小院落。这小院落是用宿命密封起来的，个中人物、故事永远无法走进现实的社会、人生的领地。社会、人生的真谛，永远是文学探寻的目标。抛弃对社会、人生的询问与关注，只能给文学带来更多的局限和束缚。真正的凡夫俗子的烦恼、热情、苦闷、不安等等生命迹象，在李渔小说的人物身上很难找到。

李渔小说的大团圆过程虽也写得千曲百折，但他并不着意渲染苦痛和悲愁以强化团圆后的欢喜，也不把艰难险阻后的真切感受传达出来，借以烘托团圆的喜气。他只是力求小喜接大喜——至少是小忧接大喜的艺术效果，而不让读者经历艺术所创造出的苦痛之感。所以这种曲折有比较浓郁的艺术设计味道，而缺乏厚实的生活感，他追求作品彻头彻尾的轻松和无忧无虑的愉悦。如《鹤归楼》写八年之后，历尽千辛万苦、九死一生后的段玉初夫妇重逢，在文字上全不沾一点久别重逢的悲喜酸咸，一见面段玉初就嬉皮笑脸，指出妻子对他“五该拜谢”，人物的侥幸心理取代了离合悲欢，人世冷暖，生生死死全化作一片诙谐轻佻的笑。

实际上，李渔的内心积压着大量落俗而又脱俗的思想、观念和愿望。他的本心企望超时拔俗，可是现实沉重地坠在他的腿上，使他难以轻松迈步。他有巨大的养家糊口的压力，他摆脱不了物质享乐的诱惑，他惧怕危机四伏的文网……他只得向现实妥协，不去触碰它最敏感的神经。不过，李渔公开宣称他不与现实对抗，不以微言讽世，正是他内心的一种自抑，已经流露出他的不满、无奈或反讽。他小说中的世界与现实世界保持间离状态，便根源于李渔内心世界与现实世界的妥协与和解。

当然，李渔毕竟生活在复杂的现实中，他不可能完全成功建造与现实世界毫无关联的空中楼阁，他偶尔也会把批判的矛头指向社会弊端，如《连城璧全集》第二回《老星家戏改八字　穷皂隶陡发万金》，写一个刑厅皂隶蒋成穷通变化的故事。尽管蒋成安分守己，“不曾做一件坏法的事，不曾得一文昧心的钱”，但数年之内，由吏而官，竟也囊括了数万金，那些如狼似虎、敲骨吸髓的恶吏，那些贪赃枉法的赃官，就可想可知了。作者嘲笑蒋成："不是撑船手，休来弄竹篙。衙门的钱这等好趁？要进衙门，先要吃一副洗心肠，把良心洗去；还要烧一份告天纸，把天理告辞，然后吃得这碗饭。"风趣幽默地讽刺了当时衙门中普遍存在的黑暗现象。第四回《清官不受扒灰谤　义士难伸窃妇冤》则从另一个角度反映了官僚司法的腐败。成都知府判案，"原告没有一个不赢，被告没有一个不输到底"。他一听原告诉讼，就给被告上刑，男的上夹棍，女的拶指，不屈打成招，决不罢休。有时，李渔以玩世的方式对社会进行讽刺，他在《归正楼》中说："故此恶人回头，更为上帝所宠，得福最易。就像投诚纳款的盗贼，见面就要授官，比不得无罪之人，要求上进，不到选举之年，不能够飞黄腾踏也。"他在《合影楼》中有说："我今日这回小说，总是要使齐家之人知道防微杜渐，非但不可露形，亦且不可露影，不是单阐风情，又替才子佳人辟出一条相思路也。"这些话似真似假，亦真亦假，机智幽默地调侃了封建礼教。可惜这样的内容，在李渔的小说中堪称吉光片羽。

李渔希望生活在不城不乡、半村半郭之间，这种摇摆的人生态度，可谓他的小说戏剧创作的极妙象征。基于这种人生和文学形态，他的小说戏剧缺乏深厚的现实社会基础，常常给人一种浮萍无根的浪漫和浮薄之感。他的小说虚化社会内容，淡化人生况味，涣散现实因素。一方面，他让人嬉笑；另一方面，他又要教人生活。他是用经验、用玩笑来写小说，而不是用心灵、用体验来写小说。只采用自己生活之表层入小说，而不是内心体验。他营造的小说世界，大多与现实世界似是而非，所显示的不是真实的生活，而是他别出心裁的经验之论和游戏人生的意趣①。如《妒妻守有夫之寡　懦夫还不死之魂》写费隐公妻妾成群，但"正妻不倡酸风，众姬莫知醋味"，妻妾和睦相处。李渔自己也是妻妾众多，并屡以"妾不专房妻不妒"自喜。因此，这篇小说与另一篇《吃新醋正室蒙冤　续旧欢家堂和事》一样，实是向读者传授治家疗妒的经验。还有《鹤归楼》，段玉初、郁自昌新婚不久，便奉旨出使金国。两对夫妻都情好甚笃，但处理感情的方式却截然不同，最后的结果是一悲一喜。作者以对比的方式写

① 袁行霈主编：《中国文学史》卷四，高等教育出版社1999年版，第303页。

两对夫妇在相似的生存状态之中，因不同的人生态度导致了不同的命运结局。它告诫人们，应以名士的洒脱来面对生活中的生离死别，在逆境中要善于调整心态。段玉初教郁自昌道："知道出去一年，不妨倒说两载；拿定离家一月，不可竟道三旬，出路由路，没有拿得定的日子，宁可使他不望，忽地归来；不可令我失期，致生疑虑！"李渔一生，大半在外漫游，他在漫游粤广时给家人写信道："因输榷钱，稍停一二宿。不出日之四五，决抵家矣。明知归期不远，而前信中迂其说者，虑尔辈望人急切，深难为情，'朝朝江上望，错认几人船'，此等闺情，皆为早订归期误之也。即今不出四五之说，亦是我自为政，未尝虑及于天。不见出门之两昼一夜乎？勿盼来人，但占风信可耳。"[①]就是说，给家人报归期，故意多说几天，制造好像提前回家的假象，给家人带来意外之喜，从而加深了他与妻妾之间的感情。信中表达的生活经验，正与《鹤归楼》中段玉初不谋而合，因此，段玉初其实就是李渔之自寓。《鹤归楼》中还介绍了在别离中的寻乐之法："骨肉分离，是人间最惨的事，有何好处，倒以'乐'字加之？要晓得'别离'二字，虽不是乐，但从别离之下，又深入一层，想到那别无可别、离不能离的苦处，就觉得天涯海角，胜似同堂，枕冷衾寒，反为清福。十八层地狱之人，羡慕十七层的受用，就像三十二天的活佛，想望着三十三天，总是一种道理。"这也是李渔在《闲情偶寄》中所介绍的苦中行乐之法。

李渔的小说戏曲不足之处是很明显的，孙楷第先生早就指出过："大抵笠翁为文，才智有余而反为所累：《无声戏》如此，《十二楼》亦如此。……是以无意不新，无文不巧，而往往流于迂怪，矫揉造作，大非人情。"[②]命意过新，则失之纤巧。对此，李渔也有自知之明，"白雪阳春世所嗔，满场洗耳听《巴人》"[③]。李渔在给尤侗的信中也说自己的作品，"非止调不能高，即使能高，亦忧寡和，所谓'多买胭脂绘牡丹'也"[④]。所有这些缺点，都源于他为了迎合

① 〔清〕李渔：《粤游家报》之五，《笠翁一家言文集》，《李渔全集》第一卷，第188页。

② 孙楷第：《日本东京所见中国小说书目》，人民文学出版社1958年版，第158页。

③ 〔清〕李渔：《四方诸友书来，无不讯及新制填词者，不能尽答，二诗共之》，《笠翁一家言诗词集》，《李渔全集》第二卷，第328页。

④ 〔清〕李渔：《复尤展成先后五札》之五，《笠翁一家言文集》，《李渔全集》第一卷，第191页。

大众而宁肯牺牲艺术，从而使他的小说戏曲，对读者来说，就好像一次性使用品。

然而，李渔对古代话本小说的发展作出了杰出的贡献也是毋庸置疑的。

明清之际的拟话本小说发展，处在由整理、改编迈向独创的过渡时期。明代话本小说的创编，受冯梦龙的影响很大。一般故事都有相应的来源，对别人的作品进行改编，内容上缺乏创新，并且在体制上承袭“三言二拍”入话、正话和结尾的三段模式，很难表现出编写者的个性和文格。冯梦龙的“三言”之后，“二拍”的编纂者凌濛初就曾慨叹宋元旧篇已被冯梦龙“搜括殆尽”。至明末《石点头》《西湖二集》等，要么记述生活事件，或照搬现成故事，缺乏必要的虚构和想象。到清初，可供凭借的旧材料更加难觅，作家们转向记述当时见闻，凭经验结撰故事便是势所必然。其实无论是话本小说还是章回小说，在清初由累积成书而转向文人化、个性化都是大趋势，这预示着古代小说发展质的飞跃。拟话本小说由改编转向独创，自主性就增加了，内容和形式上都会相应地发生变化，摹写世情的内容开始占据主导地位，话本的固定体制失去了约束力，作为入话的诗词和头回不再是不可缺少的，或者叙述中引证的诗词数量大为减少，等等。清初拟话本作者虽亦志在传扬道义，但已不像前辈那样迂执于醒世、警世，他们还嬉笑怒骂，讽世嘲世，如《照世杯》《豆棚闲话》等小说。总之，一方面，是由于客观上所谓宋元旧种搜罗殆尽，他们无所依傍；另一方面，是由于时代更变，岁月动荡，不能不冲击着人们亦步亦趋的惰性习惯，小说家们不得不按照个人的好恶习惯来进行创作，其中以李渔最有代表性。他摆脱了改编因袭的做法，锐意创新，最关键的是在小说中投射自我，带有鲜明的个性色彩和李渔风格。他的小说大多是个人的经验见闻，运用想象自行结撰的，具有了创作者的一定风格，并能由作品见出作者的身影、艺术观念，以及他们运用这种观念对于题材人物的把控和处理，由此引起了话本文体在文化素质和审美体制的一系列变化。李渔最大的贡献，主要是将话本小说文人化、个性化了，在艺术上提供了一种新的短篇小说创作模式，这种体制使小说容量加大了，便于故事展开。

孙楷第也指出：“笠翁毕竟有才，毕竟有创造的能力。他的小说虽不如冯梦龙之浑朴自然，而境界意象，确乎有冯梦龙所未尝试探的。冯梦龙小说的好处，是熨帖细腻、韵足神完，但其中述古之作，有时只就本事敷衍，不能加上新生命；在笠翁的小说，是篇篇有他的新生命的。”在李渔的小说中，到处都能找到李渔的身影，感受到他的存在，认识到他的性格。如《连城璧》第八回《妻妾败纲常 梅香完节操》中的马麟如，“当初自垂髫之年，就入了学，人都以神童目之，道是两榜中人物。怎奈他自恃聪明，不肯专心举业，不但诗词歌赋，件件俱能；就是琴棋书画的技艺，星相医卜的术数，没有一般不会。别的还博而不精，只有岐黄一道，极肯专心致志”，这分明就是少年时的李渔。《三与楼》中的虞素臣建有三与楼，楼有上下三层，上一层匾额上题有“与天为徒”四个字。我们知道，李渔字谪凡，号天徒。虞素臣的卖楼故事其实就是李渔卖伊园的生活经历的改写。又如《闻过楼》中的顾呆叟，也是李渔个人自况。孙楷第就说过：《闻过楼》“不但入话一般纯为自叙，即正传顾呆叟故事，亦是华严楼阁，凭空蹴起的，其实完全说的是自己”[①]。从顾呆叟身上，我们可以看到李渔徘徊于庙堂和山林之间的双重人格。《合影楼》中的路子由，“他的心体，绝无一毫沾滞，既不喜风流，又不讲道学，听了迂腐的话也不见攒眉，闻了鄙亵之言也未尝洗耳，正合着古语一句：‘在不夷不惠之间’。”李渔理想中的人格，就是集风流道学于一身。因此，路子由实际上也就是他自己。甚至《谭楚玉戏里传情　刘藐姑曲终死节》中的渔翁也是李渔夫子自道。谭楚玉做了福建汀州府节推，要接他的救命恩人莫渔翁夫妇上任。莫渔翁辞道：“谭老爷、谭奶奶，饶了我罢。这种荣华富贵，我夫妻两个，莫说消受不起，亦且不情愿去受他。我这扳罾的生意，虽然劳苦；打鱼（渔）的利息，虽是轻微，却尽有受用的去处。青山绿水，是我们叨住得惯；明月清风，是我们僭享得多。好酒好肉，不用钱买，只消拿鱼去换；好朋好友，走来就吃，不须用帖去招。这样的快乐，不是我夸嘴说，除了捕鱼的人，世间只怕没有第二种。……况且我这一对夫妻，是闲散惯了的人，一旦闭在署中，半步也走不得，岂不郁出病来？你在外面坐堂审事，比较钱粮，那些鞭扑之声，啼号之苦，顺风吹进衙里来，叫我这一对慈

① 孙楷第：《李笠翁与〈十二楼〉》附录二，《李渔全集》第二十卷，第65页。

心的人，如何替他疼痛得过？”谭楚玉又说要走后门照顾他几桩生意。莫渔翁摇手道：“也不情愿，也不情愿。那打抽丰的事件，不是我世外之人做的，只好让与那些假山人、真术士去做。”这哪像一个贫穷的渔翁说的话，倒像出自陶渊明式的隐士之口，分明是李渔的内心独白。

携家避地

康熙元年（1662），康熙皇帝刚刚即位，五十二岁的李渔又决定移家南京。

按理说，有“三秋桂子，十里荷花”的美丽杭州，是文士们理想中的天堂。然而，白堤的长柳无法挽住李渔，他已决计移家六朝古都——南京。

李渔为什么再一次选择了背井离乡呢？难道美丽的西子魅力不敌幽怨的莫愁吗？

李渔成名后，他的著作销售火爆，自然成了盗版的对象。李渔后来在《与赵声伯文学书》中说：“弟之移家秣陵也，只因拙刻作祟，翻板者多，故违安土重迁之戒，以作移民就食之图。”[①]如此看来，李渔移家南京，是因为书商疯狂地翻刻他的著作，侵犯了他的著作权，从而危及到他的经济收入。事实果真如李渔所说吗？其实，其中有许多李渔不愿说出的苦衷。

与蒙古人一样，清朝统治者在征服江南的过程中，遭遇到了顽强的抵抗。多尔衮对此采取了血腥的军事屠杀，制造了震惊世人的“扬州十日”“嘉定三屠”和江阴屠城大案。尤其是清政府的剃发政策，极大地伤害了汉族知识分子的民族自尊心。然而，清政府虽然征服了汉人的肉体，却并没有征服汉人的心灵，他们明里暗里的斗争仍在不断地进行，尤其是郑成功、张煌言等明军残部，经常对清军进行袭扰和攻击，而沿海人民也积极响应。顺治十一年（1654），清政府命世子济度为定远大将军讨伐郑成功。十二年十月，郑成功攻占舟山。十四年八月，郑成功进占台州，接着又克平阳，降瑞安，攻温州。当地府县官吏纷纷倒戈。十六年，郑成功与张煌言会师，大举北上，次丹徒，泊焦山，破瓜

---

① 〔清〕李渔：《与赵声伯文学书》，《笠翁一家言文集》，《李渔全集》第一卷，第167页。

州，克镇江，围江宁。江南震动，浙东尤甚。这时，清政府的水军还没有建立起来，对郑成功庞大的舰队无可奈何，只得采取严申海禁、寸板不许下海的策略，切断郑成功与沿海人民的联系，将沿海居民迁入内地安插，烧毁沿海船只、宅舍、积聚，伐树木，荒田地，严重地破坏了江南地区的社会经济，浙东民众再遭浩劫。杭州为浙江重要城市，自然更是敏感之地。

明清以来，江南不仅是中国最富庶的地区，占据了封建王朝财政收入的大部分，而且也是文化中心，最优秀的知识分子大部分都出自南方，封建王朝的官僚机构中的人才也主要靠南方输入。因此，清政府的军事高压政策对知识分子的生存也造成了破坏性的影响。

因此，随着清统治者在军事上的绝对胜利和社会的逐渐稳定，清政府开始调整在江南的政治、军事政策，采取高压与怀柔并举的策略。这种政策的标志之一就是委派洪承畴到江南任总督。洪承畴是福建人，熟悉江南的民风吏情，又曾在明政府中担任过重臣，在汉族知识分子中有一定的影响力。他的到来在一定程度上缓和了江南人民的反清情绪。

洪承畴到江南后，曾向清政府建议恢复科举取士制，接着又把一批优秀的汉族知识分子和明遗民吸收到政府机关中来，担任各种官职，还整顿军纪，严禁官兵骚扰百姓，恢复生产。洪承畴的措施在一定程度上收到了效果，江南地区的经济开始出现了生机，汉族知识分子的反清情绪得到了一定程度的缓解。

随着政治形势的逐步宽松，有些汉族知识分子也变得得意忘形起来，他们根深蒂固的汉文化优越感又开始公然抬头。他们认为，虽然大明王朝在军事上彻底失败了，但汉文化却也征服了少数民族。那些人不是为我灿烂的汉文化所震慑甚而顶礼膜拜吗？他们甚至大胆嘲笑说：满族人虽然喜欢汉文化，但他们并不真正懂得汉文化的真髓，他们学习到的不过是一些残渣而已。

正如顾炎武所说，明代的亡国并不是一般意义上的改朝换代，而是“亡天下”，就是说亡国灭种。儒家文化非常重视夷夏、正统之辨，所以，尽管满族人成了他们的实际统治者，但他们在心中是排斥的，是不能接受的。他们认为，满族人既然声称是来为朱明王朝复仇的，赶走李自成、张献忠等流寇后，现在就应该还政于朱氏后代，退回东北老巢，而不应该据鼎不还。

洪承畴的到来和他的怀柔政策，勾起了汉族知识分子的怀旧思绪，使他们暂时忘记了曾经有过的血雨腥风。汉文化的优越感使他们变得越发胆壮和傲慢起来，在他们眼里，满族人是统治者，但在心里，他们却不会去仰视满族人，只有死去的崇祯才是他们认同的皇帝。这种情感的流露有时是毫不掩饰甚至是肆无忌惮的。通过这样的发泄，他们往往会在精神上打败清朝统治者。

顺治末年，经过一系列高压和怀柔并举的政策作用之后，江南地区逐渐稳定下来。流窜在四川、云南一带的明朝残余武装势力被彻底歼灭，永历帝被吴三桂绞杀于桂林，西南边陲基本稳固。令清统治者头痛的郑成功病死于台湾，李定国死于缅甸。清统治者觉得再也不能容忍和放纵汉族知识分子的放肆和对自己的蔑视了，他们曾经在军事上以毫不留情的杀戮方式取得了彻底的胜利；现在，他们准备在文化战场上再祭起屠刀。不久，洪承畴奉旨调回朝廷，随后被强迫退休，这件事意味着一场暴风雨即将来临。

实际上，清政府当时所面临的形势是，汉民族虽然在军事上失败了，但如果清统治者要彻底铲除汉民族的文化，那汉民族是绝对不会接受的，必会拼死一搏，顾炎武等人就表达了这种观点。但清统治者也不会全盘接受汉化，更不会容忍汉人利用夷夏之辨对清政府进行攻击。他们既要接受汉文化，但又必须对汉文化和意识形态进行清理和改革，使之既能保持数千年的华夏文化传统，又能够为清政府所操纵和服务。儒家学说的价值体系、伦理观念和以之为核心而建立起来的官僚政治体制都将保留下来，而那些华夏中心主义思想以及晚明过分自由的思想则要被清除。这个新文化体系的建设首先是以血腥的屠杀开始的，在这场血腥的屠杀中，文化最发达、知识分子最为集中而抵抗又最为激烈的江南地区自然首当其冲。各种社会团体被取缔，大批书籍被查禁，任何违禁语言文字一经查出，将严惩不贷。清政府借鉴了明初朱元璋父子的“瓜蔓抄”，实行大肆株连。

李渔的好友张缙彦很快就成了政治斗争的牺牲品，而李渔也被牵扯了进去。

我们在前面讲过，张缙彦政治上丧失气节遭到明遗民和清朝统治者的歧视。为了洗脱自己的污点，张缙彦常常不分场合地表白自己对崇祯皇帝的忠诚，讲述开门纳降事情的始末，以此表示自己服务新朝另有苦衷，并寻求知识界的谅解。张缙彦主动地去交结江南知识分子，彼此间打得火热。这自然引起了新朝的警惕和不满。顺治十五年（1658）春，张缙彦奉调进京任工部右侍郎，名义上是平调，实际上是切断他与江南知识分子之间的联系。对于最高当局的“良苦用心”，张缙彦有点反应迟钝。他仍然逢人就毫无顾忌地表白他对旧朝的忠心和他在改朝换代期间的清白。于是，最高当局决定给他点颜色看看，顺治十七年二月，诏命调张缙彦江南徽宁道，这与他原来的职位比已经是降了二级，然而这不过是清朝对他的清算的开始，张缙彦却还没有采取补救的措施，更不幸的是，有人马上意识到了他的失宠，领会了朝廷的意图。同年六七月间，大学士刘正宗被劾，连及张缙彦。八月，湖广道监察御史萧震上疏弹劾张缙彦，列举了他的种种罪行：

> 缙彦仕明为尚书，闯贼至京，开门纳款。或曰事在前朝，已邀上恩赦宥。乃至归诚后，仍不知洗心涤面，官浙江时，编刊《无声戏二集》，自称“不死英雄”，有“吊死在朝房，为隔壁人救活”云云，冀以假死涂饰其献城之罪，又以不死神其未死之身。臣未闻有身为大臣拥戴逆贼、盗窃宗社之英雄。……虽丧心病狂，亦不敢出此等语，缙彦乃笔之于书，欲使乱臣贼子相慕效呼？①

统治者对待降臣有一个奇怪的逻辑，即认为降臣既会对旧主子不义，也就会对新主子不忠，这就是诸葛亮称魏延脑后有“反骨”的原因。这个逻辑就好像是悬在那些降臣头上的达摩克利斯之剑，如果有一天最高统治者看你不顺眼或觉得你没有利用价值了，这把剑就会当头落下。萧震劾疏被交到议政王大臣会议讨论，大家一致认为张缙彦“诡词惑众”，拟斩决。大概顺治皇帝认为这样做对降臣的打击太大，改为免去张缙彦死罪，只革去他的一切职务，充军到黑龙江宁古塔。

据黄强先生考证，顺治十一年至十五年（1654—1658），李渔曾多次往返于

① 《清史列传・贰臣传》之《张缙彦传》，中华书局1981年版，第6621—6623页。

杭州、南京之间，而期间张缙彦官浙江布政使，据此推测，《无声戏·二集》的刊刻时间似当在顺治十一年、十二年间[①]。萧震疏奏中列举的张缙彦罪状之一，就是他官浙江时，编刊《无声戏·二集》以粉饰自己在明亡时的表现。欲加之罪，何患无辞！其实张缙彦并未参与《无声戏·二集》的编刊，《无声戏·二集》中是如何描写张缙彦殉难朝房之事，因书已亡佚具体情况无从得知，但这本书的出版确实得到过他的资助。在张缙彦的鼓励下，李渔在杭州期间还完成了两部历史著作《论史》和《古今史略》。

清初史学极盛于浙江，黄宗羲为开山祖，其弟子万斯同独力完成《明史稿》，其私淑弟子全祖望也是有名的史学家。从表面上看，李渔著史受到了外部的影响，但从另一方面来讲，也是出于李渔的个人兴趣和内心民族情感的驱动。《论史》是一部属于专论性评点的史料汇编，共130余篇，最早的一篇是他十四岁时写的，涉及的史实上起于传说中的三皇五帝，下迄于元朝。评论皆以“笠翁曰”开始，模仿《史记》“太史公曰”的形式，采用反诘式的意见提出方法，分析透辟，将不同时代的人物、事件进行对比，极富启发性。王仕云序云：“其于二十一史，靡不根盘节解，条入叶贯，间取其源流同异，而以意断之。有翻案，有定案，不执己见，不依人墙宇，不立非非之堂而矜察察之照，而究归于理之所然，心之所安而止。”[②]《古今史略》更复杂，它序刻于顺治十六年(1659)。表面上看，《古今史略》是一部通俗历史读物，所记叙的历史开始于夏朝，结束于朱明王朝。然而，明朝二百年的历史却占了全书三分之二的篇幅，因此，《古今史略》从盘古开天地写起，到明末崇祯帝自尽，是一部“通史性”的大众历史读物，但于明史尤为倾注。李渔在序中解释说：“命曰‘史略’。然略于古不敢略于今，而尤不敢略于熹、怀二庙。盖以历代有史而明无史，怀帝以前，尚有《通纪》可考，而熹庙以后，遂无书可读故也。”[③]我们当然不会被李渔的烟云障眼法蒙过，实际上，《古今史略》采用了春秋笔法，总结了明代灭亡的历史教训，以寄托自己的亡国之痛。《古今史略》中还多次写到了张缙彦，

---

① 参见黄强：《李渔〈无声戏〉研究中的几个问题》，《扬州师范学院学报》1990年第2期。

② 〔清〕李渔：《笠翁一家言文集》，《李渔全集》第一卷，浙江古籍出版社1992年版，第305页。

③ 〔清〕李渔：《古今史略序》，《李渔全集》第十五卷，第7页。

刻画了他在明廷生死攸关时的出色表现，在李渔书中，张缙彦是明廷一位赤胆忠心的重臣①。所幸的是张缙彦出事时，可能《古今史略》已经完成，但还未刊刻，李渔躲过了一场弥天大祸。

初听张缙彦被捕的消息时，李渔如五雷轰顶，不知所措。他感到既害怕又愤怒。他没想到资助自己出版小说，竟成为张缙彦垮台的罪名之一；他更没想到的是，向朝廷告发的竟会是他所认识的萧震。他与萧震虽从未谋面，但有过书信往来。萧震曾是《尺牍初征》的撰稿人之一，却为了自己飞黄腾达而出卖朋友，李渔不禁为人心险恶而感到不寒而栗。但很快，李渔就镇定下来，他赶紧删除《无声戏》中有关张缙彦的内容，把《古今史略》的书稿藏起来。后来李渔将《无声戏小说》和《无声戏・二集》重新编辑，抽换了关于张缙彦的一篇，易名为《连城璧》出版②。

顺治十七年（1660），《尺牍初征》编辑完成后，李渔邀请文坛巨擘吴伟业为之作序。吴伟业在序中说："斯事虽细，而有关于风化者不浅，而因以见李子之功不可泯也。"落款"顺治庚子中秋前五日梅村道人题于金阊舟次"。吴伟业字骏公，号梅村，江苏太仓人，"江左三大家"之一。为诗取法盛唐及中唐元白，长于歌行，号为"娄东派"，诗文之余，曾作戏剧《临春阁》《通天台》《秣陵春》，以寄托故国之思。同年，李渔为表示感谢，亲自去吴氏太仓别业拜会吴伟业。吴伟业尽管在文坛上声名赫赫，并且对李渔不甚看重，但还是热情地招待了李渔，并带他游览了自己的花园。吴氏太仓别业的精致美丽令李渔流连忘返，他在七律《梅村》中描写道："万树寒梅千树古，十竿修竹九竿斜。"③后来在给吴伟业的书信《与吴梅村太史》中，他又谈到了自己的感受："揽胜名园，身去魂留者累日。……过扰芳鲜，迄今犹芬齿颊。"④李渔此行还作有词《莺啼序吴梅村太史园内看花，各咏一种，分得十姊妹》《满庭芳十余词吴梅村太史席上作》。吴梅村也写了一首七律《赠武林李笠翁》：

---

① 〔清〕李渔：《古今史略》，《李渔全集》第九卷，第413页。

② 江巨荣：《〈无声戏〉与刘正宗、张缙彦案》，《中国古典文学丛考》，复旦大学出版社1985年版。

③ 〔清〕李渔：《笠翁一家言诗词集》，《李渔全集》第二卷，第152页。

④ 〔清〕李渔：《笠翁一家言文集》，《李渔全集》第一卷，第182页。

家近西陵住薜萝，十郎才调岁蹉跎。
江湖笑傲夸齐赘，云雨荒唐忆楚娥。
海外九州书志怪，坐中三迭舞回波。
前身合是玄真子，一笠沧浪自放歌。①

这首诗非常全面准确地对李渔的为人为文进行了评价，描绘了李渔放浪纵情的性格特点，概括了他的小说戏曲创作成就。但由于在封建社会，小说戏曲相对于诗文而言，地位不高，所以吴伟业对李渔把才华精力浪费在小说戏曲上感到有些惋惜。同时他对李渔的为人颇有微词，诗中用了两个典故，“齐赘”乃指战国时淳于髡，他以谐谑滑稽著名，为齐国赘婿，所以叫“齐赘”；“回波”即“回波词”或“回波舞”，是唐时的流行乐曲，刘肃在《大唐新语》中说：“景龙中，中宗尝游兴庆池，侍宴者递起歌舞，并唱《回波词》，方便以求官爵。”②可见吴伟业在诗中讽刺了李渔依靠滑稽调笑以求贵人赏赐的行为。由于吴伟业在清初的巨大影响，从此，“李十郎”之名不胫而走，传遍文坛。

这一年，李渔还在杭了却了一件大事，就是女儿淑昭的婚事。淑昭自小随父习文，颇通文墨，父女时常唱和。有迹象表明，淑昭参与了李渔创作的整理。从李渔的现存文稿可以看出，李渔喜爱女儿淑昭包括她的丈夫沈因伯胜过他自己的儿子。他在一首诗中写道：

吾女颇肖父，不放心孔闲。
苦思夜继日，未得泪潸潸。
得即秉烛起，落稿心始安。
所思者维何？不必皆词翰。
或创女红格，或变钗与环。
总欲新其制，不屑居篱藩。

---

①《吴梅村全集》卷二，上海古籍出版社1990年版，第454页。

②〔唐〕刘肃：《大唐新语》卷三，许德楠、李鼎霞点校，中华书局1984年版，第45页。

汝父亦犹是，从未步邯郸。
彤管汝亦亲，但未工且娴。
偶书博我哂，以之代斑斓。
我覆命汝射，十仅违其三。
诚哉笠翁女，惜非笠翁男。
即使代父征，终为雌木兰。
若使续父书，不愧大家班。[①]

从这首诗可以看出，淑昭酷肖李渔，聪明好学，多才多艺，勇于创新，这是李渔喜欢她的主要原因。据李渔友人陈枚编撰的《凭山阁新辑尺牍写心集》《写心二集》中收的李淑昭端书信，她与武林闺秀“蕉园七子社”中一些成员交谊匪浅，如仁和诸生钱廷枚之妻冯又令，洪昇表妹、钱肇修之妻林蕉园，武林闺秀金蕊。因此，淑昭肯定是不愿为伧父之妻的，但富贵子弟和风流才子又嫌李渔家门第低微，家境贫寒。从李渔创作的才子佳人小说戏曲看来，他对儿女的婚事是很通脱的，他尊重儿女的婚姻自由，决不会横加干涉。这样，淑昭的婚事就一误再误，一拖再拖，早就过了摽梅之期。李渔觉得愧对女儿，淑昭的婚事成了他的一块心病。淑昭心里也郁郁不乐，常常粉泪偷垂，只是怕父亲伤心，平日还是强颜欢笑。但李渔是聪明人，他看在眼里，急在心头。

正在李渔千寻万觅乘龙快婿时，沈心友闯入了他的视线。

沈心友，字因伯，后别号芥子园甥馆主人，浙江仁和人。生于崇祯十一年（1638）。祖父沈正春（泽民）工书法，喜字画，父亲沈李龙（云将）也曾著书立说。沈氏本为明时武将世家，或因沈李龙犯事远走他乡，沈心友由祖父抚养成人，其年龄小淑昭八九岁，可能是由于家贫，也不能排除他因崇拜李渔之故而入赘李家。顺治十七年（1660），李渔在写给沈泽民的信中说：“台谕谆谆，总以令孙学业为念。祖孙之关痛痒，较父子更切，而今而后，不复以无父失教

① 〔清〕李渔：《怀阿倩沈因伯暨吾女淑昭》其二，《笠翁一家言诗词集》，《李渔全集》第二卷，第14—15页。

为忧矣。晤三亲翁时，曾以择师会文为嘱。亲翁所云，亦如尊旨，某某之外，皆不蒙许可，严慎可知。”[①]李渔的《阿倩沈因伯寄诗文入都，求改正，喜其力学，寄诗勉之》曰：“吾女闺中杰，适人甘奇穷……汝本将门子，操觚由蒙童。向带嵇康疾，意到笔懒从。”[②]由此可知，李渔择婿在意的是“有德”和“学术”。沈因伯自小失学，养成了懒惰的毛病。他爷爷要他入赘李家，也有要他跟从李渔学习的意思。沈心友作为李渔的女婿、学生和助手，得到妇翁的言传身教，李渔影响了他的一生。沈心友对妇翁的教诲深为叹服，其评李渔《论魏绛规晋侯以安乐思终》云：“予岳父尝谓予曰：‘汝辈善弈者颇多，善读书者绝少。能以弈棋之法移而读书，则无不可相见之古人，亦无不可见长之文字矣。’予请其故，岳父曰：‘棋中有眼，稍解拈子者无不知之；古人文字中亦有眼，毕世拈毫者竟未识也。’予复请竟其说，岳父曰：‘汝但取古书一卷作棋枰，以弈棋之法读之，久当自得。’予性呆笨，以书代弈者数月，而究竟不得其解。他日，取岳父论史者读之，偶及是篇及《论子产宽猛之政》，因废卷狂笑曰：‘道在是矣……非眼而何？’他如智宣子、赵简子立后，项羽不渡乌江诸妙论，无一不从书眼中得来。弈法可通于书，诚哉是言也。余小子不敢自秘，愿公诸海内同人之善弈者。”[③]可见，李渔以弈棋之术教授心友读书之法。

因伯自入李家后，发现淑昭温柔贤惠，知书识礼，庆得贤妻。淑昭也觉得因伯忠厚诚实，勇于任事，幸终身有托。因此，尽管两人年龄相距较大，但夫妻甚是相得，一直白头到老[④]。李渔视因伯如己出，悉心调教。因伯也很勤奋，

① 〔清〕李渔：《复沈泽民太亲翁》，《笠翁一家言文集》，《李渔全集》第一卷，第168页。

② 〔清〕李渔：《笠翁一家言诗词集》，《李渔全集》第二卷，第22页。

③ 《李渔全集》第一卷，第317页。

④ 另参见黄强：《李渔及其长女淑昭与友朋交往书信辑佚考释》（《文献》2013第3期）、《李渔之婿沈心友家世考》（《江南大学学报》2013第5期）、《李渔传人沈心友述考》（《重庆师范大学学报》2015年第1期）等文。黄强认为淑昭出生在崇祯末年，沈心友父亲沈李龙在外遭遇难以言说的重大变故，故家谱不载。李淑昭在与沈心友婚配以前，曾经是沈李龙的侄儿即沈心友的堂兄或堂弟之妻，此堂兄或堂弟也是入赘李家与淑昭婚配，并生有一子即沈潜（南河）。后沈潜之父不幸去世，沈心友适逢父亲沈李龙发生重大变故，奇穷之中入赘李家，与守寡的李淑昭婚配。沈心友入赘李家，是李渔之家与沈泽民之家的第二次联姻。但古人不入家谱，一般犯有十恶不赦之罪，或从事倡优皂隶之业，但后来沈心友又公开出版其父的著作，其中究竟何因，待考。黄氏之观点可备一说。

有时李渔出游，也不忘寄习作请李渔校正。李渔后来在一首诗中写道：

自汝入甥馆，予即东西驰。
家政谁代庖，恃尔双雄雌。
内委丈夫女，外属东床儿。
总因诸子幼，虽生若无之。
多苦鲜怡悦，劳受怨弗辞。
妨汝钻研工，减汝绸绎思。
他年弗刈获，予实夺其耔。
妇翁诚冰清，囊洁无余资。
不将纤芥贻，玉润生瑕疵。
昔人署美称，取义或在斯。
狂言以解嘲，用代千里卮。[①]

女儿主内，阿倩主外。因伯进步很快，不久就成为李渔的得力助手，帮助李渔编辑书刊，管理书铺，评点诗文，进而翁婿唱和，成了李渔的真正传人。

家事有因伯代劳，李渔得以把全副精力投入到文学创作中去。然而，李渔在杭最大的喜事还是他终于有了梦寐以求的儿子。

我们在前文已谈到，李渔及其全家为了生个儿子想尽了一切办法，包括改名、分榻而睡等，大家望眼欲穿，可是儿子仍然不见踪影。不过，对李渔来说，却又有了堂而皇之的纳妾理由。顺治十六年（1659），李渔在西湖边上一个叫西泠的地方买了一幢房子，将它修葺一新，携全家搬了进去。李渔买房子一则为了改善自己的居住条件，二则是为了办喜事。迁入新居不久，李渔就缔结了他一生中的第四次姻缘。陆丽京在《贺李笠翁新娶》札中云："足下秋水为神，璧润为姿，乃以南国之才人，偶秦楼之仙女，真可谓名士倾城矣。"[②]李渔纳的这

① 〔清〕李渔：《怀阿倩沈因伯暨吾女淑昭》其一，《笠翁一家言诗词集》，《李渔全集》第二卷，第14页。

② 〔清〕李渔：《尺牍初征》卷十一，顺治间刻本，南京图书馆藏。

个妾就是出身于歌妓之院的汪氏。李渔为了搞活社会关系，将婚礼大大操办了一番。人们也很乐意结交这位文学名人，前来贺喜的人络绎不绝，汪氏才貌双全，既是“南国才人”，又有“秦楼仙女”之姿，着实让来客艳羡了一番。有资料证明，李渔在杭期间还曾娶妾纪氏。

李渔时已年近五旬，就在全家对生子已不抱什么希望时，顺治十七年（1660）九月初三，李渔刚过五十大寿不久，汪氏就为他生下了第一个儿子。李渔老来得子，欣喜若狂，视若掌上明珠。他写下了数首诗表达自己此时极度喜悦的心情，如《五十生男自题小像志喜》其一：

年逾四十便萧条，人说愁多面色凋。
欢喜若能回老态，十年霜鬓黑今宵。①

《庚子举第一男，时予五十初度》云：

五十生男命不孤，重临水镜照头颅。
壮怀已冷因人热，白发催爷待子呼。
天忽有知怜伯道，鹤愁失爱媚林逋。
百年欠事唯汤饼，尽解青钱为客沽。②

李渔说自己想要儿子，已经过早地衰老，并且失去了对生命的乐趣，现在已到知命之年，突举一子，喜从天降，弥天愁云霍然散去，惊喜的心情真是无法用笔墨来形容，他感谢老天对他的关爱。前来贺喜的亲朋好友们发现，此时李渔精神焕发，红光满面，仿佛一夜之间年轻了许多。在《花间偶兴》一诗中，李渔又写道：“生儿微觉减愁思，春到今年去便迟……秉烛夜游乘此刻，老来心

① 〔清〕李渔：《笠翁一家言诗词集》，《李渔全集》第二卷，第328页。
② 〔清〕李渔：《笠翁一家言诗词集》，《李渔全集》第二卷，第168页。

境逐时移。”[①]李渔认为：“天下事莫妙于‘将’，而莫不妙于‘既’。”[②]所以他为长子取名为将舒，字陶长。

顺治十七年（1660）深秋，李渔还在杭州接待了丁耀亢。丁耀亢字西生，号野鹤、紫阳道人、木鸡道人，山东诸城人。少孤，负奇才，倜傥不羁，特立独行。弱冠为明诸生，旅居江南，游著名画家董其昌之门，与诸文士组织文社。顺治十一年任容城教谕，忽想念京师旧游，即策驴冒风雪，日驰三四百里，至华岩寺陆舫中与友人相聚，笑谑怒骂，笔墨淋漓，兴尽骑驴而返。五年后迁广东惠安县县令，以母老不就。与李渔一样，丁耀亢也是一个多才多艺的文学家，有《丁野鹤集》《听山亭集》《陆舫诗草》等诗文集传世。不过，人们之所以现在还记得他，主要还是他的小说戏剧创作，他作有传奇《西湖扇》《仙人游》《赤松游》《表忠记》等。当时丁耀亢正在写作小说《续金瓶梅》，即将完稿。丁耀亢一到杭州，便去拜访大名鼎鼎的李渔。李渔与丘象随等，陪着他游览了西湖，丁耀亢和丘象随都有诗记其事。《金瓶梅》在明末清初普遍被认为是一部淫书，《续金瓶梅》出版后，丁耀亢因而得祸。康熙四年（1665）八月，丁耀亢被捕入狱，待罪候旨一百二十日赦还故里，后双目失明，皈依佛门。诚然，《续金瓶梅》中不乏色情描写，但丁耀亢因文罹祸，主要是《续金瓶梅》中表现了浓厚的民族意识。小说借吴月娘与孝哥的悲欢离合及潘金莲、李瓶儿、庞春梅等人转世后的故事，大写北宋亡国、金人南犯的军国大事，“意在刺新朝而泄黍离之恨”。[③]

张缙彦一案使李渔很是灰心，此后的几个月，李渔是在焦急和惶恐中度过的。直到顺治十七年（1660）十一月，刘正宗一案才有了结果，刘正宗革职闲住，张缙彦被充军到遥远的宁古塔。宁古塔是清人的发配之地，终年冰天雪地，流放到此地显然是软禁的意思。不久，张缙彦便死去了。李渔一直没有被提及，他终于长长地松了一口气。

好事接踵而至，想不到不举则已，举则数举。顺治十八年（1661）元月十

---

① 〔清〕李渔：《笠翁一家言诗词集》，《李渔全集》第二卷，第169页。

② 〔清〕李渔：《名诸子说》，《笠翁一家言文集》，《李渔全集》第一卷，第125页。

③ 〔清〕平步青：《霞外捃屑》卷九，上海古籍出版社1982年版，第663页。

三日，纪妾又为他生下了第二个儿子，李渔给他取名为将开，字信斯。李渔仍不忘写诗志喜，如《辛丑举第二男，诞生之际适范正、卢远心二观察过访，亲试啼声而去。因以双星命名，志佳兆也》：

双旌偶尔贲藤萝，恰好生男益啸歌。
擅破烟楼高有限，拓开门径太无多。
全凭此日轩和冕，逗出他年印与戈。
绝胜一番汤饼会，坐看胥隶尽颜酡。①

从这首诗可以看出，李渔对儿子的未来寄望甚殷。次子生时，正值范正、卢远心二位朋友来访，范、卢俩都是进士出身，现又都担任要职，李渔认为这是一个好兆头，“全凭此日轩和冕，逗出他年印与戈”，他多么希望儿子长大后能出人头地、光宗耀祖啊！李渔之所以放弃科举，选择走卖文为生的道路，实在是有不得已的苦衷，并不是他甘于贫贱，没有功名富贵之念。一方面，他认为自己是明遗民，入清后义不可仕；另一方面，他觉得自己年过三十仍是一名秀才，科举前景暗淡。在现实生活中，李渔因为一领青衫，受尽了屈辱。当道官员虽然乐于与他交往，但李渔仍免不了诚惶诚恐，仰人鼻息，得不到人格上的平等。“朝扣富儿门，暮随肥马尘。残杯与冷炙，到处潜悲辛”，有时候，他觉得自己就像个乞丐。

顺治十八年（1661）一月，清政府颁布诏令：在全国范围内禁止各种形式的民间自由结社活动，揭开了意识形态镇压运动的序幕。山雨欲来风满楼，一场暴风骤雨般的文化整肃运动接踵而至。当年三月初，苏州发生了震惊全国的“哭庙”事件。由于头年苏州暴雨成灾，农作物大面积减产，苏州大批饥民或沿街乞讨，或外出逃荒。但苏州知府任某仍横征暴敛，一些苏州士绅觉得应该维护地方利益，便联名上书地方政府，要求减免苏州百姓当年赋税。任某认为这些士绅多事，对他们的要求置之不理。三月的一天，苏州府生员百余人不约而

① 〔清〕李渔：《笠翁一家言诗词集》，《李渔全集》第二卷，第172页。

同来到孔庙，他们群情激奋，匍伏在文圣人孔子的塑像之前，号啕大哭，控诉自己所受到的不公平对待。有几个感情易于冲动的人还边哭边骂，痛斥那些地方官员冷酷无情，不顾老百姓的死活。有人甚至提起了当年清兵占领苏州、扬州时的暴行。还有人引用了孔子“夷狄之有君，不如诸夏之亡也”之类的话，谩骂清朝。当时正值顺治皇帝驾崩的消息传来，地方官员设灵堂哭灵。诸生们得知消息，乘机进入府衙呈送揭帖，这时前来围观者有上千人，群声雷动，又哭又骂，坚持驱逐任知府。

江苏巡抚朱国治大惊，命令当场抓捕十余人，其余人散去。不久，府学教授程邑参奏程知府，其中又暗讽巡抚朱国治。这些天真的生员自恃有科名在身，以为官府奈何他们不得，最多把他们薄惩一番就放了。他们万万没有想到，自己正撞在了枪口上——眼下清政府已发起了文化整肃运动，正愁找不到目标的时候，况且官府早就对吴下文人讲学立社、各立门户、互相推排之风不满，欲借事剪除之。这样，问题变得严重起来。清政府要汉族知识分子们明白：一定要认清形势，当今谁是国家的主宰，决不能借圣人之名来挑战统治者的权威！苏州官员认为立功的时候到了，朱国治秘密上报朝廷，称生员聚众闹事，惊动先帝之灵，欲殴打知府，如此目无法纪，若不严惩，恐摇动人心。不久，圣旨下来，着钦差大臣赴金陵公审。四月底，所有参加哭庙的人犯被押送到两江总督的驻节地南京，在经过一番象征性的审讯后，将此案定性为“倡乱讦告”，于是宣布结案：倪用宾、沈玥等十八人斩首，家属流放，其余从犯或充军或徒刑。

在被处决的人中，有个名叫金人瑞的著名秀才，他以“金圣叹”的名字而闻名天下，也是“哭庙”的领头人。他曾评点过大批文学作品，而尤以评点小说戏剧出名，如《水浒传》《西厢记》等，涉笔成趣，人称“金批”，因见解独特，风行一时。他还是一位有名的诗人，据说在他死之前，有人曾把他的诗推荐给顺治皇帝，顺治读了大加赞赏。李渔虽与他从未谋面，但对他心仪已久。在后来的《闲情偶寄》中，李渔对金圣叹十分推崇，认为“圣叹之评《西厢》，可谓晰毛辨发，穷幽极微”，“读金圣叹所评《西厢记》，能令千古才人心死”[①]。

---

①〔清〕李渔：《闲情偶寄·词曲部下》，《李渔全集》第三卷，第64—65页。

如今转眼之间斯人已命丧黄泉，他不禁慨叹起人生无常、文场险恶。他从这一事件中得到了很深的教训，从此更加小心谨慎，更坚定了“著书都为稻粱谋”的创作信念。

“哭庙”一案处理的严厉程度让在杭州的李渔听了心惊胆战。但最有名和牵连最多的案子是顺治十八年（1661）十二月发生在浙江湖州地区的庄廷鑨私自刻印《明史辑略》案。

明末清初，学术界流行修史之风，因为没有什么东西能比修史更能表达文人内心的隐衷了。庄廷鑨生于湖州南浔一个富裕之家，又是独子，不幸患眼疾双目失明。他幼年时就雄心勃勃，立志光宗耀祖，因此，不能与正常人一样读书识字、科举做官使他非常痛苦。如果他没有虚荣心，老老实实做一个悠闲自得的富翁，也许悲剧就不会发生。可是他贪心不足，附近不断传来的科举捷报既使他艳羡又使他不快。有一次，他无意之中知道了左丘明的故事，不禁心动。他虽然没有左丘明的博学多才，但他有的是左丘明所没有的金钱，而他认为这些金钱能帮助他实现与左丘明同样的目标。他最初想雇佣一帮文人来帮助自己写一部史书，但不久他又听到一个使他更兴奋的消息：邻村曾经住过明退休宰相朱国祯，朱国祯曾在致仕期间写了一部《史概》，未竟而逝。也许由于经济上的原因，朱国祯的后人打算出售这部书稿。一听到这个消息，庄廷鑨自然喜出望外，因为这部书稿能使他快速出名。他立即花重金买下了这部书稿，条件是他可以任意处置书稿，朱家后人不得过问。然后，他请来几个儒生，对书稿进行了一些障人眼目的小修改，并按照原有的体例补足了全书，加入了天启、崇祯两朝史事，易名为《明史辑略》，然后署上自己的大名。庄廷鑨虽然看不见《明史辑略》，但他听着别人对他的恭维，不禁喜上眉梢。

不过，庄廷鑨永远也不会想到，这本书会给他以及与此有关的人带来灭门之祸。庄廷鑨还来不及享受《明史辑略》给他带来的荣誉就一病呜呼。然而，他又是幸运的，由于早死，他逃过了斧质之刑。庄廷鑨死后，其父庄允城怜其不幸，替他刊行。他请来雕版和印刷工人，就在家里开始印刷《明史辑略》。两年后，终于大功告成，并在一些书店公开销售，购者颇多。有人看到书中不用清年号，且对南明、隆武、永历即位大书特书，觉得不妥，向浙江学道报告，于是官府下令审查。允城上下行贿，重新刊刻，此事暂且平息。

不久，清政府的文化扫荡就开始了，每一次政治运动总有一些政治嗅觉灵敏的人成为政治风暴中的弄潮儿，《明史辑略》案就是一个典型案例。顺治十八年（1661），湖州有个在权力斗争中败下阵来、罢职在家的县令吴之荣，不断地寻找着复仇的机会。有一次，他偶然读到了庄廷鑨主编的《明史辑略》，发现书中明目张胆地称满族人为“寇”“虏”，如获至宝，开始欲借此书向庄允城和另一个富户——朱国祯的后人朱佑明要挟索贿，但庄、朱两人没有答应，于是他向浙江巡抚告发。允城再次重金行贿，浙江巡抚遂没有理会吴之荣的告发。吴之荣不肯干休，买了几本《明史辑略》，并刻上朱佑明的名字，直接去北京向朝廷举报。

朝廷正在等着有人检举这样的案子，顺治皇帝亲自派人赶赴浙江调查，初步取证后，又命令把犯人全部押解到北京。负责此案的官员都知道这是皇帝亲自督办的要案，不敢怠慢，严刑逼供。犯人受尽折磨，屈打成招，允城病死狱中。最后宣布此案的处理结果：死去的朱国祯开棺戮尸，庄廷鑨全家及朱国祯的后人，还有曾经参与编辑、印刷、刊刻、校对的所有涉案人员共七十余人，全部杀头。对于已经售出或者还没有售出的《明史辑略》，则全部上缴销毁。对此案查处不力的官员也一一遭到革职或降职的处分。除上述人员以外，涉及此案的人员还有很多，李渔的朋友陆圻、范骧、查继佐就牵涉到此案。三人本与《明史辑略》毫无瓜葛，完全是为盛名所累。由于他们在浙江知识界享有很高的声望，庄廷鑨在没有征得三人的同意，并且在三人毫不知情的情况下，就擅自把三人列为该书的“参阅者”，并把三人的名字印在了书的扉页上，以此抬高书价。案发后，陆圻、查继佐被逮至北京，在审讯中受尽了折磨和污辱。后来幸亏亲友相救，才被释放。本案受牵连者近千人，抓捕者数百人，死去者七十余人。

顺治十八年（1661）夏，文坛盟主钱谦益携爱妾柳如是来到杭州。钱谦益字受之，一字牧斋，江苏常熟人。钱谦益曾是东林党魁、清流领袖，在明曾官至礼部尚书，但在南明时却依附奸臣马士英、阮大铖，后又事清，丧失大节，为士林所不齿。顺治二年降附清廷，授官礼部侍郎管秘书院事，充修明史副总裁，旋归故里。钱谦益原期望拜相，但降清后不为朝廷大用，大失所望，后悔失足，又与南明的抗清力量暗中联系，支持和参与反清活动，曾给永历桂王“上陈三局”，为其出谋划策。顺治十六年，郑成功发动南京之役，他前后奔走，赶去金华和松江，策反那些降清的故明将领，还赴郑成功营中晤谈。柳如是曾是秦淮名妓，崇祯十四年（1641），钱谦益以嫡配之礼迎娶柳如是，当时家中正妻陈夫人尚在。这一不合礼法的举动，激起了当地士绅的愤慨，向他投掷瓦砾，几乎加以老拳。

钱谦益在当时就饱受争议，虽然多数人对他的行为不齿，但黄宗羲等人又表示了同情和理解，况且他又是文坛领袖，所以李渔极力巴结，在编辑《尺牍初征》时，就曾写信给钱谦益，请求赐稿。这次钱谦益驾临杭城，李渔一听到消息，就立即前去拜访。钱谦益没有摆大文豪的架子，对待李渔很客气。他虽然已至耄耋之年，但思维敏捷，谈吐幽默。李渔不失时机地恭请钱谦益为他的戏剧集作序，钱谦益对李渔的戏剧也很熟悉，并愿意结识这位健谈的后辈，于是欣然应允。在杭州适轩，他很快就写出了《李笠翁传奇·序》，在序中称李渔的传奇“横见侧出，征材于《水浒》，按节于雍熙，《金瓶》无所斗其淫哇，而《玉茗》不能穷其缪巧”[①]。把李渔的传奇与《水浒传》《牡丹亭》等名著相提并论，可见评价之高。李渔满心欢喜，见钱谦益慷慨大度，于是索性趁热打铁，又请钱谦益为自己的诗文写点评，钱谦益也爽快地答应了。钱牧斋对李渔的诗文评价同样很高，如评李渔七古诗《张敬止使君相马图歌》：“纵横排宕，是谪仙家法。”[②]把李渔的诗与李白相比，要知道，钱谦益眼界颇高，对故明的文坛巨子李攀龙等抨击不遗余力，由此可见他对李渔的重视。当时同游者有朱彝尊、周亮工、施闰章等，皆为清初文坛大家，学界翘楚，而又都与李渔相识，堪称一场盛会。

顺治十八年（1661）八月，李渔还应邀参加了一次欢迎参将周云山的宴会。周云山曾率领部队在四川、云南、贵州等地参加了追剿明军残余武装的战斗，

---

①〔清〕钱谦益：《牧斋外集》卷二五，《李渔全集》第十九卷，第308页。

②〔清〕李渔：《笠翁一家言诗词集》，《李渔全集》第二卷，第71页。

刚刚从前线凯旋，现调到浙江浦江县驻扎。周云山虽是赳赳武夫，却喜欢舞文弄墨，在知识界很有几位朋友。李渔以前虽与周云山不认识，但生在乱世，李渔也乐意认识几位军界的朋友。他们的这次聚会被别出心裁地安排在桐庐严陵西湖的一艘游船上。游船上备好了各种精美的菜肴，沿着富春江缓缓而行。大家举杯劝酒，谈天说地，欣赏着富春江两岸的美景。游船行驶到严子陵钓台时，大家弃船登岸，游览严陵古迹。李渔每次聚会都谈锋甚健，是中心人物。这次，大家兴致勃勃，李渔望着湖光山色，却陷入了长久的沉思。归来后，李渔写下了《严陵西湖记》，生动地描绘了桐庐的湖光山色。全文结构严谨，以时间、地点的转换来构思全篇，从“时日已昃”写起，至“暝色催人”结。而且语言通俗流畅，不事雕饰，风格清新自然，如写循岸所眺之景：

时日已昃，樵担下云，万峰变态，深浅隐现非一状。枫始丹而未匀，有如桃杏初裂；群鹭归栖林莽，又若梨李之烂开。景物移人，几认白帝为青帝。[①]

然而，麻烦接踵而至，某些妒嫉李渔的人又在四处造谣，说他的小说戏剧有伤风化，“不为经国之大业，而为破道之小言”。李渔的朋友李一贞在给他的信中就委婉地提醒说：“焚香啜茗，拂几静阅《无声戏》，大则惊雷走电，细亦绘月描风。总人间世未抽之秘，不啻骇目荡心已也。昔人云施耐庵《水浒》成，子嗣三世皆喑，仆甚为足下危之。虽然，旁引曲喻，提醒痴顽，有裨风教不浅，岂破空捣虚辈可同日语也。国门纸贵，信然！信然！”[②]尤使李渔不堪的是，这些人还对他进行人身攻击。

这时，一个扬州才女的悲惨故事在杭州城外广为传播，这个女子嫁给一位杭州商人为妾，虽然她美丽贤惠，但不为商人的其她妻妾所容。她们联合起来，百般凌辱这位扬州女子，使她恹恹待毙。这个杭州商人实际上就是李渔的友人

① 〔清〕李渔：《笠翁一家言文集》，《李渔全集》第一卷，第73页。

② 〔清〕李一贞：《柬李笠翁》，《李渔全集》第十九卷，第310页。

冯云将，与汪然明、李太虚等组织“孤山五老会”，后来汪然明年七十九，弥留待尽，神明湛然，犹邀冯云将等人品画谈诗，吹箫摘阮，不久抗手告别而卒，李渔协助冯云将为其营葬。而这个扬州女子则是后来文学作品中常常写到的冯小青，后来李渔好友、浙江仁和人徐士俊根据这个故事而创作了杂剧《小青娘情死春波影》。李渔感慨不已，为之写了一首七古《薄命歌》。在七古《薄命歌序》中，李渔写道：“何广陵不少名花而武林之多妒雨也？因赋长歌，代为写怨。”吴修蟾评曰：“人谓代美人写怨，不知是名士自诉牢骚。”[①]

《薄命歌》实际上是李渔当时身世处境的自我影射。李渔移家南京当与受到某些人的排挤有关。李渔自从迁来杭州后，虽然所交如云，上至达官贵人，风流名士；下至书贾工匠，皂隶厮役，都倾心交结，但知音有限。后来，他在回忆起这段生活时，感慨万端，自称“居杭十年，仅得一友。沈子亮臣，淡而能久。”[②]沈亮臣是个流寓杭州的医生，与李渔同病相怜。而且，自从清政府严禁结社以来，他与朋友之间的来往明显减少了。顺治十四年（1657），丁澎任河南主考时，与另一主考黄沁违例更改举人原文，且于中式举人朱卷内用墨笔添改字句，被刑科给事中朱绍凤劾奏，严拿查究，家产籍没，充军尚阳堡。同年，李渔友人方拱乾因其子方章钺涉嫌江南乡试舞弊案，全家被流放到宁古塔。陆丽京逃禅，张缙彦充军，毛先舒卧病，孙宇台力不从心。李渔感到愈来愈孤独。杭州在他眼里失去了美丽的色彩，成了一个危机四伏的是非之地，因此，他决定赶快离开。

---

①〔清〕李渔：《笠翁一家言诗词集》，《李渔全集》第二卷，第39页。

②〔清〕李渔：《沈亮臣像赞》，《笠翁一家言文集》，《李渔全集》第一卷，第116页。

第三章　南京寓客

版权之战

种种迹象表明，李渔移家南京并非一时冲动，而是做好了充分的准备。李渔居杭期间，结识了杭州南关监督卫澹足。卫澹足名贞元，山西阳城人，顺治三年（1646）进士，任商城知县。顺治十一年来杭州任职，与李渔结识。顺治十四年，卫澹足调任江宁管榷。临行前，他特意来与李渔告别，不巧的是李渔此时正携家眷小住南京。卫澹足给李渔的家人留下许多礼物和两封书信，其中一封是写给他的继任者的，信中都是要他们关照李渔的话。卫澹足叮嘱李渔的家人，要他们转告李渔，需要的时候拿出他的书信也许会起一定的作用。由此看来，李渔与卫澹足的关系非同一般。李渔回来后，立即给卫澹足去了一封信，信中说："客岁浪游不返，未及候送台旌，反拜种种什物之赐。"接着又解释自己为何在卫澹足赴任江宁之际反而离开杭州的原因："是以于闻报之日，即萌回避之思；乘绣斧未入之先，携妻挈女，远别南京，仍作西湖之寓客。"[1]说明李渔离开是为避嫌。顺治十五年卫澹足巡按江宁到任之时，李渔又恰好由南京返回了杭州。两次都不凑巧，未及谋面。其实李渔作南京之行，是为物色迁居之地，经过考察，可能对南京颇为满意。此时他甚至在南京买好了住宅，为后来

① 〔清〕李渔：《与卫澹足直指书》，《笠翁一家言文集》，《李渔全集》第一卷，第160—161页。

移家南京作好了准备。顺治十六年方文游杭州，造访李渔，曾作七律《访李笠鸿（翁）》，其中云“秋舠归自莫愁湖，又买西陵宅一区。僻地重开浣花径，深闺双产夜明珠。琴书有托何妨老，宾从相过合与娱。我亦明年四十九，不知能步后尘无?”又有五律《李笠翁斋头同王左车雨宿》云：“故人新买宅，忽漫改为园。叠石岩当户，看山楼在门。客来尘事少，雨过瀑声喧。今夜那能别，连床共笑言。”①由此可见，李渔购买的这所住宅可能就是南京武定门外南京闸附近的那幢房子。方文字尔止，桐城人，明天启末诸生，复社成员，入清不仕，以诗鸣于世，有《嵞山集》《嵞山续集》传世。方文为李渔的《论古》作过评，他的女婿王概后来与李渔成了莫逆之交，王概后来是《芥子园画传》的主要编纂者。李渔移家南京可能受到了方文的鼓动，卫澹足的到任更加促使他下定决心。李渔《与卫澹足直指书》云：“武林、白下，两获追随。”②但李渔没想到的是，顺治十五年三月，卫澹足以工部员外郎巡按江宁，两年后加一级调回工部供职。

南京有许多不同的名字：金陵、白下、江宁、秣陵、建邺、建康。有史以来，南京长期是南方政治、经济和文化的中心。它位于长江中下游，控江带山，虎踞龙盘，形势雄伟。据《太平御览》卷一七〇引《南京图》说，春秋战国时，楚威王看见此地有王气，便埋金以镇之，“金陵”的名字就是由此而来。秦始皇一统天下后，曾东巡至南京，一位随行的方士被南京的雄伟气势所震慑——从东南方句容一带朝南京逶迤而来绵延不绝的山脉宛如一条巨龙，而南京城东雄峙而起的紫金山就好像龙头。方士便向秦始皇报告说，这里有帝王之气。在华夏古老的文化意象中，龙正是帝王的象征。秦始皇梦想万寿无疆，子子孙孙永享天下，怎容第二条龙与他竞争？于是，为了破坏王气，秦始皇下令凿断山脉，并且把“金陵”改为“秣陵”，并断南京长陇以流，这样就形成了今天的秦淮河。然而，秦始皇没有想到的是，在其后数千年间，不断有统治者在南京建都。最早以南京为国都的是吴大帝孙权，此后，在李渔之前，已有八个王朝在这里

① 《李渔年谱》，《李渔全集》第十九卷，第61页。

② 〔清〕李渔：《与卫澹足直指书》，《笠翁一家言文集》，《李渔全集》第一卷，第160页。

建都。朱元璋统一全国后，把南京定为首都，这是南京第一次成为全国性的统治中心。永乐十九年（1421），明成祖登基后，迁都北京，南京成了陪都，但在南京的六部衙门并未撤销。

明末清初，南京的繁华达到了顶峰。李渔的朋友余怀在《板桥杂记》中描绘道：

> 南京都会之地，南曲靡丽之乡，纨茵浪子，潇洒词人，往来游戏，马如游龙，车相投也，其间风月楼台，尊罍丝管，以及栾童狎客，杂妓名优，献媚争妍，络绎奔赴，垂杨影外，片玉壶中，秋笛频吹，春莺乍啭，虽宋广平铁石为肠，不能不为梅花作赋也。①

而秦淮河则是南京繁华的缩影，明末张岱在《陶庵梦忆》卷四“秦淮河房”中描述道：

> 秦淮河房，便寓、便交际、便淫冶，房值甚贵而寓之者无虚日。画船箫鼓，来来去去，周折其间。河房之外，家有露台，朱栏绮疏，竹帘纱幔。夏月浴罢，露台杂坐。两岸水楼中，茉莉风动，儿女香甚。女客团扇轻纨，缓鬓倾髻，软媚着人。年年端午，京城士女填溢，竞看灯船。好事者集小篷船百什艇，篷上挂羊角灯如联珠。船首尾相衔，有连至十余艇者。船如烛龙火蜃，屈曲连蜷，蟠委旋折，水火激射。舟中钹星铙，宴歌弦管，腾腾如沸。士女凭栏轰笑，声先凌乱，耳目不能自主。午夜，曲倦灯残，星星自散。②

清初南京风月繁华，不减明末。珠泉居士《续板桥杂记》又描绘道：

---

①〔明〕余怀：《板桥杂记》，江苏文艺出版社1987年版，第20页。

②〔明〕张岱：《陶庵梦忆》卷四“秦淮河房”，上海古籍出版社2000年版，第59页。

> 当夫序届天中，日逢竹醉，游船数百，震荡波心。清词南曲，十番锣鼓，腾腾如沸，各奏尔能。薄暮须臾，烛龙炫耀。帘幕毕钩，清妆倚栏。声光历乱，虽无昔日灯船之盛，而良辰美景，乐事赏心，洵升平气象也。①

早在明代中叶，南京的出版业就非常发达，这里鳞集了几十家书坊，是全国的坊刻书籍中心之一，所刊刻的书籍流行全国，明人胡应麟说：

> 吴会、南京擅名文献，刻本至多，巨帙类书咸荟萃焉。海内商贾所资二方十七，闽中十三，燕、赵弗与也。然自本方所梓外，他省至者绝寡。虽连楹丽栋，搜其奇秘，百不二三。②

南京国子监不但储集了元集庆路儒学旧藏的各路史书板，还接收了元代杭州西湖书院所刻板片二十余万——西湖书院板片除少数几种元刻外，保存了南宋国子监的残板一百余种。宋元以来杭州出版业的领导地位，遂为南京所夺。明陆深甚至说“今杭绝无刻”。据张秀民先生考证，明代南京书坊多达九十三家，其中唐姓就有十五家，周姓十四家③。现据诸家目录所载及原本牌子，尚可考知明代南京书坊有五十七家之多，这些书坊多集中在三山街至内桥一带，这一带曾是南京最繁华的街道。与李渔同时代的剧作家孔尚任的传奇《桃花扇》中的人物，明末南京书商、二酉堂坊主蔡益曾对这一地段的繁盛作过一番描述：

> 天下书籍之富，无过南京；这南京书铺之多，无过俺三山街；这三山街书客之大，无过俺蔡益所。④

---

①〔清〕珠泉居士：《续板桥杂记》，《板桥杂记》，江苏文艺出版社1987年版，第45页。

②〔明〕胡应麟：《少室山房笔丛》卷四“经籍会通四”，《四库全书》本，台湾商务印书馆1986年版，第208页。

③ 张秀民：《中国印刷史》，上海人民出版社1989年版，第348页。

④〔清〕孔尚任：《桃花扇》，人民文学出版社1984年版，第189页。

这些书坊如富春堂、继志斋、世德堂、文林阁、广庆堂、师俭堂、两衡堂等，除刻印医书、经书、文集、尺牍、琴谱外，还刊刻了很多戏曲小说，其中以唐对溪富春堂为最多，据说有十集百种，至今仍有几十种流传于世。一般戏曲小说刊本都配有精美的插图，图文并茂，很适合一般文化水平的读者阅读。此外，南京城内还分布着数不清的以出租书籍为职业的书摊、书船。

康熙元年（1662），李渔移家南京[①]。初来南京时，他可能就住在此前买下的简陋寓所内。他在自己的门前题了一副对联：

> 戏题南京闸旧居门外二柳，门内二桃，桃熟时人多窃取，故此书以谑文人。
>
> 二柳当门，家计逊陶潜之半
>
> 双桃钥户，人谋虑方朔之三[②]

这副对联借用了两个典故，上联提到的陶潜，是东晋时期著名的诗人、隐士。他曾任彭泽县令，因不肯为五斗米折腰挂冠而去，隐居乡里。他家门前栽有五棵柳树，因自号“五柳先生”。而李渔家门前只有两棵柳树，所以他幽默地说“家计逊陶潜之半”；下联提到的东方朔是汉武帝时的弄臣，以诙谐幽默著称于世，传说他喜欢吃桃子，曾在西王母的宴会上偷窃蟠桃。李渔家门前种有两棵桃树，桃熟时，常有人顺手牵羊，不告而摘。从这副对联中，我们大体可以描摹出李渔南京旧居的景象：居室极为简陋，门外两株杨柳，像是门卫；门内两棵桃树，似两把钥匙将门户紧闭，可是仍挡不住那些像东方朔之类有神奇本领的偷桃者。这副对联幽默风趣，在自嘲中表现了李渔的高洁情怀。

居宅虽然简陋，但它紧靠有名的风月场所秦淮河。秦淮河穿过南京闸后分为两条支流，其中一条折向西北流经夫子庙，然后蜿蜒穿过城区，在南京北面的金川门附近汇入长江。每年四五月，江水涨时，潮涌入城，汪洋一片，浩荡

---

① 黄强认为李渔移家南京在顺治十八年（1661）辛丑（黄强《李渔移家南京考》，《文学遗产》1989年第2期），但李渔顺治十八年年底还在杭州招待友人，本书故取康熙元年说。

② 〔清〕李渔：《笠翁一家言文集》，《李渔全集》第一卷，第243页。

雄伟。五月赛灯船，歌吹震天，游人蚁集。夫子庙乃全市最繁华的地段，附近有贡院，每当乡试前后，来自安徽和江苏的数千名考生云集于此。因此，夫子庙既成了书籍的集散地，也是戏院和妓院的密集区。河上画舫如织，两岸艳帜高张，笙歌之声不绝于耳。明末一些著名的妓女就麇集于此，其中尤以秦淮八艳最为著名，其中董小宛归冒辟疆，陈圆圆依吴三桂，李香君嫁侯朝宗，而柳如是、顾媚则分别为李渔的朋友钱谦益、龚鼎孳所得。李渔卜居于此，也许是为了随时掌握出版动向。

李渔移家南京肇因于在杭州出版的书屡屡遭到南京书商盗版，使他蒙受了巨大的经济损失，因此他想及早制止这种侵权行为。所以，他一到南京，第一要事就是筹建自己的书铺和书坊。大约在康熙二年癸卯（1663），他就拥有了一个粗具规模的书铺，叫“翼圣堂”。“翼圣”就是辅佐皇上的意思，这当然是冠冕堂皇的话，是为自己的书业经营而涂上的保护色。李渔作于康熙四年的传奇《凰求凤》的下场诗最后一联就表达了这个意思：“莫道词人无小补，也将搦管助皇猷。”所以，翼圣堂可能就是李渔住在南京闸所经营的书铺，也即芥子园的前身。翼圣堂面临繁华的大街，前面部分是对外营业的店铺，书店大门内外就是李渔在对联中描写到的桃树和杨柳。一条长长的柜台后面整齐有序地摆满了待售的书籍。穿过中门往后走，经过一个天井，就是李渔全家的居室。“翼圣堂”主要是经营刊刻李渔自己的著作。现存李渔著作的版本，除了芥子园书铺版行的作品外，有不少就是由南京翼圣堂刊行的。芥子园书铺建成后，“翼圣堂”之名有时仍在使用。如《闲情偶寄》于康熙十年由翼圣堂首次雕版刊行，题名“笠翁秘书第一种”，分十六卷。《笠翁传奇十种》也有翼圣堂刊本。李渔的《四六初征》也是在康熙十年由翼圣堂刊行的。此时芥子园已先期落成，为什么他仍用“翼圣堂”之名呢？或许是由于翼圣堂已打出了品牌，生意兴隆，以致芥子园落成数年后才改名为芥子园书铺；或有时两者并行使用，名虽二而实为一。《闲情偶寄》卷四“笺简编”云：“海内名贤欲得者，倩人向南京购之。……售笺之地即售书之地，凡予生平著作，皆萃于此。”附注云：“南京书铺廊坊间有‘芥子园名笺’五字者，即其处也。”[①]这里用南京书铺而不用芥子园书铺，说明至芥子园书笺驰名海内时，翼圣堂犹未改名。

李渔是个很现实的人，说得具体一点，就是一个很懂得享乐的人。从“易衣游舞榭，借马系垂杨。肯为贫如洗，翻然失去狂”之类诗看来，李渔的出手是颇为潇洒的，不会为了孔方兄而在生活上委屈了自己。加上娶妾添丁，因此银根吃紧。尽管他勤奋写作，仍是入不敷出。有迹象表明，他迁居南京开办翼圣堂时，欠下了一笔数目不菲的债务。搬家、开办书铺和印刷厂需要一大笔资金，各种各样的家具、印刷所需要的种种材料，还有工人的工资，这些项目加在一起，就变成了一笔大数目，而他从杭州带来的那点积蓄不过是杯水车薪。而且，李渔很注重印刷质量，尽管他力求俭省，但需要用钱的地方还是必须用。他所用的制版木材都是上等的枣木，纸张则直接从安徽宣城采购，油墨也是优质的。他还物色到一位刘姓刻工高手，不惜重金把他聘来。这些地方虽然花费了他一笔很大的资金，但李渔认为物有所值，是不能节省的。为了在竞争激烈的南京图书市场站稳脚跟，他必须保证质量，一炮打响。

李渔以前也曾借过债，但数目可能没有这次大。这一回，他才真正尝到了借债的滋味。他在《与沈亮臣》信中说：“自来说贫者盈篇累牍，总不出‘饥寒’二字。余谓贫士之苦，有十倍饥寒者，逋累是也。忍十日之饥寒，不足缓追呼于片刻；倘以缓十日追呼者，而自疗饥寒，非但弗死，即以之鼓腹击壤而有余矣。尧天舜日之下，安得复有贫士哉？闻足下日来亦苦于此，故以同病之呻吟告，总不知药我辈者为何人也！”[②]两人同病相怜，故能成为倾盖之交。他在《复王左车书》中又写道：

> 营债之不宜借，犹乌喙之不可救饥，针毡之不可御寒。弟尝以此戒人，不谓今日自蹈其辙。始知身未极贫，而劝人以忍饥耐寒勿称贷者，皆隔靴之痒、隔膜之视，徒足益人痛痒。然不借营债，究竟不知借债之苦，正须

① 〔清〕李渔：《闲情偶寄・器玩部》，《李渔全集》第三卷，第229页。
② 〔清〕李渔：《笠翁一家言文集》，《李渔全集》第一卷，第178—179页。

略尝其味。客岁以播迁之故，贷武人一二百金，追呼之虐，过罗刹百倍。日来已偿其半，可谓一半是人，一半是鬼。此番出游，只求偿尽孽逋，免登鬼箓，无他愿也。来翰云彼以我为避债去，孰知正为偿债去乎！①

王左车名辅，浙江秀水人。清初隐居江宁莫愁湖畔。孤高傲世，狂狷奇僻，自呼曰“牢”“琴狂”“楚囚”，晚年改名为“囚”，罕与人交，但四方文酒跌宕之士至金陵者，无不以见左车为荣。与李渔注重生活享受不同，王家举家吃素不沾荤，人称为“一门佛子”。王左车是李渔的朋友方文的儿女亲家，李渔是通过方文的介绍认识他的，两人过从甚密，两家有通家之好。王左车的儿子安节（概）、宓草（著）也是李渔的忘年交。王左车教子读古书，学诗画，但不允许他们去参加科举考试。安节工诗文，师事南京名画家龚贤，专攻人物、水石、花卉，得其神韵，又善篆刻。方文有一女不肯轻易许人，觅婚于江南，一见安节奇之，遂以女妻之。宓草也工画善书，尤工隶书，亦作印章，名气与兄并驾齐驱。李渔在《寄怀王左车暨长公安节、次公宓草》诗中有“寄讯眉山大小峰”之句，把王氏父子比为眉山三苏，可见他对王氏父子的赞誉之情。王左车父子都曾评点过李渔的《闲情偶寄》和诗文，安节后与芥子园书铺合作出版《芥子园画传》，李渔则为他俩的画册题诗。宓草去世后，著名小说家、《儒林外史》的作者吴敬梓还为他写过挽诗。

从信中可知，李渔这次借银的对象是个武人，有可能还是高息借银。债权人追呼得很急很凶，李渔想尽一切办法，才还上一半。他的书店一时还没有产生经济效益，为了还债，他被迫外出求告。因此，当王左车收到李渔的来信时，李渔已经踏上了前往扬州的筹款之路了。

这时正是康熙二年（1663）的春天。李渔募集的对象是扬州盐商和在《尺牍初征》《尺牍二征》《资治新书》等书中发过文稿的扬州当地官员。两淮在明末清初是全国最大的盐业基地，康熙年间，全国税收总额不过二三千万两银子，而两淮盐课就占了近十分之一。扬州则是两淮盐运使的驻节地，因而，扬州集

① 〔清〕李渔：《笠翁一家言文集》，《李渔全集》第一卷，第179页。

中了全国绝大部分富甲天下的大盐商。这些盐商往往附庸风雅，喜与文人墨客交接。他们收藏古玩书画，畜养戏班，资助名流学者，或助其膏火之资，或为其出版著作。一些生活无着落的知识分子也就成了大盐商的座上客。这样，扬州又成了清客、帮闲、山人、篾片的麇集之地。清客、帮闲、山人、篾片名虽不同，而性质如一，都是靠“打抽丰”为生。所谓“打抽丰”，直白地说，就是向人索取钱财。清客、帮闲、山人、篾片，在明清小说中形成了一个文学形象群，如《金瓶梅》《锦疑团》《红楼梦》《常言道》等小说中都有他们的身影。清客是随着有闲阶级的产生而出现的，他们为主子调笑解闷，点头哈腰，插科打诨，趋炎附势，舐痔吸痈，以此得到主子的施舍。鲁迅说：“必须有帮闲之志，又有帮闲之才，这才是真正的帮闲。”[①]在鲁迅看来，李渔就是一个“真正的帮闲”。当时很多人也这样认为，这也是李渔一直为后人所诟病的原因。不过，平心而论，李渔与真正的帮闲是有区别的，他自己在小说中也讽刺过清客，如在《谭楚玉戏里传情　刘藐姑曲终死节》中，李渔借莫渔翁之口道：“那打抽丰的事件，不是我世外之人做的，只好让与那些假山人、真术士去做。”在《慎鸾交》中也讽刺篾片“伴华筵吃得身肥，闯豪门又跑将身瘦”。李渔前期为官员们润饰文稿、编辑文集；后期则为富人构建花园、设计家具、提供娱乐，乃至提供生活中的种种咨询等，在今天，这些都是知识性服务项目，付出了劳动，得到一定的报酬也是应该的。卖文为生，更是光明正大的事。不过，也不排除李渔有时为了金钱而委屈自己，甚至做出有损自己人格的事，如在《与诸暨明府刘梦锡》书中，他就直言不讳地向诸暨县令刘梦锡乞讨：“知老父台厚待故人，不必定为不费之惠，倘蒙念其凄凉，而复悯其劳顿，则绨袍之赐，不妨遣盛使颁来。”[②]

李渔在扬州拜访了两淮盐漕胡文学、扬州推官戴玉循、江都知县刘玉瓒等人，还有著名诗人王士禛。王士禛字贻上，号阮亭，又号渔洋山人，山东新城人，顺治十五年（1658）进士，次年授扬州推官，康熙三年（1664）擢礼部主

① 鲁迅：《且介亭杂文二集·从帮闲到扯淡》，《鲁迅选集》卷四，人民文学出版社1983年版，第191页。

② 〔清〕李渔：《笠翁一家言文集》，《李渔全集》第一卷，第218页。

事。后充经筵讲官，国史副总裁，刑部尚书。康熙四十三年，王士禛罢官居家，专事著述，工诗词，论诗标举神韵，成为继钱谦益之后的文坛宗主。有《带经堂全集》《池北偶谈》等著作传世。李渔当然不会放过结识这位大名士的机会，二人神交已久，所以一见如故。为了增加《资治新书》的知名度，李渔便向王士禛约稿。王士禛欣然应允，李渔回南京后，王士禛寄给他一部文稿，请李渔自行从中择选。李渔非常高兴，立即给王士禛回信，在信中，李渔客气地说："渔之希冀名篇，始于乍耳雷名之日。自以南辕北辙，订好无期，久矣虚此良愿。不谓今日识荆州，果封万户侯也。尊稿四册俱领到，容以薇露盥手而读之。"[①]不过，像王士禛这样的所谓文坛正宗，内心不一定瞧得起李渔，据吴仰贤《小匏庵诗话》卷三云："李笠翁以江湖浪子，挟其笔墨小技奔走公卿间，常与王渔洋竿牍往还，而《感旧集》中不录一诗，殆亦薄其人而摈之耳。"

总之，李渔此行还算顺利，不但筹集到了一笔款项，还为《资治新书》征集到了一些稿件。

李渔来到风景如画的扬州，肯定游览过瘦西湖、平山堂、二十四桥等名胜古迹，但由于他此行的目的主要是筹资还债，心情比较沉重，所以没有兴致去吟诗纪念。

扬州之行颇有收获，李渔回来后，看到书铺生意不错，更是喜上眉梢。然而，他的好心情不久就被一条坏消息给破坏了：据来自苏州的朋友说，当地出现了不少李渔作品的盗版。有着商人头脑的李渔一听，不禁既愤怒又着急。在杭州时，他就为书商挣去了自己著作的大部分利润而愤愤不平。为了不受制于人，他才来到南京，既做创作家又当出版家，使自己的作品利润最大化。如今有人不劳而获，想要蚕食他辛辛苦苦的劳动成果，从而威胁到他的生存，李渔怎肯干休？他马上把书店的业务托付给沈因伯管理，自己立即动身，匆匆赶往苏州处理此事。

李渔深知，打官司要靠证据说话。所以，他一到苏州，来不及休息，就按照朋友提供的线索，暗地查访了那些盗版他的著作的书店。得到确证后，他没

---

① 〔清〕李渔：《复王阮亭司李》，《笠翁一家言文集》，《李渔全集》第一卷，第183页。

有暴露身份，与店主争吵。他知道，强龙难压地头蛇，单凭他个人的力量是无法赢得对手的，只有借助官府的势力。苏松道孙丕承曾任过金华同知，所以，回到旅店后，他立即给浙江方面熟悉的官员去信，请求他们出面给苏州的孙道台去信，要他关照此事。然后李渔就住在客店中等待浙江方面的来信。一个多月过去了，浙江方面仍没有消息，李渔非常着急，不停地去道台衙门打听情况。没想到一波未平，一波又起，杭州的亲友又来信到南京，说那里也出现了李渔著作的盗版。身在苏州的李渔接到沈因伯的来信，得知这一消息，不由得连连跺脚，他仿佛看见有众多的手伸进他的口袋中，而他却无法阻止。李渔分身无术，他只好写信给在南京的沈因伯，要他去杭州跑一趟，内中附上几封写给杭州当道的信，请求他们帮忙伸张正义，追查此事。

实际上，作为一个畅销书作家，李渔作品的盗版现象肯定不仅仅发生在江浙之地，不过他自己不知道罢了。在一个没有著作权保护的时代，即使知道了，李渔也鞭长莫及。李渔知道，自己维护版权的这场斗争才刚刚开始，以后的盗版现象还会层出不穷，只要李渔这个名字还意味着畅销，就根本无法杜绝盗版。李渔之所以要极力打赢这桩官司，就是要杀鸡给猴看，尽量阻止以后发生类似事件。因而，我们看到，李渔在维护自己著作权益时，除了借助官方的力量以外，还不时地发出各种威吓性的叫喊。这些威吓性的语言被印在翼圣堂的各种出版物的扉页上，后来又正式写进了康熙十年（1671）出版的理论著作《闲情偶寄》中。李渔告诫他们应该尊重别人的劳动成果，如由翼圣堂书店发行并印刷的、著名的《芥子园笺谱》，成为众人盗印的对象，李渔就写道：

是集中所载诸公式，听人效而行之；惟笺帖之体裁，则令奚奴自制自售，以代笔耕，不许他人翻梓。已经传札布告，诫之于初矣。倘仍有垄断之豪，或照式刊行，或增减一二，或稍变其形，即以他人之功冒为己有，食其利而抹煞其名者，此即中山狼之流亚也。当随所在之官司而控告焉，伏望主持公道。至于倚富恃强，翻刻湖上笠翁之书者，六合以内，不知凡几。我耕彼食，情何以堪？誓当决一死战，布告当事，即以是集为先声。[①]

李渔为了处理盗版之事在苏州足足等了三个多月，可谓度日如年。孙道台在接到了杭州方面的来信后，颇为重视，拨冗接见了李渔，并立即派人去处理此事。在查明了事情真相后，孙道台下令封存了盗版的书籍，并出示了禁止翻刻李渔作品的公告。当然，对方不会甘心失败，也花钱疏通了官方的关系，希望不予追究。所以，对于李渔提出的索赔要求，对方迟迟不肯答应，直到经过了几个回合的谈判才解决。

从这件事可以看出，李渔有很强的版权意识，这在封建社会是很少见的，可以说，他是我国最早具有强烈版权意识的作家。

在还没有返回南京之前，李渔又收到了南京的朋友赵声伯的来信。信中对于李渔年届不惑离开美丽的杭州而来到陌生的南京感到迷惑不解。李渔立即给他去了回信，信中首先对赵声伯的关心表示感谢，然后着重解释了自己离开杭州的原因：

> 弟之移家秣陵也，只因拙刻作祟，翻板者多，故违安土重迁之戒，以作移民就食之图。不意新刻甫出，吴门贪贾，即萌觊觎之心。幸弟风闻最早，力恳苏松道孙公，出示禁止，始寝其谋。而吴门之议在熄，而家报倏至，谓杭人翻刻已竣，指日有新书出贸矣。弟以他事滞金阊，不获亲往问罪，只命小婿谒当事，求正厥辜。虽蒙稍惩贪恶，现在追板，尚未知后事如何？噫！蝇头小利几何，而此辈趋之若鹜。似此东荡西除，南征北讨，何年是寝戈晏甲时？[②]

在信的结尾，李渔感谢自己在苏州期间，赵声伯给予他在南京的家眷的帮助和照顾。赵声伯名时揖，绍兴人，由浙流寓南京。在李渔移家南京之前，他就与

① 〔清〕李渔：《闲情偶寄·器玩部》，《李渔全集》第三卷，第229页。

② 〔清〕李渔：《与赵声伯文学》，《笠翁一家言文集》，《李渔全集》第一卷，第167—168页。

李渔有文字来往，同时也是李渔作品的忠实读者和崇拜者。他虽然不理解李渔为何千里迢迢离开杭州移居南京，但对于李渔来到南京，他感到惊喜莫名，因为从此可以常常亲炙这位名作家的风采了。此后，两人来往密切，赵声伯是李家的常客，甚至李渔不在家时也一样。李渔也是如此，他在《与余澹心五札》中，就提到“饮赵署，夜分始归”。赵声伯生性直爽，在《与李笠翁索酒书》中，曾直接向李渔索要郁金香美酒，后来为李渔的《闲情偶寄》及诗文集写评。《尺牍初征》和《四六初征》都收有赵声伯的文章。在李渔奔赴苏州期间，李渔的家人曾患病，精通岐黄之术的赵声伯亲自为她们治疗。这年秋天，李渔的两位太太汪氏和纪氏分别为李渔生了一个男孩，她们人生地不熟，而此时李渔身在苏州，沈因伯出差杭州，家人不知所措。赵声伯得知消息后，马上前来帮忙，为她们请医生、拿药等。

李渔给赵声伯的信中回答了赵声伯的提问，但根据我们前面对李渔移家南京原因的分析，李渔信中显然故意遗漏了许多，没有说出事情的全部真相，他当然不愿也不敢公开自己的秘密。不过，他常常忍不住隐隐约约透露一点。康熙二年（1663）元旦，他写过一首诗：

元日焚香叩太虚，天教巢许际唐虞。
不才自合逢明主，误用何能保贱躯。
水足砚田堪食力，门开书库绝穿窬。
衰年但幸多豚犬，何必人人汗血驹。①

“巢”“许”是指生活在圣君尧舜时期的两位隐士。相传尧试图让位于巢父，被巢父坚决拒绝了。尧又想传位于许由，许由便逃到箕山之下，农耕而食。尧又请他做九州长官，许由跑到颍水边洗耳，表示不愿听到。李渔在诗中以巢、许自拟，而把当今的大清皇帝比作圣明的尧、舜。他自嘲地说，我才能低下，不堪大用，遭逢圣主，已经是够幸福的了。最后，李渔又说，自己自食其力，依

---

①〔清〕李渔：《癸卯元日》，《笠翁一家言诗词集》，《李渔全集》第二卷，第181页。

靠笔耕、卖书为生，而且儿女成群，还有什么比这更幸福的？应该知足了！但从这首诗中，我们却能隐隐体味到作者内心对自己境遇的不满以及对宦海风波险恶的畏惧。

当然，李渔绝不是一个像传说中的巢父、许由那样的安贫乐道的隐士，尽管他以巢父、许由自许。

这年冬天，《资治新书初集》十四卷由翼圣堂书铺出版。《资治新书》是明清官吏案牍的选集，编辑的目的是“为宦海津梁”①。李渔在杭州时，与浙江巡抚、学使等大僚都有交往。也许受他们的影响或得到他们的某种暗示、劝告，李渔一度有进入政界的打算。在清初，这不是没有可能。清政府为了笼络那些明遗民，在科举考试中特设了博学鸿词科，就是说，那些在当地乃至全国有一定的名气但又没有科名的知识分子，经由地方官员层层推荐，最后可以参加由皇帝本人主持的面试。面试通过后，直接进入中央政府任职。李渔的朋友尤侗晚年就是通过这条途径步入仕途的。李渔显然具备了这些初步的条件，因而，《资治新书》可能是为他进入仕途而增加的筹码。然而，天有不测风云，李渔没有想到会发生张缙彦之案，这击碎了他的仕途之梦。因此，事过境迁，《资治新书》已失去了他原先编辑时所设计的功能。但王仕云、王仕禄写于康熙二年癸卯（1663）的序，显然还不明白李渔的内心苦衷，他们在序中对李渔的行政才能大加赞赏。王仕云写道：

> 余乃知学而仕，仕而学，古之一人，今人（指李渔）二之也。……笠翁之有裨于吏治远矣。②

王仕禄写道：

> 于《礼》有之：士非明义理，备道德，通经学者，不可居治狱之官。

---

①〔清〕王仕云：《资治新书初集·题词》，《李渔全集》第十六卷，第5页。

②〔清〕王仕云：《资治新书初集·题词》，《李渔全集》第十六卷，第5页。

笠翁诚有见于此乎？向使操尺寸之柄，得自展其所为文，必大有足观者。而仅取空言以为世法，其意亦良苦矣！[①]

王望如，名仕云，安徽歙县人。明末避乱仪征，晚年居江宁，顺治九年（1652）进士，后以承问官左袒罪臣周亮工被逮，旋又获免。他曾为七十回本《水浒传》作过评注，有《写心集》《易解》《论史同异》《四辰堂稿》《桐庵随笔》等多种著作传世。他为《资治新书》初集题词后，次年又为《论古》作序加批，落款为"江南过客"，对《论古》给予了很高的评价。

不过，《资治新书》虽没有了原先的功能，但有着商人头脑的李渔又强化了它的另外一种作用——交际功能。《资治新书》《尺牍初征》《四六初征》等书的作者，后来都成了李渔"打抽丰"的对象。李渔循着这一名单，到处募集款项，走遍了大江南北。

康熙三年（1664），李渔的读史随笔《论古》也由翼圣堂出版了。先是单独刊行，后收入《一家言全集》，题为《笠翁别集》，全书共四卷，收有史论一百三十四篇，或论人物或议史事。这部书集中表现了李渔的史学思想。他在弁言中指出："予独谓二十一史，大半皆传疑之书也。"然后说：

信史犹可言也，其信论史之人，犹过于信作史者。论史者谁？宋儒是矣。彼以为是，群然许之；彼以为非，设有稍加恕词者，则群起而攻其谬矣。是何以故？盖宋儒非他，皆工于信史者也。彼信而我信之，犹矮人笑长人之笑，长人又笑场上之笑耳，乌知信以传信者之为讹以传讹乎？凡此皆读书太繁，书为祟于腹中，而聪明反为所障；犹人伤食而反恶食，甘苦咸淡，自莫能辨，反不若枵腹者之善尝五味也。[②]

李渔认为论古之人多为宋儒，而宋儒都是没有自己独立见解的"信史者"。

---

①〔清〕王仕禄：《资治新书初集·序》，《李渔全集》第十六卷，第3页。

②〔清〕李渔：《笠翁一家言文集》，《李渔全集》第一卷，第307页。

由此可见李渔鄙视宋儒的显然态度。前文已说，李渔的史学思想深受李贽思想的影响，李贽无论在生活上还是在学问上，都喜欢标新立异。他大胆地反对程朱理学，怀疑传统，公开宣称不能以孔子之是非为是非。他否定传统思想权威至高无上的偶像地位，强调个体自身的价值。清初哲学家唐甄、戴震、颜元等，对朱熹为代表的宋儒进行了更猛烈的抨击。颜元一针见血地指出："入朱门者便服其砒霜，永无生气生机。"①戴震认为："圣人治天下，体民之情，遂民之欲，而王道备。"②李渔的疑古思想与这些进步思想是一脉相承的。李渔又曾作《读诗志愤》一诗，诗前有小序云："此予《论古》一书所由作也。"这首诗较为全面地反映了李渔的编撰《论史》的原因，其中曰：

圣贤不无过，至愚亦有慧。
功必归圣贤，过则委愚昧。
日食亦至明，隙光愈增晦。
冤哉古之人，孰辨非其罪。
不若陶渊明，读书留余地。
非不求甚解，甚解即生赘。
一部廿一史，谤声如鼎沸。
不特毁者冤，誉者亦滋愧。
孔子恶夫佞，有过不求讳。
未闻英雄心，恕直而德媚。
我无尚论才，性则同姜桂。
不平时一鸣，代吐九原气。③

他认为，人无完人，金无足赤，而"一部廿一史"，完全是作者观念下的产物，誉者则完美无缺，毁者则一无是处，完全不符合历史事实。李渔在《论史》

① 〔清〕颜元：《朱子语类评》，《颜元集》，中华书局1987年版，第249页。
② 〔清〕戴震：《孟子字义疏证》，中华书局1982年版，第9页。
③ 〔清〕李渔：《笠翁一家言诗词集》，《李渔全集》第二卷，第18—19页。

中提出了三条论史的原则：一是不泥古，不受前人成论束缚，而要对史籍中的材料进行重新审视，提出自己的见解。他认为，“二十一史，大半皆传疑之书也，不尽可信”[①]。二是实事求是，“圣贤不无过，至愚亦有慧”。三是论古着眼于现实。王仕云在《笠翁别集·叙》中称赞说：“有笠翁之论断，可以持国是，可以正人心，可以誉千秋而权万古。是编也，虽与日月争光可也。”[②]这并非是朋友的吹嘘之词，李渔的确做到了这些。如论尧让天下于由，汤让天下于卞随、务光。对尧舜禅让一事，历代史学家都大加赞颂，李渔却以为天下大事，岂可“逢人即让，较小儿之视饼馅犹不若焉；则其让天下于舜、禹者，亦偶然馈赠之常事耳，何果断公明之足羡哉！”这肯定是“岩栖穴处者流欲自矜其高尚，故构此空中楼阁以耸听闻耳”[③]。对介子推一事，后人皆以为介子推义气，晋文公寡恩。李渔却认为介子推从文公出奔，割股救馁之时已有他日望报之心，后竟未封赏，便失望而死。李渔认为马援之所以不入云台，是明帝威服远人之计，而历来论者都以为是为防止外戚专权。

李渔论史之所以能独出己见，要归功于他较为科学的论史方法。李渔在论述某一历史人物或历史事件时，不仅看到这一历史人物、历史事件本身，而且还注意到了与其相关的人与事，以及当时特定的社会背景。由于在审视历史人物和事件时比前人站得高，视野广，故能看到别人所未能看到的问题，而且就此提出自己的看法。如对于刘备取刘璋一事，历来为论者所诟病，李渔则认为，这“是弃小忍而成大谋”[④]，因为刘璋暗弱，刘备不取，早晚也要被他人夺去。李渔在审视历史事件时，不仅看其表面现象，而且能透过表面现象，挖掘出更深层的历史内涵。如在《论管宁、华歆优劣》一文中，对管、华两人品行进行了重新评价，管宁见金挥锄不顾，华歆捉而掷之，“人皆喜其掷而恶其捉，谓捉有觊觎之心，而掷无贪得之实也”。但李渔却认为，“捉者天真之自露，掷者伪

---

①〔清〕李渔：《笠翁别集·弁言》，《笠翁一家言文集》，《李渔全集》第一卷，第307页。

②〔清〕李渔：《笠翁一家言文集》，《李渔全集》第一卷，第305—306页。

③〔清〕李渔：《论尧让天下于许由，汤让天下于卞随、务光》，《笠翁一家言文集》，《李渔全集》第一卷，第310页。

④〔清〕李渔：《论刘备取刘璋得失》，《笠翁一家言文集》，《李渔全集》第一卷，第389页。

念之强生”[①]。主张不应为贤者讳，如裴度之缺点；对历代帝王，史家多奉为神明，李渔也是贬褒有之，如他认为刘邦无赖。

李渔论古，还常常着眼于当今后世，通过对一些历史人物与事件的评述，总结一些经验教训，供今人及后人借鉴。另外，李渔论史时也融进了自己的感慨，如东方朔，史家多以滑稽轻之，而李渔则认为其功业、品行、学问不在董仲舒、汲黯等名儒名臣之下[②]，因为他自己的遭遇和性格与东方朔有许多相似之处。

但由于畏惧文字狱，《论古》仅止于元代，不及明代之事。涉及民族等敏感问题时，也是十分小心。除此之外，嗅觉灵敏的李渔编撰出版《论古》还有迎合政策、制造卖点的目的。康熙二年（1663）八月，清廷诏令“乡、会考试停止八股文，改用策论表判”[③]，李渔即编辑出版《论古》为科举服务，《笠翁论古·凡例四则（并小序）》中云：

> 今朝廷以论策取士，凡操楮翰者，人人尽思读古。复有言路诸公力赞庙谟，扫除一切稗官野史，使天下为放辟邪侈之文者，尽皆驱而之善。是诚文运骤兴之日而英才鹊起之时也。渔因取从前著述，尽畀烈火，仍扫余烬而投诸江，虑死灰之复燃也。所恨年迈智昏，不得与时髦后劲射雕逐鹿于文场耳。然自谓生平论史，颇有一得。……姑择其有裨举子业者，汇一小编，先以问世。[④]

初编本仅有史事一百二十余则，虑及可能遭致的质疑，李渔特地在《凡例》第二则中予以解释：“若欲事事求详，毗为挂漏，是强不知以为知，坫一人之声名者小，误天下之从违者大。万一小试场中，以此题策士，倘应试者因而颠蹶，

① 〔清〕李渔：《论管宁、华歆优劣》，《笠翁一家言文集》，《李渔全集》第一卷，第385页。

② 〔清〕李渔：《论东方朔谏内董偃置酒宣室》，《笠翁一家言文集》，《李渔全集》第一卷，第355—356页。

③ 《清实录》卷九。

④ 参见王定勇、陈安梅：《日本尊经阁文库藏〈增定笠翁论古〉的文献价值》，《文献》2017年第4期。

其有妨于实德，岂浅鲜哉？惟有存而弗论而已矣。”李渔在指导时文写作时，主张不应让古文去迁就时文，而是以古文滋养提升时文，他说：“善作文者，读古文一篇，可化出时文数十篇，而又无摹仿古文之迹。”[①]这些都可以看出李渔编撰出版《论古》为考生服务的动机。

李渔以他全新的经营理念，使翼圣堂声名鹊起，在很短的时间内就在南京出版界站稳了脚跟。书铺的经营开始步入正轨，李渔为之欢欣鼓舞。但是，翼圣堂一开张，李渔就东奔西跑，书铺的一切事务，全由沈因伯夫妇料理。沈因伯自入赘李家后，一直跟随李渔学习，并成了李渔的好帮手和李家实际上的管家。他精明能干，勤勤恳恳，这大大减轻了李渔的负担。然而，李渔四处奔波，虽不担心家里，却大大影响了创作，使得翼圣堂自己的稿源近于枯竭。不管是对他还是读者，这都是一大损失，因为翼圣堂主要是以刊刻他自己的作品为特色的。因此，接下来的一年，即康熙三年（1664），李渔哪都没去，而是老老实实坐在家里，管理书店，伏案写作。

明代的文学家袁宏道在《与徐汉明》信中，把世间文人分为玩世、出世、谐世、适世四种人：

> 弟观世间学道有四种人：有玩世，有出世，有谐世，有适世。玩世者，子桑、伯子、原壤、庄周、列御寇、阮籍之徒是也。上下几千载，数人而已，已矣，不可复得矣。出世者，达摩、马祖、临济、德山之属皆是。其人一瞻一视，皆具锋刃，以狠毒之心，而行慈悲之事，行虽孤寂，志亦可取。谐世者，司寇以后一派措大，立定脚跟，讲仁义者是也。学问亦切近人情，但粘带处多，不能迥脱蹊径之外，所以用世有余，超乘不足。独有适世一种，其为人甚奇，然亦甚可恨。以为禅也，戒行不足；以为儒，口不道尧舜、周孔之学，身不行羞恶辞让之事，于业不擅一能，于世不堪一务，最天下不要紧人。虽于世无所忤违，而贤人君子则斥之惟恐不远矣。[②]

① 〔清〕李渔：《李渔全集》第一卷，第433页。

② 〔明〕袁宏道著，钱伯城笺注：《袁宏道集笺注》卷五，上海古籍出版社1981年版，第217—219页。

袁宏道自称最喜适世之人。李渔就是一个适世之人，他是个彻头彻尾的享乐主义者，无论是感官上还是精神上，他都很讲究。他喜欢美女，喜欢美食，喜欢鲜花。对于他自己的饮食，他都是亲自设计配料，甚至亲自下厨房指导烹饪。他一日三餐，用两米一面，不过，这种面不是从市场上购买的，而是由李渔亲自配制的。所制面有两种，一曰“五香面”，一曰“八珍面”。所谓“五香”乃酱、醋、辣椒末、芝麻屑。先以辣椒末、芝麻屑拌入面条中，然后加上酱醋和香菇、竹笋、虾的鲜汁，和面，擀薄，切细，下锅，这样，一锅香喷喷的面就煮成了。“八珍”即将晒干的鸡、鱼、虾精肉，与香菇、鲜笋、芝麻、花椒拌在一起，切成细末，和入面中，加上鲜汁，别具风味。李渔对竹笋情有独钟，他认为，竹笋是所有蔬菜中的最上等佳肴。他烧笋有两种方法。一种是用白开水煮，然后略加酱油。一种是烧肥猪肉。在水产品中，除鳖外，李渔无一不嗜，但最喜欢吃的是螃蟹，自称“于蟹螯一物，心能嗜之，口能甘之，无论终身一日皆不能忘之”。螃蟹含有丰富的蛋白质，鲜而肥，甘而腻，白似玉而黄似金，色香味俱全。它生活在江河湖泊中，每逢秋天就会爬到大江大河的交汇处去交配产卵。这时，就是渔人捕捞的大好时机。江浙地区最流行食蟹，早在统治者偏安江南的东晋时期，有人就认为，一手持酒杯，一手持蟹螯，拍浮酒池中，了此一生，是生活的最高境界。李渔写过好几篇有关螃蟹的诗文，在《蟹赋》中，他写道：“天下食物之美，有过于螃蟹者乎？”“才举笔以涎流，甫经思而目注”，“油腻而甜，味甘而馥。含之如饮琼膏，嚼之似餐金粟”[①]。他在《忆蟹》一诗中又写道：

一生嗜蟹螯，羊枣同其癖。
望此同秋成，丰歉在肥瘠。
持与酒杯共，如卷手不释。
今年客遐荒，乐事废行役。
蟛蜞不易见，矧睹匡盈尺。

①〔清〕李渔：《笠翁一家言文集》，《李渔全集》第一卷，第16—18页。

终日对监州，于人何所益？
蟹时不得归，归时蟹已没。
负此一年秋，鲥鱼又生骨。[1]

在蟹还未上市前，李渔就要准备好一笔买蟹专款，以保证他的嗜好得到满足。家人笑他嗜蟹如命，所以李渔称这笔钱为“买命钱”。秋天，是李渔大饱口福的季节，螃蟹的价格不菲，但李渔吃蟹的嗜好一般不受影响，在螃蟹上市的两个多月中，他几乎每日必食。又命家人酿好酒以备糟蟹，糟名“蟹糟”，酒曰“蟹酿”，瓮称“蟹甓”。他不断地变化着螃蟹的烹饪花样，并专门请了一个擅长炮制各种螃蟹风味的厨师，甚而将这个女性厨师称为“蟹奴”。

李渔还喜欢吃水果，他自称自己性似猿猴。春天的樱桃，夏天的枇杷、桃子、杨梅，秋天的橘子、梨子、葡萄，冬天的苹果，他总是按季品尝。对他喜欢的水果，他都曾著文赞美，如荔枝、杨梅、橘子、梨子等。

李渔还天性爱花。秦游时，他从陕西带回牡丹十数本。同人写诗嘲讽他道：“群芳应怪人情热，千里趋迎富贵花。”无论他住在哪里，都要种上一些花花草草。甚至当年李渔寄身金华许檄彩幕下，战火连天之中，他还有闲情在府邸养花。据说晋人王子猷曾租借别人的住宅，刚搬进去，王子猷即命仆人种竹。仆人说，不就是暂住几天吗，为什么还要种竹？王子猷啸吟良久，指着竹子说：“我怎么能一日没有它呢？”李渔的性格大概就有点像王子猷。当年他住在武林门外陋室的时候，也要在门外的池塘中种上荷花。他自称有“四命”，春天以水仙花、兰花为命，夏天以荷花为命，秋天以海棠为命，冬天以梅花为命。这四种花须臾不可离，一季缺一花，“是夺予一季之命也”。而在四命之中，以荷花为最，因为荷花“无一时一刻，不适耳目之观；无一物一丝，不备家常之用也”。如果没有钱购花竹，“则必令妻孥忍饥数日，或耐寒一冬，省口体之奉，以娱耳目，人则笑之，而我怡然自得也”[2]。

---

① 〔清〕李渔：《笠翁一家言诗词集》，《李渔全集》第二卷，第21页。

② 〔清〕李渔：《闲情偶寄》卷四、卷五，《李渔全集》第三卷，第286、288、156页。

移家南京的第二年，李渔的两位妾又为他生下了第三、第四子，这时，他再也没有生长子时的高兴劲了，开始为添丁发愁。他写道：

一璋才弄一璋萌，知到何年始罢生。
自苦累中难着累，那堪丁后复添丁。
同时颇易邀宾客，隔月无难辨弟兄。
行影不殊啼笑若，只防他日错呼名。[①]

由于食指日繁，生活压力陡增，看着书铺的发展势头良好，李渔准备扩大规模。另外，他又觉得自己的住宅太小，不便居住。李渔自称生平有两大绝技，一是填词，一是造园。早年在故乡兰溪构建伊山别业，已显示了他在造园方面的杰出才华。他善于因陋就简，借山赎水，无中生有。不过那时受到经济条件的限制，所谓伊山别业，不过是数间茅屋而已。因此，他自认为自己在营构园林方面的才华没有得到淋漓尽致的发挥，一俟机会来到，就要一试身手。而南京一带，是园林艺术臻于完美之地。看着那些精巧美丽的园林，李渔不免技痒，跃跃欲试。况且，他很难忘记卖掉伊园时被买主勒措的情景。所以，李渔想再营造一座园林，向世人展示他这方面的才华。要实现这个愿望，需要一笔更大的资金。而且，由于添丁和讲究生活质量，家里早已银根吃紧。所以，要筹措到这笔资金，仅仅依靠书店的收入是不够的，唯一的办法只有再次外出拉赞助。

漫游南北

康熙四年（1665）的烟花三月，李渔满怀希望再赴扬州。从李渔写给儿女们的诗看来，这次扬州之行并没筹到多少款项。李渔在《广陵归日示诸儿女》中写道：

---

① 〔清〕李渔：《壬寅举第三子，复举第四子》，《笠翁一家言诗词集》，《李渔全集》第二卷，第180页。

空泛广陵船，观涛异昔年。
杖头惟有字，鹤背竟无钱。
蒲扇三更月，榴花五月天。
倦游人息我，一榻且高眠。[①]

筹集资金虽仍无进展，组稿却大有收获。这次他又结识了杜于皇、方坦庵等友人。杜濬字于皇，号茶村、睡乡祭酒、钟离濬水等，湖北黄冈人。少倜傥使气，为副贡生，科场蹭蹬，乃刻意为诗。明亡后，避居南京鸡鸣山谷中，茅屋数间，梁欹栋朽，家贫常不能举火。然性狷介，不肯受嗟来之食。求诗者踵至，谢绝不应。晚年甘于贫贱，往来维扬间，卒后无以为葬，及陈鹏年任江宁知府，始助葬于蒋山之梅花村。杜濬工于诗文，尤以诗知名，气势奔放，苍凉悲壮，深为王士禛所推重，当时文坛称为“茶村体”。有《变雅堂文集》《变雅堂诗集》等行世。杜濬曾为《无声戏合集》（后改为《连城璧》）、《十二楼》、《凰求凤》作序，并为《无声戏》一集、二集以及《十二楼》各篇写批语，大致在顺治十二年（1655）至十七年间在金陵鸡鸣山居时完成。《巧团圆·试艰》眉批云：“笠翁之曲，工部之诗，俱得力于兵火丧乱，可见文人遭遇。”[②]他将李渔的戏曲和杜甫的诗并举，认为反映了明末战乱史，可窥见其遗民心绪。后来，他还是李家戏班的常客，可见乃李渔最相契的文字知交之一，《尺牍二征》收有其书信八则。李渔还拜访了老友程邃。程邃字穆倩，号垢区，篆刻取法秦、汉，独树一帜，名噪大江南北，为“皖派”代表人物，登门求印者，络绎不绝。程邃苦于应付，为避繁冗，想出一法：每天清晨起早离家，令幼子带着灯笼偕行，深夜才回家。李渔对程子的这一高风逸行，非常赞赏，为赋《担灯行赠程子穆倩》七言古诗一首。程邃又擅长煨笋，做法多样，味道鲜美。他亲自下厨煨笋，用笋宴招待李渔。李渔最喜食笋，食后赞不绝口，赋七言古诗《又赠程子穆倩》详记其事。戏剧家孔尚任在淮扬治河时，结交了许多明朝遗老，如黄云、许承

① 〔清〕李渔：《笠翁一家言诗词集》，《李渔全集》第二卷，第141页。
② 〔清〕李渔：《笠翁传奇十种》下，《李渔全集》第五卷，第329—330页。

钦、杜濬、冒襄等。杜濬与杨龙友、柳敬亭皆交谊深厚。后来孔尚任游南京，又访问了明遗民画家龚贤、程邃、石涛，明大锦衣张瑶星，史学家万斯同等。因此，孔尚任的朋友中有许多也是李渔的至交，李渔是否与孔尚任有过交往，我们今天无从得知。

李渔的两次扬州之行，收获都不大。他费尽口舌，使出浑身解数，那些富人仍然勒紧口袋，毫不动心。李渔彻底失望了，他开始觉得南京周围的城市像一口枯竭的干井，很难榨出希望的泉水，于是他把目光瞄准了广州。在他编辑的《资治新书二集》中，收有平南王尚可喜、两广总督周有德等人的稿件，广东总督卢崇峻的案牍就有二十八篇。他又求龚鼎孳给两广某些军政要员写了几封推荐信。

当时从南京去广东有两条线路可走，一条是海路，即从江苏太仓乘海船，沿着海岸线南下广东；一条是陆路，即溯长江而上，至鄱阳湖上岸，南向陆行，经过赣州，翻过大庾岭进入广东。由于海上航行风险太大，李渔选择了第二条路线。航船驶入鄱阳湖附近的临江县，著名的诗人施闰章曾任江西参议分守湖西道，因头年秋裁缺，卖船作回乡计，因作《卖船行》，当时和者甚多，成为文坛佳话。李渔也作《〈卖船行〉和施愚山宪使》一诗唱和。

正值春季，桃花盛开，春水澎湃，鳜鱼肥美，李渔到达了十八滩。十八滩素以险要著称，李渔赋七言古诗《前过十八滩行》描述道：

此滩之险不在水，险在奇兵伏舟底。
怪石谽呀布满川，扪舌无声异山鬼。
一舟偶触撄其锋，满船血肉饲蛟龙。
我来亲见数舟没，不忍以吉骄人凶。[①]

李渔还拜谒了岸上的金龙四大王庙，并题楹联一副，前有序云：“庙在十八滩之中，龙神显赫无比，客舟过此，必舣舟致奠，奠必极诚，从未有扬帆竟过

① 〔清〕李渔：《笠翁一家言诗词集》，《李渔全集》第二卷，第46页。

者。十八滩之险，以怪石狰狞，伏于水底。顺流而下者，舟行迅速，回避为难，常有触石沉舟之患；溯流而上者不然，缓则易防故也。”[①]李渔的船顺利地过了十八滩，由此他悟出了一个人生哲理：诚心动天地，乾惕常平安。

航船转向南面，进入赣江。李渔给家里发出了第一封信。在信中，他担心房屋靠东一带的墙壁过于单薄，仆人又贪睡，因而很不安全。但把墙壁推倒重新砌牢，在经济上又不合算。因此，他指示家人用印刷平生所著书稿的雕板，放在东面作为一道抵御盗贼的屏障，并命令道：“见信即移，勿俟来日！”[②]

在江西南部与广东交界的赣县，李渔受到了当地官员的热烈欢迎。他又写了第二封家信，在信中，他谈到了赣县官员对他的盛情款待，一连数日，他都忙于参加各种宴会。他以同情的口吻说，想到你们还过着穷日子，而我一人却在这里独享口腹之乐，真是于心不安。他发现当地的商品琳琅满目，但由于交通不便，价格十分便宜。精明的李渔顺便捎带了许多，有的用来作为送给广东官员的礼品，有的则用来发卖牟利。

经过一个多月的水路航行，船行进到南安，这就是赣江水路的终点了。李渔弃舟上岸，在南安巧遇返回杭州的陆圻。南安是汤显祖传奇《牡丹亭》中柳梦梅和杜丽娘故事的发源地，陆圻惊奇地发现，这里竟有人建祠庙祭祀杜丽娘，李渔为他讲解这些习俗形成的原因，陆圻不禁慨叹通俗文学影响之大[③]。与陆圻分手后，李渔继续前行，这时高大雄峻的大庾岭便横亘在眼前。大庾岭是广东和江西的天然分界线，平均海拔高度在七八百米左右。在翻越大庾岭时，他雇用了两头毛驴，一头用来驮行李，一头用来骑乘。但在接近山顶时，山路变得越来越崎岖陡峭，他不得不跳下毛驴步行。李渔虽然年过五十，但精神矍铄，步伐矫健。漫长而又沉闷的船上生活几乎使他难以忍受，他有一种被彻底解放的感觉。尤其是岭南的奇异风光令李渔耳目一新，兴致勃然。他即兴写下了七

---

① 〔清〕李渔：《笠翁一家言文集》，《李渔全集》第一卷，第297页。

② 〔清〕李渔：《粤游家报》之二，《笠翁一家言文集》，《李渔全集》第一卷，第186页。

③ 参见黄强、王金花：《李渔交游考辨》（《明清小说研究》2006年第2期），该文认为陆圻《威凤堂集》中《杜丽娘祠堂记》“岁丙午中冬，予过南安，李子笠翁为予言徐山人亦樵谋所以祠杜丽娘者，子曷为诗歌记之？”句为记忆有误，“所言与笠翁相遇之中冬只能是康熙四年乙巳中冬，而不可能是陆圻居留南雄的康熙五年丙午中冬”。

律《度庚岭二首》，表达此时的心情，其一云：

舟行弥月忽登山，奚啻开笼放白鹇。
老借崔嵬坚胜具，便寻芝术驻华颜。
高如泰华云千里，曲似蓬莱水一湾。
愁说路穷云欲暮，投栖依旧是人间。①

多年以后，李渔在杭州还与友人谈到了粤中山水，他在写给杭州友人的一首长诗中说：我们从小生长在西湖，从未离开过，感觉好像麻木了。对断桥残雪、雷峰夕照这些景点都熟视无睹，看厌了，以为天下人所住的地方都和我们一样，因而常常想出去旅游。结果出去以后，才发现“所游非所愿。问水水难得，觅山山易窜。即使偶然遇，零星不成片”，“归来告乡人，始识家可恋。但知矜所矜，不自姗所姗”。但是，他们不知道天地之大，是我们两只脚无法走遍的。大自然鬼斧神工，天下到处有奇丽的山水，与西湖迥然有异。接着他描绘粤中山水道：

我游东西粤，造物肆奇幻。
山高极穹窿，水渺若河汉。
千岩攒一壑，一瀑分千涧。
但有绵缈势，而无断续患。
若作画图观，纪幅日盈万。
或行数百里，偶然一小间。
也似旧人画，完中应有绽。
较之西湖景，彼幅此一扇。②

---

①〔清〕李渔：《笠翁一家言诗词集》，《李渔全集》第二卷，第182页。
②〔清〕李渔：《与杭人谈粤中山水》，《笠翁一家言诗词集》，《李渔全集》第二卷，第30—31页。

跨过大庾岭，就到了人烟辐辏、物产丰富的珠江三角洲。珠江三角洲上最大最繁华的城市就是广州，这里也是两广总督衙门的所在地。不过，由于李渔与这里的官员素无交往，因而接待的规格也就大打折扣，远远低于李渔的预期。他没能见到平南王尚可喜，不过，看在龚鼎孳的面上，尚可喜的几个高级助手还是接待了李渔。然而，由于最高首脑的缺席，场面显得有点冷冰冰的。所幸的是他遇到了老友彭孙遹，彭孙遹字骏孙，号羡门，浙江海盐人，顺治十六年（1659）中进士,官内阁中书，顺治十八年（1661年）因“江南奏销案”落职。彭孙遹与王世禛相埒，时号“彭王”。他知道李渔的困难后，荐举他进入广东总督卢崇峻幕府[①]。并作《送李渔入卢尚书幕》五律云：“一醉芳筵月，亭亭送客过。新词留价重,白首好游多。去傍莲花幕，归听桃叶歌。自今清宴日，谁与乐婆娑?”但由于李渔天性不愿受束缚，后来谢绝了他的美意，并未入幕。

除拜谒当地官员外，李渔的大部分时间用来游览城市。这里四季如春，海鲜、热带水果等应有尽有，有很多是李渔从未见过更从未尝过的，气候与大西北形成了鲜明的对比。

在《粤东家报》诗中，他写道：

瘴气全无害，不烦儿女忧。
饱餐鲜荔子，醉读古蝇头。
未必去琼海，依然在广州。
秋风归计决，纵好也难留。[②]

他开始喜欢上这个南国都市了。在所有水果中，李渔百吃不厌的是新鲜荔枝，他认为，荔枝是果中之王。他饱尝荔枝的时候，才真正理解了苏轼“日啖荔枝三百颗，不辞长作岭南人”的著名诗句。为此，他写了一篇《荔枝赋》，描绘荔枝“莹同冰雪之肤，娇若芙蓉之面”；“不待尝而味先在口，无烦嚼而汁已

---

① 黄强：《李渔交游再考辨》，《明清小说研究》2009年第1期。

② 〔清〕李渔：《笠翁一家言诗词集》，《李渔全集》第二卷，第110页。

投胸。甫动吻而辄融，似久矣忘形乎齿颊；才欲吞而已下，若未经假道于喉咙”[①]。并且写了一首《鲜荔枝》诗：“色香滋味皆奇绝，一出能令万果降。”[②]从荔枝他又想到了一个凄艳的历史故事，唐玄宗李隆基为了博得绝代佳人杨贵妃的朵颐之欢，下令地方官员像传递紧急军事情报那样为贵妃运送荔枝，驿站的快马跑死了一匹又一匹。据说当荔枝送到杨贵妃之手时，叶子上还带着露水。唐代诗人杜牧在《过华清池绝句三首》之一中写道：

> 回望长安绣成堆，山顶千门次第开。
> 一骑红尘妃子笑，无人知是荔枝来。

李渔在《荔枝赋》中引用了这首著名的诗，并且作了一个很轻佻的比喻：晶莹雪白、甘甜可口的荔枝就像杨贵妃，都是天下尤物。于是乎，李渔也就表示理解唐玄宗的荒唐行为了。

这次广州之行，李渔没有带家姬。就像尝试广州的海鲜和荔枝一样，风流的李渔当然不会放弃在南国猎艳的机会。他在广州买了一个姿色平常的少女，尽管他知道妻妾们已习惯了他拈花惹草的风流性格，为了以防万一，李渔还是在家信中给家人做了通报和解释，他振振有词地说：

> 客中买婢，是吾之常。汝等虑我岑寂，业已嘱之于初，必不嗔之于后。已得备员者一人矣，姿貌技能，一无足录，独取其舌本易掉，进门不数日，即解作吴音。未置庄岳之间，先去楚咻之习。逆知他日进门，与众齐人习处，南蛮鴂舌之患，吾知免夫！[③]

在广州逗留至晚秋，他不得不挥手告别。经过苍梧时，游览了湘江和九嶷山。在湘女祠前，他看着千万竿斑竹，想起了一个远古的凄艳传说：舜外出巡

---

① 〔清〕李渔：《笠翁一家言文集》，《李渔全集》第一卷，第20页。
② 〔清〕李渔：《笠翁一家言诗词集》，《李渔全集》第二卷，第330页。
③ 〔清〕李渔：《粤游家报之四》，《笠翁一家言文集》，《李渔全集》第一卷，第186页。

视，死于苍梧之野。他的两个妃子娥皇、女英赶到南方，听到舜的死讯，泣泪成血，染竹成斑，最后沉于湘江。接着，李渔又游览了山水甲于天下的桂林。至第二年春末，再经十八滩，历阳湖彭泽，回到了南京。

李渔这次远行，带回了大批广东特产，但是收获却不尽如人意。在《粤归寄内》诗中，他写道：

> 到家迟数日，多白几茎头。
> 已入三春夜，还悲二月秋。
> 黄金诚有命，壮士复何求。
> 为语机边妇，徒归未足羞。[①]

总之，李渔这次南行筹集经费，结果并不理想。他后来在与龚芝麓书中云："渔终年托钵，所遇皆穷。唯西秦一游，差强人意，八闽次之，外此则皆往吸清风，归餐明月而已。"[②]

康熙五年（1666），李渔不得不再次远行，把目标锁定在北京。北京是清廷的首都，是官僚群体最集中的地方。在李渔编辑《资治新书》《尺牍初征》的时候，他就在北京物色了一些官员为之写稿。另外，他还准备拜访一些在北京任职的浙江籍官员。有些官员他只闻其名，没有任何交集。因此，他决定去杭州一趟，请他熟悉的杭州官员为他写推荐信。

一到杭州就勾引起了李渔离开时的不愉快回忆，他投宿在杭城南面一家非常偏僻的客店里，打算不事声张，只拜访几个他熟悉的官员，办完事就赶快回去。不料还是走漏了风声，有几个老友找寻到李渔下榻的旅店，李渔回杭的消息一下就传开了。李渔知道无法隐瞒下去了，为了省去应酬之烦，他连夜写了一封《四字帖辞武林诸亲友之招》的公开信，请人抄了几十张，投寄给亲友们。信中写道：

---

① 〔清〕李渔：《笠翁一家言诗词集》，《李渔全集》第二卷，第121页。

② 〔清〕李渔：《与龚芝麓大宗伯》，《笠翁一家言文集》，《李渔全集》第一卷，第162页。

去杭日久，行远迹疏。此来正为遍候新禧，重温旧好。但可于登堂晋谒之际，一觐芝颜；命驾式庐之时，再聆麈诲。至于折柬相招，开筵赐款，则无论尊辈、同侪，一概不能趋命。其故有四，请历陈之。此地名贤多居城内之西北，而荒邸则在极南，欲赴宠招，其患在远，一也。此来适值仲冬，昼促夜长，除去栉沐饮膳，为时无几，往返一度，计妨半日之工，欲赴宠招，其患在短，二也。此来为谒当事，而诸公刑清政简，无患可叨，旅橐萧然，不能日备肩舆之费，欲赴宠招，其患又在鲜，三也。生平与曲蘖无缘，贱量不胜蕉叶，此亲友所共知者。为饮一杯半杯之酒，而行十里二十里之遥，归来复有夜禁，非止得不胜失，亦且忧不偿欢。则是欲赴宠招，其患又在于险，四也。坐此远、短、鲜、险之患，恐来简懒板散之多讥，是用预布拙忱，统辞荣召。惟先生、长者鉴而宥之，幸甚！①

这封信写得非常冷峻，列出的四条原因，都是以商人的口气而出之，充满黑色幽默式的冷嘲热讽。因为这个原因，后来丁澎在《李笠翁一家言·诗集序》中误记为“李子自濑迁于杭，无所合，遂去游燕”②。

康熙五年（1666）大年刚过，寒风料峭，大雪纷飞。李渔为欣赏水仙，冒着刺骨的寒风匆匆赶回南京。李渔认为，天下水仙以南京为第一，因此他不愿错过这个机会。一踏进家门，顾不得长途颠簸的疲劳，就叫家人去购买水仙。然而，为了过年，家里已用完了最后一个铜板。李渔翻箱倒柜，也没有找到一枚钱。这时，家人都劝他说：“算了吧，一年不买水仙花，有什么关系呢？”李渔却回答道：“我冬天以水仙花为命，你们想夺我的命吗？我宁肯短一年之寿，也不可一年没有水仙！况且我冒雪而归，就是为了看南京的水仙。没有水仙，我急急忙忙赶回来干吗？”接着，他请求其中的一个姬妾，摘下头上的首饰，拿去典当。这个姬妾起初不同意，李渔不禁大发脾气，并保证一有钱就会为她赎回，她才十分不情愿地答应了。

---

①〔清〕李渔：《笠翁一家言文集》，《李渔全集》第一卷，第189页。

②〔清〕李渔：《笠翁诗集序》，《笠翁一家言诗词集》，《李渔全集》第二卷，第3页。

在去北京前，李渔给赵声伯写了一封信，信中语气凄凉：

> 日暮途穷，料无首丘之日。欲得数椽小屋，老于此邦。顾不欲近市，市太喧；不欲居乡，乡有暴客之警。非喧非寂间，幸叱尊伻，为羁人留意。①

这封信也透露了他北京之行的目的是筹款买房。李渔在信中请赵声伯帮忙，留意房屋的交易情况。从这封信中，我们知道李渔嫌南京闸太嘈杂，想搬到另一个地方去居住。他选择住宅的标准与他小说中描写的顾呆叟一模一样，“混迹廛市”也是明末以来大部分知识分子追求的生活环境。随着社会的发展，人们的生活空间越来越小，城市生活过于喧嚣，乡村生活又太寂寞，于是，他们就设法在“廛市”中营造一个优雅清静的艺术环境，把庭院、台阁、居室、水石、草木、蔬菜、门窗阶栏、书画古玩、坐几椅榻等等艺术化。因而，它虽处俗世，却隔绝了人世间的嚣尘浊土，从而达到了“心远地自偏”的生活境界，生活成本也不至太高。

康熙五年（1666）新春刚过，李渔重整行装，启程北上。他先乘船到达镇江，然后渡江到瓜州，沿途经过淮安、徐州、通县，最后直奔目的地京师。这是一个漫长的航程。但对李渔来说却并不寂寞，他带好了纸和笔砚，有时站在船上，欣赏沿途的美丽风光；有时则伏案写作或阅读。他还随身携带了大量的自己的著作和翼圣堂的精美出版物，还有一些江浙的土特产，作为馈赠京城友人的礼品。李渔唯一不习惯的是饮食，对李渔这个美食家来说，船上粗糙的饭菜使他难以下咽。

三月底，李渔终于抵达北京。阳春三月，南方早已是姹紫嫣红，但北京的春天却是姗姗来迟。初入都门，春色满眼，街道宽阔整齐，建筑宏伟壮丽。在城市的中心地带，有一片绵延十几里、由高大的红色宫墙围起来的建筑群，那就是紫禁城。金色的琉璃瓦在太阳的照耀下熠熠闪光。杭州、南京虽然也当过

① 〔清〕李渔：《柬赵声伯》，《笠翁一家言文集》，《李渔全集》第一卷，第200页。

首都，但随着政治中心的北移，它的气势已无法与北京相比了。李渔平生第一次到北京城，以前，他在小说中也曾描绘过京城，但那毕竟是想象中的，今日才真正触摸到了京城。不过，李渔此时的心情是复杂的，他既激动又酸楚。回想当年，他曾经立志金榜题名，立身扬名。如果不是那场巨变，也许他已经梦想成真，已经在宫殿中手奉玉笏，舞蹈扬尘，山呼万岁了。

李渔在《帝台春·本题》词中写道：

> 帝台春色，今朝始识得。禁柳苑花，妙在容观，可离难即。马首无人杀风景，似显者频呼得得。顺风来，天上箫韶，恩波洋溢。　　朝臣入，衣冠湿，官僚出，星辰没。求富贵须忙，为贪慵，脱不下雨蓑烟笠。随路折腰非索米，带便看花由乞食。喜东郭贤豪，不吝杯中滴。①

在词中，李渔描写了朝臣们刻板而又忙碌的生活，与慵懒而又自由的隐士生活进行对比。为索米而折腰还是由乞食而看花？这已经是个无法做的选择题。他现在只希望“东郭贤豪”慷慨解囊，自己能满载而归！

李渔抓紧时间拜访了京城的许多高官，其中有开国元老、太傅兼太子太师范文程之子、内秘书院学士范承谟，秘书院大学士魏贞庵，礼部尚书龚鼎孳，御史李宗孔，内秘书院侍读学士陈学山等一大批名公巨卿。李渔与有些人素不相识，或是通过荐书或是以组稿的名义请求接见。这些朝臣或多或少地知道一些李渔的情况，为了博得重才好士的名声，也乐意见见这位妇孺皆知的名作家。李渔为了博得这些衮衮诸公的好感，使出了浑身解数。他绞尽脑汁把在民间听来的笑料或原封不动或添油加醋地讲出来，引得他们开怀大笑。他与他们谈戏剧、谈小说、谈园林建筑、谈养生美容。他与他们吟诗作赋，诗酒唱和，写下了不少歌功颂德的无聊之作。这些平时只知道山呼万岁的大僚们对这个来自南方的无所不知的怪才感到惊叹不已，甚至不可思议。他们觉得这是生活中一个难得的乐子，尤其是家庭宴会，李渔的幽默谈吐马上会使满座生风。

---

①〔清〕李渔：《笠翁一家言诗词集》，《李渔全集》第二卷，第480页。

不过，有时也有尴尬的场面，如拜谒大学士魏贞庵就是一例。魏贞庵名裔介，字石生，号贞庵，清直隶柏乡（今属河北）人。顺治三年（1646）进士，累官至左都御史、吏部尚书、秘书院大学士、保和殿大学士兼礼部尚书太子太保。康熙十年（1671）致仕家居，死谥文毅。他以理学著名，也工诗文，有《兼济堂文集》《鉴语》《经世编》《樗林三笔》《雅说》《集屿舫诗集》《四书大全纂要》等多种著作行世。他接见李渔时，话题谈到了元人王实甫的杂剧《西厢记》。作为理学名臣的魏贞庵，猛烈抨击《西厢记》诲淫，坏人心术，接着取出崔莺莺和郑恒的合葬墓志铭，指责王实甫违背了历史真实，要求李渔写一部反"王西厢"的剧本，纠正这一错误，抵消"王西厢"的"恶劣"影响。结果被李渔婉言谢绝了。对学术界闹得沸沸扬扬的所谓崔莺莺和郑恒的合葬墓志铭，李渔并不是不知道，但他认为，即使这是真的，也与艺术创作是两码事。文学中的崔莺莺、郑恒已不是历史上的崔莺莺、郑恒。他曾在传奇《意中缘》的定场诗中写道："试考《会真》本记，崔张未偶当年。《西厢》也属意中缘，死后别开生面。"但是，李渔不敢公开得罪魏大学士，于是，他首先对大学士的渊博学识表示钦佩，然后委婉地说，由于《西厢记》的影响太大，而自己又才疏学浅，不能担当这一重任。其实，在小说戏剧中大力歌颂青年男女争取婚姻自由的李渔是完全不同意魏大学士的观点的。李渔的拒绝使魏贞庵有些不快，好在陪同李渔前来魏府的龚鼎孳及时打圆场，才没有发生冲突。这是李渔坚持一个艺术家的良知，不屈服于权势的出色表现。

李渔在京城结交的两个好朋友是龚鼎孳和陈学山，两人后来对李渔帮助很大。龚鼎孳字芝麓、孝升，合肥人。崇祯七年（1634）进士，出任湖北蕲春县令，崇祯十二年任兵部给事中，赴京途中结识南京名妓顾媚，携其进京，后娶为妻。鼎革后，官至刑部、兵部、礼部尚书。龚鼎孳与钱谦益、吴伟业并称"江左三大家"，著有《定山堂集》《三十二芙蓉词》《安龙逸史》等。龚鼎孳与张缙彦、钱谦益的经历颇为相似，"闯来则降闯，满来则降满"，时人称其"贰臣"。但他重交游，为人慷慨，负士林重望，曾对许多在苦难中挣扎的遗民施以援手。因而，与张缙彦、钱谦益一样，他看重李渔的才学，也理解他的所为，两人一见如故，李渔之所以能成为这些天子重臣的座上客，大都是由于龚鼎孳的大力推荐。陈学山乃浙江海宁人，其父陈定庵为明崇祯九年举人，居住在杭州梅家里，与李渔交往甚密，因此李渔得以与陈学山相识。

由于频繁地参加京城高官的宴会，李渔的口腹之欲也得到了大大的满足。不过，使他最难忘的不是山珍海味，而是一些在南方无法享受到的水果。如真定的梨、燕京的葡萄，他还专门为燕京的葡萄写了篇赋，极尽赞美之能事。他认为在北方水果中，葡萄应该排名第一。唯一使李渔感到不舒服的是北京的天气，空气中弥漫着从塞外吹来的沙尘，散落在行人的头发、衣袖、领子里。北方人对此已经习以为常了，李渔却很不习惯，天天要洗澡，但京城却很难找到像南方那样合乎标准的浴室，李渔好不容易从浙江籍的官员倪涵谷家里借到一只大澡盆，才痛痛快快洗了一个澡。

李渔还顺便游览了京都的名胜古迹。他去了著名的报国寺，报国寺的古松参天入云，引起了他的注意，“愿鼓康衢腹，时来坐好阴”，李渔借以表达了希望天下太平的美好愿望。报国寺内盛开的海棠，尤其使他恋恋不舍，李渔赋《都门报国寺海棠》诗一首：

海棠随地有，难好是幽燕。
饱雪花逾盛，经风态转妍。
种来原得地，开处又逢天。
莫怪阗车马，三春少并肩。①

作者说，海棠到处都有，难得的是在北方竟也开得如此绰约多姿，经历了漫天的风雪后，海棠愈加茂盛。相传最初并没有秋海棠这种花，因为一个女子怀念远游不归的情人，涕泗洒地，遂生此花，名为“断肠花”。李渔酷爱此花，自称秋天以秋海棠为命。

在京师作了短暂停留之后，康熙五年（1666）的夏天，李渔应陕西巡抚贾汉复、甘肃巡抚刘斗、提督张勇之邀，又转道西进。

---

①〔清〕李渔：《笠翁一家言诗词集》，《李渔全集》第二卷，第128页。

一出京城，山西广袤的黄土高原就突兀地显现在眼前，途中所常见的只有一排排窑洞，看不到江南的小桥流水和青砖瓦房。当地官员用闻名天下的汾酒来招待这位远道而来的著名作家，李渔不胜酒力，几杯下肚，就兴奋起来。他开始大肆赞美燕赵歌女的聪明美丽。李渔的好色大家早有风闻，于是途经山西平阳时，由平阳知府程质夫出资，购买了一个十三岁的女孩相赠——而据李渔自己的解释是，随他同来的一个姬女不耐旅途寂寞，坚持要找一个同伴。这个女孩姓乔，山西人，李渔初时称她为“晋姊”。乔女聪明伶俐，尤其在音乐方面颇具天赋。有次，平阳伶工以演李渔的《凰求凤》的方式欢迎李渔的到来，而此时《凰求凤》才脱稿数月，竟然就传到了相隔三千里外的平阳，李渔惊叹不已。乔姬隔帘窃听，她虽是北方人，出身贫贱，以前从未接触过南方的昆曲，但悟性不凡，方听一遍，即能哼讴。第二天，李渔问她是否看懂了，她竟然将剧情津津有味地从头到尾叙述了一遍。而且当看见周围没人时，竟模仿起剧中人物唱起来，李渔惊喜莫名。乔姬又对他说：“唱歌并不是什么难事，只是苦于没有师傅教导；若有人教习，那个演员唱的，又算得了什么！”李渔认为，一个来自北方而又没有文化的女孩子，要学唱用苏州官话演唱的昆曲，是非常困难的事。于是他回答说：“很难啊！没学唱曲之前，先要纠正语言。你方言土音不改，怎么能唱曲？”但乔姬却坚信，她只需半个月的时间，就可以学会吴侬软语，改掉山西土音。于是乔姬立即开始向李渔从南方带来的姬妾学说吴语，半月之后，果然乡音尽改，俨然一土生土长的苏州人，大大出乎李渔的意料。李渔离开平阳，途经西安时，又遇到一个七十余岁的苏州老演员，他原是明末肃王府的供奉，明亡后流落至北方。李渔当即聘请他教授乔姬昆曲。刚教一曲《一江风》，乔姬才学了三遍就完全掌握了，使这个记不清楚教过多少弟子的老教习也禁不住目瞪口呆，他对李渔说：“这个女孩子不是凡人，是天上的仙女。……像这样，完全是靠她的天赋，而不是我教习的结果。”[①]

在老教习的悉心教导下，数旬之后，乔女竟青出于蓝，成了一名优秀的

① 〔清〕李渔：《乔复生、王再来二姬合传》，《笠翁一家言文集》，《李渔全集》第一卷，第96—97页。

歌手。

李渔到西安时，陕西巡抚贾汉复刚从京城回来不久。贾汉复字胶侯，号静庵，明崇祯年间曾任淮安副将，入清后仕至右副都御史、兵部尚书兼陕西巡抚。李渔曾为他在京城的府邸设计半亩园，以此两人相识。李渔到西安后，他盛情款待，奉为上宾，“馆诸别宫”。贾汉复是西北地区的最高行政长官，他的部属见顶头上司对李渔如此客气，也纷纷邀请李渔到府衙做客。李渔在巡抚衙门盘桓了足足四月之久，三日一小宴，五日一大宴，吃遍了山珍海味，也穿遍了名贵的衣裳。西安之行给李渔留下了很深的印象，他自称在巡抚衙门“食五侯之鲭而衣千狐之腋者，凡四阅月”[①]。

在陕西咸宁，李渔请县丞郭传芳为他的新作《慎鸾交》作序。郭传芳是一个狂热的李渔崇拜者，他几乎收集了所有已出版的李渔作品。咸宁是一个比较偏僻的边陲小镇，郭传芳做梦也想不到自己崇拜的这位作家有一天会莅临这座小镇；而李渔也想不到在这个遥远的小镇上竟有人设法收集了他所有著作，而且对他的作品非常熟悉，如数家珍。两人的会面，对郭传芳来说是激动，对李渔来说则是感动。李渔的剧作一般都是聘请有名望的人写序，这次李渔决定打破惯例，邀请这位无名之辈为自己刚脱稿的剧本做序。郭传芳在序中详细叙述了事情的经过：“予家寓于燕，十年来，京都人士大噪前后八种，予购而读之，心神飞越，恨不疾觏其人。岁丁未，予丞于咸宁，笠翁适入关。名士对小吏，其声价相悬，岂止铢镒。然笠翁自耻作吏，而不耻人作小吏。且数数移趾为玉屑谈，尽示生平著述。予阅《资治新书》之首卷，遂拍案狂叫曰：‘笠翁当今良吏也，抱实际而躬虚务，无心当世也明矣。’……遂出《慎鸾交》剧本，属予评。以斯剧也，介乎风流、道学之间，予为人颇近之，故取以相质。予快读数过，不觉掀髯起舞，乃知前后八种，犹为笠翁传奇之貌，而今始见其心也。”[②]从序中可知，郭传芳对李渔的为人及其剧作特点还是概括精准的。

康熙六年（1667）年底，李渔从西安出发，次年仲春抵达兰州，甘肃巡抚

① 〔清〕李渔：《寄谢贾胶侯大中丞》，《笠翁一家言文集》，《李渔全集》第一卷，第169页。

② 〔清〕郭传芳：《慎鸾交·序》，《笠翁传奇十种下》，《李渔全集》第五卷，第419—420页。

刘斗等大小官员正在期待着这位文化名人的到来。他们显然知道用什么来取悦这位好色的作家，在李渔到来之前，他们已买好了一个女孩子，作为送给李渔的见面礼物。这个女孩子姓王，兰州人，比“晋姊”小一岁，李渔称她为“兰姊”。兰姊也能歌善舞，具有演员的天赋。李渔命她师事乔姬，不久学成。这样，李渔梦寐以求的家庭剧团终于初具雏形。乔姬温柔秀美，适于扮演旦角；王姬俊俏刚烈，适于扮演小生。每当登场演出时，乔姬扮演女主角，姿态婉约；王姬扮男主角，丰致翛然，俨然一美少年①，再配以其他诸姬，一个家班女戏就初步建立起来了。

受甘肃总兵张勇的邀请，同年五月，李渔又从兰州启程赴河西，途经凉州（今武威市）抵甘州，那是张勇的驻地。张勇字飞熊，明崇祯间为副将，清顺治年间降清，授游击。后累官至甘肃总兵、云南提督、靖逆将军少傅兼太子太师，死谥襄壮。他身经百战，遍体疮痍，虽为赳赳武夫，但慷慨好客，钮琇《觚剩》卷六《秦觚》中描写道：

> 靖逆驻军甘州，客有往谒者，所次旅舍，必细询姓名，注簿送驿，每日飞骑入报。比至州城，候吏前迎曰：“某非从某地来者乎？”随导入馆舍，饮馔供帐，莫不腆备。客入见，多在宅内书堂，丽僮八人，肩舆载靖逆而出，辞以足疾不拜，捧手延坐，寡于词对，然宴币稠叠，虽疏交必饫意而返。

张勇早知李渔文名，对他颇为敬重，不肯让他行揖让之礼。他请李渔为他的后花园设计假山。甘泉地处边陲，缺水少草，有的只是漫漫黄沙和一川大如斗的碎石，但经过李渔的妙手设计，一座玲珑剔透、酷似江南园林的假山嶷然矗立于戈壁沙漠之上，张将军特别满意。其间，由于不服水土，李渔病倒了，张勇多次探视，嘘寒问暖。

---

①〔清〕李渔：《后断肠诗十首》其二《序》，《笠翁一家言诗词集》，《李渔全集》第二卷，第217页。

李渔还趁机去过甘州南部祁连山区少数民族聚居区，河西之行，使他有机会领略到了边塞的奇异风光，并写下不少边塞诗。由于缺少雨水，这里绿色植被很少，到处是干涸的河床和一望无际的沙漠，终年扬沙漫天，天寒地冻。李渔到甘州时，正值五月，但天空中经常飘着雪花，人们依然穿着严严实实的冬服，“四时不改三冬服，五月常飞六出花”，并不时地传来凄婉的胡笳声，给人以肃杀的感觉。这里的妇女辫发垂地，有钱的以珠玉为首饰，贫穷的则以海螺、珠壳代替，人们住在以牛皮和马革做成的帐篷里，“海错满头番女饰，兽皮作屋野人家”。少数民族有着“煎茶款客烧牛粪”“壶捧鼻烟双手递”的“天然浑厚古风流”。总之，西北边塞恶劣的气候环境与四季分明的南方形成了鲜明的对比，后来李渔在《闲情偶寄》中，曾回忆起大西北给他的印象：“及抵边陲，始知地狱即在人间，罗刹原非异物，而今而后，方知人之异于禽兽者几希，而近地之民去绝塞之民者，反有霄壤幽明之大异也。不入其地，不睹其情，乌知生于东南，游于都会，衣轻席暖，饭稻羹鱼之足乐哉！”[①]但大西北人的热情、豪放、纯朴也给李渔留下很深的印象，他在《凉州》诗中说“似此才称汗漫游”，李渔后来希望重访西北，但因种种原因未能如愿。王左车对李渔在大西北所作的诗文给予了很高的评价：“绝似髯公，海外奇文。”[②]

东道主馈赠不少，李渔一路收入颇丰。在写于康熙六年丁未（1667）的《秦游家报》中，他又写道：

此番游子橐，差胜月明舟。
不足营三窟，唯堪置一丘。
心随流水急，目被好山留。
肯负黄花约，归时定及秋。[③]

这里所谓的“丘”，当然是指后来的芥子园。可见李渔西北游收获丰厚，足以用

① 〔清〕李渔：《闲情偶寄·颐养部》，《李渔全集》第三卷，第316页。
② 〔清〕王左车：《笠翁一家言诗词集》眉批，《李渔全集》第二卷，第183页。
③ 〔清〕李渔：《笠翁一家言诗词集》，《李渔全集》第二卷，第111页。

来建造一座园林。李渔在写给南京家人的信中说“地主情殷，不忍遽而言别”，又说“目被好山留”（《秦游家报》），说自己也很急着回家，但主人殷勤挽留，又被好山好水羁住行役，所以不能立即返回。但他向家人保证，秋天一定回到南京。但实际上，他又一次食言了，他从潼关向南，再从河南郑州、开封回南京，一路游山玩水，兴致盎然。

在经过陕西华阴时，他兴致勃勃地登上了西岳华山。华山为“五岳”之一，以山势险峻驰名海内，历来留下了不少文人墨客的游踪。李渔也是神往已久，在乔、王等姬面前，他仿佛忘记了自己已是五十七岁高龄的老人，第一个爬上了以险峻闻名的“千尺幢”。据说，唐代大文豪韩愈爬上华山这个绝顶后，因为无法下来而大哭，投书与家人诀别。李渔叫诸姬登到青柯砰就停下来，但她们不肯，定要再往上爬，李渔往前走一步，她们在后跟一步。李渔喝住她们，要她们回去。但她们仍然不肯停下脚步。李渔只得听从她们跟随自己一起爬。乔、王等四姬走得袜子破了，鞋子穿了，脚上磨起了血泡，但她们毫无惧色，仍然谈笑自若。她们撕开衣裙，包裹伤脚，继续前行。行至一溪壑边，地势稍平，于是大家铺毡而饮，四姬引吭高歌。李渔则登上绝顶，俯瞰群山，浩气盈怀，不禁诗兴大发，写下了《登华岳四首》，其四云：

> 时家姬四人随游，颇娴竹肉，予令至青柯砰而止。诸姬目痒不肯息，视予所在，尾而从之。……至溪壑稍平处，铺毡坐饮，使之度曲。昔韩昌黎痛哭不得下，投书与家人永诀处，即予挟诸婢子高歌处也。及今三秦好事者，犹传为话柄云。
>
> 怪杀登山勇，谁堪奈尔何。
> 前贤犹痛哭，我辈却高歌。
> 鸟过停飞翼，樵听罢斧柯。
> 主人游兴癖，从者尽成魔。[①]

① 〔清〕李渔：《笠翁一家言诗词集》，《李渔全集》第二卷，第104—105页。

作者在对华山的描写中，提到了李白、陈抟、韩愈与华山之间的故事和传说，以突出华山的险峻壮美和道教文化，而又显出自己的豪情。吴修蟾评此诗云：“千古游记中未有之奇，为华岳另辟一洞天矣。”郭九芝则谓李渔携众姬在华山顶上引吭高歌为“自有华岳以来第一韵事。有昌黎之痛哭，不可无笠翁之高歌，二事并传，为后来作诗者增一佳偶”。昌黎之哭与李渔之歌形成了鲜明的对比，突出了诗人生死两忘、奔放洒脱的情怀。李渔率领红裙登上华山绝顶，引吭高歌，后来在当地传为佳话。

华山向东，潼关在望。潼关是历史上著名的军事要塞，“峰峦如聚，波涛如怒，山河表里潼关路”，山高水险，华山和黄河互为表里，历来为兵家必争之地，留下了无数的白骨怨魂。李渔游潼关时，正值大雨滂沱，他只逗留了半天，意犹未尽，只得赋《潼关阻雨》作别：

陆行何异在舟中，行止难凭计亦穷。
莫德青山徒怨水，车轮也阻石尤风。[①]

李渔本想尽快赶回南京过年，无奈天气不好，冰天雪地，才到徐州，就被大雪阻住，只得在彭城守岁。当地友人得知李渔来到，殷勤招待。李渔趁机又认识了一些新朋友。他在七律《舟次彭城，冰雪交阻。纪子湘司马、李申玉广文相留度岁》诗中云：“慷慨最难书卷借，咏歌亦似友朋亲。”[②]纪子湘是管理运河的官员，李渔曾为他整理出版过一本司法案例汇编《求生录》。张胆兄弟是李渔新结识的朋友，张胆三弟张志羽之子张竹坡时年方九岁，后来成为《金瓶梅》的著名评点者。《张氏族谱·传述》引胡诠《司城张公传》云：“湖上笠翁偶过彭门，寓公庑下，留连不忍去者将匝岁。”而道光《铜山县志》卷十五则云：“湖上笠翁、同里吕春履、维扬孙直绳、曾巩、徐硕、林梅之数子，常与（志羽）游览于山水间。”徐州是军事重镇，留下了不少战争

① 〔清〕李渔：《笠翁一家言诗词集》，《李渔全集》第二卷，第329页。
② 〔清〕李渔：《笠翁一家言诗词集》，《李渔全集》第二卷，第171页。

故事，还有云龙山的东坡放鹤亭等，这些都使李渔流连忘返。在徐州，李渔还首次让乔、王等四姬举行了公开演出，那是在当地一位官员夫人的生日宴会上，乔、王的精彩演出征服了所有在场的观众。公开首演的成功使李渔信心大增。

经过了整整两年的漫游之后，李渔终于在康熙七年（1668）春暖花开的时节回到了南京。此行的收获大大出乎李渔的意料，不但囊中充盈，还带回了两个美丽的新娘。一回到南京，李渔就为她们举行了一场隆重的婚礼，出席婚礼的客人无不对乔、王两姬的美貌赞不绝口，对李渔投去羡慕的目光。李渔对于与徐氏的婚姻一直不很满意，他在小说戏剧中虚构了很多才子佳人故事，今天，他自己也终于梦想成真了。只可惜这桩婚姻来得太迟，他已经整整五十八岁了。因而，人们认为这桩婚姻是滑稽的，对李渔的艳福也就不免妒嫉，就像人们对待钱谦益和柳如是的婚姻一样。

李渔在旅途中还完成了传奇《慎鸾交》和长篇小说《肉蒲团》，其中《肉蒲团》由于含有大量的色情描写而在出版时没有署上真名[①]。《资治新书》二集也在途中辑成。回南京后，李渔请周亮工为之作序。周亮工当时任管理江南、江安等处的督粮道。

赵声伯果然不负所托，给李渔在南京城南小西湖附近寻找到了一块好地皮。然而，李渔一回家，债主就纷纷上门讨债，因此秦游归来的可观收入“仅偿积逋，一散无遗”。李渔空喜一场，营建园林的梦想落空了。他在《秦游颇壮，归后仅偿积逋，一散无遗，感而赋此》诗中写道：

---

① 《肉蒲团》一名《觉后禅》,清康熙时刘廷玑《在园杂志》卷一最早提到《肉蒲团》的作者是李渔，其后丘炜萲《菽园赘谈》、孙楷第《中国通俗小说书目》、赵秀亭《纳川丛话》都同意此说，沈新林、崔子恩、黄强以及国外学者马汉茂、韩南等，进一步论定了这一结论。刘廷玑生于顺治十一年（1654），大致与李渔是同时代人，又曾任浙江括州（今丽水）知府、浙江观察副使，他对李渔应该很熟悉。而且，刘廷玑引述的李渔其他著作都完全正确，评论李渔的小说戏曲“造意创词，皆极尖新”也非常准确。刘廷玑是个严肃的学者，《在园杂志》中涉及当时不少小说戏曲作品，都没有错误，说明他熟稔通俗文学，故本书定为李渔作。参见黄强：《〈肉蒲团〉作者与序年再考辨》（《江南大学学报》2019年第1期）、张成全：《〈肉蒲团〉为李渔所作考》（《明清小说研究》2008年第4期）。

入门诸事逼，万有尽归无。
费尽终年力，难偿积岁逋。
买山更何日，托钵又穷途。
赢得归来夜，花间酒一壶。①

因此，李渔不得不又穷途“托钵”，寻找新财主，重辟财源了。

芥子园主

尽管秦游所得大部分用来还了旧债，但还略有盈余，于是李渔决定借些新债，开始建造芥子园。李渔一生痴迷于造园，失去伊山别业之后，他虽然时时技痒，但拮据的生活使他无法一展拳脚。于是，他便在自己的小说中营造空中楼阁。他把自己的小说集命名为“十二楼”，并运用建筑设计方面的才华来经营小说。他大大地抒发了一番建楼题匾的雅兴，所谓“合影”“三与”“夏宜”等楼名，都为每篇小说立定主脑、敲妥主题，又不讲求排偶，如中国园林一样错落有致，一楼有一楼的风光，一处有一处的境界。有的楼名已成为小说中的象征性角色，如“合影楼”。②

芥子园原为一个朱姓官员所有，但朱家主人一直带着家眷在外做官，这里的房子长期空置着，大门上的铁锁已锈迹斑斑。因此，赵声伯几乎没有费多少口舌就说服朱家把这幢别墅连同花园一起卖给了李渔。这是一个半城半乡的地方，是李渔理想中的家园。它处在南京南郊，周处读书台畔，李渔把它命名为“芥子园”，开始鸠工重新建造。他在《寄纪伯紫诗序》中云：“伯紫旧居，去予芥子园不数武，俱在孝侯台侧。孝侯，即周处；台，其读书处也。”③他曾自题一联于芥子园大门：

① 〔清〕李渔：《笠翁一家言诗词集》，《李渔全集》第二卷，第111页。
② 杨义：《中国古典小说史论》，中国社会科学出版社2004年版，第513页。
③ 〔清〕李渔：《笠翁一家言诗词集》，《李渔全集》第二卷，第189页。

孙楚楼边觞月地

孝侯台畔读书人

并在小序中云："孙楚酒楼，为白门古迹，家太白觞月于此。周处读书台旧址与余居址相邻。"[①]据胡祥翰《南京胜迹志》卷五记载：孙楚酒楼在白鹭洲，唐代诗仙李白曾饮酒于此，并写下了"朝沽南京酒，歌吹孙楚楼"的诗句。由此可见，芥子园与李渔的旧居南京闸毗邻，在周处台畔。南京闸现在犹沿用其名，在石坝街与乌衣巷之间的秦淮河上。周处台又称"孝侯台"，有人说在南门饮虹桥东；有人说在"城东南角石观音庵内，古光宅寺即此地。殿后山石如掌，云光法师曾于此讲经"。一名蟒蛇仓，传说梁武帝的皇后郗氏死后在这里变成了蟒蛇。据《江宁文史小志》记载，芥子园旧址，在周处台旧址西边，今老虎头43号之三，属南京市秦淮区饮虹园街道小心桥东街居委会管辖，在如今的南京市遵义塑料厂内。老虎头指白鹭洲东南一座形似老虎的山头，"老虎头"之名至今依然使用。

孙楚酒楼和周处读书台都是六朝古迹。孙楚，字子荆，晋中都人。他才藻卓绝，但少乡曲之誉。当时实行九品中正选官制度，乡曲的推荐至关重要，所以孙子楚四十岁之前基本上过着隐居的生活。后参石苞军事，因事忤石苞而落职，元康初卒。[②]周处，字子隐，西晋阳羡人。少年不修细行，横霸乡里，为乡人所忌恨，与南山白额虎、长桥下的蛟龙一起被称为"三害"。后来幡然悔悟，折节自励，为民除害，射死老虎，斩杀毒蛟，并卜居于白鹭洲畔今老虎头山上，潜心读书。因"励志好学，有文思"而终致"履德清方，才量高出，历守四郡，安人立政。入司百僚，贞节不挠，在戎致身，见危授命"[③]。李渔的传记《秦淮健儿传》可能就是受到了周处故事的启发而创作的，它写秦淮健儿恃有勇力，横行乡里，盗人财物，与人斗殴，被乡市中恶少推为盟主。一日，他在酒店中对众人说：谁能战败我，我身上所带的三十金便归谁。一后生待健儿饮毕上路，

① 〔清〕李渔：《笠翁一家言文集》，《李渔全集》第一卷，第241页。

② 《晋书》卷五六《孙楚传》，上海古籍出版社、上海书店《二十五史》本，第179页。

③ 《晋书》卷五八《周处传》，上海古籍出版社、上海书店《二十五史》本，第182页。

便追上去，假装与他同行，途中镇伏健儿，斩其马，并命他交出三十金。健儿半世英雄，竟败于乳臭之手，无颜回乡，便至一村墅结庐隐居，卖酒为生。一年后，酒店中来了几位弱冠少年，其中有一位便是当年夺其金者。他将三十金还给健儿，并另取三十金为利息，对健儿说，当时是听了健儿大言欺世，才途中夺金。自此，健儿从不与人角力。作者通过细节刻画人物，栩栩如生，如写健儿盗牛：

> 民家有犊，丙夜往盗之，牵出，必剧呼曰："君家牛我骑去矣！"呼竟，倒骑牛背，以斧砍牛臀，牛畏痛，迅奔若风，追之莫及。次日，亡牛者适市物色之，健儿曰："昨过君家取牛者我也。告而后取，道也，奚其盗？"索之，则牛已脯矣，无可凭。[①]

作者通过这一情节，表现了健儿无赖而又豪爽的性格。又如通过引弓射鹜、以手弯刀、斩马慑服健儿以及后来送还三十金等细节，刻画出了后生的豪侠性格。

另外，李白也曾在此对月饮酒，而李渔常以李白后裔自居，称李渔为"我家太白"。他在诗中曾写道："吾宗自昔多寒生，太白长吉家平平。"[②]"盛世参军输俊逸，寒家太白让风流。"[③]他作诗力学太白，当时有人独具只眼，发现了李渔这一特点。倪闇公评李渔五言古诗《赠郭去疑》云："豪迈绝似太白。"[④]钱牧斋评李渔七言古诗《张敬止使君相马图歌》云："纵横排宕，是谪仙家法。"[⑤]因此，李渔选择此地，一方面反映了作者见贤思齐、以隐士自居的心态以及对李白的怀念；另一方面，更因为此地有丰厚的文化底蕴，芥子

---

①〔清〕李渔：《笠翁一家言文集》，《李渔全集》第一卷，第88页。

②〔清〕李渔：《次韵和家仁熟送予之荆南》，《笠翁一家言诗词集》，《李渔全集》第二卷，第49页。

③〔清〕李渔：《严存庵太史以诗刻见贻，赋赠》，《笠翁一家言诗词集》，《李渔全集》第二卷，第233页。

④〔清〕李渔：《笠翁一家言诗词集》，《李渔全集》第二卷，第9页。

⑤〔清〕李渔：《笠翁一家言诗词集》，《李渔全集》第二卷，第71页。

园很容易借此而传。

康熙八年己酉（1669）初夏，芥子园经过惨淡经营，终于正式落成。《闲情偶寄》卷四《居室部·联匾第四·碑文额》附有一块芥子园碑文额图，上题“己酉初夏，为笠翁道兄书，龚鼎孳”。这是芥子园竣工的最确切证据。此时，李渔已迁居南京有七八年之久了。之后，李渔即自称为“芥子园主人”。由李渔的游历活动，我们大致可以得知，芥子园的建成是在他秦游之后，粤游之中，楚游之前，是“打抽丰”得到一笔资金后才了却的多年夙愿。

对芥子园之名的由来及其特色，李渔在《芥子园杂联序》中作了详细的解说：“此予南京别业也，地止一丘，故名‘芥子’，状其微也。往来诸公，见其稍具丘壑，谓取‘芥子纳须弥’之义，其然岂其然乎？”[①]可见芥子园很小，状似芥子。“须弥”乃佛语，是佛家传说中的宝山。芥子纳须弥，意为此园虽小，但纳宝山于其中，诸景毕集，众美齐备，目不暇接。李渔的朋友何采为芥子园题了一块“一房山”的册页匾，上书“看待诗人无别物，半潭秋水一房山。唐句也。芥子园恰是此景，因书以赠笠翁道兄”[②]。由此可见，芥子园中有山有水。他曾自题一联于大门：

因有卓锥地

遂营兜率天[③]

“卓锥地”是形容地之小；兜率宫，佛经说是佛祖所居之地，道藏则说是太上老君所居之地，“兜率”，亦作“兜率陀”，汉译为知足喜足，谓受乐知足而生喜足之心。就是说，李渔在自己的小天地中寻找自己的快乐。

芥子园虽小，但设计精巧。屋室、山水、树木、花草等，各得其所，井然有序。走到大门口，只见大门上贴着一副李渔书写的对联：

---

① 〔清〕李渔：《笠翁一家言文集》，《李渔全集》第一卷，第241页。

② 《闲情偶寄》卷四附图，《李渔全集》第三卷，第192页。

③ 〔清〕李渔：《笠翁一家言文集》，《李渔全集》第一卷，第242页。

到门惟有竹

入室似无兰[①]

今天走入园中，首先迎接客人的是一尊笠翁雕像——他手执纶竿，安详地端坐于石矶之上，临水垂钓，形神毕肖。在很大程度上，可以说这尊石像是芥子园的点睛之笔——它既表明了李渔的生活态度，也告诉了你造园的目的。这尊石像被一片青翠茂密的竹林所包围，一股幽香飘浮在空气中，扑鼻而来。兰、竹象征了主人孤傲不俗的气节。在蔬菜中，李渔最推崇的就是竹笋，尤其是山竹笋。这一片竹林既增添了芥子园的风韵，又能满足李渔的这一嗜好，兰、竹也是主人品格的象征。王伯沆在评点《红楼梦》第十七回曾指出：蘅芜院中密密的从石缝中长出的竹笋酷似李渔的芥子园之景。可见，芥子园中一定有很多石笋。[②]

走进小楼，进入一间大客厅，便看见客厅的门柱上，贴着李渔的好友包璇书写的一副焦叶联匾额："般般制作皆奇，岂止文章惊海内；处处逢迎不绝，非徒车马驻江干。"[③]这副对联高度而又准确地概括了芥子园的设计特点，那就是"奇"和"巧"。"奇"和"巧"是李渔美学思想的核心，其为人为文皆是如此。客厅的四壁尽绘云烟花树图。李渔在所画的松枝之上，打上一个小小的壁孔，将一根铜管插入其中，铜管上站着鹦鹉，真鸟与图画，互相映发，浑然一体，真假难辨。又取一段拳曲似龙的树枝，截取一段，枝节密的地方保持原样，疏的地方用铁丝网住，不使太疏，也不使太密，以不使鸟飞脱为佳。里面养着一只画眉。朋友一进客厅，仰观壁画，忽见枝头鸟动，叶底翎张，无不色变神飞，诧为仙笔；正在惊疑未定之际，小鸟载飞载鸣，似欲翱翔而下。此声方歇，彼鸣又起，翠羽初收，丹晴复转。仔细一看，才发现其中奥秘。

李渔采用开窗借景之法，妙手点染，千态百妍。园中除了月榭、歌台等是人工雕琢之外，栖云谷、来山阁、浮白轩诸景点，皆是运用借景之法而精心构

---

① 〔清〕李渔：《笠翁一家言文集》，《李渔全集》第一卷，第242页。

② 王伯沆：《王伯沆〈红楼梦〉批语汇录》，江苏古籍出版社1985年版。

③ 《闲情偶寄》卷四附图，《李渔全集》第三卷，第189页。

置的。自然与人工和谐地结合在一起，如浮白轩依山而设，“后有小山一座，高不逾丈，宽止及寻，而其中则有丹崖碧水，茂林修竹，鸣禽响瀑，茅屋板桥，凡山居所有之物，无一不备”。芥子园中各景点，由于搭配得宜，充满生机，富于诗情画意，一花一草，无不有情；一石一木，皆有诗意。

屋内，从墙壁到门窗、对联、匾额、几案、椅机等，无不自出机杼，花样繁多，色色俱新。如窗户，就有湖舫式、花卉式、虫鸟式、山水图式、尺幅式、无心画式、外推板装花式等十几种之多。这些新鲜别致的窗户，无不突出一个“巧”字。尤其是李渔最得意的梅窗，他自称“生平制作之佳，当以此为第一”。梅窗的制作，是用枯死的、稍直点的老梅干，顺着它原来的样子，不加斧凿，钉在窗子的上下两旁，作为窗子的外廓。然后再拿来一枝一面盘曲、一面稍平的梅枝，分作梅树两株，一株让它从上生而倒垂，另一株让它从下生而仰接。其中稍平的一面用刀斧稍稍去掉一些皮节，以便糊纸；而盘曲的一面，则全部保留原样。这样，窗棂就由梅枝构成了。不过，仅有梅枝还不够，还得让它开花。于是，李渔买来一些红色绢绸，剪裁成一片片花瓣，再扎起来，中间插入几根铁丝为轴，并缠上用红丝做成的花蕊，然后再把这些花朵粘在梅枝上。于是，远远望去，窗栏上就像有一株肆意开放的梅花，屋内屋外永远生机盎然。

芥子园就像一钵精致的盆景。李渔嗜花如命，园内自然是四季如春，万紫千红，蜂飞蝶舞，花气袭人。周围以月月红为篱笆，高大的芭蕉树使台榭轩窗尽染碧色，人坐其下，如入画中。此外，还有五彩缤纷的蔷薇，千娇百媚的桃花，亭亭玉立的紫荆，风情万种的牡丹，热烈奔放的石榴。李渔说：“芥子园之地不及三亩，而屋居其一，石居其一，乃榴之大者复有四五株。是点缀吾居，使不落寞者榴也。盘踞吾地，使不得尽栽他卉者亦榴也。”①李渔喜欢的花草树木太多了，牡丹、梅花、桃树、李树、杏花、梨花、海棠、玉兰、山茶、紫薇、杜鹃、合欢、冬青、柳树、松柏、竹子等，他都想种上，但园子太小，无隙可栽，有些只能放弃。有些实在不肯割爱的，他就想其他的办法，如其素喜“具松柏之骨，挟桃李之姿”的山茶，颜色浅的，如粉如脂，如美人之面，如酒客

---

①〔清〕李渔：《闲情偶寄・种植部》，《李渔全集》第三卷，第271—272页。

之脸；深的，如朱如火，如猩猩之血，如鹤顶之朱，李渔就将它植于盆中。

李渔又在书室中自题一联云：

雨观瀑布晴观月
朝听鸣禽夜听歌[①]

每逢雨天，大雨从山崖上倾泻而下，犹如一幅巨大的雨帘遥挂窗前；每遇晴日，风和日丽，晚上月华如练，山籁如歌。早上鸟声悦耳，扰人清梦；傍晚，秦淮河上的歌声，随着阵阵微风吹来，疑是仙乐，真是如诗如画。芥子园主人，不啻神仙中人也！李渔还在书室旁，穴墙为孔，嵌入一根小竹，用来排泄小便，使尿流出户外，书房内就毫无秽气。

李渔又在月榭题有一联：

有月即登月，无论春夏秋冬
是风皆入座，不分南北东西[②]

月榭建在荷池上，月夜登台赏月，清风徐来，水映皓月，使人怡然自得。当年，李白就在这里举杯邀月，起舞弄清影，好似御风轻举，随月而去。

小园四周，山峦起伏，千山万壑，人在园中，“仿佛舟行三峡里，俨然身在万山中”[③]。周亮工题一手卷额云：“天半朱霞，刘孝标目刘彦度句，移赠笠翁，庶几无忝。”[④]在这里，李渔神仙般的生活也似天上云霞，是那样的绚烂多姿，是那样的飘逸如梦，是那样的可望不可即！周亮工的艳羡之情，溢于言表！

芥子园既是李渔造园理论的实践，也是其园林理论的体现和总结。

园中还有一个歌台舞榭，是李渔排练戏剧家班的场所。上有“休萦俗事催

① 〔清〕李渔：《笠翁一家言文集》，《李渔全集》第一卷，第242页。
② 〔清〕李渔：《笠翁一家言文集》，《李渔全集》第一卷，第243页。
③ 《闲情偶寄》卷四附图，《李渔全集》第三卷，第190页。
④ 《闲情偶寄》卷四附图，《李渔全集》第三卷，第192页。

霜鬓，且制新歌付雪儿”的题联。李渔在园中潜心创作剧本，并亲自导演，让演员们排练，为外出巡回演出作充分的准备。就这样，一篇篇新奇的佳作，一台台精湛的演出，从芥子园传遍全国。戏班的主要演员由其姬妾组成，李渔兼任班主和编导。上演的剧目，除其自己创作的外，还有其改编的旧剧。乔、王二姬领悟力极强，经李渔略加指导，“微授以意，不数言而辄了；朝脱稿，暮登场，其舞态歌容，能使当日神情，活现氍毹之上”[①]。通过演出实践，李渔的戏曲创作能力和理论水平都得到了很大的提高。

开始，这个家班主要以供家庭娱乐消遣为主，但李渔不久就发现费用庞大，难以承受。于是以之娱宾悦客，招待亲朋好友，甚而作为“打抽丰”的工具。李渔后来在怀念乔、王二姬的《乔复生、王再来二姬合传》中回忆道：“岁时伏腊，月夕花晨，与予夫妇及儿女诞日，即一樽二簋，亦必奏乐于前；宾之嘉者，友之韵者，亲戚乡邻之不迂者，亦未尝秘不使观。如南京之方邵村侍御、何省斋太史、周栎园宪副，武林之顾且庵直指、沈乔瞻文学，皆熟谙宫商，殚心词学，所称当代周郎也。”[②]可见在芥子园中，李渔招待了许多“顾曲周郎”。

康熙七年（1668），李渔在芥子园大宴宾客，余怀、方亨咸、何采等都来捧场，李渔亲自下厨，觥筹交错之时，家班演出了李渔刚完成的传奇《巧团圆》，余怀填词《满江红同邵村、省斋集笠鸿浮白轩听曲二首》（见《玉琴斋词》）以纪。李渔非常高兴，认为世间第一乐地无过家庭。康熙八年三月三日上巳，方文又邀孙承泽同往尚未完全竣工的芥子园饮酒听曲，这时孙承泽已退出政坛，在西山樱桃沟筑造别墅，修造“退翁亭”，自号退翁，不问政事，吟诗赏画，以文会友，著书立说，也开始了山林隐逸的文人学者生活。方文赋七言古诗《三月三日邀孙鲁山侍郎饮李笠翁芥子园即事作歌》云：

我友孙公渡江来，特地扣门门始开。
为言老兴须鼓舞，不应枯寂同寒灰。

---

①〔清〕李渔：《乔复生、王再来二姬合传》，《笠翁一家言文集》，《李渔全集》第一卷，第98页。
②〔清〕李渔：《乔复生、王再来二姬合传》，《笠翁一家言文集》，《李渔全集》第一卷，第98页。

因问园亭谁氏好？城南李生富词藻。

其家小园有幽趣，累石为山种香草。

两山秦女善吴音，又善吹箫与弄琴。

曼声细曲肠堪断，急管繁弦亦赏心。

可见孙承泽是从北方而来，经方文推荐，特来芥子园听曲。康熙九年庚戌（1670）春天，诗人杜子濂来芥子园观剧，赋诗《李笠翁浮白轩》（见《湄湖吟》卷七）。杜子濂，名漺，别字湄村，滨州人。顺治丁亥进士，历官分守开归道参政等。李渔友人吴冠五后来评李渔的《后断肠诗十首》，又提到芥子园一次更大规模的观剧活动："忆壬子春，偕周栎园宪副、方楼冈学士、方邵村御史、何省斋太史集芥子园观剧，共羡李郎贫士，何以得此异人？"壬子春即康熙十一年，来的都是名公巨卿，可谓冠盖云集。他们对李家班羡慕不已，由此可见李渔家班技艺之高超。另外，顾且庵、沈乔瞻等一班"顾曲周郎"也是芥子园的常客，他们把乔、王二姬比作唐代白居易的两个能歌善舞的姬妾小蛮、樊素。据载，曾出入芥子园的文人雅士有龚鼎孳、周亮工、方文、纪映钟、余怀、方孝标、方亨咸、许青浮、何采、孙鲁山、顾豹文、沈乔瞻、王左车、杜漺、吴宗信、包璿、程邃等众多名士。

李渔虽为一介布衣，但多才多艺，名满天下，又善于交际，交往上至尚书、巡抚、织造，下至手工艺人，其中戏班在他的交际生活中发挥了重要的媒介作用。他在南京还认识了《红楼梦》的作者曹雪芹的曾祖父曹玺。曹玺，字完璧，康熙二年（1663）至康熙二十三年之间任江宁织造。他的妻子曾经做过康熙皇帝的乳母，儿子曹寅曾为康熙伴读，所以深得康熙眷顾。李渔曾为之撰一联《赠曹完璧司空时督江南织造》，云：

天子垂裳念有功，先从君始

大臣补衮愁无阙，始见公高[①]

---

①〔清〕李渔：《笠翁一家言文集》，《李渔全集》第一卷，第247页。

曹家自跟从清军入关以来，立下了汗马功劳，成为从龙勋旧。织造官职虽不大，但位子非常重要，实乃康熙安插在江南的耳目，负责监视江南官员、士子的一举一动，并为朝廷笼络文士。显然，李渔对这一点心知肚明。李渔经营书铺，为求得当地官员照拂，赠书于曹玺，并率戏班去织造府演出。曹玺的儿子曹寅幼年师事李渔的朋友周亮工，他是个文武全才的人，后继任江宁织造。他广交名士，与陈其年、朱彝尊、尤侗、姜宸英、洪昇等都有交往。曾主持刊刻《全唐诗》，也屡在织造府演出当时的名剧，如《长生殿》等。他自己除有《楝亭诗文集》传世外，还创作过传奇。曹雪芹少年时，曾伴随祖父身边。曹寅的朋友中，尤侗、姜宸英等也与李渔交往甚厚。所以，完全有可能，曹寅自己及其子孙都或多或少受过李渔的影响。因此，王伯沆评点《红楼梦》时，指出大观园的描写受了芥子园的某些影响，当不会是空穴来风。《红楼梦》正本第九回，有“脂砚斋”的批语：“诙谐得妙，极似李笠翁书中趣语。”我们现在虽然不知道“脂砚斋”是谁，但有一点却是可以肯定的，他与曹雪芹的关系非同一般，因此，“脂砚斋”说的话应不能等闲视之。

周亮工是李渔在南京结识的重要朋友。周亮工，字元亮，一字缄斋，号栎园。明崇祯十三年（1640）进士，授监察御史。入清后任两淮盐运使，擢福建按察使、户部右侍郎等职。所至恤遗黎，抚凋敝，置义冢，收白骨，禁告密，罢营房，深受百姓爱戴。顺治十二年（1655），因福建总督佟岱诬告，解送京城问罪，拟秋后斩决，后获免，复起用为山东青州海防道，迁江安粮道。康熙八年（1669），漕运总督帅颜保弹劾周亮工纵役侵扣诸款，得旨革职逮问，论绞，寻赦出，闲居江宁。周亮工长着四方脸，目光如电，博学能文，议论风生，不拘小节，而且精通武技。据说他任福建按察使时，海盗猖獗，城堡常四面火起，钲鼓声动地。亮工指挥若定，施设有序，手发一箭，敌人应弦而倒。亮工喜交文士，从游者众，提携后进不遗余力，而又济危救贫，学者称“栎园先生”“栎下先生”，生平著述多至数十种，晚年自焚之。后人将其遗作整理为《赖古堂集》和《因树屋书影》等。周亮工家族也世代经营着家刻“赖古堂”。周亮工虽交游甚广，但自称“平生所交，数人而已”，而独青睐李渔，曾于康熙六年为《资治新书》二集作序，为芥子园题手卷额，还曾为《闲情偶寄》及李渔的诗文作评。可见周亮工与李渔交往甚密，是芥子园的座上客。《资治新书》和《四六初征》都收有他的文章。其长子周雪客有乃父之风，也曾为李渔的《耐歌词》写眉评。可见周、李两家有通家之好。此外，李渔交游的官员还有江苏布政使丁泰岩、侨居江宁的明兵部侍郎李研斋、江南督粮道王继之、上元知县李如鼎、江宁知府陈开虞、江宁通判胡世美、江宁知县胡滋慧、江宁籍工部主事胥庭清、江宁同知姚士升、江苏巡抚顾如华、江宁巡抚韩世琦和蒋国柱、家住江宁的宜江知县张芳等，以及陈伯玑、白仲调、程端伯、白孟新、吴小曼、陈俞公、梅杓司等，他们或资助过李渔，或评点过李渔的作品，或为李渔编纂的作品撰过稿。上述官员中有不少人精通诗文，酷嗜小说，雅好戏曲。他们与许多白衣文士一起，出入芥子园，或一起切磋文艺，或一起欣赏演出，可以肯定，他们对李渔的作品和家班演出提出过不少宝贵的意见，对中国古代的小说戏曲作出过自己特殊的贡献。

李渔在南京还结识了不少以技谋生的艺术家。如名列“南京八大家”的樊会公、吴远度，均是丹青圣手，居址与芥子园相邻，是李渔的韵友。这些人与李渔差不多，都靠“卖艺”为生，彼此同病相怜，有着真挚的友谊。

明亡后，许多遗民采取与清政府不合作的态度，相率而隐。李渔的芥子园所在的周处台畔，地处古南京南郊的城郊接合处，是隐居的理想之地，所以，当时隐士聚集。清人陈作霖在《南京琐志》中云：

> 迨两都既复，抗夷齐之节者，率潜伏不仕，如顾梦游（字与治，寒碧裔孙）、纪映钟（字伯紫，竺远子）、文士英（字及先，与张瑶星为友）、王亦将（亦临弟，性孤僻，非其素好，不下楼一见），所居皆在孝侯台侧，与张幼仁斐园（张为瑶星从兄，园在濯锦堂）、邹典节霞阁（典字满字，与胡念约、周敏求为友，阁在洗马塘，宋之玩水阁也）、李邺鸥天阁（邺字泌仙，事亲至孝），相望于山水之间。其以画隐者又有杨亭（字元草，家贫，品峻，不妄干人）、张修（字损之，尝独坐鹫峰寺钟楼，反扃其户，寄想云外）、樊圻（字会公，与兄沂皆隐，尝作诗云：天多哀志士，福不降淫人）诸人，遗老衣冠差堪仿佛。彼李渔芥子园（渔字笠翁，以填词名），不得不

与之竞美已。[①]

其中纪映钟字伯紫，号钟山遗老，江南上元人。他是明末复社领袖，入清不仕，曾为龚鼎孳幕客十载，晚年隐居江宁仪征等地。纪映钟工诗文，著有《真冷堂集》《补石仓集》《蘖堂诗钞》等。李渔在龚鼎孳幕中与他相识，其在江宁的居址与李渔的芥子园相邻。因此，两人来往频繁。伯紫曾为李渔的诗文集和《论古》加批，李渔也常有诗书寄赠，《尺牍初征》中也收有伯紫的书札。

陈作霖认为李渔不是一个真正的隐士，不能与诸隐士齐美，但并不代表李渔没有一点隐士的品格。在明清易代之际，李渔也曾在兰溪下李村伊山头结庐而隐，历时三年左右。后来为了生存，违背初衷，四处乞食，心里难免会有耻辱之感，所以与隐者在心灵上容易认同，他尊敬他们，陈作霖提到的隐士中，有不少与李渔过从甚密，成了李渔在南京期间交游的重要组成部分。而这些隐士又多是狷狂之士，若李渔人格卑琐，他们是不屑与他交往的。

总之，李渔交游广泛，几乎是来者不拒，但抱有不同的目的。他与隐士、遗民的交往，是因为彼此之间对故朝有着共同的情感；他与工匠的交往，是因为他们之间有着共同的兴趣；他与当道官员的交往，则更多是从实际需要出发，希望得到他们的帮助、庇护和揄扬。

巡回演出

康熙九年（1670）春天，由甘肃巡抚调任福建总督的刘斗向李渔发出邀请，希望他率领家班到福建一游。李渔在游大西北时，曾在刘斗的巡抚衙门盘桓一月之久，与刘斗可谓老朋友了。李渔回忆起刘斗过去的慷慨好客，所以愉快地接受了邀请。

他渡过钱塘江，准备顺路回一趟已阔别二十年的故乡兰溪。

一路上，李渔都沉浸在对往事的回忆中。他不停地给身边的妻妾们讲述自

---

① 〔清〕陈作霖：《东城志略》，《南京琐志五种》，江苏广陵古籍刻印社1987年版，第111—112页。

己青年时代的故事——慈母对自己寄予的殷切期望，自己考取秀才时的荣耀，赴省城乡试路上的遇盗，避兵乱时的九死一生……当说起这些的时候，李渔有时激动，有时感伤，有时甚至哽咽难语。以前，在乔、王等姬眼里，李渔是才华横溢的作家，是个慈父般的人；如今，她们才比较系统地了解了李渔的身世，他的苦难，他的荣光，她们为他而悲，为他而喜。

"少小离家老大回，乡音无改鬓毛衰"，二十年过去了，李渔已从一个青壮年变成了一个花甲老人。在他的记忆中，伊园那段世外桃源似的生活是一生中最难忘的。然而，给他留下美好记忆的下李村，旧友多已故去，田园荒芜，萧条破败，死气沉沉，只有涧中溪水仍在潺潺流淌。李渔在诗中失望地写道：

不到故乡久，归来乔木删。
故人多白冢，后辈亦苍颜。
俗以贫归朴，农田荒得闲。
喜听惟涧水，仍是旧潺湲。①

消息灵通的兰溪知县赵滚得知李渔回乡后，热情地设宴款待了李渔一行，并代表家乡人把一方"才名震世"的匾额赠送给他。李渔小住几天后，婉谢家乡亲朋好友的挽留，继续进发闽地。

李渔由金华越过仙霞岭时，为求神仙一路保佑，拜谒了关帝庙和仙霞岭之南的五显岭庙，并各题一联，《仙霞岭关帝庙》联云：

峻德可参天，宜向云中开帝阙
丹心常耀日，相传岭上布仙霞

五显岭庙在仙霞之南，盘折嵯峨，最为险峻，由山麓至山巅，景色越来越

① 〔清〕李渔：《二十年不返故乡，重归志感》，《笠翁一家言诗词集》，《李渔全集》第二卷，第113页。

美。庙中神鬼诸像毕备，使观者顿生恐怖之心。其《五显岭庙》联云：

远观疑画，近看似诗，及至身到此间，又觉诗画俱无着笔处

善者敬神，恶者畏鬼，究竟都非异物，须知鬼神出在自心头①

由此可见，李渔对待鬼神，抱着信则有、不信则无的态度。

李渔在福建的演出情况，我们今天无法知道，但可以肯定的是，在福建上层社会刮起了一股旋风。在《资治新书》中，有福建参议王道新、按察副使叶灼棠、建南道台徐元瑛、建宁同知喻之长等人的名字，李渔肯定不会放过干谒他们的机会。福建的最高军政长官靖南王耿精忠，我们今天无法找到关于他接见李渔的记载，但李渔至少与他的幕僚有过接触。因为李渔恰好遇见了他的同学、客居福建的山阴（绍兴）人包璇。包璇字冶山，号星玉，此时正在靖南王府中为幕客。他乡遇故知，白头花甲人，两人都兴奋不已，交臂于榕阴之下，赋诗庆贺。这时候，李渔的诗文集《一家言》已整理完毕，准备出版，便请包璇为之作序。包璇得《一家言》手稿，连夜赶读而作序，其中云：

笠翁游历遍天下，其所著书数十种，大多寓道德于诙谑，藏经术于滑稽，极人情之变，亦极文情之变。②

此序可谓知者之言，它高度概括了李渔作品的思想和艺术特点。李渔还请包璇为自己落成不久的芥子园题联。

康熙九年（1670）八月七日，是李渔的六十大寿。六十岁俗称一个甲子，即传统干支历法循环的一个周期。到了这个年龄，就可以称为“花甲之年”了。李渔准备大大地庆贺一番，利用这个机会认识更多的福建官员。他发出了许多邀请帖，并让姬妾们准备好了最拿手的演出节目。一大早，前来祝寿的客人就

① 〔清〕李渔：《笠翁一家言文集》，《李渔全集》第一卷，第300页。

② 〔清〕包璇：《李先生〈一家言全集〉叙》，《笠翁一家言文集》，《李渔全集》第一卷，第1页。

接踵而至李渔下榻的旅舍，其中大部分是福建方面的军政要员。李渔不停地招呼、迎接客人，忙得不可开交。寿宴开始后，寿星李渔又成为大家祝酒的对象，李渔很难推却大家的盛情，本来就酒量小，加上劳累，没几杯，就头重脚轻，脚步踉跄起来。酒会结束后，接着就是李渔的家班演出。乔、王两姬的美妙歌声，轻盈舞姿，使所有在场的观众如痴如醉。对于这些偏处一隅的福建官员们来说，用“此曲只应天上有，人间哪得几回闻”来形容并不为过。演出进入高潮后，客人们体内的酒精也涌动起来，他们失去了平时的斯文模样，举止变得粗野，有的甚至对着乔、王二姬做出轻佻的动作。他们还起哄要李渔亲自上台与姬妾们同演一出戏。李渔看着客人们沉甸甸的贺礼，不敢不答应。他强忍愤怒和羞辱，上台与姬妾们合唱了一支曲子。庆典一直持续到夕阳西下，客人们才意犹未尽地蹒跚而去。

六十岁在李渔那个时代绝对称得上是高龄，此后可谓来日无多了。客人们散去后，李渔又自酌自饮起来。望着客人送来的寿诗和寿联，他苦笑了几声，他知道，这些都是客气的套话，不必当真，只有自己才了解自己。他开始对自己走过的人生道路作全面的总结和反思。挥笔写下了《六秩自寿四首》和《和诸友称觞悉次来韵》四首，《六秩自寿四首》其二云：

自知不是济川才，早弃儒冠辟草莱。
性亦爱钱诗逐去，才难致忌命招来。
忘忧只赖歌三叠，不饮惟耽茗数杯。
何处可容青白眼，柴荆日日对山开。[①]

又有《和诸友称觞悉次来韵》云：

世情非复旧波澜，行路当歌难上难。
我不如人原有命，人能恕我为无官。

① 〔清〕李渔：《笠翁一家言诗词集》，《李渔全集》第二卷，第185页。

三缄宁敢期多获，万苦差能博一欢。

劳杀笔耕终活我，肯将危梦赴邯郸。①

在这些诗中，他承认自己爱钱，承认自己风流；说自己因才遭人妒忌，说自己为了生活小心谨慎，四处奔走，但自己宁死也不受人欺骗。人们都不知道他内心的苦衷，误以为他过的是神仙漫游的日子。不过，身体可以被打垮，但人格决不可以受凌辱！他希望天假十年，让他可以完成更多的著作。

李渔对自己一生白衣终生耿耿于怀，他把这一切都无可奈何地归之于命。为了生活，他有时不得不委屈自己，做一些违背人格的事，说一些言不由衷的话，这是他最痛苦的事。在诗中，他还隐约对清政府严厉的文化政策表示了不满。不过，也并不都是不愉快的回忆，也有使李渔高兴的事。最让他引以为自豪的是，他以自己的一支笔，为别人带去了快乐，养活了一个大家庭，当然，也将使自己青史留名。李渔卖文为生的道路在既无政府为文学创作提供生活保障，文学创作又未能充分商业化的时代是很难复制的。其次是儿孙满堂，其乐融融。此外，还有一个李渔不愿与大家分享的秘密——他恋爱了，“霜雪盈头心转少”——感情被激活使他越活越年轻了。

恋爱的对象当然是乔、王两姬。李渔比乔姬足足大了四十四岁，比王姬大四十五岁，如此悬殊的年龄差距，李渔做她们的父亲也绰绰有余。不过，在那个时代，即便年龄差距如此巨大，也不会成为横亘在他们之间一条不可逾越的情感鸿沟。还在如皋的时候，李渔就对才子佳人的故事心驰神往，并梦想着有一天“天上掉下个林妹妹”。后来，他的这一梦想被与徐氏的婚姻击得粉碎，但他仍未放弃，他决定像他笔下的韩世勋一样，通过买美妾的方式来补偿感情的缺失。现在，乔、王来到了他的身边，以她们的美貌、她们的青春活力，以及她们北方人所特有的热烈、奔放、纯朴、率真深深地吸引并感染着李渔。服膺左派王学，去伪存真，就像沈因伯所说的，言人所不能言，言人所不敢言，也

① 〔清〕李渔：《笠翁一家言诗词集》，《李渔全集》第二卷，第187页。

言人所不肯言和不屑言。周亮工也说“笠翁诗无字不真，是以独绝”[①]。他交友也主张“结交须结真”。因此，乔、王正是李渔理想中的佳人，“名冷红裙，利淡红裙”[②]，这两个女人使他忘怀了名利得失。

就乔、王两人而言，对李渔的崇拜和感激之情替代了男女之爱。她们生在贫贱之家，被人当作商品买来卖去。即使不卖身为妾，而为人作妻，也要天天为生活无着而发愁。她们跟着李渔从贫瘠的黄土高原来到富庶的江南，生活发生了巨大的变化。她们酷爱唱戏，是李渔把她们的艺术潜质挖掘出来了，并使她们有机会从事自己所热爱的事业。更重要的是，善于处理妻妾关系的李渔对她们温柔体贴，他教她们识字、写诗、下棋，从没有大男子主义的作风。那些社会上屡见不鲜的姬妾被大妇折磨而死的悲惨故事，也没有发生在她们身上。她们发现李渔是一个值得依靠和爱慕的男人。他辛勤工作，靠一支笔养活一个五十余口的大家庭。他名闻天下，许多人都尊敬他、仰慕他，一些为官作宰的人也乐意与他交往。他无所不知，无所不通，不但会吟诗作赋，度曲叠园，还懂得教女人如何盥洗、梳妆、打扮、熏香、画眉、穿衣服、戴首饰等，与这样的男人一起度过一生，还有什么不满足的呢？

总之，这些自寿诗写得牢骚悲愤，是李渔真实心态的自我展露。

像在其他地方一样，作为美食家的李渔也忘不了遍尝福建当地的各种特产，水果如荔枝、福橘等；海鲜如“西施舌”等，都冲击着他的味蕾。福橘是橘中上品，个大，甘甜多汁。浙江也是著名的产橘之地，如黄岩柑橘，但味道有点酸涩，无法与福橘抗衡。李渔为之写了一篇赋，他赞美福橘“肤比良金，肌同软玉”“味同芳芷，气若幽兰”[③]。“西施舌”即蛏子，它是一种软体动物，介壳两扇，生活在近岸的海水里。由于它的形体狭而长，贝肉柔软，光滑洁白，因此有人给它起了一个香艳的名字“西施舌”，以满足无聊文人的性幻想。李渔在《闲情偶寄》中写到，吃“西施舌”的时候，他联想起美人的香唇，可惜的是没有美人的朱唇皓齿卷住自己的舌根。李渔又在福州饱食了鲜荔，并写诗两首记

① 见《笠翁一家言诗词集》，《李渔全集》第二卷，第115页。

② 〔清〕李渔：《一剪梅·述怀》，《笠翁一家言诗词集》，《李渔全集》第二卷，第443页。

③ 〔清〕李渔：《福橘赋》，《笠翁一家言文集》，《李渔全集》第一卷，第23页。

之，其二云：

> 脱壳凤凰卵，光芒耀水晶。
> 不应肠内贮，只合掌中擎。
> 丰处疑无核，香中似有情。
> 人间觅尤物，妃子合齐名。①

李渔没有尝到当地最著名的海鲜“江瑶柱”，以致引为终生憾事。“江瑶柱”是一种干贝，是贝类的肌腱，因形似小圆柱而得名，是周亮工居官福建时的最爱。“江瑶柱”最著名的烹饪方法是与火腿一起炖汤，味道鲜美。这道菜的做法见于金圣叹的著作中，金圣叹把“盛夏吃火腿炖江瑶柱”作为人生最刺激的享乐方式之一，作为美食家的李渔当然知道。

由于带上了剧团，加上恰逢李渔的六十大寿，因而此次游闽，收入丰硕，李渔颇为高兴。秋后，李渔率姬北归，他决定再次取道金华，并且带着姬妾们去参观二十年前的旧居。他在这里还正巧遇到了老友金孟英，他俩是同辈中仅存的两个老人了。两人把酒话旧，白头相对，犹疑梦中。李渔赋七律《重过婺城别金孟英老友》云：

> 茅斋风雨共床眠，此别何期二十年。
> 老友仅存惟尔我，白头相对拟神仙。
> 寸丝也当绨袍赠，杯酒堪称玳瑁筵。
> 只恨为欢无几夕，骊歌又唱酒旗边。②

诗中透露出作者为欢日少、去日苦多的人生之悲。

这年仲冬，李渔的第六个儿子将芳呱呱坠地。生齿日繁，生活的担子愈加

① 〔清〕李渔：《闽中食鲜荔》，《笠翁一家言诗词集》，《李渔全集》第二卷，第110页。
② 〔清〕李渔：《笠翁一家言诗词集》，《李渔全集》第二卷，第184页。

沉重，李渔颇有力不从心之感。他在七律《家累》中写道：

砚田食力倍常民，何事终朝只患贫。
举世皆穷非独我，一生多累是添人。
当年八口犹嫌众，此日千瓢尚未均。
爨下有时焚旧管，嗅来初不异劳薪。[①]

“无官虽少累，多子却添愁”，李渔把自己一生奔走四方、勤奋创作，而犹然贫困，归咎于添人，这当然是其中原因之一，但还有其他更重要的原因，由于时代的局限，李渔是不可能认识清楚的。

游历了西北南粤之后，多次长途跋涉的劳顿，使李渔这个年逾花甲的老人顿觉疲态。他很想坐下来休息，安度晚年。可是，一家数十口，嗷嗷待哺，全仰仗李渔一人。他寝食难安，不敢懈怠。

康熙十年（1671）初春，江苏宝应知县孙蕙四十寿辰，邀请李渔率领戏班前去庆贺。孙蕙派他的幕僚蒲松龄风尘仆仆地送来邀请书。蒲松龄字留仙、剑臣，号柳泉居士，世称聊斋先生，淄川（今山东淄博市）人。十九岁时应童子试，以县、府、道第一名进学，受到山东学政、著名诗人施闰章的奖誉。蒲松龄此后久应乡试不第。迫于生计，三十一岁时应聘做同乡宝应知县孙蕙的幕僚，一年后辞幕。此后数年，辗转于当地缙绅家，或做塾师，或代拟文稿。蒲松龄自幼“喜人谈鬼”“雅爱搜神”，从青年时便热衷记述奇闻异事，写作狐鬼小说。但此时《聊斋志异》还未出版，蒲松龄的文名尚不为世人所知，而李渔已是名满天下了。蒲松龄酷爱小说戏曲，对李渔这位文学前辈很是仰慕。对于这次会面，蒲松龄深感荣幸，直到晚年，还能追忆起当时会面的情景。

李渔当然不愿放弃这个新的结识当道的机会，他欣然应允，乘船从苏州出发，经长江进运河，沿大运河北上，不一日就抵达了孙蕙官府。果然名不虚传，李氏家班的精彩演出令蒲松龄大开了眼界，他兴奋不已，激动地挥笔写下了七

① 〔清〕李渔：《笠翁一家言诗词集》，《李渔全集》第二卷，第186页。

言古诗《孙树百先生寿日观梨园歌舞》：

帘幕深开灯辉煌，氍毹唤铺昼锦堂。
氤氲兰雾吹浓香，热云迷蒙凝天光。
旱雷聒耳杂鸣珰，环佩一簇捧红妆。
藕粉摇曳锦绣裳，黄鹅跌舞带柔长。
长笛短笛割寒巷，紫楼玉凤声飞扬。
芙蓉十骑踏花行，坏多娇客立象床。
参差银盘赋烛黄，琅玕酒色春茫茫。
轻裙小袖奉霞觞，愿君遐龄齐山冈。①

蒲松龄对演出的盛况作了形象生动的描写和渲染，字里行间洋溢着他内心的喜悦之情。蒲松龄比李渔小了整整三十岁，但共同的爱好使两人结为了忘年之交。蒲松龄觉得相见恨晚，他对这位文学前辈敬仰不已，恭恭敬敬地把李渔的词《南乡子・寄书》手录一份赠给李渔：

幅长情长，一行逗起泪千行。写到情酣笺不勾，捱咒；短命薛涛生束就。②

自从这次相聚后，李渔和蒲松龄又天各一方，再也没有机会重新聚首。然而，李、蒲两个大文豪的交往虽然短暂，却在中国文学史上留下了一段佳话。

康熙十年（1671）春末夏初，李渔又率领家班，扯起风帆，沿长江顺流而

① 〔清〕蒲松龄：《蒲松龄全集》二，学林出版社1998年版，第1557页。

② 见《笠翁一家言诗词集》，《李渔全集》第二卷，第380页。黄强《李渔与蒲松龄交往传说的澄清》（《明清小说研究》2014年第1期）一文认为，《南乡子・寄书》一词最早见于康熙十七年（1678）李渔自手编定的词集《耐歌词》，康熙十年（1671）间蒲松龄绝对不可能抄录到此词以赠原作者李渔，因而否定两人有过交往。但笔者认为，康熙十七年只是该词的编定年代，而不是其写作年代，该词完全有可能写于康熙十年之前，并流传于世，为蒲松龄所知。且当时蒲松龄正在孙蕙幕中，两人完全有见面的可能。故不取黄说。

东，直奔古城苏州。与前几次以戏邀赏的演出不同，这次演出是以戏会友，是几个志趣相投的朋友的私人聚会，是一次切磋技艺的观摩演出。

船行数十里，刚到燕子矶，为劲风所阻，抛锚三日，仍是难行。于是船上有人说，这是燕子矶诸神怪主人不虔诚之故。李渔无奈，只得向诸神祷告说："愿为诸神题联，如其有当，乞反风助我。"接着，他为亭栋及关帝庙、观音阁各题一联。题毕返舟，风果逆变，不一天，就把李渔送到了镇江。当时，被阻的行船数以百计，船上的人无不咄咄称怪。李渔题在上面的几副对联，被后人小心翼翼保存了好多年。

李渔在燕子矶被风阻三天，却得以饱览了长江浩荡雄伟、波澜壮阔的风光。

船抵苏州后，李渔寓居在百花巷，受到苏州友人尤侗、余怀、宋澹仙等人的热情接待。余怀，字澹心、无怀，号漫翁、曼持老人，福建莆田人，但生长于南京，晚年寓居苏州。他才情艳逸，工诗善文，有《板桥杂记》《味外轩稿》《研山集》《曼翁集》《玉琴斋词》《五湖游稿》《余子说史》《三吴游览志》等多种著作行世。尤侗，字展成，号悔庵，晚年又号西堂老人，苏州人。他曾五应乡试落第，顺治间曾向皇帝进献杂剧《读离骚》，顺治赞为"真才子"，后中博学鸿词科。他一生作有五部杂剧和一部传奇，其中传奇《钧天乐》在文人中影响很大。宋澹仙，名锦，曾为《闲情偶寄》作评。三人于戏剧、园林、鉴赏、饮食等无所不知，无所不精，是当时有名的大玩家。余怀曾观赏过李家班的演出，深为她们的演技所折服，回来后在尤侗和宋澹仙面前赞不绝口。于是，尤侗和宋澹仙请余怀出面，邀请李渔赴苏州演出。

古城苏州是昆曲的发祥地，具有深厚的文化底蕴。清初剧坛上活跃着以李玉、朱素臣、朱佐朝、叶雉斐、毕魏、丘园等为代表的苏州作家群，他们与李渔的身份地位有许多相似之处，都通曲律，长期为供应戏班演出而编剧，并时而合作。他们编剧不是自遣自娱，而是为演出提供剧本，考虑到舞台演出的要求和效果，因此改变了以曲词为核心的戏曲观念，把戏曲结构放到首要位置上，增强了戏剧性，曲词也趋向质朴，宾白的地位有所提高，丑角的宾白往往带有方言的特点。明清易代之后，他们由主要关心社会平凡生活的伦理问题，转而关注历史、政治风云，创作出了许多历史剧。代表作《十五贯》《党人碑》《千钟禄》《清忠谱》等，风行一时。这是一个很好的学习机会，李渔接到邀请便毫不犹豫地答应了。

在端午节前后，李渔曾两次邀请尤侗、余怀、宋澹仙诸友来寓所观戏。大家兴奋不已，都写诗记下了当时的盛况。李渔有《端阳前五日，尤展成、余澹心、宋澹仙诸子集姑苏寓中，观小鬟演剧，澹心首倡八绝，依韵和之》七绝数首：

其三

响遏行云事果真，飞来过曲尽天神。
谛观不似霓裳舞，悔杀蓬莱枉驾人。

当晚演《明珠煎茶》一折，曲未终而天已大亮。

其六

更衣正待演无双，报道新曦映绿窗。
佳兴未阑憎夜短，教人饮恨扑残缸。①

演员们精湛的演技，使观众沉醉其中而不知东方之既白，以致“佳兴未阑憎夜短，教人饮恨扑残缸”。这些诗不但描述了当时演出的剧目、演出时间及演出的精彩场面，还透露了演出的报酬方式等信息，如李渔在诗中多次提到“缠头锦衣压罗衣”“缠头已受千丝赠”，等等。

端午过后七日，大家对李渔家班的演出意犹未尽，又重新聚集在百花巷李渔寓所，再观赏新的剧目。李渔诗《端阳后七日，诸君子重集寓斋，备观新剧。澹心又叠前韵，即席和之》再次记录了当时的情景。并有小序谓当日“澹心携幼童三人至，亦奏新歌”前来助兴：

---

①〔清〕李渔：《笠翁一家言诗词集》，《李渔全集》第二卷，第347—348页。

其一

广席长筵闭复开，云车又逐晚风回。
神仙不耐听凡乐，自挟钧天小部来。

其四

无穷乐境出壶天，不是群仙也类仙。
胜事欲传须珥笔，歌声留得几千年。

其五

不倾百斗莫言归，覆却银瓶复典衣。
醉后一声齐鼓掌，千林宿鸟尽惊飞。[①]

仿佛如天上奏乐，演员和观众，无不飘然若仙。观众以仙乐下酒，轰然而醉，不知今夕何夕！一曲才终，掌声雷动，惊起千林宿鸟。由此可见，演出获得了空前成功。余怀还带了家蓄的几个优伶和刚满七岁的幼子前来观摩。他的儿子一边看，一边以手按板，无不合拍，大家惊奇不已，称他为“顾曲小周郎”。

李渔家班的演技，终于彻底征服了余怀、尤侗这班颇为挑剔的行家，他们对李渔的艳福极为羡慕。尤侗后来回忆道：李渔“薄游吴市，集名优数辈，度其梨园法曲。红衫翠袖，烛影参差，望之疑为神仙中人”[②]。在演出中，大家推敲剧作，切磋技艺，既增进了友谊，又提高了演艺和创作水平。李渔《二郎神慢·和尤悔庵观家姬演剧，次原韵》一词表达了这种宾主相得的感触：

百花巷，虽隘小，高车时降。喜同调嘉宾无尔我，相对处旅怀增放。主不识羞姬忘丑，曲有误，人前争唱。　　周郎好，明知不顾，越引得歌声飘飏。惆怅，今宵容隐，难逃日上。怕到处逢人开笑口，亲见无盐劣相。好色登徒今若此，叹目睹何如想象。听此等歌声，不若酣眠梅花纸帐。

① 〔清〕李渔：《笠翁一家言诗词集》，《李渔全集》第二卷，第348–349页。
② 〔清〕尤侗：《闲情偶寄·序》，《李渔全集》第三卷，第2页。

李渔“尽诉款曲”，真情感谢地主情谊，宾主意趣相投，不分你我，都怀着对艺术的敬畏。尤侗诗文、音韵学造诣精深，他后来请李渔为其校雠传奇《钧天乐》，由此可见他对李渔的肯定。李渔对《钧天乐》的评价很高，称“弟阅时贤剧稿，不下百余部，未尝见一元人，今始遇之”。李渔非常认真对待尤侗所托，同时也请尤侗校订自己的剧作。他说：“惠教《钧天乐》妙剧，读之气索小巫，真词林杰出之作……君才十倍曹丕，奈何问道于盲？然既委校雠，不敢以‘不敏’二字塞责，即当句栉字比，瑜中索瑕……但愿先生之校拙稿，亦犹弟之不避斧锧，庶为相与有成耳，望之瞩之。”[①]《钧天乐》是清初剧坛上较为优秀的剧作之一，故事情节虽荒唐无稽，但发痛切之情，反映了当时怀才不遇的文人的共同心声，赢得了当时不少文坛名流的称赞。李渔以为《钧天乐》可以与元人杂剧比肩，虽不免有溢美之辞，但大致符合当时人的评价。

苏州园林甲于天下，而拙政园独擅诸园，它始建于明正德四年（1509），为明代弘治进士、御史王献臣弃官回乡后，在唐代陆龟蒙宅地和元代大弘寺旧址处拓建而成。王献臣在建园时，曾请吴门画派的代表人物文徵明为其设计蓝图，形成以水为主，疏朗平淡，近乎自然风景的园林。园林建成后，王献臣经常邀文徵明宴饮、赏游。文徵明对园中美景乐而忘返，拙政园成了他创作的蓝本。他曾数次为拙政园作画，其中比较有影响、流传至今的《文待诏拙政园图》集诗、书、画于一体，各全其美，相互映发，堪称巨构杰作。文徵明所作的《王氏拙政园记》石刻，现安放在倒影楼下拜文揖沈之斋，字疏朗清秀，风骨自在。《千字文》置西部水廊内，系文徵明八十岁时所作的蝇头小楷，笔势空灵飞动，书法高超，其艺术风格与拙政园的典雅特色似乎有着某些相同之处，名人名园，交相辉映。李渔此行除与诸友联诗观剧外，就是游览园林。他对拙政园慕名已久，以前几次来苏州，均来去匆匆，未得暇游玩，这次得以了却夙愿。当时拙政园主人王永宁，乃平西王吴三桂的女婿。永宁名永康，据说其父明时与吴三桂同为将官，以儿女在襁褓缔结姻亲，不久王父死，王家败落，家无担石，永康寄养邻家，长大后飘泊无依，至三十余犹未娶妻，有老年亲戚告知吴王婚约

---

① 〔清〕李渔：《复尤展成先后五札》之三，《笠翁一家言文集》，《李渔全集》第一卷，第191页。

事，当时吴三桂已封平西，驻节云南，永康遂求乞至云南，设法求见三桂，三桂授为三品官待遇，与女儿择日成婚，妆奁甚盛，一面又移檄江苏抚臣，为永康买田三千亩，购拙政园为府第。永康回苏州后，过着穷奢极欲的生活①。刘献廷《广阳杂记》卷二记“王永康”：“吴三桂之婿王长安尝于九日奏女伎于行春桥，连十巨舫以为歌台，围以锦绣，走场执役之人皆红颜皓齿、高髻纤腰之女，吴中胜事被此公占尽，乃未变之先全身而没，可谓福人矣。”②由此可见王家班技艺之精。李渔与王永宁的妇翁吴三桂也有瓜葛，李渔编辑《资治新书》时，曾试探性地向这位看起来不可一世的平西王约稿，想不到吴三桂折节下交，很快就寄来了稿件。当王永宁听说李渔到了苏州，久闻他是造园行家，便盛情相邀。而李渔久知苏州园林闻名天下，拙政园又冠于诸园，也想借机观摩学习，于是欣然应允。拙政园东部明快开朗，以平冈远山、松林草坪、竹坞曲水为主，主要景点有：兰雪堂、缀云峰、芙蓉榭、天泉亭、秋香馆等。中部为拙政园精华所在，以水为主，池广树茂，景色自然，临水布置了形体不一、高低错落的建筑，主次分明，主要景点有：远香堂、香洲、荷风四面亭、见山楼、小飞虹、枇杷园等。西部主体建筑为靠近住宅一侧的卅六鸳鸯馆，水池呈曲尺形，其特点为台馆分峙、回廊起伏，水波倒影，别有情趣，装饰华丽精美，主要景点有：卅六鸳鸯馆、倒影楼、与谁同坐轩、水廊等。人游园中，如在画中。李渔不时地点头赞叹，挥手论评。王永宁对李渔提的一些建议不时地颔首称赞，两人由于对园林的共同爱好，遂成相知。

晚上，王永宁设宴招待李渔一行。席间，东道主请来当地昆班演《牡丹亭》助兴。不愧是昆曲发源之地，唱念俱佳，精彩之至，李渔为之浮一大白，并作《花心动·王长安席上观女乐》记其事：

> 此曲只应天上有，今日创来人世。听有余音，看有余妍，演处却全无

① 〔清〕钱泳：《履园丛话》卷一，《笔记小说大观》第25册，江苏广陵古籍刻印社1983年版，第14页。

② 〔清〕刘献廷：《广阳杂记》卷二，《笔记小说大观》第16册，江苏广陵古籍刻印社1983年版，第323页。

意。当年作者来场上，描写出，毫端笔底。虽爱欢，只愁忽略，不教沉醉。

我亦逢场作戏，叹院本虽多，歌声尽沸。曲止闻声，态不摹情，但使终场而已。焉能他日尽如斯，俾逝者常留生气。借君酒，权代古人收泪。①

从欣赏者而言，“听有余音，看有余妍”，在听觉和视觉上留下丰富的想象空间，享受了一场艺术饕餮盛宴。从表演者而言，则达到了“演处却全无意”、不露痕迹的最高艺术境界。李渔从观演中引出丰富的戏曲批评，批评“曲止闻声，态不摹情”、口唱心不唱的拙劣表演，提出曲要以声传情，使古人复活的理论主张。

李渔不仅受到了拙政园主人王永宁的盛情款待，也得到了寄园主人佟寿民的一番特殊迎接。佟寿民时任江苏布政使，李渔前去参观，正值佟寿民在扶乩，祈得吕祖下降判事，李渔恰巧赶到。佟布政说：“大文人到了，吕仙有何见教呢?”吕祖判道：“笠翁岂止文人，真慧人也。正欲与之畅意盘桓，或旗鼓相当，未可知耳。可先倡一韵，吾当和之。”于是，李渔口占《召仙》七绝一首，吕祖接着和诗一首，和毕，又赠李渔七绝一首。沙盘内乩笔转动如风，扶乩者手腕几脱，众人惊得目瞪口呆，李渔也惊奇不已，茫然不解。由于古人认为，判词多隐含被判者的命运结局，故李渔对吕祖的判词苦苦思索，反而冲淡了他游园的兴致，于是草草转了一遭后，便告辞回寓。

李渔在苏州从初夏逗留至秋后。他还游览了著名的吴地古迹虎丘、剑池、吴王墓等地，也曾到寒山寺去听晚钟，体验唐代诗人张继诗中的意境，对此，他这个浪游天下的寓客感受尤深。还有西园中千姿百态的五百罗汉图，留园的严谨工巧，狮子林的山回路转，沧浪亭的山水相映，网师园的精致小巧，等等，无不使李渔流连忘返，给他留下了深刻的印象。自晚明以来，每年中秋，在苏州虎丘山都举行昆曲大会，观者几乎倾城而出，一直持续了一二百年。其间数辈文人，写下了很多咏唱这个节日的诗文，其中尤以明万历间、曾任吴县县令的袁宏道所作的《虎丘》一文最为著名，文中描绘道：

① 〔清〕李渔：《笠翁一家言诗词集》，《李渔全集》第二卷，第484页。

布席之初，唱者千百，声若聚蚊，不可辨识。分曹部署，竞以歌喉相斗，雅俗既陈，妍媸自别。未几而摇头顿足者，得数十人而已。已而明月浮空，石光如练，一切瓦釜，寂然停声，属而和者，才三四辈；一箫，一寸管，一人缓板而歌，竹肉相发，清声亮彻，听者魂销。比至夜深，月影横斜，荇藻凌乱，则箫板亦不复用；一夫登场，四座屏息，音若细发，响彻云际，每度一字，几尽一刻，飞鸟为之徘徊，壮士听而下泪矣。

而张岱的《虎丘中秋夜》写得更为生动：

天暝月上，鼓吹百十处，大吹大擂，十番铙钹，渔阳掺挝，动地翻天，雷轰鼎沸，呼叫不闻。更定，鼓铙渐歇，丝管繁兴，杂以歌唱，皆“锦帆开”、“澄湖万顷”同场大曲。蹲踏和锣，丝竹肉声，不辨拍煞。更深，人渐散去，士夫眷属皆下船水嬉。席席征歌，人人献技。南北杂之，管弦迭奏，听者方辨句字，藻鉴随之。

二鼓人静，悉屏管弦，洞箫一缕，哀涩清绵，与肉相引，尚存三四，迭更为之。

三鼓，月孤气肃，人皆寂阒，不杂蚊虻。一夫登场，高坐石上，不箫不拍，声出如丝，裂石穿云，串度抑扬，一字一刻，听者寻入针芥，心血为枯，不敢击节，惟有点头。然此时雁比而坐者，犹存百十人焉。使非苏州，焉讨识者？

张岱以戏曲行家的眼光，既写出“演者”踊跃争先献艺，又写出各种“听者”的心理活动。文笔妙绝千古，把读者带入引人入胜的艺术境界中，一起观摩，一起叫绝，一起鼓掌。李渔当然不会轻易错过这一盛会，其作有《虎丘千人石上听曲》四首：

曲到千人石，惟宜识者听。若逢门外客，翻着耳中钉。（其一）

并无梁可绕，只有云堪遏。唱与月中听，嫦娥应咄咄。（其二）

堂中十分曲，野外只三分。空听犹如此，深歌那得闻。（其三）

一赞一回好，一字一声血。几令善歌人，唱杀虎丘月。（其四）[1]

“千人石献曲”既带有表演性质，又是竞赛节目，而且是面对千万人的室外清唱，不会有余音绕梁的效果。要想在竞争中脱颖而出，需要演唱者具有高超的吐音技巧，而又只有一流的观众方能领悟。虎丘山上歌声响遏云霄，以致嫦娥也禁不住在偷听，“一字一声血”，声情并茂的歌声令听者心醉神痴，所有人都沉浸在浓浓的艺术气氛中，叫好声接连不断。李渔又在《风流子·虎丘千人石上赠歌者》词中进一步的描绘道：“一曲清讴石上，到处箜篌齐放。思喝彩，虑喧哗，默默低头相向。早停莫唱，十万歌魂齐丧。”[2]当清唱开始的时候，仿佛虎丘石上到处回响着美妙的乐器声，听者怕喝彩声造成喧哗，打断美妙的歌声，只能默默相向。更奇妙的是，当歌声已经停止了很久，大家仍然沉浸其中，不觉失魂落魄。

秋风萧瑟，寒蝉凄切，李渔带着满身的疲惫北上回家。船至燕子矶又为风所阻，李渔故伎重演，再题一诗一联于亭上。有好事者以木代石，镌而为碑，保留了许多年。

《闲情偶寄》

回到南京后，李渔夜以继日编成的《四六初征》和《闲情偶寄》终于在冬天出版面世了。

康熙十六年（1677），李渔在给朋友韩子蘧的信中，向他转述了一段对话：“昨梁老向弟云，迩来多恶抱，昨得快书一种，才读数卷，不觉沉郁顿开。弟问何书？答曰：即尊著《闲情偶寄》也。弟问何处购来？答曰：穷途焉得买书钱，不过向书船借读耳。”[3]这封信可谓妙不可言，梁老故意制造玄念，用一种巧妙

① 〔清〕李渔：《笠翁一家言诗词集》，《李渔全集》第二卷，第284页。

② 〔清〕李渔：《笠翁一家言诗词集》，《李渔全集》第二卷，第392页。

③ 〔清〕李渔：《与韩子蘧》，《笠翁一家言文集》，《李渔全集》第一卷，第219—220页。

的方式吹捧了李渔。而李渔同样以这种方式在韩子蘧面前自我炫耀了一番。不过，这封信也许反映了《闲情偶寄》在当时的传播情况。书船是江南水乡的水上流动书店，一般以出租书为主，也兼营售书。经济条件不宽裕的读者，花上几个铜板，就可以在书船上读到自己所喜爱的书籍。这种书船经营的一般是通俗读物，但并非完全是通俗读物的《闲情偶寄》也名列其中，可见《闲情偶寄》雅俗共赏，颇受读者欢迎。

当然，《闲情偶寄》并不适合所有的读者，李渔就经历过这样一件事。有一次，一个朋友听说《闲情偶寄》很好看，便兴冲冲地跑来向李渔借阅。但没过多久，他就把书还给了李渔。李渔问他为何这么快就读完了。这位朋友不好意思地说，我只读了前面数卷就读不下去了。我个人不喜欢戏曲，更不喜欢戏曲理论。李渔只得对着这位不善读书的朋友报以苦笑，并劝他把书拿回去，换一种方式读读。李渔说：你如果从书的后面倒读过去，也许会越读越有味。李渔又写了一首诗赠给他：

读书不得法，开卷意先阑。
此物同甘蔗，如何不倒餐？[①]

也就是说，读书应先了解整部书的内容，从中找出自己感兴趣的部分阅读。

《闲情偶寄》是一部百科全书式的生活丛书，包括词曲、演习、声容、居室、器玩、饮馔、种植、颐养八个部分。它是在明末清初流行全国尤其是江浙之地的休闲文化的基础上策划出来的，休闲文化就是它的卖点。

明中叶以后，工商业不断发展，城市经济日益繁荣。在苏州、松江、杭州等江南地区，独立的手工业工场大量涌现。那里商贾云集，经济发达。东南苏杭嘉湖等地成为了丝织业中心，以机杼致富者多不胜计。湖州的包头绢业发展迅猛，嘉兴则是蚕丝贸易中心，万历时王穉登说，嘉兴“地饶桑田，蚕丝成市，

① 〔清〕李渔：《有借予〈闲情偶寄〉一阅，阅不数卷，即见归者，因其首论填词，非其所尚故耳。以诗答之》，《笠翁一家言诗词集》，《李渔全集》第二卷，第297页。

四方大贾岁以五月来贸丝，积金如丘山”[①]。作为纺织业中心的苏州，“郡城之东，皆习机业”，万历时，城中机户所雇佣的工人就有数千之多。吴江的盛泽镇是纺织交易重镇，据《吴江县志》载，“绫罗纱绸出盛泽镇，奔走衣被遍天下。富商大贾数千里辇万金而来，摩肩连袂”。而松江则以暑袜业和制鞋业称雄。商人的地位得到了显著的提高。不少名儒显宦如汪道昆、徐光启、李贽、金声等，都出身于商贾之家。李梦阳在《明故王文显墓志铭》中说：“夫商与士，异术而同心，故善商者，处财货之场，而修高明之行，是故虽利而不污。”[②]许多名流学者都善于理财，甚而认为治生比读书更为重要。黄省曾在《吴风录》中说：“缙绅士大夫多以货殖为急。”[③]清初，哲学家唐甄晚年转而经商。著名的学者顾炎武生财有术，家财百万，其外孙、礼部尚书徐乾学放高利贷。清中叶名诗人袁枚辞官山居，卖文为生，却一辈子过着十分优裕的生活，他好味好色，临终时家产仍有三万金之多。

资本主义经济萌芽的产生，对人们的生活方式产生了重大的影响。《博平县志》云：“嘉靖中叶以抵于今，流风愈趋愈下，惯习骄吝，互尚荒佚，以欢宴放饮为豁达，以珍珠艳色为盛礼。其流至于市井贩鬻，厮隶走卒，亦多缨帽湘鞋，纱裙细裤，酒垆茶肆，异调新声，汩汩漫淫。”但更重要的是，它对人们的思想观念和文化消费方式产生了深刻的影响。

王学左派正是资本主义经济思想影响下的产物。他们开始弱化对理学的追求，而更重视现实生活，重视物质享受。著名的诗人袁宏道称，“目极世间之色，耳及世间之声，身极世间之鲜，口极世间之谭”是“世间真乐”之一。[④]他说，人死后就变成了灰尘，还不如贪荣竞利，做世间酒色场中大快活人！他还说，如果一个人到三十岁，还囊中无余钱，囤中无余米，居住无高堂大厦，到口无肥酒大肉，那么，这就是人生一大耻辱。戏剧家屠隆认为理想的生活环境

---

① 〔明〕王穉登：《客越志》，《说郛续》第二十四，宛委山堂本。

② 〔明〕李梦阳：《明故王文显墓志铭》，《空同集》卷四十六，上海古籍出版社 1991 年版，第 420 页。

③ 〔明〕黄省曾：《吴风录》，《吴中小志丛刊》，广陵书社 2004 年版，第 178 页。。

④ 〔明〕袁宏道：《答林下先生》，《袁中郎随笔》，第 73—74 页。

应该是住在“半村半廓”的地方，过着“非俗非僧”的生活。生活的内容包括“读义理书，学法帖子，澄心静坐，益友清谈，小酌半醺，浇花种竹，听琴玩鹤，焚香煎茶，登城观山，寓意弈棋”①。士人崇俗，由雅入俗，以俗为高。

他们重视人的个性的发展、兴趣的培养。在他们看来，人的生活应该是丰富多彩的，人的个性不应当是枯寂单一的。袁宏道在给朋友的信中说：“人情必有所寄，然后能乐。故有以弈为寄，有以色为寄，有以技为寄，有以文为寄。”②又劝朋友说：“人生何可一艺无成，作诗不成，即当志精下棋，如世所称小方、小李者也。又不成，即成一意蹴鞠、搊弹，如世所称查十八、郭道士等是也。凡艺到精处，皆可成名，强如世间浮泛诗文百倍。”③富家子弟张岱是明末的大玩家之一。他曾直率地说，自己少年时极爱繁华，喜欢美婢娈童、鲜衣骏马、美食精舍、华灯烟土、梨园鼓吹、古董花鸟、茶橘诗书。他的堂弟张萼初，“凡诗词歌赋，书画琴棋，笙箫弦管，蹴鞠弹棋，博陆斗牌，使枪弄棍，射箭走马，挝鼓唱曲，粉墨登场，说书谐谑，拨阮投壶，一切游戏撮弄之事，匠意为之，无不工巧入神”。他另一个弟弟虽是盲人，但“有一隙之暇，则喜玩古董，葺园亭，种花木，讲论书画，更喜养鹁鸽，养黄头，养画眉，养驴马，斗骨牌，著象棋，制服饰，蓄傒童，知无不为，兴无不尽”④。他的朋友祁止祥爱好广泛，“有书画癖，有蹴鞠癖，有鼓钹癖，有鬼戏癖，有梨园癖”⑤。中书舍人潘之恒“性好客，好禅，好妓”⑥，他有次来到江浙，盘桓三月余，“旧交无人不会，无会不豪；无日不舟，不园，不妓，不剧，无夜不子，无胜不跻，无花不品题，无方外高流不探访，无集不拈咏，无不即集成，无鲜不尝，无酝不开，无筐庋不倾倒，似快游乎？”⑦费元禄一年的日程安排是：赏花、观景、泛

---

① 〔明〕屠隆：《娑罗馆清言》，陕西旅游出版社1999年版，第127页。

② 〔明〕袁宏道：《李子髯》，《袁中郎随笔》，第72页。

③ 〔明〕袁宏道：《与龚散木》，《袁中郎随笔》，第72页。

④ 〔明〕张岱：《琅环文集》卷四《五异人传》，岳麓书社1985年版，第187页。

⑤ 〔明〕张岱：《陶庵梦忆》卷四《祁止祥癖》，第72页。

⑥ 〔明〕陈元素：《〈鸾啸小品〉引》，《潘之恒曲话》，中国戏剧出版社1988年版，第1页。

⑦ 〔明〕潘之恒：《鸾啸小品·汤嘉宾太史》，明崇祯二年刻本。

舟、登高、听松、望月、斗蟋蟀、扑蝴蝶、尝四时果鲜等。[①]

品茶、品酒、游山玩水，文人士大夫把日常生活艺术化了，认为能够学会清闲地享受生活才对得起自己的人生，从对鲜衣怒马的追求，到对珍馐佳肴的考究；从居室园林的美观，到器皿玩物的精致；从对草木花鸟的珍视，到对自然山水的赏会；从对诗文书画的收藏鉴赏，到听乐赏曲及对美优丽姬的品评，无一不成为他们生活中情趣投向处。他们把这种生活方式称为“遵生”。高濂的《遵生八笺》就包括了“清修妙论”“四时调摄”“起居安乐”“延年却病”“饮馔服食”“燕闲清赏”“灵秘丹药”“尘外遐举”八种。屠隆的《考槃余事》对琴香、印章、瓶花、盆物等进行了描绘。袁宏道的《瓶史·清赏》从瓶花的花目、品第的选择，到养花的器具、择水、沐浴，再到赏花的粗称、屏俗、花祟、使令、好事、清赏、监戒均有分析。李日华《紫桃轩又缀》卷一对石进行研究。文震亨《长物志》是关于生活中装饰美学的重要文集。

民歌、戏剧、小说等“闲书”受到广泛欢迎，传播很快，茶坊酒肆，灯前月下，人人喜说，个个爱听。富贵之家，家畜声伎，留心词曲。张岱家三代经营，组建了很多戏班子，有可餐班、武陵班、梯仙班、吴郡班、苏小小班等。许多文人都是深谙曲学的行家，而且观剧成癖。市民也受此流风浸熏，嗜戏如命，称“宁可舍掉二亩地，也要看大戏”。

繁华的苏州、杭州正是领导这一奢靡潮流的城市。人们非常讲究吃喝穿戴，苏州之地“翠袖三千楼台上，黄金百万水西东”，酒楼饭馆林立，它们不仅陈设典雅，器具考究，而且菜肴鲜美，品种繁多。张岱的祖父张汝霖就曾在杭州组织了一个饮食社，专门讨论饮食之事，著有《饔史》。张岱不逊于乃祖，自称“越中清馋，无过余者”，各种土特名产，美味佳果，必罗致家中，“远则岁致之，近则月致之，日致之，耽耽逐逐，为口腹谋”。他在《饔史》的基础上又著成《老饕集》。清代有关烹饪的著作还有朱彝尊的《食宪鸿秘》、周亮工的《闽小记》、朱秦来的《饮食须知》、沈李龙的《食物本草会纂》、尤侗的《簋贰约》、张英的《饭有十二合说》、钱泳的《艺能篇》、黄云鹄的《粥谱》、袁枚的《随园

---

① 〔明〕费元禄：《晁采馆清课》，《说郛续》，百花文艺出版社1989年版，第78页。

食单》、李化楠的《醒园录》，等等。这些著者中，有的是朝廷重臣，有的是名流学者，有的是普通百姓，其中有几个是李渔的好友。

人们还十分注重穿着打扮，喜欢穿设计奇特、与众不同的服饰。明末，“或中人之产营一饰而不足，或卒岁之资，制一裳而无余，遂成流风”。大红本是礼服，非重大节日不穿，此时“担石之家非绣衣大红不服，婢女出使非大红里衣不华”[①]。康熙六年（1667），熊赐履上疏曰：“内外官员军民人等，服用奢靡，僭越无度。富者趋尚华丽，贫者互相效尤，一裘而费中人之产，一宴而糜终岁之城。”

商品经济的发展推动了文学艺术的商品化。戏剧家朱素臣在《秦楼月》中借陶吃子之口说：“我老陶近日手中干瘪，亏了苏州有几位编新戏的相公，说道：‘老陶，你近日无聊，我每各人有两本簇新的好戏在此。闻得浙江一路也学苏州，甚兴新戏，拿去卖些银子用用。’”

李渔的生活态度与袁宏道等有许多相同之处。他的遁世，追求的是现实的享乐，与前辈文人相比，他更注重现实，在他看来，人生有限，光阴迅速，因此要及时行乐，他在《闲情偶寄·颐养部》中指出：

> 伤哉！造物生人一场，为时不满百岁。彼夭折之辈无论矣，姑就永年者道之，即使三万六千日，尽是追欢取乐时，亦非无限光阴，终有报罢之日。况此百年以内，有无数忧愁困苦、疾病颠连、名缰利锁、惊风骇浪阻人燕游，使徒有百岁之虚名，并无一岁二岁享生人应有之福之实际乎？又况此百年以内，日日死亡相告，谓先我而生者死矣，后我而生者亦死矣，与我同庚比算、互称弟兄者又死矣。……知我不能无死，而日以死亡相告，是恐我也。恐我者，欲使及时为乐，当视此辈为前车也。康对山构一园亭，其地在北邙山麓，所见无非丘陇。客讯之曰：“日对此景，令人何以为乐？”对山曰：“日对此景，乃令人不敢不乐。”达哉斯言！予尝以铭座右。[②]

---

①〔清〕叶梦珠：《阅世编》卷八“内装”，《笔记小说大观》第三十五编第5册，（台北）新兴书局有限公司1977年版，第176、180页。

②〔清〕李渔：《闲情偶寄·颐养部》，《李渔全集》第三卷，第308页。

追求精神超越者注重人格完美，而李渔重视现实的享乐，并不重视人格的完美。为了获得现实的享乐，他宁可牺牲精神和放弃人格，他不愿像陶渊明、李白那样自命清高，洁身自好，他向那些达官贵人“打抽丰”时，毫不掩饰自己的窘迫，几乎直接向他们伸手乞讨。李渔虽自称“予系儒生”，但又与儒家思想有别。儒家重义轻利，李渔看重的却是利。他的创作都是商业化的运作行为，为“砚田糊口”，而且亲自经营印刷业。他说：“觅应得之利，谋有道之生，即是人间大隐。”“应得”“有道”，就是说，只要财富来得光明正大就行。入清后，李渔一度受到道家思想的影响，崇尚自然。但不同于道家的“少私寡欲”“无为自得”及维护人格等主张，他将自己的学说与老庄之学作了一番比较：

> 老子之学，避世无为之学也；笠翁之学，家居有事之学也。①

总之，与那些攫取民脂民膏以供享受的达官贵人不同，李渔靠自己的生活技艺和写作、经营出版获取利润，享受生活，在今天看来，无可厚非。《闲情偶寄》就是在这一社会背景下的产物，是一部总结生活艺术的百科全书。

李渔的戏曲理论是《闲情偶寄》中最有价值的部分。中国古代戏曲自产生以来，至李渔时已有五百年的历史。其中经历了两个黄金时代，一个是以关汉卿、王实甫为代表的元代杂剧繁荣期，一个是以汤显祖为代表的明代戏曲繁荣期。除此之外，李渔所生活的清初戏曲也得到了很大的发展，其后出现了以洪昇、孔尚任为代表的第三个戏曲发展黄金期。因此，在李渔的时代，系统地总结戏曲长期发展累积的艺术经验，进一步推动戏曲艺术向前发展，就成为理论界迫切需要解决的问题。

把戏曲创作上升为理论，其实在李渔之前就有人做了，虽然比较零碎，但为李渔系统地总结我国戏曲的实践经验提供了丰富的借鉴。

李渔对戏曲理论的最大贡献就是把戏曲创作和戏曲演出结合起来，创立了一个戏曲叙述艺术模式，并提出了实现这一模式的若干理论原则。他紧紧抓住

---

①〔清〕李渔：《闲情偶寄·颐养部》，《李渔全集》第三卷，第339页。

情节结构这一核心，提出“结构第一”。

最早论及戏曲结构的是元人乔吉，他提出了著名的“凤头、猪肚、豹尾”之说。对此，元人陶宗仪进一步解释道：“大概起要美丽，中要浩荡，结要响亮，尤贵在首尾贯穿，意思清新。”[①]但他指的是剧曲或散曲的曲文结构，而非剧本的整体结构。明人祁彪佳首先注意到了剧本结构的重要性，他说：“作南传奇者，构局为难，曲白次之。”[②]明戏曲理论家王骥德提出，在创作戏曲时，“修辞当自炼格始”[③]，所以他在《曲律》中专设“论章法”和“论剧戏”两章来讨论戏曲结构问题。并说，剧作家在动笔之前，首先必须“立下主意”，即确立主题，“然后遣句，然后成章”[④]。这已经接近李渔所谓的“立主脑”，可惜他对这一问题没有深入地探讨下去。小说家凌濛初也曾说过：“戏曲搭架，亦是要事，不妥则全传可憎矣。”[⑤]但是，尽管他们注意到了结构的重要性，并提出了一些独到的见解，仍未完全摆脱传统诗文审美观的影响，使得他们对戏曲结构的认识不免带有片面性。如王骥德，虽认为结构重要，但又认为音律是作戏曲的“第一吃紧义”[⑥]。祁彪佳也认为品曲标准是“赏音律而兼收词华”[⑦]。

李渔对戏曲结构的认识较明人又有所提高，他明确提出了“结构第一”的命题，把结构问题看成是戏曲创作中的首要问题。他认为，在戏曲创作中，音律有谱可循，“葫芦有样，粉本昭然”；而结构无书可查，无法可依。所以，他称别人“填词首重音律，而予独先结构”。“结构”二字，“则在引商刻羽之先，拈韵抽毫之始”。就像建房子先要打好图纸一样。要做到戏曲结构严谨，就要“立主脑”，即在设计和安排结构时，首先必需确立全剧的中心思想和“一人一事”。不仅中心思想要明确，而且主要人物和中心事件也要很清楚。正如德国戏剧理论家弗莱塔克曾指出：“主题思想拥有的威力就和结晶过程所具有的那股神

① 〔元〕陶宗仪：《南村辍耕录》，中华书局1959年版，第103页。
② 〔明〕祁彪佳：《远山堂曲品・具品・玉丸》，《中国古典戏曲论著集成》第6册，第102页。
③ 〔明〕王骥德：《曲律・论章法》，《中国古典戏曲论著集成》第4册，第123页。
④ 〔明〕王骥德：《曲律・论套数》，《中国古典戏曲论著集成》第4册，第132页。
⑤ 〔明〕凌濛初：《谭曲杂札》，《中国古典戏曲论著集成》第4册，第258页。
⑥ 〔明〕王骥德：《曲律・论平仄》，《中国古典戏曲论著集成》第4册，第107页。
⑦ 〔明〕祁彪佳：《〈远山堂曲品〉叙》，《中国古典戏曲论著集成》第6册，第1页。

秘力量相仿，通过主题思想产生情节的一致和性格的意义，最后形成剧本的整体结构。”[①]构成主脑的第二个内容即是“一人一事”。一人即剧作中心人物，是主题思想的主要体现者，而其他剧中人物“俱属陪宾”，都以此一人（或几人）为中心，围绕着这一人（或几人）发生关系，展开冲突。“一事”即那种能够代表统一性，能将全剧情节贯穿起来的事，即剧中的关键性事件。这一关键性事件不一定是剧中的中心事件，只是因为它在矛盾冲突中起着枢纽的作用，才成为结构中心之一。这一事也可能是一种贯穿全剧情节和矛盾冲突始终的道具。李渔在创作中努力实践，如《蜃中楼》中之“一人”是舜华和柳毅，“一事”则为“蜃楼双订”。《风筝误》中“一人”即是韩世勋和詹淑娟，“一事”即“鹞误”。“立主脑”之后，便是“密针线”“减头绪”。“密针线”就是说，编戏就像缝衣服一样，要做到针线绵密，一针没缝好，整件衣服就会出现破绽。具体而言，就是要注意照应、埋伏。“减头绪”就是说，剧中不能人物太多，事件过繁，应删去那些与“一人一事”关系不大的人物和事件，以突出主线。

显然，李渔对结构的认识比前人深刻得多，在认识的广度上也超过了前人。前人对戏曲结构缺乏整体认识，或只注意曲文结构，或只注意情节安排的某些部位，没有形成完整的理论体系。

戏剧的基本构成因素是情节。李渔提出戏剧情节必须以现实生活为依据，但又离不开艺术虚构。在论述戏剧情节的虚实关系时，李渔还提出了具体处理情节虚实关系的一个基本方法，即艺术概括法。就是将现实生活中的真人真事进行概括和集中，也就是今天所说的“典型化”。情节的虚构必须建立在人情物理的基础之上，即符合人物的情感逻辑。针对当时剧坛上抄袭雷同之风盛行的情况，李渔提出戏剧情节必须“脱窠臼”。要做到“脱窠臼”，就必须做到“新”“奇”。所谓“新奇”，包括三个层次的内容，一是故事内容的新奇，二是立题命意的新奇，三是表现手法的新奇。

李渔认为，“古人呼剧本为‘传奇’者，因其事甚奇特，未经人见而传之，

---

① ［德］弗莱塔克：《论戏剧情节》，上海译文出版社1981年版，第1页。

是以得名，可见非奇不传。新即奇之别名也”[①]。所以，李渔反对摹仿剽窃，并在创作中身体力行，选材力求新颖奇异，避免“落窠臼”。他不无得意地称，自己在创作中从“不效美人一颦，不拾名流一唾，当世耳目，为我一新。使数十年来，无一湖上笠翁，不知为世上减几许谈锋，增多少瞌睡”[②]。李渔剧作中所描写的故事情节，大都为前人所未写或写而未尽者。比如，一般来说，传统戏曲多为生旦联姻，而《奈何天》却打破了这一格套，以丑旦联姻，“此番破尽传奇格，丑旦联姻真叵测”。还有《玉搔头》写皇帝与妓女谈情说爱，《比目鱼》写青年男女借戏传情等，都是写人之所未写。

那么，如何在题材上创新呢？李渔认为，创新并非一味追求奇特，以至不合情理。“予谓文字之新奇，在中藏不在外貌，在精液不在渣滓”[③]，就是说，传奇题材的创新，应当遵循现实生活的内在规律，“可变者”变，“当仍者”仍，不可为了求新而丧失戏剧艺术的真实性。所以，立意的新奇比题材的新奇就更为重要。新奇处处可寻，只要你善于发掘，即使在“饮食居处之内，布帛菽粟之间”的平常生活中，仍然蕴含着不为人知的人情物理，“即前人已见之事，尽有摹写未尽之情，描画不全之态”。切忌荒唐，“凡说人情物理者，千古相传；凡涉荒唐怪异者，当日即朽”[④]。他追求“自然而然，水到渠成”的结构奇巧，反对“无因而至，突如其来与勉强生情，拉一成处”[⑤]，认为奇巧的目的在于引发读者的兴致，不在于让人难以捉摸。

应该说，强调“新奇”是明中叶以后文学创作理论的主流思想，因为“新”“奇”的东西最容易引起人们的注意，刺激人的感官。如烟水散人称赞《珍珠舶》“搜罗闾巷异闻，一切可惊可愕可欣可怖之事，罔不曲描细叙，点缀成帙”[⑥]。笑花主人认为《今古奇观》“极摹人情世态之歧，备写悲欢离合之致，

① 〔清〕李渔：《闲情偶寄·词曲部上》，《李渔全集》第三卷，第9页。
② 〔清〕李渔：《与陈学山少宰》，《笠翁一家言文集》，《李渔全集》第一卷，第164页。
③ 〔清〕李渔：《闲情偶寄·词曲部下》，《李渔全集》第三卷，第59页。
④ 〔清〕李渔：《闲情偶寄·词曲部上》，《李渔全集》第三卷，第14页。
⑤ 〔清〕李渔：《闲情偶寄·词曲部下》，《李渔全集》第三卷，第63页。
⑥ 〔清〕烟水散人：《〈珍珠舶〉序》，《明清小说序跋选》，第45页。

可谓钦异拔新，洞心骇目”[①]。睡乡居士和何晶森把《二刻拍案惊奇》和《水石缘》作者的人品、遭遇、作品特点都归纳为一个“奇”字。早期人们对新奇的理解，主要偏向于一切人们见所未见闻所未闻的妖魔鬼怪、仙佛羽流故事，用这类题材创作的小说曾风行一时。但自明中叶以后，蒙着神秘面纱的圣贤走下神坛，玄妙深奥的人伦物理也被通俗化。李卓吾说“百姓日用即是道”，“穿衣吃饭，即是人伦物理，除却穿衣吃饭，无伦物矣”[②]。在这些进步思想家的鼓吹下，人们开始更关注日常现实生活，文学艺术上的审美趣味也相应地发生了变化，开始以俗为新，以常为奇，如空观主人在《拍案惊奇·序》中指出：“今之人，但知耳目之外，牛鬼蛇神之为奇，而不知耳目之内，日用起居，其为谲诡幻怪，非可以常理测者，固多也。”[③]新奇出于庸常，出于“耳目之内”“日用起居”之中。因此，李渔的创作思想与这一文艺思潮是一脉相承的。

有了新奇的题材和立意，运用新奇的艺术手法去表现它就显得更为关键。李渔说，“戏场关目，全在出奇变相，令人不能悬拟”[④]“戏法无真假，戏文无工拙，只是使人想不到，猜不着，便是好戏法，好戏文”[⑤]。就是既出人意外，又合情合理。为了实现这一目标，李渔喜欢在剧中运用误会和巧合，以设置喜剧性的情节，组织曲折幽深的戏剧冲突，从而造成妙趣横生的喜剧效果。例如《风筝误》，其故事情节就是由一系列的误会和巧合构成，既奇特，又因为它根基于社会上普遍存在的真假难分的现象而显得自然合理；既出乎意料之外，又入乎情理之中。这是因为李渔在设置这些偶然事件时，也写出了这些偶然事件发生的必然性。全剧没有剑拔弩张的戏剧冲突，而流溢着一种轻松愉快的笑，一种宣泄感性自由的笑。它将我们从烦琐平庸的生活事务中解脱出来，从麻木沉寂的状态中唤醒过来，内心激情得以激活，生命快乐得以实现。[⑥]

李渔还很重视戏剧创作的“词彩”。在他之前，元人也论及戏曲语言问题，

① 〔明〕笑花主人：《〈今古奇观〉序》，《明清小说序跋选》，第14页。
② 〔明〕李卓吾：《答邓石阳》，《焚书·续焚书》，第4页。
③ 〔明〕空观主人：《〈拍案惊奇〉序》，《明清小说序跋选》，第1页。
④ 〔清〕李渔：《闲情偶寄·演习部》，《李渔全集》第三卷，第101页。
⑤ 〔清〕李渔：《闲情偶寄·词曲部下》，《李渔全集》第三卷，第63页。
⑥ 郭英德：《明清传奇史》，第398页。

但多从品评诗文的角度来品评戏曲的语言，故未能挣脱诗论与文论的窠臼，仅是品评词藻的工美与否，还没有结合戏曲艺术本身的特点来论述戏曲语言。明人注意到了这个问题，如王骥德在论及戏曲语言时，已注意到戏曲“可演可传”，即舞台性和特殊性，注重戏曲语言的通俗性和音乐性以及宾白，但对戏曲语言的特殊性还没有展开充分的探讨和论述，而且仍偏向于词藻的工美，这就影响了戏曲语言论的系统和完整。李渔提出的戏曲语言论，在思维向度、论述范围及理论深度上，都比前人有所拓展。他十分注重语言的舞台性，“填词之设，专为登场”①。因此，他把戏曲舞台性作为戏曲语言的出发点和立脚点，能够摆脱诗文理论的束缚和影响，紧密联系戏曲艺术本身的特点来论述戏曲语言。他不仅发展了王骥德的戏曲语言论的独创性，对王骥德提出的戏曲语言的通俗性、音乐性及戏曲宾白等问题作了补充和完善，而且提出了一些新的见解，大大丰富了我国古典戏曲语言论，使戏曲语言臻于完善。他认为，戏剧是写给各个文化层次的人看的，所以语言“贵浅显”，浅显并不意味着粗俗浮浅，而应与意深完美结合。语言应该机智幽默，生动有趣，新鲜活泼，个性化，而拒绝呆板迂腐，千人一言。李渔还很重视插科打诨所营造出的舞台效果。他认为科诨“乃看戏之人参汤也。养精益神，使人不倦，全在于此，可作小道观乎？”②即起到提神的作用。他的剧作中几乎都安插了一些精彩滑稽的科诨，以调剂舞台的气氛，增强喜剧效果。如《意中缘》中，当黄天监与是空和尚约好，冒充董思白娶杨云友时，杨云友画了一幅梅花，叫黄天监评价。黄天监是个不学无术的无赖，对画一窍不通，他原想求救于丫环妙香，不料妙香故意走开，他只好妄加评论说：“画便画得好，只是有花无叶太冷静些。”又胡乱吹捧道：“夫人的画，笔笔都是古人，如今的作者哪里画得出？”杨云友问他：“像那一位古人？”黄天监竟说像张敞。杨云友指出他说错了，张敞画的是“眉”，而不是“梅”。他还自作聪明地辩解道：“他是个聪明的人，或者两样都会画也不可知？”接着杨云友又让他写诗，并为其磨墨，这时妙香又故意把门反扣起来，黄天监既写

① 〔清〕李渔：《闲情偶寄·演习部》，《李渔全集》第三卷，第66页。

② 〔清〕李渔：《闲情偶寄·词曲部下》，《李渔全集》第三卷，第55页。

不出诗，又走不了，急得大哭起来，说道：“你不是磨墨，分明是磨我的骨头，磨我的性命！”丑态百出。[①]

李渔的表演论是和创作论相辅相成的。元代戏曲理论著作《青楼集》《唱论》等已涉及了演员的艺术素质、表演技巧等问题。明代更多，如《南词引正》《弦索辨讹》《度曲须知》《陶庵梦忆》等著作，对演员的素质、演唱效果、形体动作、演员与角色的关系、舞台处理等，都有所评述。前人的戏曲表演论为李渔的研究和论述提供了借鉴，但李渔在此基础上又有了较大的发展。

首先，李渔明确提出了“填词之设，专为登场”的命题，抓住了戏曲艺术的根本特征，对于纠正以往重编剧轻表演的偏颇，引起戏曲家们对表演艺术的重视，有着十分重要的意义。其次，在具体论述中，李渔相较前人也有了较大的开拓。与前人的戏曲表演理论比，李渔的戏曲表演论具有广泛性和系统性的特点。在所论述的问题上，不仅在前人已经论及的问题上加以进一步的探讨和论述，而且对前人尚未论及的问题也作了新的详细的阐述。他论述的问题相当广泛，包括导演、唱、念、白、科范、乐器、伴奏、演员素质等，范围之广，胜过以往任何一部戏曲表演论著，臻于系统化，在理论的深度上也超越了前人。

李渔不无辛酸地说：“若天假笠翁以年，授以黄金一斗，使得自买歌童，自编词曲，口授而身导之，则戏场关目，日日更新，毡上诙谐，时时变相。此种技艺，非特自能夸之，天下人亦共信之。然谋生不给，遑问其他？”[②]他认为，生活的贫困影响了他的戏曲创作成就。然而，他忘记了韩愈说的诗穷而后工的话，若真如李渔所说，授以黄金一斗，也许今天没有人会想到为他写传记了。

《闲情偶寄》中声容、居室、器玩、饮馔、种植、颐养几个部分，都属于生活美学的范畴。

明代士大夫爱园、造园、赏园之风盛行，几乎每个人都有自己钟爱的私家园林，如徐渭的青藤书屋、王世懋的淡园、邹迪光的愚园、陶望龄的息庵、陶奭龄的赐曲园、王心一的归田园、袁宏道的柳浪园、袁中道的金粟园、李流芳

① 〔清〕李渔：《意中缘》第十四出“露丑”，《笠翁传奇十种上》，《李渔全集》第四卷，第362—363页。

② 〔清〕李渔：《闲情偶寄·演习部》，《李渔全集》第三卷，第75页。

的檀园、费元禄的晁采馆、祁彪佳的寓园、郑元勋的影园，等等，遍布大江南北，留下了众多描写园林亭阁的小品文，表达了他们关于园林建筑的一些观点。

李渔的园林美学，是中国建筑艺术的重要遗产。阚泽在《园冶·识语》中将李渔与一些著名的建筑大家相提并论：

> 彼云林、南垣、笠翁、雪涛诸氏，一拳一勺，化平面为立体，殆所谓知行合一者。无忝由绘而园，水石之外，旁及土木，更能发挥理趣，著为草式。[①]

李渔对自己的造园技术很自信，曾建过伊园、芥子园，以及后来的层园，也曾为别人叠园。他把营建园林比作写文章，反对抄袭模仿。在营建园林时，小到假山花草的设置，大到亭台楼阁的安排，都能体现出营造者的审美个性。他提倡：“一花一石，位置得宜，主人神情已见乎此矣，奚俟察言观貌，而后识别其人哉？”[②]“创造园亭，因地制宜，不拘成见，一榱一角，必令出自己裁。”[③]他认为美体现在崇尚自然中，“宜自然不宜雕斫”[④]；若“求天然者不得，故以人力补之”[⑤]。追求美观，但不能影响其实用价值，从实用出发，忌奢靡，崇俭朴，求坚固，“居宅无论精粗，总以能避风雨为贵”[⑥]。

李渔认为，那种把享受生活看成是富人的专利的观点是错误的。快乐与金钱之间不能划上等号。美化生活的原则是“寓节俭于制度之中，黜奢靡于绳墨之外，富有天下者可行，贫无卓锥者亦可行”[⑦]。李渔多次谈到日常生活中有许多赏心乐事，只要你善于发现。他说：“‘会心处正在不远。’若能实具一段闲情，一双慧眼，则过目之物，尽在画图，入耳之声，无非诗料。譬如我坐窗内，

---

① 〔明〕计成：《园冶》，中国建筑工业出版社1981年版，第18页。
② 〔清〕李渔：《闲情偶寄·居室部》，《李渔全集》第三卷，第196页。
③ 〔清〕李渔：《闲情偶寄·居室部》，《李渔全集》第三卷，第156页。
④ 〔清〕李渔：《闲情偶寄·居室部》，《李渔全集》第三卷，第165页。
⑤ 〔清〕李渔：《闲情偶寄·居室部》，《李渔全集》第三卷，第177页。
⑥ 〔清〕李渔：《闲情偶寄·居室部》，《李渔全集》第三卷，第159页。
⑦ 〔清〕李渔：《闲情偶寄·凡例》，《李渔全集》第三卷，第1页。

人行窗外，无论见少年、女子是一幅美人图，即见老妪、白叟扶杖而来，亦是名人画幅中必不可无之物；见婴儿群戏是一幅百子图，即见牛羊并牧、鸡犬交哗，亦是词客文情内未尝偶缺之资。”[①]生活中到处都可以发现美，只要你有对生活的激情，有一双善于发现美的眼睛，夜晚，你可以手持蜡烛，趁着花还未谢前欣赏一番；清晨，你可以早一点起床，听鸟声歌唱。在他眼里，人生无处不乐，无事不乐，无物不美。

李渔发现了许多养生之法。首先是行乐以养生，行乐又因人而异。贵人的行乐之法是：俯视那些不如自己者，那么你就会感到快乐；富人的行乐之法是：散财济穷，乐施好善，那么你就会感到满足；贫贱者的行乐之法是：常常想想天下还有比我更贫更贱的，还有鳏寡孤独和无力婚娶的，还有身系牢狱的，那么，你就会感到自己有多么幸运。贫贱者则可以通过“忆苦追烦”取乐，即回忆起自己以前更艰苦的日子，“以此居心，则苦海尽成乐地”[②]。行乐还因地而异，因时而异，因事而异。坐、行、立、饮、谈、读书、清闲、睡觉、沐浴、听琴观棋、看花听鸟、蓄养禽鱼、浇灌竹木等，都有乐趣。可见，李渔是个彻头彻尾、近乎阿Q式的乐观主义者。

其次是止忧以养生。就是要谦以省过，勤以砺身，俭以储费，恕以息争，宽以弥谤。

三是调饮馔以养生。传统养生理论认为：“《食物本草》一书，养生家必需之物。”李渔与之不同，认为应根据各人之性来安排饮食。爱食者多食，“平生爱食之物，即可养身，不必再查《本草》”[③]；怕食者少食，太饥勿饱，太饱勿饥，怒时哀时勿食，倦时闷时勿食。食物烹调，原则上不能破坏食物的天然之性，应注重食物的搭配组合，要根据食物的天性来选择相互之间的搭配，注意火候。李渔在《闲情偶寄》中专列“饮馔部”，“吾谓饮食之道，脍不如肉，肉不如蔬，亦以其渐近自然也”。所以，他首重蔬菜，认为蔬菜的至美之处，惟在

①〔清〕李渔：《闲情偶寄・居室部》，《李渔全集》第三卷，第177—178页。
②〔清〕李渔：《闲情偶寄・颐养部》，《李渔全集》第三卷，第312—313页。
③〔清〕李渔：《闲情偶寄・颐养部》，《李渔全集》第三卷，第335页。

一鲜而已，其中特别是笋，山林所产与城市所产鲜美迥异，令人难忘。[①]

四是节色欲以养生。他认为男女之欲，既可伤人，也可疗人。要注意节制，不可纵情肆欲。

五、六是却病疗疾以养生。在这里，李渔提出了大胆新奇，有些甚至与传统医疗方法相左的治疗方法。李渔提出了几味特殊的药，一味是“本性酷好之物”，就是说，只要给患者吃他最喜欢的东西，比任何灵丹妙药都强。李渔讲述了他曾经患疫病吃杨梅而愈的故事，加以证明。另一味是“以其人急需之物”，就是说让病人梦寐以求的事情实现，他的病就会霍然尽愈。还有一味是“以一心钟爱之人”当药，就是说病人得到了他心爱的人，病也会痊愈。此外，让病人见到一生从未见到的东西，平生仰慕的人，平常喜欢做的事，拔去病人的“眼中钉”“肉中刺”，都可使病人痊愈。

李渔在这里开出的几副药方，其实都是心理疗法，今天的科学证明，它在一定程度上的确有效。不过在古代，这些都显得很神秘。但李渔在书中作了较为科学的分析，表现了他的创新精神。

另外，陈洪还发现李渔“闲情”背后还有“隐情”，如通过介绍牡丹自我言志，把对李树的评价与自我评价联系起来，给予李树很高的赞誉，以冬青自我比德，表达自己不与清廷合作的民族爱国思想，又通过谈论葱、蒜、韭三物，隐喻自己既不与新朝对抗，也不与新朝合作的态度。此可谓目光如炬[②]。

《闲情偶寄》最大的特点就是新颖。李渔在《闲情偶寄·凡例》中说：此书中“所言八事无一事不新，所著万言无一言稍故”“阅是编者，请由始迄终验其是新是旧，如觅得一语为他书所现载，人口所既言者，则作者非他，即武库之穿窬，词场之大盗也”[③]。而且注重实际，图文并茂，形象通俗。李渔表现了一个真正的行家本领，他不仅精于鉴赏，而且善于亲自动手制造。在封建社会，知识分子沉湎于“圣贤书”之中，认为这些才是正道，而那些生产技术则被视为“奇巧淫技”，受到歧视。如果生活在今天，李渔可能是一个拥有多项专利技

---

① 〔清〕李渔：《闲情偶寄·饮馔部》，《李渔全集》第三卷，第235页。

② 陈洪：《“闲情”背后的隐情——兼论鼎革后李渔的复杂心态》，《文学与文化》2017年第4期。

③ 〔清〕李渔：《闲情偶寄·凡例》，《李渔全集》第三卷，第1—2页。

术的发明家。在《闲情偶寄》中，有很多地方不但有说明文字，而且配制了许多插图。比如，李渔亲自设计了一种冬季取暖用的书桌，这种书桌在下面踏脚处安装了一个可以拉开的铁皮抽屉。冬天寒冷时，只要在抽屉里放上燃烧的木炭，然后关上。这样，热气就会从脚下向上传遍全身。由于关上了抽屉，隔断了一部分氧气，这样就减缓了木炭的燃烧，节约了燃料，而且热能更集中。还有一个优点就是没有污染，不会呛鼻。还有一种夏天坐的凉杌，杌面中空，有如方盒子，四边及底部，俱以油灰嵌之，上面覆方瓦一片，先汲凉水贮杌内，以瓦盖住，务使下面着水，其冷如冰，热复换水，水止数瓢。李渔还设计了一种用来放置古玩器具的箱子，叫“八宝箱”。这种箱子不用一根铁钉，完全靠榫头来连接，而且锁装在里面，外面看不到锁链。这样既美观又防盗。此外还设计了精巧美观的暖椅、门窗、床帐、橱柜、箱子、炉瓶、屏轴、茶具、酒具、碗碟、灯烛、笺简等。当然，这些小发明有些是与能工巧匠们共同讨论的结果。李渔因为酷嗜造园、经营书铺等，与下层技艺百工如刻工、裱工、医士、卜者、画师等也有不少交往，并为他们题联赋诗，互相取长补短。李渔出身于医商之家，因此，对这些出身下层的技艺百工，他从没有歧视的意思，倒多有同是天涯沦落人之感，对他们的精湛的技艺和高尚的品格大加称赞，并乐于帮助他们。康熙五年丙午（1666），李渔由南京游京师时谒见大学士魏贞庵。数年后，他将在芥子园工作了多年的刻工刘某推荐给魏贞庵，可见他对刘某的厚爱。

《闲情偶寄》完成后，李渔请尤侗、余怀等名家作序加评。余怀慨然应允，并于立秋日完稿，其中云：

> 今李子《偶寄》一书，事在耳目之内，思出风云之表，前人所欲发而未竟发者，李子尽发之；今人所欲言而不能言者，李子尽言之；其言近，其旨远，其取情多而用物闳。……今李子以雅淡之才，巧妙之思，经营惨淡，缔造周详。即经国之大业，何遽不在是？而岂破道之小言也哉！[①]

---

①〔明〕余怀：《闲情偶寄·序》，《李渔全集》第三卷，第1—2页。

余怀充分肯定了《闲情偶寄》的创新和历史意义，甚至誉为“经国之大业”，并对有些人的“破道之小言”攻击进行驳斥。《闲情偶寄》甫一出版，李渔马上将还在散发着油墨香的几十册新书寄赠给了老朋友。不久，他就陆续收到了来信，大家对《闲情偶寄》赞不绝口。其中龚鼎孳还随信寄来了一些礼品：一块腊肉，一段丝绸布料。陈学山的来信更为动人，李渔在北京见到他时，他任大司成，如今已升任东阁大学士了。在信中，陈学山劝李渔道：“鸳鸯绣了从君看，莫把金针度与人。”他对李渔如此坦率地公开自己的毕生研究成果感到惋惜和不解。的确，这句话说到了李渔的心坎里。对此，李渔不是没有犹豫过，发表《闲情偶寄》无疑与今天泄露专利技术差不多。但是，他认为自己已经是年迈的老人了，时间和经济条件都不允许他秘藏这些技术。他相信，《闲情偶寄》一出版，就会成为畅销书，他不愿放过任何一次大把赚钱的机会，况且这也许是最后一次。

从某种意义上说，《闲情偶寄》的内容就是李渔“打抽丰”的技术。李渔就是靠这些知识遨游于官僚士大夫之间，为他们服务，并以此受到他们的欢迎，得到报酬的。

肠断汉阳

原来在徐州任河防同知的纪子湘，在收到李渔寄去的《闲情偶寄》后也回了信，他现在已调任湖北汉阳太守，他对乔、王在徐州的演出久久难忘，希望李渔有时间率领家班到汉阳一游。李渔看了纪子湘的来信后非常高兴，但不巧的是一月前乔姬生下了一个女儿，产后身体很虚弱，需要休息调摄，无法经受长途跋涉，更不用说上台演出。但是，如果缺少了王牌演员乔姬，演出的质量必会大打折扣，李家班的声誉也将受损。李渔考虑再三，决定还是把这个消息告诉乔姬，听听她的意见。不料，乔姬得知消息后，坚决要求随团出行。见李渔还在犹豫，乔姬安慰道，自己从小苦惯了，况且年纪轻，身体恢复得快，没有问题，用不着担心。李渔看她态度诚恳而坚决，又考虑到家里不断添丁，开销越来越大，李渔虽四出筹资，印书卖文的收入也不错，但仍是入不敷出，何况随着自己的年龄越来越大，这样的机会不会太多了。再说，老年得子，儿子们还小，没有自立，他得抓住有生之年，赚一笔钱安享晚年，并为儿女们准备一笔积蓄。想到这里，李渔勉强答应了乔姬的要求。他当时没有料到，他要为这个决定付出沉重的代价，承受余生之痛。

于是，康熙十一年（1672）新春刚过，李渔带着四个姬妾，雇船沿长江西上，游历荆楚。

李渔雇的是一条大船，他预先采购好了许多布匹、茶叶等商品，准备顺道带去武汉发卖。初春之时，寒风冻雨，芥子园的大部分花草还在冬眠之中，所以显得有些荒凉，只有梅花散发出诱人的清香，柳枝上绽开的嫩芽透露出一点春天的信息。李渔的眼睛忽然变得红肿起来，这是用眼过度所造成的，但他觉得不碍事，带上几副中药就出发了。临行前，他还没忘带上自己要阅读的书籍和古琴，然后恋恋不舍地挥手告别芥子园。

一出发，就似乎有不祥之兆。从南京到九江的这段路上，不是疾风怒号，就是凄风苦雨。大船逆风而行，走得非常缓慢。这段不到四百里的行程，他们足足行驶了二十三天。夜泊湖口对岸时，狂风怒吼，白浪滔天，差点把船掀翻，有个胆小的姬妾吓得大哭起来。大家记起当年在燕子矶，李渔为诸神题对联而使风浪平息的事，怂恿李渔现在也试试。李渔无奈，写了几首诗祭风。他请求狂风平息，不要为难孤舟穷客。但他又豪迈地说：这几年我诗思滞涩，但是这倒峡摧锋的狂风反而激起了我的诗兴，不过我今天实在太疲倦了，风神你就请回吧！其中有一首写道：

我方忧岁月，人尽泣风涛。
不信江鱼腹，能容楚客骚。
斯文如未丧，吾命岂鸿毛。
恃此能无恐，长歌慰尔曹。[①]

---

①〔清〕李渔：《江行阻风四首》其三，《笠翁一家言诗词集》，《李渔全集》第二卷，第123页。

行至九江，航船靠岸，准备报关。李渔利用空隙，登岸前去拜访九江知府江念鞠。江太守早已听过这位大作家的名字，盼望有一天能为李渔效劳。他听说李渔来拜，热情地接待了他。谈笑了一会，李渔因要赶路，起身告辞。江太守要李渔用过饭后再走，李渔说他得抓紧时间赶往汉阳，自己是利用报关的空隙前来的。江太守一听，不再勉强，吩咐关吏对李渔的行船免检免税放行，并送上几十两银子和一些路上吃的食物，叮嘱李渔回南京时顺路再到衙门作客。李渔喜出望外，更令他高兴的是，第二天抛锚开航时，江面刮起了强劲的东风，航船挂起风帆，顺风而行，一共只用了四天四夜，就抵达了汉阳。

航船夜泊汉阳，平静的江面在月色的照耀下，波光粼粼。无数的渔火就像天上落下的星星。夜空中不时传来的几声雁鸣和邻舟客人发出的鼾声，更衬托出深夜的寂静。李渔一直站在船头欣赏美丽的夜色，久久不能入睡。

汉阳是武汉三镇中最繁华的商业区，曾经与江西的景德镇、河南的朱仙镇、广东的佛山镇一起，并称为“中国四大名镇”。

李渔一行受到了纪子湘的热情接待，他带李渔到他府衙中新筑的卧游山房参观，又亲自陪同李渔登上著名的黄鹤楼。这时李渔的眼睛还未完全痊愈，但看到纪子湘兴致勃勃的样子，不忍拒绝。登上高楼，武汉三镇尽收眼底。李渔远眺大江，感慨万端，临风赋七律《登黄鹤楼》云：

十年心醉此楼名，今日登临体较轻。
目眺神仙追去鹤，酒浇鹦鹉吊狂生。
莫嗟老大无休息，还喜中原少战争。
试倚危栏听逝水，至今犹作鼓鼙声。

诗中抒发了作者久慕此楼，今日得以登临的喜悦，也有身如秋蓬四海飘泊的悲嗟，还有对天下太平的希冀。高钦如评论此诗说：“黄鹤楼诗充栋，正难如此轻清洒脱。”[①]接着他们还游览了鹦鹉洲、东湖等名胜。

---

① 〔清〕李渔：《笠翁一家言诗词集》，《李渔全集》第二卷，第188页。

接下来是出席纪子湘及其同僚们为李渔举行的一个个接风洗尘宴会。在纪子湘的推荐下，李渔还以著名作家的身份出席了当地士绅发起的修建汉口码头的募捐大会，大家一致推举李渔起草募捐布告。当然，汉阳官员们邀请李渔到来的目的主要不是游玩，而是演出，因此，演出日程排得满满的，从春天一直排到夏初，在汉阳刮起了一股“李渔风”。李渔有七组诗记下了他在汉阳的活动，题为《堵天柱、熊荀叔、熊元献、李仁熟四君子携酒过寓，观小鬟演剧。元献赠诗四绝，倚韵和之》的诗云：

其一

试问周郎曲若何，燕姬赵女复秦娥。
为听字里方音别，才晓人间辙迹多。

其二

阳台昔日事堪商，共见云鬟出洞房。
神女原来无绝色，梦中愧杀楚襄王。[①]

演出非常成功，赢得了大家的阵阵掌声和丰厚的报酬。

李渔家班演出的剧目都是他自己亲自创作和改编的，主要有“前后八种”和“内外八种”，李渔在《乔复生、王再来二姬合传》中称：“予于自撰新词之外，复取当时旧曲，化陈为新，俾场上规模，瞿然一变。初改之时，微授以意，不数言而辄了；朝脱稿，暮登场，其舞态歌容，能使当日神情，活现氍毹之上。如《明珠·煎茶》《琵琶·剪发》诸剧，人皆谓旷代奇观。”[②]他还在一首五言古诗诗题说：“予改《琵琶》《明珠》《南西厢》诸旧剧，变陈为新，兼正其失，同人观之，多蒙见许。因呈以诗，所云为知者道也。”[③]由此可知，李渔曾改编过《琵琶记》《明珠记》《南西厢》中的某些折子，供家班搬演。从“人皆谓旷代奇观”看来，由于李渔是行家里手，点铁成金，改编都很成功。

---

① 〔清〕李渔：《笠翁一家言诗词集》，《李渔全集》第二卷，第331—332页。
② 〔清〕李渔：《笠翁一家言文集》，《李渔全集》第一卷，第98页。
③ 〔清〕李渔：《笠翁一家言诗词集》，《李渔全集》第二卷，第14页。

吴平舆邀请李渔到园亭赏梅，陪同的有周伯衡观察、纪子湘太守。李渔发现自己路上走了一月之久，但汉阳的梅花开得与自己出发时芥子园中的一样烂漫，李渔目疾初愈，未及终席就告辞而去。周伯衡名体观，直隶遵化人，顺治六年（1649）进士。周伯衡有《汉阳遇李笠翁兼纪诸姬之盛二首》记此事：

其一

三十年来海内名，白头倾盖汉阳城。

即今顾曲推公瑾，他日凌云问长卿。

其二

云鬟新结楚宫妆，司马题桥藉汉阳。

漫道蕙娘输翠袖，任教杜曲掩霓裳。[①]

可见，身为参议道的高官周伯衡对李渔仰慕已久，一见大慰平生，对李渔家班女乐尤为倾倒。

三月，李渔赴荆州拜谒知府李雨商、同知张秀升。李雨商，原名渌，后改为霖，江苏兴化人。顺治十六年（1659）进士，累官至刑部郎中、广西正主考、荆州知府、湖广督粮道、云南按察使。他才兼文武，相貌清癯。因为兴化与如皋邻近，所以李渔与他攀上了同乡关系。他后来在《与李雨商荆州太守书》中云："渔虽浙籍，生于雉皋，是同姓而兼桑梓者也。"[②]李雨商殷勤款待了李渔。李渔借此游览了荆州闻名天下的古迹关羽庙。荆州是历史上著名的军事重镇，三国时关羽曾镇守于此，南宋时岳飞也曾在此建帅府，镇压杨幺义军。关、岳以忠义著称于世，关羽后世累封至武圣人，岳飞被封为武穆王。李渔赋七律《谒荆州关夫子庙》云：

夫子多才计亦奢，赚来此地建高牙。

---

① 〔清〕周伯衡：《晴鹤堂诗钞》卷之十一，晴鹤山房刊，康熙十八年。

② 〔清〕李渔：《笠翁一家言文集》，《李渔全集》第一卷，第207页。

荆州是借原非借，汉主无家复有家。
若使当年全小信，不几事后起长嗟。
英雄只合凭孤断，悔杀班师误岳爷。①

李渔肯定了关羽不拘“小信”，拒还荆州的明智行为，而对岳飞班师回京，屈死风波亭的愚忠，表示了深深的惋惜之情。

夏天来到时，李渔一行又回到了汉阳。由于上次目疾影响了欣赏黄鹤楼景色，这次他又重登黄鹤楼、晴川阁诸名胜，并题了一副楹联和三首律诗。联云：

仙家自昔好楼居，吾料乘黄鹤者去而必返
诗客生前多羽化，焉知赋白云者非即其人②

作者反崔颢之诗而用之，突出黄鹤楼的雄伟壮丽。布政使高钦如将诗和联刻好挂于梁间，以供游人品赏。李渔在汉阳时，高钦如不时过江来访，每次都赠给李渔不少礼品。高钦如曾任职陕西，李渔秦游路过西安时与他有过一面之交，但故人情重，他已把李渔当成老朋友了。

次日，太守纪子湘、邑侯唐松交二先生又招李渔饮于晴川阁，并求李渔题诗、联。李渔不假思索，一挥而就。联云：

终日凭栏俯翠涛，不变古今灏瀚者，惟留此水
当年对岸飞黄鹤，好看神仙出没者，莫若斯楼③

纪、唐二人也将对联刻木悬挂。李渔的诗联使这座江南第一名楼愈加生色。

接着又是陪同湖北巡抚董会徵发起的隔水较射活动，湖北方面的要员都来了，可谓冠盖如云，只有李渔一人“野服杂其间”。

---

①〔清〕李渔：《笠翁一家言诗词集》，《李渔全集》第二卷，第192—193页。
②〔清〕李渔：《笠翁一家言文集》，《李渔全集》第一卷，第298页。
③〔清〕李渔：《笠翁一家言文集》，《李渔全集》第一卷，第299页。

李渔还去拜谒了汉阳城外的吴主庙，吴主即孙权。他作五言律诗《吴主庙》一首，对孙权的英雄气概和功名伟业进行了高度的评价。

吏部侍郎熊伯龙之子熊元献早就是李渔的崇拜者，一见李渔，接待甚为殷勤。熊元献喜与李渔唱和，李渔初抵汉阳日，熊元献就请李渔到家中下榻，大摆宴席，当时宾朋满座，李渔事后才知是熊元献过生日。熊元献的儿子也成了李渔的好朋友，他上京参加会试，李渔赠诗送别。

由于频繁赶场演出，乔姬的身体很快就垮了下来，但她怕别人为她担心，影响演出，一直隐瞒病情。事实上，她的身体从生孩子后就很糟糕，不过她仍然装得与往常一样。春节来临，她和大家一起打扫卫生，准备年饭。元旦那天，贺客盈门，李渔的好友周亮工、方楼冈、吴冠五等客人都来了，酒醉饭饱之后，照例是听曲，乔姬为了助兴，强支病体，为大家清唱了好几支曲子。她一下台，就满头虚汗。在赴汉阳的路上，早春刺骨的寒风使她感冒一场。生于北方旱地的她从未经历过这样的风涛之险，所以又在船上受了惊吓。但这些都被大家大意忽视了，听着她朗朗的笑声，看着她灿烂的笑容，大家以为她完全恢复了。

在武汉，这个剧团除李渔外，乔姬成了当然的女主人。所以她既要上台演出，又要参加社交。在台上，她主要扮演旦角，有时也演小生。无论演什么角色，她都十分投入，声情并茂。大家为她的多才多艺惊叹不已。在台下，她穿梭于夫人命妇之间，为她们倒茶，陪她们聊天。实际上，她代替了李渔，成了大家的中心人物。虽然病魔折磨着她，但她顽强地坚持着，装着什么也没发生的样子。这些官员的女眷们，看着这个美丽动人的女子，非常羡慕。谁都不知道，这是回光返照的不祥之兆。她们派来女仆，并写了小诗，向乔姬请教梳妆打扮和美容美发的秘诀。在闲暇的时候，乔姬也曾向李渔学习过填词作诗，她这次想以诗作答，但总是难以协律，万般无奈，只好请李渔代写。李渔看着她十分着急的样子，只得帮她完成了七绝四首。乔姬死后，李渔把这看作是她夭折的征兆。

由于乔姬的成功伪装，谁也没有发现她的细微变化。开始，李渔的眼疾分散了他对乔姬的注意力。后来，他又陷入了一场空前的忙碌之中，写脚本，编辑文稿，安排演出，接待客人，游览风景名胜，参加各种各样的宴会，陪当地官员饮酒、赏花、唱和，他分身无术，无暇照顾乔姬。

屋漏偏逢连绵雨，此后几天，一些关于李渔的不利流言又传播开了。有人说，李渔出妻献子，引诱良家子弟，赚取不义之财。又有人说，李渔用写文章进行人身攻击的方式，进行敲诈勒索，《奈何天》中的阙里侯就是影射衍圣公。孔子是山东曲阜人，他的后人世代居住在阙里。从宋代开始，为了表示对孔子的尊敬，统治者授予孔子的后人一个世袭的爵位“衍圣公”，清代仍沿袭旧制。李渔把阙里侯写成是一个奇丑无比又浑身散发着恶臭的人。他们说李渔先作上半部演出，直到衍圣公以重金行贿后，才在下半部写阙里侯戍边散财，感动上帝，为他移形易貌，使之变成了一个才华横溢的美男子。李渔无田无地，无官无职，却建起了豪华的芥子园，而且妻妾成群，挥霍无度。他们说，这些钱财显然来路不明。一些不明真相，尤其是曾经资助过李渔的人，听到这些传言后感到非常气愤。

听到这些流言，李渔感到既愤怒又可笑。他不否认自己打过抽丰，但也不是无偿的，说他引诱良家子弟，他更感到委屈。诚然，他组建戏班的目的主要是为了生活，但是，他个人还一直把它视为一种艺术活动，通过巡回演出，把美的享受带给人们，他觉得自己问心无愧。说他敲诈更加冤枉，他为那些赠与者组织演出，为他们编辑文稿，为他们设计花园，为他们撰写歌功颂德的诗文对联，甚至为他们讲笑话，寻开心，所有这些都要付出辛勤的劳动和聪明才智，凭什么说他敲诈勒索？不过，李渔的这些想法都是超前的，在当时，这些活动并不被人们看作是可以获取报酬的劳动，这当然是时代的悲剧。

李渔并不在乎这些流言会对他的人格造成多大的损毁，他担心的是这将威胁到他的经济来源。人言可畏，他不能不认真对待。他觉得，首先应给在士林中有地位、有声望的官僚士大夫写信求助，请他们出面邀请自己出访。这样，对流言制造者就是一个有力的回击。他首先把目光投向了龚鼎孳和陈学山，这不仅因为他俩身在首都，身居高位，在士林中负有重望，更因为与自己交情甚笃，理解自己的事业，愿意热心助人。尤其是陈学山，早就公开承认李渔的技能是可以出售的商品。只要他们登高一呼，谣言便不攻自破。主意一定，他立即给两人去信，在信中，他坦率地谈到了最近传播的流言以及自己所承受的压力。

第一封信是写给陈学山的。他写道："噫！李子一生著书千卷，苟非妒妇之口，无不嗜以为痂。"既抨击了那些妒嫉他的人，又不失分寸地自我吹嘘了一番。然后开始了对陈学山的赞美：

> 有能以数语括其生平，使前后灾梨之书，不能遁形于数十字之外，如陈学山先生者乎！一人知己，死而无憾。渔朝闻是言，夕死可矣！昔人有言，士屈于不知己而伸于知己。渔今获遇知己，请以胸中块垒，稍倾百一。不敢以他事求伸，但望于人前说项时，谓天生笠翁，不应使其困厄至此，各为叹息数声，即我扬眉吐气之日也。他何敢望于一人哉！
>
> 渔自解觅梨枣以来，谬以作者自许。鸿文大篇，非吾敢道；若诗歌词曲以及稗官野史，则实有微长。不效美妇一颦，不拾名流一唾，当世耳目，为我一新。使数十年来，无一湖上笠翁，不知为世人减几许谈锋，增多少瞌睡？以谈笑功臣、编摩志士，而使饥不得食，寒无可衣，是笠翁之才可悯也！
>
> ……嗟呼！笠翁但不死耳，如其既死，必有怜才叹息之人，以生不同时为恨者。此等知己，吾能必之于他年，求之此日正不易得。昨见惠我之书，有"努力加餐""为才自爱"二语，不觉感恩流涕。故不避疏狂，放言至此。①

李渔对陈学山的感激的确是发自肺腑，而不是虚情假意的客气话。陈学山除在信中劝李渔"努力加餐""为才自爱"外，还批评他"宝不自珍，鸡林广布"，这样的知者之言，李渔一生中听到的并不多，着实令他感动。

在给龚鼎孳的信中，李渔首先对他回赠的礼物表示感谢："上腊走使燕京，借新刻以候新祉，人归展读报章，兼拜琼瑶之赐。虚往实归，不独文字之受益为然矣。"然后转入正题，解释他不得不一再出外"打抽丰"的原因：

---

①〔清〕李渔：《与陈学山少宰》，《笠翁一家言文集》，《李渔全集》第一卷，第164—165页。

渔终年托钵，所遇皆穷。惟西秦一游，差强人意，入闽次之。外则皆往吸清风、归餐明月而已。乃今食指如蚕，耗孔类鼠；来声涓滴，去势汪洋。向因少不宜男，致使齐人有妾；孰意老偏多嗣，翻令伯道憎儿。儿牧犊而无妻，自愧其为父矣；女卖犬而始嫁，腆颜独在亲乎？日来东奔西驰，绝无善状，不得已思及天上故人。然所望于故人者，绝不在"绨袍"二字。以朝野共推第一、文行合擅无双之合肥先生，欲手援一士，俾免饥寒，不过吐鸡舌香数口向人说项，便足了其生平。况此手援之一士，又为人所欲见，不甚弃之如遗者哉！

在信的结尾，李渔隐隐约约谈到了最近遭到的流言攻击，而这正是他求助于老朋友的原因：

昨岁人归，发都门诸回札，自老先生而外，不下数十函，均有怨水尤山，阻人来辙之意。是知笠翁也者：习久则生厌，而不见即可思之人也。今拟由楚入晋，自晋徂燕，一觐芝眉，并谒金台诸夙好，所恃为登高之呼者，则在老先生一人。渔于都门，必不久留，多则三月，习久复生厌矣。项斯未至，先说其来；吕安既临，即筹其去。皆所望于北道主人者也。[①]

信是七月份发出的，李渔焦急地等待着北京的来信。

这个夏天，武汉三镇出现了少有的旱灾，一直到九月初，凉爽的秋风才开始驱散有"火炉"之称的武汉的暑气。这时，乔姬终于支持不住，卧床不起。接着，除王姬外，其他几姬也觉得头重脚轻，不断咳嗽。李渔终于意识到事情的严重性，他停止了一切社交活动，亲自为乔姬诊治，为姬妾们抓药、煎药。服了几味药后，其他几姬的病情都有好转，唯独乔姬毫无起色。李渔急得像热锅上的蚂蚁，他再也不敢大意，重金请来了武汉最有名的几位医生，为乔姬会诊。医生们通过仔细诊断后一致认为，乔姬是患了由重感冒而转成的肺炎。在

---

① 〔清〕李渔：《与龚芝麓大宗伯》，《笠翁一家言文集》，《李渔全集》第一卷，第162—163页。

当时的医疗状况下，这无疑是对乔姬下了死刑判决书。李渔听了不禁老泪纵横。就像大家常见的情况一样，古时治疗方面没有了希望，就会想到巫医。大家建议请道士为乔姬做最后的祈禳。无望作有望，李渔只得答应了，他自己也在心里为心爱的乔姬祈祷。听到这个不幸的消息，乔姬的歌迷们唏嘘不已，都不希望失去这个杰出的演员。大家集资为她祈祷。然而，一切办法都使尽了，仍然于事无补。道士作法两天后，乔姬终于还是撒手而去，年仅十九岁。

乔姬的死使李渔五内崩裂。几天来，他一直守在乔姬的病榻旁，直到她的生命火花一点点熄灭。他惊讶地发现，虽然乔姬辗转病榻两个多月，但她仍然是那么美丽，脸色仍然是那么红润。然而，如今美人永远离他而去了。他恨上天不公，死亡的为什么不是已经年迈的他，而是青春勃发、还没有充分享受生活的乔姬？有次李渔的朋友顾赤方想听戏，不巧乔姬生病，不能终曲，李渔写道：

> 歇板停歌各皱眉，采薪女儿叹无枝。
> 天心巧灭吟诗口，不病词人病雪儿。[①]

王姬告诉李渔，乔姬是一个爱美的人，除临终前数天僵卧不起外，每天都以非凡的毅力，坚持起床，梳头洗脸。同伴问她为什么要这样，她回答道：“我不是不想躺下，而是担心躺在床上不起来会使李先生担心，影响他的创作。”当时李渔正在编辑《一家言》。在死前三日，她焚香告天，说这一生嫁给了一个才子，死而无憾，可惜的是不能白头到老，希望来生转世投胎，与李渔再续良缘。并且叮嘱同伴，不要把这些话告诉李渔，免得他伤心。李渔听了这些话，泪水禁不住夺眶而出。

璧碎珠沉，大家为失去一位好演员而痛惜不已。后来，凡是看过乔姬演出的人，听到噩耗，都纷纷写诗悼念。李渔更写了悼亡诗多首，哀感顽艳，

---

①〔清〕李渔：《次韵顾赤方见赠三首》其三，《笠翁一家言诗词集》，《李渔全集》第二卷，第337页。

论者以为可与潘岳、徐陵的悼亡诗媲美。其中《断肠诗二十首哭亡姬乔氏》其二云：

死断离魂生断肠，幽明咫尺叹参商。
只愁我老男先妇，谁识伊徂凤泣凰。
修短不均难损益，彭殇注定枉祈禳。
多题恨句留青简，姓字千秋伴尔香。①

李渔本打算自楚北上，由晋入京，山西太守周伯计已给他发出了邀请信。然而由于乔姬病亡，李渔不得不取消了北上的计划，准备载着乔姬的灵柩，返棹南京。悲痛之余，李渔将满腔怒火发泄在汉阳的官员们头上。他想，如果不是他们邀请他来汉阳，就不会发生乔姬死亡的悲剧。他决定狠狠地“敲诈”他们一下，以解心头之恨。他在写给纪子湘等人的诗《将别汉阳，预告郡伯、邑侯两地主》中说：

此间地主能留客，身在晴川雨亦晴。
归路三千忘水国，好诗一半出江城。
乍来已见资膏火，既去宁教载月明。
嘱语骊歌须早唱，莫教心醉别离情。②

这种近于无赖的敲诈或称乞讨，在李渔的一生中委实罕见。

汉阳之游，李渔不仅永远失去了乔姬，而且金钱方面的收获也不大。其间，他在写给家人的诗《答家人问楚游壮否》中说：

莫诧归来晚，缘贫岁月深。

---

①〔清〕李渔：《笠翁一家言诗词集》，《李渔全集》第二卷，第204页。
②〔清〕李渔：《笠翁一家言诗词集》，《李渔全集》第二卷，第200—201页。

诗逋偿未了，旅病复相侵。
载满无非月，囊坚不是金。
杖头还勾汝，一夕且同斟。[①]

李渔后来还总结道："客楚江半载，得金甚少，得句颇多。"[②]

经过黄州、蕲州时，李渔去参拜了当地的吴王庙。庙在二州接壤之间，十里内外有神鸦飞舞，迎送客舟。人们取祭庙剩余之物抛掷空中，鸦飞而啄之，情景颇为壮观。神鸦夜不栖树，只息于庙梁之上，也为当地一大奇迹。李渔如此钟情孙权，恐与其曾是家乡之神主有关。

船行至九江时，知府江念鞠陪同李渔游览了九江城外的陶渊明和白居易二公的纪念祠。两祠原仅存旧址，荒芜颓败。江太守鸠资修葺，使之焕然一新。太守向李渔索题，李渔挥毫写下了《陶、白二公祠》五言古诗一首，其中有"一岂折腰人，官为五斗弃。一非司马才，贬作江州吏。一弹无弦曲，一洒琵琶泪。陶归辟三径，白去萦香山。岂惟同出处，又复媲词翰"[③]之句。他还为祠中自怡堂撰联一副，诗联称赞了陶、白二人的高风亮节。

李渔又乘兴游览了庐山。他登上山顶，四周祥云缭绕，远处云雾弥漫，时入冬令，寒意侵人。这时，他凝神闭目，万念俱灰，禅心油然而生。举目四顾，人在云中，似有飘然欲仙，凌空轻举之意。于是他又应邀题联一副。

下山时，他还参观了庐山的简寂观。庐山上佛寺多而道观少，对于这种厚僧薄道的现象，李渔颇为不平，题下了"庐山简寂观"一联，在序、联中为黄冠吐气。

船过彭泽县，陶渊明不为五斗米折腰的精神，再次使李渔心潮难平。为了生存，他四处乞讨，所以想起陶渊明，他既感到肃然起敬，又觉得惭愧心酸。他填下了一首《浪淘沙·舟中望彭泽县》：

---

① 〔清〕李渔：《笠翁一家言诗词集》，《李渔全集》第二卷，第128页。
② 〔清〕李渔：《答顾赤方》，《笠翁一家言文集》，《李渔全集》第一卷，第210页。
③ 〔清〕李渔：《笠翁一家言诗词集》，《李渔全集》第二卷，第21页。

无寺有钟鸣，峦屿层层。白云偏向翠中生。百道涧泉流不歇，直指江声。　　仿佛见山城，又只星星。挂冠彭泽旧知名。吏隐此中如避世，何不留行？[1]

大小孤山又叫“大小姑山”，是长江中的一大景观。不少文人骚客，至此都留下了脍炙人口的名篇。李渔之船顺风顺水，奔流而下，孤山仿佛一晃而过，不及细观。但他还是赋词一首，寄托情思。瞬息之间，轻舟已过姑山，给诗人留下了无限的遗憾和怅惘。

再游北京

返回南京时，已近年关，一个新的不幸的消息又在等着李渔。乔姬去汉阳时，考虑到旅途不便，把刚出生的女儿留在了家中，临时请来一个保姆照料小孩。乔姬临终前，唯一放心不下的就是女儿，曾再三托付王姬，代她把小孩抚养成人。李渔也觉得，女儿是他与乔姬的爱情结晶，是联系他与死去的乔姬的唯一纽带，也是他唯一的安慰，只有好好照顾她，才对得起乔姬。但是，由于缺少奶水和细心照料，在李渔离开南京半年之后，小孩就夭折了。只是怕远在汉阳的李渔和乔姬心里难过，家人一直隐瞒着，没有告诉他们。

听到这个消息，李渔震怒。在汉阳，他虽然恨纪子湘等官员，但他毕竟有所顾忌；如今到家了，他又成了至高无上的“皇帝”。所以，他把压抑已久的满腔怒火，一起倾泻在妻妾们身上。家人们吓坏了，她们从没见李渔这样暴怒过。

整个新年，李渔都沉浸在悲痛之中，变得喜怒无常。乔姬的死对他的打击是双重的：生活中，他失去了自己的所爱；事业上，他失去了一个最优秀的演员。这个损失是无法弥补的。如果要说哪方面对李渔更为重要，公平地说，这是很难分清楚的。对李渔来说，乔姬意味着他在生活、小说戏剧中追求的“佳人”，是他的情感寄托。从另一个角度来说，乔姬对他来说也意味着源源不断的

① 〔清〕李渔：《笠翁一家言诗词集》，《李渔全集》第二卷，第435页。

金钱，意味着别人对他的羡慕和赞美。他既爱美女，也爱美食、华屋。有时候，当他静下来时，他也会反省自己。他扪心自问：难道自己对乔姬的死就没有责任？如果不是金钱的诱惑，他会让一个刚生产完的女子去千里奔波吗？当初，他试探性地征求乔姬意见的时候，实际上内心是强烈希望乔姬答应的。更何况，自己平时对乔姬关心了多少呢？乔姬甚至连一个正式的名字都没有，还是被称为“晋姊”！事实上，他虽然爱乔姬，但他很难跨越封建等级这道门坎，他仍然把她看作妾，也就是仆人，再说得难听点，就是发泄性欲的工具。这对乔姬公平吗？

李渔就这样不停地拷问自己。但他有时候又自宽自解，他所做的一切都是为了家庭，要维持一个五十多口人的大家庭，“并无卓锥土”，全靠他一支笔，着实不易。他最后只好把这一切都归之于命。

然而，大家很快就习惯李渔、理解李渔了。当然，也有个别姬妾，李渔对乔姬表现得越是一往情深，她心里就越是不舒服。有一天，她终于大胆地与李渔顶起了嘴。她本来就妒嫉李渔偏爱乔姬和王姬，平时只是在暗地里小声嘀咕而已，这一天，她好像失去了理智，竟然公开辱骂死去的乔姬。全家人大惊失色，李渔阴沉着脸命令她住嘴，但她又尽情说了两句。李渔气得暴跳如雷，立即命令她从这个家门滚出去。家人都知道李渔的脾气，他的话一经说出，很难收回，所以都不敢上前劝阻。沈因伯从账房里拿出一些银两，作为遣送费，让她回老家。这个姬妾走时呼天抢地，说了很多表示后悔的话，不肯离开，但李渔始终没有收回成命。

不久，李渔分别收到了陈学山、龚鼎孳的来信，他们都欢迎李渔再次访问京城。龚鼎孳还托李渔帮他预购南京的市隐园，作为晚年致仕退居之所。市隐园与芥子园毗邻，相当于与李渔做邻居。李渔也想出外散散心，于是，康熙十二年（1673）初夏，李渔又挂帆北上，再作京城之游。

这次随行的是王、黄二姬。在李渔的姬妾中，乔、王、黄三人最合得来，曾结为姊妹，而乔、王两人关系更为特殊，乔姬死时，在同伴中，最悲伤的要算王姬。这两个同样来自北方的姑娘，在舞台上扮演夫妻，在舞台下形影不离。由于她俩得到了李渔的特殊宠爱，所以引起了其他几姬的不满。如今，她失去了唯一的知心朋友，感到形单影只，平时寡言少语。李渔看在眼里，疼在心头，他开始去主动地关心她，体贴她，把曾经对乔姬的感情完全转移到了王姬身上。

像往常旅行一样，途中大部分时间李渔都以翻阅书籍的方式打发。他这次还带了老朋友王左车之子王安节送的一本画册。王安节是个画家，李渔很喜欢他，称之为“小友”。他仔细欣赏着画中的山水，不时看看运河两岸长得郁郁葱葱的庄稼和树林。自从乔姬死后，李渔已经半年没有听曲了，为了解闷，李渔请王、黄两人清唱几曲。黄姬的声腔有点像乔姬，这熟悉的声音勾起了李渔的无限思念，朦胧中，李渔仿佛又看到了乔姬轻盈的倩影，不禁泪湿衣衫。他一气写了四首诗记下当时的感受，其一云：

人琴双绝已多时，谁鼓湘灵慰所思。
玉碎流声皆逸响，花残顾影即琼枝。
魂来犹助歌三叠，弦在如存命一丝。
自悔当时严顾曲，半由轻薄半由痴。[①]

船沿长江东下，从瓜州进入古运河北行。船至高邮，李渔命在露筋祠停泊。这里流传着一个残酷的传说，据说姑嫂二人行路至此，刚好天黑，嫂投宿农家，姑为避男女之嫌，夜坐路边，被蚊虫叮咬而死，死时露筋于外。后人为表彰小姑的贞操，建祠纪念。李渔为之题《露筋祠》联云：

当时怜嫂后怜姑，形姑之清者，全由嫂浊
昔日露筋今露骨，笑骨之脆者，只为筋柔[②]

李渔扬姑抑嫂，明显可看出其浓重的封建伦理道德思想。他又由此联想到了人情世态的险恶，因此船到清江闸时，又吟成一律，其中云：

---

①〔清〕李渔：《自乔姬亡后，不忍听歌者半载。舟中无事，侍儿清理旧曲，颇有肖其声者。抚今追昔，不觉泫然，遂成四首》，《笠翁一家言诗词集》，《李渔全集》第二卷，第212页。

②〔清〕李渔：《笠翁一家言文集》，《李渔全集》第一卷，第251页。

露筋祠畔蚊声绝，甓社湖边鱼肉多。
莫为风涛忧涉险，人情九曲倍黄河。①

李渔认为人情险恶，远过黄河风涛之险。此后过清河，历桃源，渡黄河，入山东，进都门。

然而，李渔这次却没有受到上次那样热烈的欢迎。尽管龚鼎孳、陈学山带头邀请李渔到他们家做客，并向同僚大力推荐，但流言造成的负面影响显然十分严重。反对李渔的人联络一气，共同排斥他。有的官员以京城官僚特有的傲慢接见李渔，脸上冷冰冰的，寒暄片刻之后，便端茶送客；有的官员干脆让李渔吃闭门羹。经历了一系列不愉快的事后，李渔再也忍受不了，他干脆在他下榻的旅馆门口挂上一块匾额，上书“贱者居”，以示对那些不友好的官员的抗议。然而，那些人不甘示弱，仍然穷追猛打，在李渔居住的客店对面那家旅社包下一间房间，针锋相对，也在门口挂上一块匾额，上书“良人所”。他们还常常对着李渔的房间含沙射影，指桑骂槐。李渔气得一连几天不出门，这明摆着是来找茬的，但一旦处理不当，会给自己带来不必要的麻烦。他强忍怒火，再三告诫自己要保持冷静。强龙不压地头蛇，他只得选择退却——带着王、黄二姬悄悄地搬到另一家旅店住下。

礼部尚书龚鼎孳近来身体欠佳，常常生病。由于身体的原因，他于八月正式退休居家，九月，病情恶化，突然逝世。听到这个不幸的消息，李渔伤痛不已，这既是为龚鼎孳，也是为他自己。龚氏病逝前，还曾打算致仕后搬到南京，与李渔卜邻而居。当时李渔听了非常高兴，在回信中说：“更可喜者，闻购市隐园，预为太傅鏖棋之所，与予小子衡门咫尺，使得曳杖追随，其盛事也。”②市隐园在武定桥油坊巷，此地最有疏野之趣。清统一后，龚鼎孳曾携爱妾顾媚在这里共结连理。余澹心《板桥杂记》载龚鼎孳于顺治丁酉（1657）偕夫人重游南京，寓市隐园中林堂。当时借寓，后拟购。顾媚乃“秦淮八艳”之一，龚鼎

---

①〔清〕李渔：《次韵和黄无傲舟中漫兴》，《笠翁一家言诗词集》，《李渔全集》第二卷，第213—214页。

②〔清〕李渔：《与龚芝鹿大宗伯》，《笠翁一家言诗词集》，《李渔全集》第二卷，第162页。

孳则是名流，他们的婚姻与钱谦益和柳如是的婚姻一样，都是当时藉藉人口的风流韵事。后来，市隐园也因龚鼎孳曾在这里大宴宾客而出名。李渔得到龚鼎孳的济助不少，更重要的是，龚鼎孳理解他，他们是推心置腹的朋友。后来李渔与龚鼎孳长子伯通也常有诗歌唱和。李渔为赋长诗《大宗伯龚芝麓先生挽歌》，结尾曰："我持此诗哭九原，碎琴不鼓焚诗篇，人间莫怪无知己，风雅于今尽在天。"据施匪莪在评点中说，有些想写挽诗的龚鼎孳生前好友，见了李渔这首诗后，都为之搁笔。[①]

李渔觉得，龚鼎孳死后，他在京城没有了依靠，继续留下去似乎失去了意义。而且，这时王、黄两姬都有了身孕，在外生产极不方便。因此，他决定提前离京，赶在两姬生孩子前返回南京。

这次北京之行是不愉快的，李渔准备不事声张，悄悄离开，但还是被一些朋友知道了，他们纷纷出面挽留，请李渔住到年后再走。其中有个叫柯耸的通政司左参议，亲自跑到李渔住的客店劝阻，回去后，送来写好的一首长诗，为李渔送行，其中有"屡柬留君不能止"之句，还附上一封长信，约他来年一起南下，同登泰山。在当时情形下，柯耸的诗和信就像一股暖流流遍李渔的全身，给了他极大的安慰，使他感到，京城除了龚鼎孳、陈学山外，还是有人欣赏他的才华的。但这并不能改变李渔的决定。他给柯耸回了一首长诗和一封长信，信中说，北京作为皇都，有许多名胜古迹，谁不想来？穷人来不了，来过的人则都留恋徘徊不忍离去。我作为一个普通百姓，能和公卿士大夫交往，天天享用山珍海味，诗酒唱和，对我来说，这已经是莫大的荣幸，怎么还不愿留下呢？接下来，李渔便详细地说明自己之所以离开的原因。他说，自己这次来京，既不是为观光旅游，更不是为满足口腹之欲而来，而是为筹资。因为在自己身后，还有嗷嗷待哺的一大家人，"但其不得不去者，实有苦衷，敢为知己道之。渔无半亩之田，而有数十口之家，砚田笔耒，止靠一人。一人徂东则东向以待，一人徂西则西向以待，今来自北，则皆北面待哺矣。矧有贱性硁硁，耻为干谒，浪游天下几二十年，未尝敢尽一人之欢。每至一方，必先量其地之所入，足供

① 〔清〕李渔：《笠翁一家言诗词集》，《李渔全集》第二卷，第55—56页。

旅人之所出，又可分余惠以及妻孥，斯无内顾而可久。不则入少出多，势必沿门告贷，务尽主人之欢；一尽主人之欢，则有口则留之，心则速之使去者矣”。

李渔还在信中坦白地承认，他之所以收获不大，不能完全归咎于有些官员不慷慨。有的官员的确不富裕，薪俸甚至养不活家小，但还是慷慨地招待自己。他举了一个使自己倍感惭愧的例子。前几天，他去登门拜访一个曾馈赠他十二两银子的官员，恰好主人外出了，仆人把他引到主人的书房中等候，他忽然在主人的书桌上发现一张当票，当票上的银两正是十二两。原来这个经济不宽裕的官员为了帮助李渔，不得不当掉了自己心爱的文物。这个发现既使李渔感动，又使他羞愧难当。他觉得，自己的到来的确给某些人添了麻烦。因此，李渔说，既然自己留在京城对别人是一个负担，为什么不赶快离开呢？在信的结尾，李渔请柯耸代向自己熟悉的官员辞行，他本人就不一一登门告别了。[①]

柯耸，字岸初，号素培，浙江嘉善人，清顺治六年（1649）进士。著有《存古堂文稿》《霁园诗帘》《静轩集》等，后为李渔诗集作过评点。李渔与他有同乡之谊，所以信写得很直白。

就在李渔即将出发时，情况发生了戏剧性的变化。陈学山急急前来告诉李渔，内阁首辅索额图答应接见李渔。陈学山最近晋升为吏部侍郎，主管官员的升迁和谪降，这是个很有实权的位子。陈学山是个很重情谊的人，他看到自己邀请来的客人灰溜溜地离去，心里很不舒服，觉得对不住朋友，自己也很丢面子。于是，他准备把李渔推荐给更高的当政者，他想到了内阁大学士索额图。索额图是满族人，又是皇帝的岳父，很得皇帝的信任。他听了陈学山有关李渔的介绍后，表现出很大的兴趣，答应方便的时候接见李渔，并请陈学山筹集一笔钱，以自己的名义送给李渔，以使他免遭饥寒之苦。陈学山从索府出来后，来不及回家，就急匆匆地赶到李渔下榻的旅馆，把这个好消息告诉李渔。

喜从天降，两天后，在陈学山的陪同下，李渔拜谒了索额图。他竭尽全力讨好索额图。索额图对汉族文化并没有什么研究，但表现出浓厚的兴趣。李渔出口成章，滚滚而来的俏皮话，常常逗得索额图开怀大笑。这是一次有趣的会

---

① 〔清〕李渔：《复柯岸初掌科》，《笠翁一家言文集》，《李渔全集》第一卷，第204—205页。

面，宾主都很满意。索额图热情地请李渔用餐后再走，这是他对李渔满意的表现。看着索额图的客厅里挂着皇帝的墨宝，李渔又大胆地提出要为索大人写几幅对联。索额图欣然应允。李渔作洒墨屏笺十二幅，通过对联把索额图大大地吹捧了一番。一直在旁边审言观色的陈学山，看见李渔举止得体，也露出了笑容。

索额图接见李渔的消息马上就在京城传开了，人们马上改变了对李渔的态度。李渔下榻的旅店立即变得车马盈门，拥挤起来。他们争先恐后地要来看看这位被首辅大人优礼接待的大作家到底长什么样子。而据陈学山告知，还有许多缙绅想结识李渔，李渔请陈学山“列名见示，以便遄谒”。他先后拜访了相国冯易斋、李坦园，左都御史冀公冶，左副都御史李望石、严灏亭等。太仆寺卿袁六完也派人送来烤火之资。

正在李渔忙于拜谒那些名公巨卿和接待那些慕名而来的拜访者时，不幸的事又发生了，王姬病倒了。此前，王姬的腹部不断地鼓起，月经也断了，大家都以为她怀孕了。王姬生病后，中断了几个月的月经忽然又来了，大家觉得情况不妙。李渔请来京城有名的医生前来诊疗，但医生看过后，也说不出一个所以然来。王姬一直身体很好，自来南方后，从没患过病，只是乔姬的女儿死后，她心里觉得很难过，认为有负乔姬所托。王姬死前几天，她还不相信自己是患了病，不断地追问李渔道：“听说女人中也有怀上了小孩而仍然行经的，俗名叫‘猫儿胎’，我是不是就这样？”李渔知道这是不可能的，但为了不使王姬伤心，故意用话安慰她。

王姬病情加剧，卧床不起四五日后，溘然而逝。死前她紧紧地抓住李渔的手，依偎在李渔怀中，心有不甘地说：“良缘到此就结束了吗？”王姬比乔姬小一岁，而后死一年，死时也是十九岁。李渔欲哭无声，他已经没有眼泪了。他用手拭去王姬脸上的汗水、眼里的泪水。黄姬孑然独立，顾影凄其，哭得死去活来，差点小产。

乔姬死后，王姬很想为李渔生一个孩子，她知道，这是维系她与李渔之间爱情的最坚固的纽带，也是填补乔姬死后寂寞孤独的唯一办法。在李渔愤怒地遣走那个生性妒嫉的姬妾时，王姬以为李渔要解散戏班，把她赶走。王姬哭着对徐氏说：“生卧李家床，死葬李家土，我宁死也不离开！”徐氏知道李渔不会遣散她，故意逗她说："主人已经老了，你不如趁着年轻，赶快寻找自己的归宿。"王姬反问道："那为什么其他姬妾不走？"其余几姬听了都说："我们都有小孩依靠，你呢？"王姬回答道："主人的儿女就是我的儿女，我也可以依靠他们啊？"大家听了，无不感动。其中有个姬妾生有三个孩子，愿意把她最小的孩子过继到王姬名下。王姬回答道："请等数年，如果我还没生育，就请兑现你的诺言。"这样，王姬望子更切，每当演出时，客人送的礼物，别人都是随得随用，唯独王姬储藏起来，准备等到生儿育女后为小孩添置衣服。

李渔想到这里，不由得伤心欲绝，挥笔写下了《后断肠诗十首》，其九云：

> 已知死别终难别，纤手如冰且共携。
> 一息尚留情委曲，片声空咽语凄其。
> 靓妆不卸离魂日，余态犹妍瞑目时。
> 谁识秋波临去转，有人吟作悼亡诗。[①]

后来，李渔又写下了缠绵悱恻、凄婉动人的回忆录《乔复生、王再来二姬合传》，将乔姬取名为"乔复生"，王姬取名为"王再来"，希望来生与乔、王两姬再续良缘。在回忆录中，他不断地思考他与乔、王两姬之间的关系，他们之间的悲剧故事使他迷惘不解，他不断地追问不可知的命运，质问不公平的上苍：

> 噫！予何人哉？尝试扪心自揣：我无司马相如、白乐天、苏东坡之才，石季伦之富，李密、张建封之威权，而此二姬者，则去文君、樊素、朝云、绿珠、雪儿、关盼盼不远，是为何故？且造物既予之矣，胡复夺之？予是则夺非，夺是则予非，必居一于此矣！且予又有惑焉：妇人所尚者二，貌与年也。予貌若何？无论安仁、叔宝，不敢与之比衡，即偕王粲、左思并立，犹自觉形秽。至与古人序齿，即赴耆英、真率二会，犹居上座，矧诸少年场乎？若是，则此二人者，宜求为覆水之不暇，奈何反作坚冰不解，

---

① 〔清〕李渔：《笠翁一家言诗词集》，《李渔全集》第二卷，第221页。

自甘碎裂于盆盎中邪？或曰：推其本念，究竟出于怜才。……亦惟有才者斯能怜才，彼非多识字、善读书之人，知才为何物而怜之乎！

李渔说，我无才、无权、无势，而二姬美丽动人，温柔可爱，为什么上天要把她们送到我身边？既然把她们送到了我身边，为什么又要夺去？如果说给我是对的，那么夺去就是错的；如果说夺去是对的，那么给我就是错的。二者必居其一。他要求上天作出非此即彼的回答。然后，好像要为难上天似的，李渔抛出了一系列的疑问：一般来说，女人追求的是年青和英俊。我年老貌丑，按理说，她们巴不得快快离开我，为什么还要对我恋恋不舍？或有人说，她们是爱才。但是，“惟有才者斯能怜才”，她们连字都不认识几个，知道才为何物？显然，上天是永远也不会回答李渔的追问的，他自己当然更无法弄清楚，他不得不承认这是“千古难明之事”。[①]这篇传记生动地记叙了二姬的事迹，表达了对她们的怀念之情，感情真挚动人。著名词人、纳兰性德的老师顾梁汾评曰：“望而知为情之所钟。玩此种文，着眼须在真处、碎处。喜极，痛极，令人羡，令人妒，令人为作者解慰不得，怨尤更不得。”[②]

乔、王之死，使李渔不仅痛失爱姬，也失去了两个台柱子演员，家班女戏随之风流云散，土崩瓦解。乔、王两人兰心蕙质，经过李渔的教诲熏陶以及不断的艺术实践，已成为时人公认的出色艺术家，以致成了关系李家戏班生死存亡的人物。周亮工评李渔《贺新郎·纳乔、王二姬，和诸友所寄花烛词》云：“乔、王两姬，真尤物也。舞态歌容，当世鲜二。”[③]李家戏班从康熙五年（1666）组建，到康熙十二年随着乔、王二姬的去世而解体，仅有七年光景，鼎盛时间只有五年，但它的影响却是不可低估的。燕、楚、秦、晋、闽、浙等地，都留下了它的艺术足迹，产生了深远的影响，对推动昆曲的发展作出了巨大的贡献。同时，李渔靠它得到了丰厚的报酬，大大改善了生活质量。从另一个角

---

① 〔清〕李渔：《乔复生、王再来二姬合传》，《笠翁一家言文集》，《李渔全集》第一卷，第100—101页。

② 〔清〕李渔：《乔复生、王再来二姬合传》，《笠翁一家言文集》，《李渔全集》第一卷，第95页。

③ 〔清〕李渔：《笠翁一家言诗词集》，《李渔全集》第二卷，第491页。

度，还可以这样说，它是李渔的一个戏曲创作经验和理论总结的实验剧团，《闲情偶寄》中的“词曲部”和“演习部”的完成，与李渔家班有很密切的关系，这部戏曲专著能成为我国戏曲理论中最系统最完备也最深刻的集大成之作，可以说得力于戏曲演出实践。

康熙十三年（1674）初春，李渔怀着悲伤的心情离京南归。初春的北方还吹着刺骨的寒风，下着鹅毛大雪。开始一段路，大家骑驴而行。路上恰逢黄姬分娩，刚过一天，又继续冲风冒雪，踏着泥泞道路前行。一路备尝艰辛，所幸的是黄姬和婴儿都安然无恙。后又换船转入运河。船泊扬州时，住在知府金长真署中。金长真是当年李渔在河南汝宁结识的老朋友，他殷勤款待，陪李渔游览了重修后的平山堂。平山堂乃北宋庆历间欧阳修任扬州太守时所建，因欧阳修词《朝中措·平山堂》而闻名后世。李渔和《朝中措·平山堂和欧公原韵》词两首。

抵达南京时，已是寒食后一日。芥子园盛开的桃花和李花，以灿烂的笑容来迎接这位远方归来的游子，抚慰他心灵的创伤，它们已经寂寞无主地开放许久了。李渔作七绝《寒食后一日归自燕京》：

驰驱一半为春来，欲趁春风醉几回。
不枉戴星行一月，入门犹及见花开。①

自我解嘲中带有几许辛酸。望眼欲穿的家人也为他的归期卜过几次金钱卦，他在《蝶恋花·清明后一日归自燕京》词中写道：

迟放花枝因待我，天禁风吹，暗下葳蕤锁。今日问天天曰可，金钱卜后人归果。　柳不禁烟桃似火，杏未全开，褪出珠千颗。富贵但求名利躲，只祈风月天犹颇。②

① 〔清〕李渔：《笠翁一家言诗词集》，《李渔全集》第二卷，第363页。
② 〔清〕李渔：《笠翁一家言诗词集》，《李渔全集》第二卷，第445页。

妒风嫉雨

康熙十年（1671）以后，发生了震惊朝野的“三藩之乱”，李渔没有想到，这场军事叛乱把他这个平头百姓也牵扯进去了。

从一开始，以吴三桂、尚可喜、耿精忠为代表的明朝部分将领就没有真正臣服于清朝，各怀鬼胎。明松辽总督洪承畴投降清廷后，吴三桂被崇祯皇帝任命为镇守山海关的总兵。李自成攻占北京后，建立大顺政权，崇祯吊死于煤山。吴三桂准备归顺大顺军，并派出密使与李自成接洽。然而，大顺军在洗劫明朝廷官员的时候，也将吴三桂的老父亲吴襄抓了起来，并严刑拷打，要他交出藏在家中的财宝。李自成的部下大将刘宗敏还将吴三桂的爱妾陈圆圆夺了去，据为己有。陈圆圆也是“秦淮八艳”之一，美艳动人。吴三桂听到消息，怒发冲冠，决定转而投向关外的清军，联合清军为妾报仇。他打开山海关，放进清军，一起扑向北京。大顺军一触即溃，李自成败走，从此一蹶不振，不知所终。后来，吴三桂和另外两个投降清军的明朝将领尚可喜、耿精忠，与清军一起，剿灭了大顺军和明朝的残余势力。吴三桂一直打到西南边陲，并亲手绞杀了明皇室的重要成员、后来被称为“永历皇帝”的朱由榔。清政府需要倚重吴三桂、尚可喜、耿精忠，为了笼络他们，分别封他们为平西王、平南王、靖南王。吴三桂驻节云南，尚可喜盘据广州，耿精忠则开府福州。

共同的敌人消灭后，三王与朝廷的矛盾开始加剧。他们自以为功高震世，骄横跋扈，不听中央调遣，各自形成了一个独立的小王国。年轻的康熙皇帝英伟刚毅，他不能容忍臣下对他的挑战。四年前，由他亲自策划，除掉了把持朝政的权臣鳌拜等。接着，他把目光投向了割据一方的军阀，准备撤藩。为了避免过激，他首先采取了试探的方式，如果三王识相，主动交出兵权，则万事大吉，皆大欢喜。于是，他开始拖延三王的军饷，并把亲信安插在三人身边，监视他们的一举一动。三王明白皇上准备拿他们开刀了。经过了一番秘密协商之后，康熙十二年（1673）三月，尚可喜向朝廷上了一道奏章，说他准备回老家辽东安享晚年，请求皇上允许他辞去军权。接着，吴三桂、耿精忠也相继上了同样的奏章。这是给朝廷施加压力，暗示他们三人一荣俱荣，一毁俱毁。他们满以为皇上会念他们劳苦功高，挽留他们。谁知，康熙皇帝干脆顺水推舟，痛痛快快答应了他们的请求。至此，他们觉得没有必要再把戏演下去了。

吴三桂先下手为强，康熙十二年（1673）十一月二十一日，在昆明正式宣布反清，自称“天下都招讨兵马大元帅”。他最初打出的是明王朝的旗号，对外宣称，自己原先之所以联合清人，是为明思宗报仇，如今闯贼已灭，而清人却窃据江山，现在是到了该恢复朱明天下的时候了。然而，那些对明王朝仍怀眷恋的人，早已识破了他的庐山面目。看看效果不佳，吴三桂干脆撕破遮羞布，宣布自立为王，建国号为“周”。次年二三月，广西的孙延龄、福建的耿精忠举旗响应，台湾的郑成功之子郑经也蠢蠢欲动。不过，广东的尚可喜却出乎人们意料之外，他没有轻举妄动，而是站在旁边静观其变。康熙十四年正月，朝廷进封尚可喜为亲王。吴三桂见尚可喜毫无动静，遣使通书，要他起兵。不想尚可喜还想观望，欲待朝廷与三桂两败俱伤，他才相机行事，于是尚可喜将三桂来使扣押，并将三桂来书呈奏清廷。三桂听到使者被拘，勃然大怒，急致密函于耿精忠，令他攻击广东。不料尚可喜之子、广东讨寇将军尚之信却再也没有耐心等待了，康熙十五年，他把父亲软禁了起来，接管了他的权力，宣布反清。尚可喜气极，吐血而亡。

吴三桂很快占领了四川的大部分地方，并向湖南挺进。康熙迅速做出反应，下令全国进入军事状态，并派出大批军事将领前去剿灭叛贼。

三藩反叛的事，李渔在京城就早有风闻，但是，他那时已被王姬之死弄得焦头烂额，就算外面天崩地裂，他此时也未必听得见。何况他认为自己是个普通老百姓，事不关己，高高挂起。是的，他编辑的《资治新书》收有吴三桂的稿件，在作粤、闽之游的时候，也曾受到尚可喜、耿精忠的高级幕僚的接见，然而，这又怎么样呢？像他一样与三藩有这点关系的人，在全国可谓多如牛毛。不过，因张缙彦一案的教训，他也不敢掉以轻心。

战火很快燃烧到了浙江南部，耿精忠挥军由南向北进攻，金华、玉山、严州、诸暨、余姚、象山、新昌等地民众纷纷响应。康熙十二年（1673），李渔的老友李之芳升任浙江总督。五月，他亲率部队进驻衢州，并与耿军大战于衢州坑西。曾饱尝战乱之苦的人们纷纷抢购粮食和生活用品，李渔的书店则门可罗雀，在这兵荒马乱的年代，没谁会把钱花在书上，也没谁有闲情逸兴读书。而且，政府为了筹措军饷，增加了人们的赋税。这使他的书店经营面临着空前的压力。李渔开始憎恨这场战争。其实，当时全国多数人都像李渔一样，讨厌战乱，他们已经受够了，他们渴望和平，不希望打仗。这就是“三藩”后来之所以失败的原因。李渔在一首诗中写道：

升平才有象，又复虑沧桑。
既戴满头雪，重遭压鬓霜。
家贫嫌口众，智短怪身长。
此际才何补，临溪掷锦囊。[①]

康熙十三年（1674）六月，李渔不顾年事已高和长途跋涉的疲劳，专程去了一趟芜湖。芜湖是江南一带货物集散地之一，李渔准备从那里采购一批粮食，运到南京来发卖。然而，由于战争爆发，那里也是货物短缺，交易清淡，李渔空手而归。

在这艰难的日子里，李渔感到愈加孤独、凄凉、无助，愈加怀念冰雪聪明、善解人意的乔、王二姬。以前，每当李渔不愉快的时候，总是她们给他以安慰。看着她们烂漫的笑容，听着她们爽朗的笑声，笼罩在周围的阴霾就会一扫而光。每天早上，她们案摊书本，手捏柔毫，坐于翠箔窗下，看去好似一幅天然图画。他在给余怀的信中说：

驾装巷之扰鸡黍，百花巷之饱脱粟，事在目前，情同隔世。以岁月不多，而世事人情之变，不能更仆数也。……弟自乔、王二姬先后化为异物，顾影凄凉，老泪盈把，生趣日削一日。近又四方多故，蹙蹙靡骋；啼饥之口半百，仰屋之嗟一人，不知作何究竟？惟有援国事以喻家事，付之无可

① 〔清〕李渔：《写忧》其一，《笠翁一家言诗词集》，《李渔全集》第二卷，第139页。

奈何而已。[①]

李渔仿佛丧失了对生活的乐趣，站在我们面前的是一个衰迈的已经不堪生活重负的老人，他再也没有了对生活的自信和对事业的豪情。如果你不看他那双仍然熠熠发光的眼睛，你很难相信他就是以前那个狂热崇拜侠客的人。

就在李渔为生活奔波的时候，一个更大的阴谋终于酝酿而成。那些制造流言的妒嫉者，不再满足于从道德上给李渔罗织罪名。三藩之乱发生后，他们似乎找到了酝酿阴谋的酒药，终于把李渔罗织到那张巨大的足以置人于死地的叛乱网中。他们凿凿有据地指出，李渔早就与吴三桂等暗中勾结。著名的文人袁于令就是其中一位，他在《娜如山房说尤》中措词严厉地写道："李渔性龌龊，善逢迎，游缙绅间，喜作词曲小说，极淫亵。常挟小妓三四人，子弟过游，便隔帘度曲，或使之捧觞行酒，并纵谈房中，诱赚重价。其行甚秽，真士林所不齿者也。予曾一遇，后遂避之。"[②]袁于令，字昭令，小字韫玉，号吉衣主人，别号箨庵，苏州吴县人。明末国子监生员，清兵入关后，任工部虞衡司主事、营缮司员外郎、荆州知府等职。顺治十年（1653）罢官，侨寓江宁、会稽。著作有《剑啸阁传奇》《双莺传》《隋史遗文》等，他主要攻击李渔出妻妾逢迎官员和词曲、小说格调低下。据许山七律《中秋夜张蘧林先生招集丁继之河房，同袁箨庵、唐祖命、顾云美、李笠翁诸子得多字》诗，李渔与袁于令在金陵有

---

①〔清〕李渔：《与余澹心》，《笠翁一家言文集》，《李渔全集》第一卷，第216页。

②〔清〕袁于令：《娜如山房说尤》卷下，转引自《李渔全集》第十九卷，第310页。王玉超、黄强《李渔研究资料丛考》（《扬州大学学报》2010年第1期）认为是王灏辑录《娜如山房说尤》一书时，将董含《三冈识略》卷四"李笠翁"条误记为袁于令。芥子园于康熙八年建成，而"李笠翁"条文字中包括"真士林所不齿者"一句在内的前部分文字所述乃李渔"居西子湖"时的场景，如果此条文字系袁于令在康熙八年以后与李渔在金陵此次相遇后所记，不会去叙述李渔当年"居西子湖"时的场景。李渔《笠翁一家言》问世于康熙十三年以后，而袁于令卒于该年，不可能说出"今观《笠翁一家言》"云云这样的话。这是"李笠翁"条文字不可能出于"袁箨庵记"的确证。而且《娜如山房说尤》中张冠李戴的错误不胜枚举。笔者认为因李渔与袁于令有交往，因此不排除在《笠翁一家言》刊刻前，袁于令曾见过书稿的可能性。

过交集，两人交恶可能是在生意上有竞争[①]。“吴门袁氏”为吴县刻书世家，从明正德年间就开始刻书，袁于令本人的刻书室名“剑啸阁”，曾刊刻戏曲小说多种。令人大跌眼镜的是，袁于令自己就人格卑下。他少负才名，放浪不羁，清兵入关后即降清，还曾为苏州士绅代写降表进呈。董含《三冈识略》卷四“口舌报”攻击他更加激烈：“吴中袁于令，字箨庵，以音律自负，遨游公卿间。所著《西楼记传奇》，优伶盛传之，然词品卑下，殊乏雅驯，与康、王诸公作舆台，尤未首肯。其为人贪污无耻，年逾七旬，强作少年态，喜纵谈闺阁事，每对客淫词秽语，冲口而发，令人掩耳。予屡谓人曰‘此君必当受口舌之报’。未几，寓会稽，冒暑干谒，忽染异疾，觉口中奇痒，因自嚼其舌，片片而堕。不食二十余日，竟不能出一语，舌根俱尽而死。”[②]董含，字阆石，又字榕城，号苍水，别号莼客、莼乡赘客，松江华亭人，顺治十八年进士，旋以列名江南奏销案被黜，放归田里。由此，我们就不难理解袁于令攻击李渔的行为。

李渔听到这些消息，非常震惊。平心而论，他与那些官员们的交往，基本上遵循的是商人的原则，他为他们提供服务，他们则给予一定的报酬。而且，在这场交易中，他始终处于不利的地位——报酬的多少完全取决于官僚们的心情，有时多一点，有时少一点，有时甚至没有。他从来就没有标榜自己是个圣人，相反，在很多不同的场合，他都以各种方式承认过自己人格上有不少缺点，但是，这种瑕疵并不对任何人的利益构成威胁。不过，他意识到，现在是不容他辩解的时候，也百口莫辩。如果没有有分量的人出来为他说话，怎样辩解都徒劳。然而，他绝大部分时间都在外面奔波，南京当地的交际反而被忽略了。周亮工、王仕禄都已去世，卫澹足早已调往朝中任职，赵声伯也已赴定海担任教职，南京当地官员中，没有一个像他在杭州时结识的张缙彦、张华平那样手握重权的。他再次把目光投向了杭州。他已在邸报中得知，李之芳被任命为浙江总督兼兵部侍郎，全权负责东南前线的军事指挥事宜。他现在手握重兵，是皇帝跟前的红人，并乐于助人，为什么不去找他呢？

---

① 郑志良：《明清小说文献资料探释七则：第四则“〈弃瓢集〉中关于李渔的诗”》，《明清小说研究》2008年第1期。

② 〔清〕董含：《三冈识略》卷四，辽宁教育出版社2000年版，第85页。

这年秋天，李渔赶赴杭州。杭州现在已经不是往日那个悠闲的城市，而是三步一岗，十步一哨，戒备森严，空气中充满了火药味。他的故乡金华、兰溪就是军事前线，官兵在那里和叛军发生了几次规模不等的战斗。由于耿精忠与郑经达成了一个军事协定，福建的漳州成了郑经的海军基地，浙江的温州、台州等沿海地区被划为军事禁区。但李渔还是决定先去拜访李之芳。尽管戎马倥偬，但李之芳还是拨冗接见了李渔这位远道而来的老友。李之芳并没有因为职位升迁而减少对李渔的热情。李渔详细地介绍了自己的近况以及遇到的麻烦，还有与吴三桂、耿精忠、尚可喜之间的关系。由于着急，李渔说得满头大汗。李之芳不时地打断他，请他不要着急。听完后，又安慰他说，如果需要，他愿意像过去一样鼎力相助。然后又委婉地劝李渔以后应洁身自好，免得为人所用。虽然李之芳与李渔交集不多，但他可以肯定，像李渔这种小心谨慎、远离政治的人是决不可能结交匪类的。

从李之芳军营回来后，李渔就像吃了一颗定心丸，不再担心了。他立即给家人去了一封信，告诉他们这个好消息。他还去金华旧寓怀旧，凭吊乔、王二姬。当年去福建时路过此地，他携乔、王在此下榻，门前幽邃的小道上留下了他与爱姬并肩散步时的足迹。如今却是云散高唐，水涸湘江，留下了他这个年迈的老人还在为生活奔波，想到这里，李渔不胜伤感。回到杭州后，他干脆租了一间房子住下来，完成未竟的事情。李渔先去拜访了“西泠十子”中的朋友。看到孙宇台仍穷居陋巷，李渔感慨不已，请他评点刚刚出版的《一家言》。后来宇台以父殡未有葬地，不得已出游，遂殁于山西泽州。丁澎被流放归来后，李渔曾在南京的江边上与他邂逅，当时因两人各有心事，不及细谈，如今又在杭州相见。李渔从下李村搬到杭州后不久，丁澎就考上了进士，被派到外地做官去了，不幸的是，他在河南因牵涉到一桩科考舞弊案而被撤职，家产籍没入官，谪戍奉天靖安（今吉林省洮安县）五年，生活十分艰苦。他卜筑东冈，亲自放养羊牛，与牧人同卧处，有时大雪封山多日，砍不到做饭的木柴，只得以雪和粟小米咽下，晚上，山鬼遥啼，东北虎以尾击门，丁澎危坐自若，吟诵不辍，不以为苦。五年后始得赦归。多年的塞外苦役没有将丁澎压垮，他仍然是那么乐观和开朗。李渔赠诗道：

十载重逢旧赏音，啸歌悲涕总难禁。
玉门关喜犹生入，沙碛诗能不苦吟。
身作令威人是鹤，才同司马赋为金。
卖文尽有山中禄，莫更飞翔侈远心。[①]

丁澎把他的词集《扶荔词》给李渔看，请他指点。李渔在回南京的船上拜读了丁澎的诗词集后，赞不绝口。尤其是读了他的出塞、入塞之作，觉得丁澎胸怀如旧，并无凄楚之音。李渔在给丁澎的信中说："蒙贶诗词二刻，未行之先，应酬纷纷，无暇过目。才入舴艨，即以二物代干糇，觉比鳞脯熊蹯，尤耐咀嚼。诗无近人习气，更无唐人习气，真可独有千古，奚止凌轹一时；词则隶使苏、秦，奴鞭辛、柳，自成一家，而又能合众美以成一家。"[②]对诗集给予了极高的评价。李渔还去拜访了毛先舒，毛先舒赠给李渔刚刚完成的韵学著作《韵学通指》和《东苑诗钞》。李渔在回南京的船上读完后，喜不自胜，挥笔作诗为笺，寄给毛先舒：

归舟日日把新编，不假天风棹易前。
此道向来无作者，斯文何幸得真传。
审音有目高师旷，作史非官异马迁。
更喜《太玄经》始就，虽贫能却富人钱。[③]

接着，李渔又去拜访钱塘知县梁冶湄。梁冶湄，名允植，字冶湄，号承笃，直隶正定（今属河北）人，贡生出身。李渔在康熙五年（1666）游秦时与其相识。清康熙十一年，梁冶湄任钱塘县令。当时军情紧急，千军万马屯集浙江境内，梁冶湄负责供应粮草，事关重大，公务繁忙，日理万机，但仍抽出时间陪

① 〔清〕李渔：《赠丁药园仪部》，《笠翁一家言诗词集》，《李渔全集》第二卷，第240页。
② 〔清〕李渔：《与丁飞涛仪部》，《笠翁一家言文集》，《李渔全集》第一卷，第213页。
③ 〔清〕李渔：《舟中读毛稚黄〈韵学通指〉暨〈东苑诗钞〉种种新刻，喜而有作，亦以寄之》，《笠翁一家言诗词集》，《李渔全集》第二卷，第241页。

李渔到西湖喝酒，并拿出他的诗词集《柳村词》和《藤坞近诗》请李渔选订。后来梁冶湄还为李渔的《论古》及诗文集作评。李渔还结识了他的门客徐釚。徐釚，字电发，号拙存、菊庄等。李渔去世后，徐釚举博学鸿词科，授翰林院检讨。他对词学有很深的造诣，著有《词苑丛谈》《菊庄词谱》等著作。徐釚曾参加过“慎交社”，而这个诗社中的许多诗人都与李渔有交往，所以两人有不少共同话题，一见如故。徐釚不明白李渔为什么离开故乡，迁居南京。李渔把原因告诉了徐釚，并表示他有回乡的打算。徐釚则立即表示欢迎，因为这样他们就可以朝夕相处了。李渔还去拜谒了浙江巡抚衙门的官员，这些主要官员中，只有左布政使郭生洲不相识。郭生洲听到李渔来杭的消息后，很想认识他，便托盐运使李含馨作介绍。当时正值羽檄纷驰之际，这些朝廷大员还想方设法挤出时间见李渔，可见他的影响之大。另外，李渔还去寻访了武林旧居，现在已数易其主，李渔不胜感慨。

直到秋后，李渔才回到南京。接着，新年来临。过去，春节那几天，芥子园总是贺客盈门，歌声婉转，现在却门可罗雀，冷冷清清。这是笼罩在芥子园周围的阴霾仍未驱散，且有愈演愈烈之势的象征。这种令人压抑的气氛更坚定了李渔离开南京的决心。况且自从家班垮台后，李渔的生活陷入困顿，常靠举债度日。随着年岁日迈，病痛加身，李渔叶落归根的传统乡土观念也日益浓烈。故乡是游子倦游后的温馨港湾。康熙十四年（1675）春天，在给徐釚的信中，李渔称他给自己留下了很深刻的印象，“以十年欲见之一人，一旦入神仙署中，风动帐开，忽睹其面。片刻晤谈，遂成千古不散之良会”。接着，李渔直截了当地提出了移居杭州的请求，并请徐釚转告梁冶湄，要他大力帮忙：

> 吾乡寇警渐疏，此地妖氛转炽。弟欲归移刘表，未审贵东翁及在上诸当路，肯复援一廛而为氓否？①

只要他继续留在南京，他就会成为别人攻击的靶子。天天生活在恐惧中，

① 〔清〕李渔：《与徐电发》，《笠翁一家言文集》，《李渔全集》第一卷，第214页。

他无法静下心来从事写作和出版。所以，信发出后没几天，他又赶赴杭州，并带上了自己的长子将舒、次子将开。兄弟俩将参加今年秋天举行的秀才考试。于是，发生在当年李渔身上的一幕又在这两个年轻人身上重演——将舒和将开虽然生于南京，但他们的籍贯仍然随父，也是兰溪，因此，他们必须回浙江金华参加考试。由于金华爆发了战事，因此考试地点改在了杭州附近的桐庐进行。

李渔带着儿子在苏州下了船，准备顺道去访问苏州的几位老朋友，并让儿子开开眼界，游览一下这个著名的文化名城。在参观了虎丘、七里滩、天平山和一些园林之后，他们又重新登船，继续向杭州进发。

来到杭州时，正好赶上浙江巡抚陈司贞的生日，浙江方面的军政要员都来参加庆典。李渔当然不会放过这个结识当地官员的大好机会，他写了一些寿文前去凑趣。五月，他又带着儿子游玩了绍兴。绍兴位于杭州南面，又叫山阴，是古越国的中心地区。李渔凭吊了大禹陵。大禹是传说中的夏后氏的部落领袖，带领人们治理洪水，发展农业。他曾在江南大会诸侯，计功而崩，葬于会稽，也就是今天的绍兴。禹陵旁边有禹王庙，雄伟壮丽，庙内有禹碑文物，为浙东著名胜迹。李渔作《谒禹庙》七律一首，并题联一副，绍兴越望亭也留下了他的足迹和题联。

回到杭州后，李渔便开始四处物色房子。作为芥子园主人，他对房子的要求是很高的，况且他现在拥有一个五十多口的大家庭。因此，房子既要宽敞，又要住得舒服，位置还要在不城不乡之间，这样价格就可以承受。显然，这样的房子很难找到，有时找到了，价格又不合适。因此跑了几趟后，李渔便放弃了，他决定重新再造一幢房子。

对于儿子，他内心是矛盾的。说实话，他打心眼里瞧不起程朱学说；然而，许多年来，他靠卖文和“打抽丰”为生，受尽了屈辱，对此已经感到厌倦了。所以，他又希望儿子不要走自己的老路，将来能够中举做官，光大门楣。这其实也是他少年时未竟的梦想。但是，使他感到沮丧的是，这两个孩子一点也不像年轻时的他，显得胆怯而拘谨，缺乏勇气，远远不如女儿淑昭，甚至不如淑慧。李渔写了一首词赠给他们，希望他们改掉自己的弱点：

少小行文休自阻，偏是牛羊须学虎。一同儿女避娇羞，神气沮，才情腐，奋到头来终类鼠。　　莫道班门难弄斧，正是雷门堪击鼓。小巫欲窃大巫灵，须耐苦，神前舞，人笑人嘲皆是谱。[1]

他鼓励儿子，既要敢于向传统向权威挑战，又要刻苦努力。写完后，李渔又感到滑稽，觉得违背了自己固有的信念。他在游严陵西湖的一首诗中，自我解嘲地写道：

未能免俗辍耕锄，身隐重教子读书。
山水有灵应笑我，老来颜面厚于初。[2]

当然，李渔觉得自己也有责任。由于长年在外奔波，他很少亲自管教孩子，这次大概是父子三人待在一起时间最长的一次。所以，李渔每天严格督促儿子读书，为他们划定该读的书目，指导他们写作八股文，此外，还常与朋友盘桓，新朋友徐釚是家中常客，老朋友丁澎等也不时来往。

李渔也请丁澎为自己的诗集作序。丁澎对李渔在戏剧方面取得的成就羡慕不已。李渔填了一首词送给他，鼓励他也试试：

傀儡词场，三十载，谬称柳七。向只道中原才少，果然无敌。止为名儒崇正学，不将曲艺妨经术。致幺魔忽地自称尊，由无佛。　　魔数尽，真人出。旭轮上，灯光没。看词坛旗帜，立翻成赤。愧我妄操修月斧，惜君小用如椽笔。急编成两部大宫商，分南北。[3]

李渔自谦地说，由于学术传统只把经学看作正道，而把小说戏曲视为旁门，

① 〔清〕李渔：《天仙子·示儿辈》，《笠翁一家言诗词集》，《李渔全集》第二卷，第458页。

② 〔清〕李渔：《严陵纪事八首》其七，《笠翁一家言诗词集》，《李渔全集》第二卷，第371页。

③ 〔清〕李渔：《满江红·读丁药园〈扶荔词〉，喜而寄此，勉以作剧》，《笠翁一家言诗词集》，《李渔全集》第二卷，第472页。

使我三十年来纵横词坛无敌手。但是，与你相比，我的才气就像太阳下的灯光，你如果投入到戏曲创作中来，那么，不久你就能与我双峰对峙。在这首词中，李渔隐约地批评了世俗对通俗文学的偏见。

夏末，李渔送儿子将舒、将开到桐庐应童子试。因为桐庐县令孙雪崖邀请李渔父子到他家去小住几天，所以离考试时间还有一个多月，他们就出发了。孙雪崖乃直隶元城人，康熙三年（1664）进士，著有《漱玉堂二种传奇》，其中《天宝曲史》对《长生殿》的创作颇有影响。李渔第二次游京时与他相识。桐庐在杭州的西南面，山清水秀，风景秀丽。钱塘江上游的一段流经桐庐境内，叫富春江。两岸山峦起伏，郁郁葱葱。东汉初年，著名的高士严光曾隐居于此，垂钓湖中。李渔曾陪周云山将军游过富春江，这是他第二次来游此地了。然而，当他经过严子陵钓台时，想起李之芳对他的劝告，不禁感慨万端，无地自容，填《多丽·过子陵钓台》词一阕：

> 过严陵，钓台咫尺难登。为舟师，计程遥发，不容先辈留行。仰高山，形容自愧；俯流水，面目堪憎。同执纶竿，共披蓑笠，君名何重我何轻？不自量，将身高比，才识敬先生。相去远，君辞厚禄，我钓虚名。　　再批评，一生友道，高卑已隔千层。君全交未攀衮冕，我累友不恕簪缨。终日抽风，只愁戴月，司天谁奏客为星？羡尔足加帝腹，太史受虚惊。知他日，再过此地，有目羞瞠。①

词中歌颂了严子陵不慕名利的高风亮节，并将自己与严子陵对比，对自己的一生进行了深刻的反思，为自己四方乞食的行为感到羞愧难当。同是“渔翁”，为什么世人竟有如此截然不同的评价？李渔回答说，是因为“君辞厚禄，我钓虚名”。严子陵，名严光，东汉初年浙江余姚人，少有高名。曾与东汉开国皇帝刘秀同窗读书，彼此要好。刘秀称帝后，严光却隐名埋姓，披羊裘垂钓于今日的严陵西湖。后来刘秀几经周折，找到了他，将严光延请至京。刘秀即日

---

①〔清〕李渔：《笠翁一家言诗词集》，《李渔全集》第二卷，第494页。

造访，两人见面后“论道叙旧，相对累日”。晚上同榻而眠，严光把一只脚架于刘秀腹上。第二天一早，“太史奏客星犯御座甚急”，刘秀笑道：“朕与故人严子陵共卧耳！”[①]因为古人认为，皇帝是天上的紫微星，他的一举一动在天象上都有反映。刘秀任严光为谏议大夫，但他却不肯受官，归隐于富春山，并且以垂钓的方式度过余生，西湖就在富春山边。因此，千百年来，严光成了鄙弃富贵、洁身自好的典范，也是知识分子的精神楷模。宋人为严光建立了本不存在的钓台，它不是建在江边，而是建在江边的悬崖上。

面对严子陵钓台，李渔在一种带有宗教式的虔诚的自抑心态中，膜拜着严光的精神人格，唤起了内心的自尊。严州可以说是李渔的精神故乡，在戏曲《比目鱼》中，他就让跳水殉情的谭楚玉、刘藐姑相抱着下流三百里到了严州，被一对隐士化的渔翁夫妇救活。

词写得非常直率坦诚，毫不掩饰，这是李渔的可爱之处。李渔的女婿沈因伯在这首词的后面评点道：“妇翁一生，言人所不能言，言人所不敢言，当世既知之矣。至其言人所不肯言与不屑言，则尚未之知也。……然人所不肯言、不屑言者，皆其极肯为而极屑为者也。”[②]李渔这首词就是“言人所不肯言与不屑言”者。在封建社会，像李渔这样深刻解剖自己、坦率忏悔的，的确非常罕见。不过，李渔在词的结尾婉转地为自己作了辩解——像严光那样的隐士，不愁吃，不愁穿，并且与皇帝交往可以脱略形迹，而我却要为全家人的生存发愁，不得不披星戴月，四处奔走，因此，用同一个标准来评价不在同一种生存状态下的人的人格是不公平的。这的确一语中的，点到了“严光们”的痛处。

在送两子到桐庐应童子试时，他还结识了武义人朱慎，朱慎，字其恭，号浮园、菊山，康熙间拔贡，著有《浮园诗集》。李渔有诗纪之，并请他为自己的诗文写评。《浮园诗集》载有三首与李渔酬答或题赠李渔的诗歌，其中《夏夜李笠翁招饮湖上》中写到“歌喉恰应箫声转，舞袖轻摇烛影红。如此追欢良不厌，肯教踪迹遽西东”，说明李渔家班女乐自乔姬、王姬病故后，虽元气大伤，但还

---

① 《后汉书·逸民传》，《二十五史》本，第283页。

② 〔清〕李渔：《笠翁一家言诗词集》，《李渔全集》第二卷，第495页。

在运作。《浮园诗集》后附有《菊山词》，卷首署“湖上李渔笠翁鉴定，新安张潮山来参订”。张潮，字山来，号心斋，安徽歙县人，客居扬州，经营盐业。他擅长诗文词曲，为康熙年间文坛的活跃人物。他著述极富，有《心斋聊复集》《心斋诗钞》《幽梦影》等，还编纂了著名文言小说集《虞初新志》。又开有诒清堂刻书坊，著名的《昭代丛书》《檀几丛书》诸书都是他主持、资助刊刻的。由此可推知，李渔或与张潮有过交往。

第四章　终老杭州

重归故里

在将舒、将开准备考试的日子里，李渔一直在不停地物色地宅。康熙十五年（1676），在浙江当道的帮助下，李渔终于购买到了吴山东北麓张侍卫的旧宅。它地处螺蛳山铁冶岭之中，避开了喧嚣的闹市，站在山上，繁华的杭州城和美丽的西子湖尽收眼底，矗立山上的保俶塔与雷峰塔遥遥相望，听到西湖游船上的笙歌随风吹来。沿着山间小道爬上铁冶岭顶峰，向东眺望，可以看见“怒涛卷霜雪”的钱塘江潮和雄伟壮丽的六和塔。右面有一口郭璞井，据说晋时著名的道士郭璞曾在此结庐而居，炼丹修道，为和制丹药，掘了这口水井。由于杭州靠近海滨，涨潮的海水侵入江河之中，污染了地下水源，因此杭州城内的井水不但浑浊，而且带有丝丝咸味，但郭璞井中的水质一直甘甜可口。可以说，这是李渔理想中的半乡半城居址。李渔准备在这里构建一座园林，并把它命名为“层园”。

但是，这里荒草丛生，蛇兔出没，巧妇难为无米之炊，要建层园，需要投入一笔很大的资金，而他现在的经济状况又不允许他大兴土木。为了修建层园，他决定把修建芥子园剩下的和从芥子园拆下的一些材料运抵杭州。李渔往来于南京和杭州之间，亲自设计和督导，爬山下山，辛苦不堪，晚上回到旅馆，浑身酸痛，但一种强烈的责任感又支撑着他从床上爬起，继续工作。

从夏天忙到冬季，房屋还没竣工，李渔又匆匆赶到南京，为儿子办婚事。他的长子将舒已十七岁，次子将开也十六岁了，在封建社会，已到了娶妻生子的年纪。李渔狡兔二窟，准备让长子留在南京，继承芥子书铺的工作，独立生活。这样，李渔可以两地来往，便于开展创作和经营活动。据敦睦堂《龙门李氏宗谱》载，将舒后于康熙四十七年（1708）卒，葬北京聚宝门外安德门[①]，其生有一子一女，后流落北京，直到老死。

为儿子办完婚事后，接着是出售芥子园。由于李渔无力承受在南京、杭州两地同时拥有两幢花园，他决定把芥子园卖掉，再买一幢普通的房子给留在南京的儿子和女婿居住。芥子园的设计早已声名远播，前来询问的人络绎不绝，但多是来看热闹的，有的嫌价格过于昂贵，有的趁机杀价。不过，经过一番讨价还价之后，总算交易成功。

交房的日期定在次年一月，当时已是康熙十五年（1676）的年底了。李渔立即着手搬迁。他雇来两只船，泊在秦淮，又雇来几个搬夫，把该带走的东西都搬上船，然后恋恋不舍地离开自己经营了十多年的芥子园，伤心地挥手告别古城南京。李渔在《上都门故人述旧状书》中凄凉地写道：自己是浙江人，不是金陵土著，祖宗墟墓都在故乡，早就想落叶归根之念，后送两子回乡考试，遂决定移家：

> 况住南京二十载，逋累满身，在则可缓，去则不容不偿。故临行所费金钱，什百于舟车之数。无论南京别业属之他人，即生平著述之梨枣与所服之衣，妻妾儿女头上之簪、耳边之珥，凡值数钱一镪者，无不以之代子钱，始能挈家而出。可怜彼一时也只顾医疮，使尽难剜之肉；以致此一时也听其露肘，并无可捉之襟。[②]

当然，这些叙述不排除有夸张之笔，但由此可以想见李渔离开南京时被债主追

① 《李渔年谱》，转引自《李渔全集》第十九卷，第129页。
② 〔清〕李渔：《笠翁一家言文集》，《李渔全集》第一卷，第225页。

逼的仓皇窘迫之状。

康熙十六年丁巳（1677），春风犹带寒意，李渔扯满风帆，向杭州进发。他站在船头，望着逐渐远去的六朝古都南京，心里有一种说不出的滋味。遥想当年，他鼓满希望的风帆来到南京，如今却是黯然而去，重新回到杭州。当年那个雄心勃勃，精力充沛的壮年人，如今已是满头白发，衰惫不堪。

船到燕子矶时，已是东方既白。沈因伯邀请李渔再登燕子矶作告别之游，可李渔心情沉重，游兴全无。因伯为了让他忘掉烦恼，执意要他上山观看往日的手迹是否还在，李渔不想扫他的兴，只得跟他上岸。燕子矶给他的印象太深刻了，他不会忘记。康熙十年（1671）游苏州时经过此地，阻风三日而不得行，他题一联一诗于亭上后，奇迹出现了，风向突转。后二年春，他又曾与忘年友王安节夜游燕子矶，题诗二首、词一篇，当地居民将诗词镌刻，悬于路口，供人欣赏。尽管经历了许多风风雨雨，如今这些字迹仍存，只是也留下了岁月流逝的印痕。因伯见了，非常激动，举手相贺道："久而不灭，山川之灵气也。可以数年，即可以千载，诗词与联，偕名山而不朽矣。"李渔沉思不语，良久方缓缓而言："你看四方名胜，前人碑刻，百不能存其一。石头尚且易于朽败，何况木头呢？再说亭子也不是千古不朽的。有一天亭子倒塌了，诗怎么流传？我更担心高山变成深谷，哪里能保证千百年后，这燕子矶不沉入长江呢？"一席话说得因伯默默无语。后来，李渔在《登燕子矶观旧刻诗词记》中回忆起这次登燕子矶道：

> 然则同一山也，其得地与否，亦有命焉：得地则小者亦荣，否则万丈之高，百里之广，慕此区区者而不能学，有自甘寂寞而已。然即此小者之中，又有幸不幸焉。采石虽滨江，犹去居民数里，客舫过而不留，晚亦弗泊，虑萑苻也；燕子则密迩民舍，行舟往来，过此即无住处，即日之方中，时之未暝，客欲兼程而进者，又有天作之合，使不得遽行，则石尤风是也，帆之上下，必有一阻，故此矶登眺之人，从无虚日，山之得地，莫是过矣。

作者由燕子矶想到了人生的际遇，李渔的友人陈天游评云："士之不遇，当作如是观。"①

离开燕子矶，顺风顺水，船行如箭，经过镇江，转入京杭大运河。除在苏州作了短暂的停留之外，李渔日夜兼程，大约用了一个月时间，才抵达杭城。

此时，层园还未完全竣工，而且，由于缺少资金，一切从简。所以，"虽有数椽之屋，修葺未终，遽尔释手。日在风雨之下，夜居盗贼之间；寐无堪宿之床，坐乏可凭之几。甚至税釜以炊，借碗而食"②。李渔刚到杭州，度过了一段异常艰难的岁月。

此时杭州正张灯结彩，庆贺官军取得击溃叛军的胜利。这年秋天，由李之芳指挥的清军与以耿精忠为首的叛军在江山大溪滩展开了激战，叛军在没有援兵的情况下终于全线崩溃。耿精忠逃回老巢福建，郑经也退回台湾。不久，耿精忠四面楚歌，被迫投降。东南方面的战事宣告结束。西南方面清军仍在与吴三桂决战。李之芳由于立下了赫赫战功，很快晋升为兵部尚书。但在这场叛乱中，李渔的朋友福建巡海道陈大来阖家自尽，总督范承谟死节。

李渔一家到杭州时，为李之芳举行的庆祝活动已接近尾声，李渔赶制了几首诗和对联以示对老朋友的庆贺。在对联中，李渔把李之芳比作唐代平定安史之乱的名将郭子仪。

经历旅途的颠沛，到杭州又没有条件也没有时间好好休息，李渔到达杭州数日后，即卧病不起。这场病来势凶猛，开始时高烧不断，后并发了哮喘。他是全家人的生活支柱，这个家没有了他，后果是无法想象的。所以全家人惊慌失措，求医问卜，悉心照料。数月之后，已是春末夏初，李渔的病刚有点起色，不料又因下楼不小心失足，摔了一跤，筋骨皆伤，又卧床了数月，才恢复过来。

一年一度的府考又到了，由于叛匪已经肃清，考场改回在金华如期进行。上次科考失利的大儿子将舒决定再去试试运气，李渔表示支持。由于爱子心切，同时也希望能给儿子带来好运，李渔坚持要再次陪同前往。不料行至半途，李

① 〔清〕李渔：《笠翁一家言文集》，《李渔全集》第一卷，第77页。

② 〔清〕李渔：《上都门故人述旧状书》，《笠翁一家言文集》，《李渔全集》第一卷，第226页。

渔又中暑了，他被人抬回了层园。这次病情更加严重，开始是拉肚子，接着疟痢并作，忽冷忽热，浑身虚汗，头疼欲裂，全身无力。咳嗽、哮喘、怔忡等余症也同时发作，李渔几度陷入了昏迷状态。家人几度延医，几乎用尽了一切治疗手段，病情仍然没有丝毫好转。李渔清醒的时候，把家人叫到身边，向她们口述辞别故人的遗书，断断续续写了百十余封。后来他在《与孙宇台、毛稚黄二好友》中说："弟自春孟移家至杭，即染沉疴，三愈三反，死而复活者数四。再不料看菊持螯之日，尚有一笠翁在人间世也。"①

李渔卧病期间，一家人忍饥挨饿，忧惧交加。李渔已是六十七岁高龄的老人了，大家都以为他很难挺过这一关，希望变得越来越渺茫，于是着手为他准备后事。然而，就在大家不抱希望时，奇迹出现了。李渔的病忽然一天天好起来，直到病症完全消失。他胃口大开，吵嚷着要吃这吃那，不久，就开始下床读书、写作。在他的《耐病解》一文中，他把自己不治而愈，奇迹般地从死神手中逃脱出来归之于自己坚强的求生意志。他幽默地说，穷人治病的秘诀就在于忍耐，而不是药物，那些买不起药治病的人应该以他为榜样②。沈因伯也从南京赶来，他是准备来帮忙料理岳父丧事的，不料到杭州时李渔的病已经痊愈。

这一年，从仲春到季秋的八个月里，李渔经历了数次死而复生、生而复死的生死考验。

螃蟹盛宴

卜居层园的第一个秋天，李渔大病初愈。八月初七，是他的六十七岁生日，无花无酒，没有了往年的热闹和快乐。一家人以茶代酒，为李渔祝寿。女儿淑昭、淑慧各写了一首祝寿诗，李渔不想扫女儿们的兴，强打精神，和了两首，借以渲染节日的气氛：

---

①〔清〕李渔：《笠翁一家言文集》，《李渔全集》第一卷，第222页。

②〔清〕李渔：《笠翁一家言文集》，《李渔全集》第一卷，第150—151页。

《初度日和长女淑昭称觞韵》

浪掷韶光又一年，空教儿女惜华颠。
绣窗人至花盈几，咏絮诗成雪满筵。
老不肯言才落后，贫犹惯说酒为先。
醉来是客皆辞去，止伴希夷作睡仙。

《又和次女淑慧称觞韵》

儿女喁喁绕四筵，得知婚嫁了何年。
空囊只患随风举，彩服空劳映日鲜。
贫贱托名称隐逸，清癯假口学神仙。
醉来欲讯旁观者，狂兴何如十载前？[①]

“贫贱托名称隐逸，清癯假口学神仙”，李渔以幽默、自嘲调节了弥漫在全家的压抑气氛。

望着全家老小一双双饱含期待的眼睛，李渔感到内心惭愧。于是，他决心设法摆脱眼前的困境。这时，离杭城不远的湖州太守胡子怀来信请他去盘桓数日，他觉得这是一个好机会，于是欣然应允。他于中秋前的八月十三日，带着将开、沈因伯向湖州进发。由于李渔身体刚刚复元，于是一路缓行，在途中过了中秋。李渔沽了一壶酒，与因伯在月下对饮。又赋五言古诗《途次中秋》一首，在诗中，他说：当月亮要缺的时候，天也无法使它圆，更何况还有月蚀的时候！人的命运不就像月亮一样吗？在命运面前，人是渺小的，抗争是徒劳的，我们应当随遇而安。我们知道，以前李渔是不怎么相信命运的，可见，李渔的确老了。

抵达湖州时，恰逢因伯四十寿辰，在外地过生日，仪式草草，李渔心里很是内疚。自从沈因伯入赘以来，名为女婿，实为管家。李渔常常四处演出筹资和漫游，家庭的全部重担就落在因伯一人身上。李家经济拮据，捉襟见肘，东拆西补，常常是债主叫嚣于门，白眼迎接于外。这时，李渔不好出面，总是因

---

① 〔清〕李渔：《笠翁一家言诗词集》，《李渔全集》第二卷，第229页。

伯挺身而出，陪人笑脸，仰人鼻息，使出各种招数，闯过一道又一道难关。而因伯又总是无怨无悔，继续帮助李渔襄理家务。李渔觉得亏欠女婿的太多太多了，他在五言古诗《阿倩因伯四十初度，时伴予客苕川，是日初至》一诗中表达了这种心情，其中有句云：

一生皆累汝，今日更惭予。
母女同艰食，翁婿并饥驱。
致使称觞日，犹然赋索居。[①]

在另一首七言律诗《阿倩沈因伯四十初度，时伴予客苕川》中，李渔表达了同样的心情："生辰累汝客中过，莫为无钱饮不多。"[②]

"乏钱难使寿筵开"，众人愁眉不展，没想到正在这时，湖州太守胡子怀派人送来了好酒，"僮仆分甘笑若雷"，大家举杯为因伯祝寿，李渔也在愧疚中振作起来，一时诗兴大发，咏道："时近中秋明月好，相将不怪日西颓。"[③]胡太守的殷勤给李渔一行带来了意外之喜，然而，我们仍然感觉到喜悦之中的几许辛酸。

湖州地处杭嘉湖的西北，与江苏接壤，濒临太湖，是浙江蚕、丝业的重镇。太守胡瑾，字子怀，生于世代官宦之家。他父亲也曾任职浙江，因此，子怀对浙江的人文掌故如数家珍。子怀乃风雅之士，喜交名士，世事洞明，人情练达。郡署中原有墨妙亭、爱山台、六客堂三座名胜古迹。墨妙亭创于宋代孙莘老，内藏前人赋吟诗文及碑刻，苏东坡曾为之作记。爱山台高丈余，垒石于外，填土于中，可以登高眺远，因东坡诗中有"最爱此山看不足"之句而得名。六客堂是宋湖州太守李公建与苏子瞻、张子野、杨元素、陈令举、刘季叔诸名士会

①〔清〕李渔：《笠翁一家言诗词集》，《李渔全集》第二卷，第34页。

②〔清〕李渔：《阿倩沈因伯四十初度，时伴予客苕川》其一，《笠翁一家言诗词集》，《李渔全集》第二卷，第234页。

③〔清〕李渔：《阿倩沈因伯四十初度，时伴予客苕川》其二，《笠翁一家言诗词集》，《李渔全集》第二卷，第234页。

饮之地。由于年久失修，至清初早已颓圮，遗迹荡然不存。子怀任职湖州二载后，遂带头捐米纳俸，着手恢复。既未扰民也没伤财，李渔到时，已经竣工。胡太守在六客堂中设宴接风，陈古玩，奏雅乐，演名剧。皓月当空，晚风拂来，主人殷殷劝酒，李渔颓然而醉，不知今夕何夕！客人中还有湖州通判余霁岩，后为李渔的诗文集写过评点。

过了两天，胡太守又邀请鹾使李万资、别驾赵又韩、游击将军成耀先、别驾参军林象鼎、乌程令高凤翥、归安令何紫雯诸僚友，加上李渔共八人，登爱山台。众人举目远眺，四周胜景，尽收眼底。明月楼、韵海楼、碧澜堂、浮晖阁等景，环顾四周，历历在目。众人分曹射覆，猜拳行令，尽醉方休。通过这次活动，李渔又结识了不少新友，心情愉快，往日的忧虑一扫而尽。他后来作《两宴吴兴郡斋记》回忆道：

> 予二十年来担簦负笈，周历四方，所至则随士大夫游。海内郡治共百五十有六，而予所未到者仅十之二三，从未有记；而今独记吴兴者，重其人，因以重其地。重之，斯记之，犹未有文字之先，结绳以示不忘耳。[①]

胡子怀的殷勤款待使李渔既感激不已，又于心不安。他不知如何是好，只有发挥文人本色，精心创作了二首长诗《吴兴太守歌》献给子怀，其一云：

> 贤哉太守今所稀，不礼纁裳礼褐衣。
> 近日文章贱如土，倾囊赠人人欲挥。
> 恨不复下坑儒令，大风疾扫咸阳灰。
> 谁知君性偏奇特，生平落落无相识。
> 忽见通名有笠翁，吐哺出见忘朝食。
> 周旋三日两开筵，不喜相离喜相即。
> 谬认无才作有才，使人欲默默不得。

---

① 〔清〕李渔：《笠翁一家言文集》，《李渔全集》第一卷，第81页。

日挥百首夜千言，不俟片云头上黑。
袜线俄惊百尺长，始信当权能造物。
即知此君善化民，恕顽奖善皆仁术。
神哉太守莅吴兴，何异王谢颜苏在当日。
无心赞美忽成歌，有似孺子天机随口出。[①]

历史上，谢安石、颜真卿、苏东坡都曾任职湖州，李渔以前贤比子怀，歌颂了子怀在“近日文章贱如土”“恨不复下坑儒令”之时，对文士倾心相待，而又非附庸风雅，因子怀自己也能操觚染翰，倚马可待。李渔认为自己写这首诗无意谀奉唱赞歌，而“似孺子天机随口出”。

嗣后，吴兴同知于胜斯等府县官员，或看在子怀好友的分上，或喜好风雅，或与李渔已成好友，竞相做东，有的邀请李渔游览境内的道场山、岘山等地名胜，有的请李渔梨园评曲，有的请李渔吃秋后螃蟹。李渔兴奋不已，仿佛又找回了当年豪气干云的自信，常常诗兴勃发。在七言律诗《于胜斯郡丞邀陪余霁岩别驾、林象鼎参军衙斋听曲，携菊而归》中云：

多情地主惯添杯，十度邀宾九唤陪。
食饱难禁螃蟹劝，饮迟无奈菊花催。
歌童岂止声音好，坐客非关酒意颓。
归去预愁身寂寞，连瓶携得锦葩回。[②]

饮酒、观花、度曲、赋诗，李渔的忧愁仿佛一扫而光。

李渔与李白一样，一生好入名山游，因此，他既来湖州，怎会放过游山玩水的机会？岘山与道场山乃浙北名胜，美丽的景色使他忘了不久前与贫困和病魔作斗争时的痛苦。这次游览，他创作了一组七言律诗。

---

① 〔清〕李渔：《笠翁一家言诗词集》，《李渔全集》第二卷，第73—74页。
② 〔清〕李渔：《笠翁一家言诗词集》，《李渔全集》第二卷，第244页。

李渔嗜蟹如命，这次吴兴之行，正赶上螃蟹上市的季节，李渔得以大饱口福，心情特别畅快，文思如泉涌，一发不可收。主人几乎每宴必蟹，胡子怀的席上有蟹，何紫雯的席上有蟹，余霁岩的席上有蟹，吴念庵的席上也有蟹，总之，“自客苕溪终日蟹”。李渔一连写了几首长篇诗歌，来抒发愉悦心情。在《谢蟹歌为归安令君何紫雯作》一诗的结尾，他大声疾呼：

> 蟹乎蟹乎吾爱汝，欲买无钱空目睹。
> 焉得人人何使君，俾尔日在腹中歌且舞。①

李渔说，如果人人都像何紫雯那样了解我、那样慷慨就好了，那我就可以天天食有蟹了。

不仅如此，他那些即席而作的限韵诗歌也十分可观。在《丁巳小春偕顾梁汾典籍、吴云文文学，集吴念庵斋头啖蟹甚畅，即席同赋，韵限蟹头鱼尾》一诗中有诗句云：

> 自客苕溪终日蟹，杖头固结何曾解。
> 赖有怜才好主人，相逢尽许将诗买。
> 诗买何曾买得穷，越餐胸次越玲珑。
> 大受无肠公子益，教我横行毋踧踖。
> ……
> 今日主人虑我横，知我向以蟹为命。
> 以命易命利在丰，欲藉无肠为陷阱。
> 案头累累叠成山，大者如盘小如镜。
> 我知此举为相攻，宽中奋力图兼并。
> 百万精兵一扫空，谁知复有兵来应。
> 此番鏖战不寻常，纵使心闲手亦忙。

① 〔清〕李渔：《笠翁一家言诗词集》，《李渔全集》第二卷，第76页。

从前以命托诸蟹，谁识今朝以命偿。[①]

诗写得幽默诙谐，纵横排宕，想象丰富，如行云流水，读来妙趣横生，使人忍俊不禁。在诗中，李渔声称，吃蟹就像打仗，非得把它全歼不可。以前自己以蟹为命，今天就是命丧蟹中也心甘情愿。他又说，螃蟹横行无忌的形象，激发了他的文学创作灵感，从中领悟到作文秘诀，“我得此诀知行兵，笔掀墨舞皆横行”。这首诗不仅表现出诗人高超的艺术创造能力，而且透露出李渔天性乐观、幽默的个性。

此后，连续几天大雾，螃蟹都藏起来了，市面上螃蟹价格陡然上涨。大约过了十天，吴念庵又邀李渔吃蟹，并请李渔携儿子、女婿同往，结果“一门同醉无遗捐”。[②]

吴兴县学的教师也久闻李渔之名，大家凑了点钱，买了酒菜招待他，以尽一点心意。李渔深知教师囊中羞涩，生活清苦，让他们破费，心里既感动又很过意不去。特赋一首《吴兴诸广文醵金赐宴，为席甚丰，诗以谢之》表达这种心情：

苜蓿先生苜蓿盘，止应单仗酒为欢。
如何瘠宦邀贫友，也学腴官治美餐。
秋色满园欺锦绣，春风溢座胜芝兰。
只愁囊里消清俸，客去青毡分外寒。[③]

诗中有感激之情，也有同病相怜之感。

吴兴之行，觥筹交错，酒席丰珍，使李渔感慨不已。富人一席酒，穷人一年粮。他想到了下层人民在饥饿的边缘挣扎的苦难日子。在七律《吴兴喜遇，

① 〔清〕李渔：《笠翁一家言诗词集》，《李渔全集》第二卷，第77页。

② 〔清〕李渔：《念庵招饮后，蟹遭雾障，售者寥寥。越十日而复招啖蟹，予子及婿在焉，仍用蟹头鱼尾之韵》，《笠翁一家言诗词集》，《李渔全集》第二卷，第78页。

③ 〔清〕李渔：《笠翁一家言诗词集》，《李渔全集》第二卷，第232页。

寄湖上诸同人》诗中写道：

吴兴地主尽怜才，队队旌旗入草莱。
才到一身双榻下，未经三日两筵开。
东家吃饭西家宿，左手持螯右手杯。
但苦民间寥落甚，非官不送酒钱来。①

但寄生的生活毕竟是暂时的，别人的施舍也有限，只能解一时燃眉之急。卖文还是主要的生活来源。因此，李渔一点也不敢松懈，即使旅居吴兴期间，仍夜以继日地编纂《一家言二集》。他在《与孙宇台、毛稚黄二好友》一书中说：

兹幸小愈，饥驱至苕川。幸地主稍贤，能以佳茗醇醪药我，不致遄死。然此不过药中佐使耳，非恃以为君之药王也。药王维何？管城子、楮先生、即墨侯，三人而已。日来所著诗文杂著，竟盈数大帙。坊人苦索，谓弟《一家言》之初集大噪海内，（真是“瓦缶雷鸣”！）四方人士询二集曾出否者，日有数辈。盍急梓之，以已众渴。故弟欲以病中病后之言，合前已刻而未竟者，共成一书……

弟所恃为郢人者，宇兄及稚黄两人而已。兹特专力送上，乞为痛铲严削。②

写作和出版，才是生活的真正保障，因而不能懈怠，只有认真编订，另请朋友斧正，以提高书的质量，才能获得更好的经济和社会效益。

从秋到冬的几月间，李渔创作了大量的诗文，但小说戏曲创作已基本停止了。

---

①〔清〕李渔：《笠翁一家言诗词集》，《李渔全集》第二卷，第232页。
②〔清〕李渔：《笠翁一家言文集》，《李渔全集》第一卷，第222—223页。

层园老人

一直待到旧历年底，李渔才结束湖州之行，返回杭州。他的五言绝句《促袁大登舟》写道：

莫恋乌程酒，同舟试自频。
行人待潮去，潮不待行人。[①]

梁园虽好，不是久恋之家。一家人还在翘首盼望他带回收获，带回惊喜。况且花无百日红，人无千日好，客久使人厌。因此，他怀着感激之情，告别子怀等友人，回到了阔别四月之久的杭州。李渔一行不但满足了饕餮之欲，而且带回了大量的螃蟹，留在杭城的家人也得以分享，其余分送给友人。

回到层园，一切又回到了从前。层园仍未竣工，资金和材料还有不少的缺口，时近年底，工匠等人的工钱也要支付，讨债的又接踵而至。这些对李渔来说，是一笔庞大的开支，而李渔湖州之行得到的实际馈赠并不多，杯水车薪，无法应付。由于缺少资金，他的一些书也难以修订再版。当他的朋友诸暨县令刘梦锡来信索借《闲情偶寄》时，他回信道："弟从前拙刻，车载斗量。近以购纸无钱，多束诸高阁而未印。"[②]

准备过年的东西尚未置办，在这节骨眼上，偏偏老妻徐氏又患病。李渔一筹莫展，十分焦急。如何渡过眼前难关？好在这种日子在李家是常有的事，只好再一次沉着应付，拖一天算一天。他让女婿沈因伯出面接待前来要债的客人，千求万告，以取得债务的宽缓之期，又让女儿淑昭、淑慧照料母亲，自己则苦思冥想，设法解除当前的燃眉之急。

别无他法，李渔又只得向友人求助。但债务太多，一个人的帮助有限，于

---

①〔清〕李渔：《促袁大登舟》，《笠翁一家言诗词集》，《李渔全集》第二卷，第276页。

②〔清〕李渔：《与刘使君》，《笠翁一家言文集》，《李渔全集》第一卷，第215页。

是，他干脆向京城的朋友发了一封公开信。信写得很长，详细叙述了自己目前窘迫的困境，以及近年来被迫搬迁、生病的种种不幸遭遇。在给京城朋友的信中，他声泪俱下地写道：

问天下人之贫，有贫于湖上笠翁者乎？……仆无八口应有之田，而张口受餐者五倍其数；即有可卖之文，然今日买文之家，有能奉金百斤，以买《长门》一赋，如陈皇后之于司马相如者乎？子必曰无之。然则卖文之钱，亦可指屈而数计矣！以四十口而仰食于一身，是以一桑之叶，饲百筐之蚕，日生夜长，其何能给？牛山之伐，不若是其酷矣！……仆无沟洫之纳，而有江河之泄，无怪乎今日之富，无补于明日之贫矣！亲戚朋友怜之者固多，鄙而笑之者亦复不少，皆怪予不识艰难，肆意挥霍，有昔日之豪举，宜乎有今日之落魄。而不知昔日之豪举，非自为之，人为之也。食皆友推之食，衣亦人解之衣；即歌妓数人，并非钱买，皆出知己所赠。……凡此皆仆致贫之由，从前安之若素，而今条举缕述以告人者，以昔处贫贱，今则贫贱而加之患难矣！……

……孰意抵杭数日，即卧病不起。一人不起，众命皆悬。仲春至季秋，凡八阅月，死而生、生而复死者不知凡几。口授儿辈，使作书与辇下故人为永诀之词者，凡数十百函，及今犹在。必不料至此时此日，犹在人间作三上相书之韩愈也。乃今躯壳尚存，血肉何在？虽有数椽之屋，修葺未终，遽尔释手。日在风雨之下，夜居盗贼之间；寐无堪宿之床，坐乏可凭之几。甚至税釜以炊，借碗而食。嗟乎伤哉！李子之穷，遂至此乎！

切思辇毂之下，尽有贵交。当今之世，若望一人一手，拯此艰危，此必不得之数也。众擎易举，但求一二有心人，顺风一呼，各助以力，则湖上笠翁尚不即死。俾从前已著之书，赎出梨枣，仍为己有。其已脱稿而梓之未竟，与未成书而腹稿尚存者，乘其有手，急使编摩，则尚有一二种可阅之书，新人耳目。否则此书一函，竟为笠翁之绝笔矣！

昔太史公以宫刑可免，欲赎无资，因作货殖一传以寄慨。仆思宫刑不赎，犹能活在世间；十指如锤，不与寸肉同腐。使仆当此际而无人肯援，则罪同大辟，岂止宫刑而已哉！虽曰子长何人，予非其比，然才无大小，可怜则一。使毫无足惜，则诸公以前之拂试谓何？

嗟呼！死后怜才，常有生不同时之恨；生前抱璞，反有见哭不救之人。书去之后，惟日向长安饮泣而已。[①]

全文很长，李渔先是述说自己致贫的主要原因是多口添累，收入少而支出多。并对亲戚朋友指责他“不识艰难，肆意挥霍”进行了辩解。接着描述自己移家杭州的原因及来后的悲惨处境，继而抓住大家喜读他的著作的心理进行求告。信写得哀感动人，但信往返京师需一月之久，远水难解近渴，这也是无法之法。

祸不单行。由于没有得到及时的救治，徐氏病情加剧，在大年除夕前一天撒手人寰[②]。她在弥留之际，已是骨瘦如柴，连说话的力气都没了。李渔看着这位与自己共同生活了五十年的结发妻子，感激、依恋、愧疚和悲伤的复杂感情涌上心头。数十年来，两人风雨同舟，相依为命，共同渡过了一道道难关。但李渔生活得要比她好得多，他虽四处奔波，但总算吃香喝辣，游山玩水，享受了生活。何况，以广嗣为名，李渔又不断地纳妾娶小。但对于这些，徐氏都宽容待之，她虽识字不多，但贤惠通情，操持家务，毫无怨言。一家人能和睦相处，与徐氏的贤惠和宽容的表率作用密不可分。现在徐氏突然撒手人寰，李渔不胜伤感。好色的李渔平时对她很少留意，现在才认识到她的可贵，然而，一切都晚了，真是愧对亡魂！眼前的困境犹未摆脱，李渔怀着巨大的悲痛，一面料理丧事，一面筹划过年、还债。这时，江苏布政使丁泰岩派人送来了五十两银子，正好可用来为徐氏料理后事。

丁泰岩，名思孔，汉军镶黄旗人。顺治九年（1652）进士，授检讨。康熙

① 〔清〕李渔：《上都门故人述旧状书》，《笠翁一家言文集》，《李渔全集》第一卷，第224—227页。

② 黄强：《李渔〈古今史略〉〈尺牍初征〉与〈一家言〉述考》（《文献》1988年第2期）认为李渔的原配夫人徐氏顺治间已经去世，这时去世的是李渔“正娶”的另一位夫人，因证据不充分，可备一说。

八年（1669）任直隶守道，十四年升安徽按察使，次年又迁湖北布政使，旋改江苏布政使。康熙十七年改河南巡抚，又改湖广巡抚、总督，后又改云贵总督。在任上，他重视人才和教育，在湖南时，设丁公讲堂。李渔于康熙五年入都时与他相识，丁泰来“一抵南京，即讯笠翁何在”，与李渔把酒话旧。李渔回杭路过苏州时曾去布政使衙门向丁泰岩辞行，后又给丁泰岩去信，诉说自己“近状可忧，缕词难述”。当丁泰岩得知李渔的窘况后，不觉为之恻然，马上派人送来银两，并附七言律诗一首：

曾忆京华对绮筵，韶光荏苒几经年。
春来游屐偏相失，岁暮音书岂浪传。
谭笑近应推白社，才名遥可继青莲。
好书堆案樽盈酒，何事忧贫意惘然。①

在诗中，丁泰岩把李渔比作李白，君子固穷，忧道不忧贫，劝他旷达一点，不必为贫穷发愁。丁泰岩“爱之慰之，不遗余力”，使李渔倍受感动。送来的东西虽少，但对困境中的李渔来说，可谓雪中送炭。

除夕，李渔送给浙江提学道程蕉鹿一副对联和一首诗，以代桃符。在七言古诗《高山仰止行赠程蕉鹿文宗》中，李渔说道：

更羡有情怜故旧，心为广厦千人覆。
俸钱只匀制绨袍，贫交不使嗟遗漏。
我仅当时识面人，相逢亦复念长贫。
古道能令薄者厚，不似今时贵介疏其亲。②

可见，李渔与程蕉鹿不过是一面之交，但程蕉鹿在他最困难的时候，没有忘记

① 〔清〕李渔：《李渔年谱》，《李渔全集》第十九卷，第117页。
② 〔清〕李渔：《笠翁一家言诗词集》，《李渔全集》卷二，第72页。

他，并伸出热心的援助之手，使他感激涕零。

由于李渔交游很广，所以，徐氏去世的噩耗传开后，前来吊唁的人络绎不绝。恰逢苦雨绵绵，路上泥泞难行。李渔只得到处张挂谢帖，婉言谢绝亲朋好友的一番好意，请他们免了此行。这样可以使李渔少了接待之苦，也节省一笔开支。一些重要体面的朋友，李渔还得亲自去信致谢，如常州知府于胜斯、退仕御史顾且庵等。

不久，李渔的困境传遍四方，大家纷纷伸出援助之手，慷慨解囊。李渔利用友人馈赠之资，不但顺利办完了丧事，还略有节余，可用于层园的收工扫尾工作。这样，李渔和因伯才喘了口气，全家人脸上见到了久违的笑容。

面对眼前严酷的现实，李渔果断地压缩了原先的设计规模，采用最经济最省钱的办法，力求早日完工，至康熙十七年（1678），一座设计独特的层园终于矗立于西湖之畔。丁澎的《〈笠翁诗集〉序》中有一段李渔关于层园修建过程的谈话，描述了层园的结构：

> 予尝葺是居也，非匠石之所能为也。颓垣废桶，灌莽虺蜮所丛处，芟之伐之，庀其材则得半焉。由是析钟山旧庐而益之。高其甍，有堂坳然，危楼居其巅，四面而涵虚。其欂栌则有蜷曲若蟉者，户则有纳景如绘者，棂则有蛛丝大石弓者，户则有机而兽者，檐则有蜿蜒下垂而欲跃者，或俯或仰，倏忽烟云吐纳于其际，小而视之，特市城中一抔土耳。凡江涛之汹涌，巑峰之崱另，西湖之襟带，与夫奇禽嘉树之所颉颃，寒暑惨舒，星辰摇荡，风霆雨瀑之所磅礴，举骇于目而动于心者，靡不环拱而收之几案之间，虽使公输子睆视袖手而莫能施其巧也。①

当然，层园无法与芥子园媲美，但也有自己的特色。李渔就地取材，因地制宜，层园背山面水，园中有山，山中建园，趣意盎然。当时任浙江清军驿传道的张壶阳是李渔的崇拜者之一，也是层园的常客，曾为层园题律诗十首，对

---

①〔清〕丁澎：《〈笠翁诗集〉序》，《笠翁一家言诗词集》，《李渔全集》第二卷，第3—4页。

层园的美景进行了生动的描绘。李渔奉和了十首，题为《次韵和张壶阳观察题层园十首》，现摘录几首，以见层园之一斑：

其四

幽谷难藏四月春，林花初放世间陈。
路平不似居山脊，湖对浑疑住水滨。
胸次尚留难去障，笔端犹有未消尘。
明知蓄垢由些子，负却烟峦一派新。

其八

开窗时与古人逢，岂止阴晴别淡浓。
堤上东坡才锦绣，湖中西子面芙蓉。
才教细柳开眉锁，又叱新篁解箨龙。
莫旺虬枝遮远目，殷勤嘱语大夫松。

其九

目游果不异身游，顷刻千峰任去留。
云里辟开三净土，镜中点破二沧洲。
爱亲歌舞花难谢，喜载楼船水不流。
可惜愁人偏住此，恶怀美景不相酬。[①]

从上述这些诗中，我们大致可以看出层园的结构特色。当然，作者有时会把它诗意化，而遮掩了层园的某些真实状况。李渔在诗中，有时会给我们透露一点这方面的信息，如“荒郊织屦贫难卖，空谷啼饥丑易传”（其一），“地旷足容千百骑，轩微恰受两三朋”（其五），“齑逢倦后无酸味，饭到饥来有异香”（其七），“贫难贷粟蒙庄子，狂爱行歌楚接舆”（其十），等等。由此，我们可以看出层园的简陋和主人穷酸贫寒的窘况。但是，层园毕竟占地势之优，它位于吴山的半山腰，前门正对西湖，背靠钱塘江，居高临下，西湖美景尽收眼底，

① 〔清〕李渔：《笠翁一家言诗词集》，《李渔全集》第二卷，第247—249页。

李渔风趣地说，我日夜可以免费享受到西湖画舫上传来的箫鼓声，客人来访，也可以此请客。每当写作感到疲倦时，就出门散散心，西子湖头濯足，东坡堤畔伸腰。层园周围没有住户，他可以独自享受大自然的宁静。房屋前后广种梅树，每到冬春之交，梅花绽开，红白相间，房屋掩映在花海之中。打开门窗，两岸湖光山色，道院寺观，云烟竹树，以及往来之樵人牧竖，醉翁游女，连人带马，尽入其中，好像一幅天然画图，而又时时变幻，不为一定之形。周围古迹众多，可常与古人对话，骋目仙游。总之，经过李渔的精心设计，巧妙借景，层园已与湖光山色融为一体了。

况且，李渔又善于苦中作乐，他自题一联云："东坡凭几唤，西子对门居。"他还在《风入松·自题湖上新居，寄四方同调六首》中吟道：

从前虚负自题名，湖上笠翁称。笠翁今果来湖上，纶竿具足慰生平。郭璞井边饭甑，虎跑泉上茶铛。楼船箫鼓日纵横，似为耀门庭。主人不喜翻憎闹，常扪耳自避歌声。止得黄鹂不厌，有时不语挑鸣。

六桥全设酒杯前，迟客作华筵。侑觞莫道无箫鼓，楼船过复有楼船。与客纵听歌舞，有人代出金钱。只愁多费薛涛笺，触手尽佳篇。西园曲水名千古，咏游处少此天然。只愧孟尝贫煞，致令客散三千。

纶竿书卷一齐抛，尽日枕诗瓢。贪贫愈懒忘生计，三餐粥饱后难消。西子湖头濯足，东坡堤畔伸腰。寻芳无日不花朝，红紫论肩挑。桃李虽经戕伐尽，山深处野卉偏饶。四季兰边踯躅，万年松上凌霄。

身慵无力鼓轻桡，一叶任风飘。青帘遇着随沽酒，霜林岸落叶堪烧。不必多携饮伴，二三白发渔樵。归来蓬户不须敲，有犬吠林皋。山童自识开门待，左接杖右接诗瓢。一枕生涯已足，三餐活计全消。

在这组词中，作者把层园周围的人文和自然景观尽拢笔底，把自己的隐逸生活写得清新脱俗，悠闲有趣，从而把自己的生活美化了，也掩藏了内心的忧伤。这是封建社会不得志文人的惯用伎俩。陈天游评云：“登其堂已堪心醉，读其词觉情移。”梁冶湄则云：“‘伸腰’二字从五斗米折腰来，此贫贱骄人语，好在不露。尽日伸腰，已称至乐，况在东坡堤上乎？那不令人妒煞！”[①]

如果我们拿这组词与他此前写的《上都门故人述旧状书》对读，简直不能相信它们是出于同一人之手。李渔真的很怡然、很欢愉吗？其实，当他举目远眺的时候，有时也会陷入长久的沉思，勾起对忧伤往事的回忆。记得许多年前，李渔携母亲泛舟西湖时，母亲陶醉在美丽的湖光山色中，指着西湖沿岸的居民羡慕地说：“这些人不知那辈子积来的德，有福住在这里。”这句话给李渔留下了很深的印象，那时，他就暗下决心，一定要在西湖边拥有一栋住宅，让母亲在这里安享晚年。可惜这一切来得太晚了，李渔心里不禁有些感伤。而画舫中日夜传来的歌声常会使他回忆起死去的乔姬和王姬，他的风流云散的家班。所以，画舫上飘来的箫鼓声除了能给他带来快乐，还能唤起他内心的酸楚。

埋骨西湖

经历了移家之后的种种艰难，尤其是丧妻之痛后，李渔愈加看淡了人生，他知道来日无多，因此忙着完成自己离开人世前未竟的事业。

首先，他想尽快出版《一家言二集》。由于《一家言一集》出版后，读者反响很好，销路不错。于是李渔抓住时机，夜以继日地编辑和补作，争取尽快推出二集。

这年的立秋日，他为《笠翁别集》撰写弁言：

> 予少也贫，无书可读，即借人书读，读过辄忘，不能强记一字。然当其读时，偏喜予夺前人，曲直往事；其所议论，大约合于宋人者少，而相为犄角者众。向为坊人固请行世，已刊《笠翁论古》一书，簸糠秕于世者

① 〔清〕李渔：《笠翁一家言诗词集》，《李渔全集》第二卷，第464—466页。

久矣。兹择其可充米盾者，约略数卷，载入集中。[①]

由此可见，李渔曾将《笠翁论古》以《一家言》的别集出版，这都是当时书商所惯用的伎俩。

这年中秋前，李渔又写了《〈耐歌词〉序》，即《〈笠翁余集〉序》，序中解释了“耐歌”一词的含义：

> 予谓是书无他能事，惟一长可取，因填词一道，童而习之，不求悦目，止期便口，以“耐歌”二字目之可乎？所耐惟歌，余皆不耐可知矣。昔郭功父自诵其诗，声震左右，既罢，问东坡曰：“有几分来地？”东坡曰：“七分来是读，三分来是诗。”予词之耐歌，犹功父之诗之便读，然恐质诸东坡，权其分两，犹谓七分则有余，三分尚未足，又将奈何！[②]

李渔主张诗词一道，以语言通俗、人人易懂为佳，所谓“耐歌”就是耐读之意。李渔的朋友徐旭旦十分喜欢读《耐歌词》，他在《书李笠翁耐歌词后》一文中云：“李笠翁《耐歌词》如新花倩女，妩媚可人；又如廉泉怪石，对之时有云霞之气。余常读书倦后，脱帽家园古梅下，则命小鬟进其帙阅之，常至花影徙阴，鸟声阒寂，始罢去。今十余年来，日混迹于车尘马足之间，前时斗茶录书之兴，阑珊殆尽。偶从友人斋头复得观笠翁右调时，会江山之感，怆然交集。昔谓读已见书如遇故人，此语良然。”李渔在世时，徐旭旦就在读书疲倦后以《耐歌词》缓解疲劳，十余年后，复在友人斋头得观此集，如遇故人，怆然久之。[③]

李渔还请丁澎为《笠翁诗集》作序。丁澎在序中称：

> 一家言者，李子笠翁之所著书也。李子家贫，好著书，凡书序、传记、史断、杂说、碑铭、论赞，以及诗赋、填词、歌曲不下数十种。其匠心独

① 〔清〕李渔：《笠翁一家言文集》，《李渔全集》第一卷，第307—308页。

② 〔清〕李渔：《〈耐歌词〉自序》，《笠翁一家言诗词集》，《李渔全集》第二卷，第378页。

③ 〔清〕徐旭旦：《世经堂初集》卷十七，《四库未收书辑刊》第七辑第29册，第380页。

造，无常师，善持论，不屑依附古人成说，以此名动公卿间。[①]

由此可见，《一家言》乃小说戏曲之外的李渔全集，文体有数十种之多。丁序还指出，李渔作品的特点在于匠心独运，不屑依附古人成说，有自己独特的见解，这是独具只眼的。

终于，《一家言二集》出版的各种准备工作已经就绪，可以交付书铺了。

同时，李渔又积极搜求时贤的词作，准备出一个选本，叫《名词选胜》。他不但亲自为词选作序，也请尤侗作序。当时李渔以小说戏曲创作鸣于世，但其词作却少为人知。所以，尤侗在序中说：

武林李子笠翁，能为唐人小说，尤擅金元词曲，吴梅村祭酒尝赠诗曰："江湖笑傲夸齐赘，云雨荒唐忆楚娥"，盖实录也。辛亥夏，来客吴门，予与把臂剧谈，出其枕中秘，所见有过所闻者。乃知志怪之书，回波之唱，未足尽我笠翁矣。今冬复寄《名词选胜》，而征予序。予读之，诧曰："笠翁又进矣！"笠翁精于曲者也，故其论词，独得妙解，而与予见合如此。然自此选出，人将俎豆翁于花（间）草（堂）之间，不复呼曲子相公矣。予又曰："犹未足尽我笠翁也。试与之言诗，笠翁当更进矣。"[②]

尤侗的序也许透露出一个细节：文人学士毕竟以诗词一道为正宗，李渔晚年勠力诗词，极少染指小说戏曲，恐怕还是受到传统文学观念的影响，就是为名山事业考虑，告诉大家：我不但独擅稗史、戏曲，而且诗词文赋方面同样是当行里手。《名词选胜》是目前所知的李渔晚年的一本词作选本，本来它与李渔这一时期推出的词学著作《笠翁词韵》《名词类隽》一起，可以较为完整地反映李渔的词学批评观点和标准，可惜今天都已亡佚。

除词学著作外，李渔还刊行了《名诗类隽》《窥诗管见》等诗学著作，今也

① 〔清〕丁澎：《〈笠翁诗集〉序》，《笠翁一家言诗词集》，《李渔全集》第二卷，第3页。

② 〔清〕尤侗：《西堂杂俎三集》卷三，郭绍虞主编：《中国历代文论选》第3册，上海古籍出版社1980年版，第289页。

不可见。李渔在《窥词管见》中云："予业有《笠翁诗韵》一书刊以问世，当再续《词韵》一种，了此一段公案。"[①]丁药园《窥词管见》第二十一则眉评云："笠翁又有《名诗类隽》一书继此而出。简首亦载《窥诗管见》数十则，有功诗学，大率类此。"[②]

李渔写诗少经济利益目的，故能自抒其情，受李贽"童心说"和公安派"性灵说"的影响很大，语言本色自然，质朴无华，不事雕饰。以袁宏道兄弟三人为首的公安派，主张写诗应不拘格套，独抒性灵。李渔认为："文生乎情，情不真则文不至耳。""情真则文至矣。"[③]他将文与心的关系形象地比喻为花与根的关系："文章者，心之花也；溯其根荄，则始于天地。天地英华之气，无时不泄。泄于物者，则为山川草木；泄于人者，则为诗赋词章。"[④]他还提出了不平则鸣的主张："从来游戏神通，尽出文人之手，或寄情草木，或托兴昆虫，无口而使之言，无知识、情欲而使之悲欢离合，总以极文情之变，而使我胸中磊块唾出殆尽而后已。"[⑤]他自称自己之所以作诗为文，就是要消除心中的牢骚不平之气："予生无他癖，惟好著书，忧藉以消，怒藉以释，牢骚不平之气藉以铲除。"[⑥]因此，作诗文，须以自我之心为是，不受他人束缚，也不必模仿别人，"我行我法，不必求肖于人，而亦不求他人之肖我"。[⑦]他解释自己的文集为何取名"一家言"道：

> 凡余所为诗文杂著，未经绳墨，不中体裁，上不取法于古，中不求肖于今，下不觊传于后，不过自为一家，云所欲云而止。如候虫宵犬，有触

---

①〔清〕李渔：《窥诗管见》第二十二则，《笠翁一家言诗词集》，《李渔全集》第二卷，第517—518页。

②〔清〕丁澎：《窥词管见》第二十一则眉评，《笠翁一家言诗词集》，《李渔全集》第二卷，第517页。

③〔清〕李渔：《哀辞引》，《笠翁一家言文集》，《李渔全集》第一卷，第133—134页。

④〔清〕李渔：《〈名词选胜〉序》，《笠翁一家言文集》，《李渔全集》第一卷，第34页。

⑤〔清〕李渔：《〈香草亭传奇〉序》，《笠翁一家言文集》，《李渔全集》第一卷，第47页。

⑥〔清〕李渔：《闲情偶寄·颐养部》，《李渔全集》第三卷，第353页。

⑦〔清〕李渔：《〈诗韵〉序》，《笠翁一家言文集》，《李渔全集》第一卷，第37页。

即鸣，非有摹仿。希冀于其中也。[①]

当然，除此之外，李渔还深受传统文艺思想的影响，十分重视文学“规正风俗”“有关教化”的社会功用。他在《闲情偶寄·凡例》中提出了文学创作的“四期说”，即点缀太平、崇尚俭朴、规正风俗、警惕人心。

李渔的诗文理论体现了新与旧、进步与落后并存的状况，这是有社会因素的。在李渔的时代，思想界已经开始对王学进行反省和批判，尤其是清初，统治者重新倡导程朱理学。

李渔的《窥词管见》也提出了一些独到的词学见解。他非常重视词的“辨体”和“破体”问题，极力辨清词与诗、词与曲之间的区别。从音律角度而言，认为“诗之腔调宜古雅，曲之腔调宜近俗，词之曲调则在雅俗相和之间”[②]。在明清时代，论词者甚多，然而关于词的文体特征，即词与诗、词与曲的区别问题，要数李渔的论述最为透彻。李渔的朋友毛先舒评曰：“诗词曲之界甚严，微笠翁不能深辨。”[③]李渔针对当时社会填词之弊，提出“浅者深之，高者下之”以保持词“当行本色”的药方。但同时，他又不死守词曲之界限，主张有时可以“以曲入词”，即“破体”——这是受他的通俗文学观念影响。

他认为词的创作“贵新”，“文字莫不贵新，而词尤甚。不新不可以作，意新为上，语新次之，字句之新又次之”[④]。但“新”又须从日常闻见中提炼而出，不能为了标新立异而生造硬凑，而必须符合人情物理，不脱离生活的真实，“欲望句之惊人，先求理之服众”[⑤]。

李渔还论述了词的情景。以为作词之料，不过“情”“景”二字，但词虽不出“情”“景”二字，“然二字亦分主客：情为主，景是客”[⑥]。两者虽有主客之分，又不能截然分开，而应融为一体，即情景交融。词的语言，必须使人可解，

---

① 〔清〕李渔：《〈一家言〉释义》，《笠翁一家言文集》，《李渔全集》第一卷，第4页。
② 〔清〕李渔：《窥词管见》第二则，《笠翁一家言诗词集》，《李渔全集》第二卷，第506—507页。
③ 〔清〕李渔：《窥词管见》第三则眉批，《笠翁一家言诗词集》，《李渔全集》第二卷，第507页。
④ 〔清〕李渔：《窥词管见》第五则，《笠翁一家言诗词集》，《李渔全集》第二卷，第509页。
⑤ 〔清〕李渔：《窥词管见》第七则，《笠翁一家言诗词集》，《李渔全集》第二卷，第510页。
⑥ 〔清〕李渔：《窥词管见》第九则，《笠翁一家言诗词集》，《李渔全集》第二卷，第511页。

反对用典和掉书袋，应“一气如话”，但又必须含蓄，忌直露。李渔要求词人作词，“勿作文字做，并勿作填词作，竟作与人面谈，又勿作与文人面谈，而与妻孥臧获辈面谈，有一字难解者即为易去”[①]。李渔多采用俗字入词，这些俗字经过提炼与巧妙的组合，有点铁成金之妙，而无俚俗粗率之弊，诙谐有趣。

无论是戏剧小说，还是诗词，李渔都强调“机趣”，力戒板腐。这一文学创作主张是与明中叶以来的受王学左派影响的进步文艺思潮一脉相承的。袁宏道在《叙陈正甫会心集》中说：“世人所难得者惟趣。趣如山上之色，水中之味，花中之光，女中之态，虽善说者不能下一语，惟会心者知之。……夫趣得之自然者深，得之学问者浅。当其为童子也，不知有趣，然无往而非趣也。面无端容，目无定睛，口喃喃而欲语，足跳跃而不定，人生之至乐，真无逾于此时者。孟子所谓不失赤子，老子所谓能婴儿，盖指此也。趣之等正觉最上乘也。山林之人，无拘无缚，得自在度日，故虽不求趣而趣近之。……迨夫年渐长，官渐高，品渐大，有身如梏，有心如棘，毛孔骨节俱为闻见知识所缚，入理愈深，然其去趣愈远矣。”[②]钟惺在《东坡文选序》中说：“夫文之于趣，无之而无之者也。譬之人，趣其所以生也，趣殆则殆。人之能知觉运动以生者，趣所为也。……故趣者，止于其足以生而已。”[③]汤显祖在《答吕姜山》中说：“凡文以意、趣、神、色为主。”[④]这既是一种文学主张，也是一种生活态度，与提倡者的人生哲学密切相关。

贫病交加的老人李渔，不仅为自己的著作出版忙得不亦乐乎，而且乐于为别人的著作作序写评。是年春天，友人徐治公的《香草吟》传奇完稿，托朱修龄带给李渔作序。《香草吟》全剧以药名贯穿始终，除登场人物大多以药为名外，曲白诗词无不随处嵌入药名，甚至出目亦非医即药。出生于药商之家的李渔对此特别亲切，他此时虽卧病在床，但还是带病阅读。却也奇怪，友人的书信和戏曲，竟似灵丹妙药，“读未竟而病退十舍”，李渔为之欣然作序。在这篇

① 〔清〕李渔：《窥词管见》第十二则，《笠翁一家言诗词集》，《李渔全集》第二卷，第513页。

② 〔明〕袁宏道：《叙陈正甫会心集》，《袁中郎随笔》，第70页。

③ 〔明〕钟惺：《〈东坡文选〉序》，郭绍虞主编：《中国历代文论选》第3册，第204页。

④ 〔明〕汤显祖：《答吕姜山》，《中国历代文论选》第3册，第149页。

序中，他提出了一个重要的理论观点：

> 然卜其传可否，则在三事：曰情，曰文，曰有裨风教。情事不奇不传；文词不警拔不传；情文俱备，而不轨乎正道，无益于劝惩，使观者、听者哑然一笑而遂已者，亦终不传。是词幻无情为有情，既出寻常视听之外，又在人情物理之中，奇莫奇于此矣。①

"情""文""有裨风教"三者，李渔视为文章传世不可或缺的三要素。虽然带有时代局限性，但是较好地概括了作品情感、艺术和思想三个方面的要求，是很有见地的。李渔还建议把《香草吟》之名改为《香草亭》，这样，就可以"与《拜月》《牡丹》鼎足而三"。以药名入文，是中国文学的一个悠久传统，先是广泛运用到诗词文赋中，起到一语双关、渲染气氛的效果，后来药名渐渐走进小说戏曲中，开始拟人化，药品的配伍关系演化为故事情节，至清末而大兴，因而《香草吟》具有一定的创新意义。李渔对《香草吟》的评价很高，以为"当世才人，有如星密；文字之富，家似石崇。若止论传奇一道，则冶公与弟二人之外，不能再屈第三指矣"②。由此亦可见李渔的自负。

为徐冶公捎信的朱修龄也是李渔的好友，是一位见义勇为的豪杰之士。康熙十三年至十四年（1674—1675），八闽大乱，抗清义军此起彼伏，军阀草寇也乘机占山为王，打家劫舍，大批官兵出动围剿，真是狼烟四起。乱中，贼寇奸淫、霸占民妇民女，掠夺百姓财产。朱修龄为此奔走呼告，求告于缙绅富户之门，鸠资赎回难民妻女。在他的号召下，应者云集，富者出资，贫者典衣，"此风一倡，昔者号咷于路者，今皆躄踊于朱子一人之门矣。朱子不以为苦，而且甘之，随到随赎，使镜之破者重完，剑之失者复得，悲伤涕泣而来者，欢欣舞蹈而去。计前后所完离散之夫妇、迷失之子母、分群拆队之兄弟姊妹，殆万有余家"。

① 〔清〕李渔：《〈香草亭传奇〉序》，《笠翁一家言文集》，《李渔全集》第一卷，第47页。
② 〔清〕李渔：《与徐冶公二札》，《笠翁一家言文集》，《李渔全集》第一卷，第231页。

对于朱修龄的义举，李渔既佩服又感动，他早就想写点文字表彰，以尽自己的绵薄之力。今日他正好站在自己面前，李渔愈加动情，铺开纸张，饱蘸浓墨，挥毫写下了《朱子修龄倡义鸠资赎难民妻女纪略》，其中云：

> 朱子有才而尚未见用，是穷也，非达也。乃能不辞艰险，见义即为，以独善其身之时而为兼善天下之事，岂非士林之豪杰、当世之仁人也哉！且当此民穷财尽之时，诸事可为，所难者，惟阿堵一物。劝人摩顶放踵以利天下，人能从之，求拔一毛，不可得也。朱子操何术，而能使巨万金钱悉归掌握，畅我一人之所欲为，而俾流离失所之民，各遂怀来而去，讵非咄咄怪事乎？《鲁论》曰：“我欲仁，斯仁至矣。”儒者诠释其义，颇难着解；吾惟述朱子赎难民妻女一事以告，而以不解解之。[①]

作者赞美了朱修龄为人排难解纷的义举，抒发了对他的崇敬之情。第二天，他又为朱修龄新落成的房屋写了两副对联，这样，李渔才觉得如释重负，心里轻松了许多。

康熙十八年（1679），在贫困和疾病的折磨下，李渔的身体越来越差。在病中，他删定了陈百峰所辑的《女史》，并易名为《千古奇闻》。《千古奇闻》全书共八卷，收历代女子故事，有些故事后原有陈百峰的评语，没有的，李渔则补上。他原来打算把《女史》作为女儿、姬妾读书识字的教材，但觉得它冗杂不精，于是将它删繁就简，增补缺略，由外孙女沈姒音抄写，女儿淑昭、淑慧校阅。到冬天，才全都抄完，李渔为之写序，并交付书坊出版。这是一本封建时代女性教育的通俗历史读本，内容复杂，既有贞洁、孝贤等封建传统思想，也有对女性才德的揄扬，对重男轻女的世俗偏见的反驳，具有一定的进步意义。

夏日，气候炎热，暑气扑面。李渔很早就起了床，准备为小友王安节整理编辑的《画传》写序。《画传》收画稿一百三十三页，并附王安节临摹古人各式

---

①〔清〕李渔：《朱子修龄倡义鸠资赎难民妻女纪略》，《笠翁一家言文集》，《李渔全集》第一卷，第142—143页。

山水四十幅，是初学绘画者的画本。李渔对绘画颇有造诣，一直很关心这件事，王安节要他过目审定画稿，李渔欣然应允，序中道：

> 余生平爱山水，但能观人画而不能自为画。……今一病经年，不能出游，坐卧斗室，屏绝人事。犹幸湖山在我几席，寝食披对，颇得卧游之乐。自署一联云："尽收城郭为檐下，全贮湖山在目中。"独恨不能为之写照，以当枚乘《七发》。因语家倩因伯曰："绘图一事，相传久矣。奈何人物、翎毛、花卉诸品皆有写生佳谱，至山水一途，独泯泯无传？岂画山水之法，洵可意会，不可形传耶？抑画家自秘其传，不以公世耶？"因伯遂出一册，谓予曰："是先世所遗，相传已久。"予见而奇之。细为玩赏，委曲详尽，无体不备，如出数十人之手。其行间标释书法，多似吾家长蘅手笔。……但此系家藏秘本，随意点染，未有伦次，难以启示后学耳。因伯又出一帙，笑谓曰："向居南京芥子园时，已嘱王安节增辑编次久矣，迄今三易寒暑，始获竣事。"予急把玩，不禁击节，有观止之叹。计此图原帙凡四十三页，若为分枝，若为点叶，若为峦头，若为水口，与夫坡石、桥道、宫室、舟车，琐细要法，无不毕具。安节于读书之暇，分类仿摹，补其不逮，广为百三十三页。更为上穷历代，近辑名流，汇诸家所长，得全图四十页，为初学宗式。其间用墨先后、渲染浓淡、配合远近之法，莫不较若列眉。依其法以成画，则向之贮目中者，今可出之腕下矣。有是不可磨灭之奇书，而不以公世，岂非天地间一大缺憾事哉！急命付梓，俾世之爱真山水者皆有画山水之乐，不必居画师之名，而已得虎头之实，所谓"咫尺应须论万里"者，其为卧游，不亦远乎！①

序文详述《画传》出版的经过，肯定了画作的精美及其对初学者的作用。写完后，安节和因伯急付书坊刊出。不久，画传即以五色套印，精刻成书，风行海内。不过当时李渔已仙逝，没有看到这一喜事。

---

①〔清〕李渔：《〈芥子园画传〉序》，《李渔全集》第十八卷，第536—537页。

《芥子园画传》初集问世后，影响很大，大家都期盼再出版二集。于是，因伯又拿出李渔所藏的花卉虫鸟诸作，让王安节兄弟和王司直负责临写，并由安节最后编定，仍标为《芥子园画传》，是为二集。后又将一、二集合并出版。康熙四十年辛巳（1701）仲秋望日，王安节手题《画传合编·序》云："今忽忽历廿余稔，翁既溘逝，芥子园业三易主，而是编遐迩争购如故，即芥子园如故，信哉。"[①]表达了对李渔的深深怀念之情。

后来，王安节、王司直等人又合力摹编，续出了三集、四集，皆以一、二集为依托，由此可见李渔逝后多年，芥子园仍有着巨大的影响力。后来，好事者又将一集、二集、三集和四集合为一编出版，仍是供不应求，此书成为了当时最著名的通俗易学的中国画技法图谱，也是初学中国画者的基本工具书，今天仍一版再版，对中国绘画教育作出了巨大贡献。

《芥子园画传》初集共五卷，卷一为"画学浅说"，卷二至卷五分别为树谱、石谱、房屋谱、山水谱，所摹各家成式及所附说明，简明扼要，通俗易懂。二集卷一为"画兰浅说"，其余为兰谱、竹谱、梅谱、菊谱，谱前俱有画法歌诀。三集卷一为"花卉草虫浅说"，余为花卉草虫谱、花卉谱、花卉毛翎谱，所附起手式由浅入深，便于初学。四集为人物谱，有仙佛图、贤俊图、美人图三卷，系清嘉庆二十三年（1818）好事者将丁皋《写真秘诀》及《晚笑堂画传》中的人物图谱摹绘汇编而成。

是年十二月，李渔还为"四大奇书"第一种即《三国演义》作序，这是李渔生前的最后一篇文字。在序中，李渔说，《三国演义》《水浒传》《西游记》《金瓶梅》四大"奇书"中，他最称赏《三国演义》，序中称赞《三国演义》道：

首尾映带，叙述精详。贯穿联络，缕析条分。事有吻合而不雷同，指归据实而不臆造。盖先主起而王蜀，为气数闰运之奇局；而群雄附而争乱，又为闰运中变幻之奇局。较前此三代及秦之末，及后此唐，宋之末，扰攘移鼎之局，迥乎不同。而演此传者，又与前后演列国、七国、十六国、南

① 〔清〕王安节：《芥子园画谱二集》，康熙四十年芥子园甥馆刻套印本。

北朝、东西魏、前后梁各传之手笔，亦大相径庭。传中摩写人物情事，神彩陆离，了若指掌。且行文如九曲黄河，一泻直下。起结虽有不齐，而章法居然井秩。几若《史记》之列本纪、世家、列传，各成段落者不侔。是所谓奇才奇文也。

……余兹阅评是传之文，华而不凿，直而不俚，溢而不匮，章而不繁，诚哉第一才子书也。[①]

毛纶（声山）与儿子毛宗岗共同改定评点的《三国演义》，在当时产生了很大的影响，以致毛评本成为当时乃至后世最通行的《三国演义》读本。从序中可知，李渔也早有评点《三国演义》的念头，但由于种种原因，没有完成，只写了一些零星的批语，后来看到毛声山的批语，便干脆放弃了。他去世后，沈因伯等还是在他未完成的手批本的基础上，整理出版了《李笠翁批阅〈三国志〉》[②]。

经过李渔和沈因伯的苦心经营，“芥子园”已成为业界一块响当当的品牌。李渔死后二十年，芥子园已三易其主，但它的巨大影响依然如故。除李渔的个人著作外，芥子园还刊行了大量重要的书籍，小说有《李笠翁批阅〈三国志〉》《李卓吾评〈忠义水浒传〉》《〈西游记〉真诠》《金瓶梅》《情史类略》《今古奇观》《镜花缘》《情梦柝》《新刻异说绿牡丹》《混唐后传》等，戏剧有《西厢记》等。

芥子园出书的特点，一是通俗作品多，文言作品少。除了李渔自己的诗文集及个别著作如《情史类略》外，都为通俗白话小说和戏曲。这既与李渔的文学观有关，也与经济杠杆有关。唯其通俗，才能最大限度地发挥警示世人的目的；唯其通俗，才有广泛的读者层，才能打开销路，实现最大的经济利益。二

---

① 〔清〕李渔：《〈三国志演义〉序》，《李笠翁批阅三国志·上》，《李渔全集》第十卷，第1—2页。

② 〔清〕李渔：《李笠翁批阅〈三国志〉》，清两衡堂本，藏法国巴黎国家图书馆。沈伯俊、日本学者小川环树等认定此为真本，但学界多有质疑声，黄强在《〈李笠翁批阅三国志〉质疑》（《晋阳学刊》1993年第5期）一文中指出，李渔不具备评点整部《三国志演义》的时间，而且渔评本中有大量出自毛评本的评语，以李渔的才学和名气断不会做出此事。萧欣桥《〈李笠翁批阅三国志〉点校说明》（山西古籍出版社1994年版）则认为李渔生前已留下少量评语，后人大量摘抄毛氏评语，并将李渔的评语夹杂其中再付梓出版。笔者认为这种情况可能性比较大。

是名著多，一般作品少。名作容易销出，不易积压，没有多少经营风险。三是讲究实用。不仅出版名著，还出版一些实用的信笺之类的东西，以及诗韵画传等工具性质的书，其效益可观。如由李渔亲自设计的韵事笺八种、织锦笺十种。韵事笺包括题石、题轴、便面、书卷、剖竹、雪蕉、卷子、册子。锦纹笺十种，乃模仿回文织锦之意，满幅皆锦，止留殳纹，空白处则留作文字书写。信笺设计的图案，就像一幅织成的回文锦，独领出版界风骚，享有美誉。还有《芥子园画传》初集，自李渔生前编定出版以来，畅销海内，以至芥子园三易其主后，人们仍“遐迩争购如故”，盼望还有续集。李渔自己的《闲情偶寄》，内容涉及戏曲创作和演出及美容、园林、家具、古玩、饮食、烹饪、养花、种树、医疗卫生等，可谓生活中必不可少的百科全书。该书自康熙十年（1671）刻印后，销路大畅，以至洛阳纸贵，一版再版，盗版也是遍于天下。李渔还根据读者不同的情况，不断改变版式，把通行本改为袖珍本，便于携带阅读和收藏。四是质量堪称上乘。芥子园出版的书多是纸墨精良，美观大方，而且配有很多精美的插图，图文并茂，倍受读者欢迎。据黄摩西称，他所见到的芥子园“四大奇书”，不但纸墨俱佳，而且插图人物栩栩如生，细入毫发——这就是明证。

由此看来，芥子园在当时取得了很好的社会效益，为中国古代的出版事业和文化传播作出了巨大的贡献，同时，李渔也取得了不菲的经济效益。

康熙十九年（1680），李渔七十岁。人生七十古来稀，李渔想到这句古语，觉得留给他的日子屈指可数了。于是，他拖着衰病之体，更加努力工作。由于劳累过度，病情更加沉重，长子将舒得知父亲病情，也从南京赶来了，一家人慌了手脚，四处求医问神，但都不见效果。最终，全家人只得商量着为他准备后事，但建层园和治病已用去了仅有的一点家当，大家一筹莫展。这时，沈因伯对大家说：“这样吧，我明天去拜访钱塘县令梁冶湄，请他想想办法。”

翌日清晨，大雪纷飞。沈因伯冒着风雪进城去县衙。李渔见因伯要走，紧紧抓住他的手，好像有无数的话要说。

沈因伯还没有走到山下，守在父亲身边的将舒、将开兄弟俩，只见李渔的脸上飘过一丝笑容，接着，笑容慢慢僵化凝固，目光渐渐暗淡下来。

一代文星就这样陨落了！

顿时，整个层园一片哭声，一片慌乱，淑慧忽然想起，要追回姐夫沈因伯，主持一切事务。于是，淑昭选派一个得力小厮抄近路，赶到钱塘县衙门，一来报丧，二来唤回沈因伯。正当县衙开堂办事，梁县令刚坐堂，外面就通报进来："李笠翁家阿倩沈因伯求见。"话音刚落，另一门吏又来报："李笠翁家人求见。"梁县令不知出了什么事，连叫"请进来"。

但沈因伯明白——一切都已晚了。

沈因伯又冒着大雪急急地返回层园。

梁县令嘱家人准备纸、烛等祭奠物品，自己退堂闭门，赋《哭笠翁》七绝四首：

其一

廿年风雨赋嘤鸣，一夕分飞变羽声。
未过君门肠已断，湖山烟树不胜情。

其二

忆昔秦川汗漫游，春风郭李附仙舟。
至今不复瞻元礼，落月鸡坛无限愁。

其三

君才合是谪仙人，囊括烟霞数十春。
鹤影莫遗华表恨，青莲原是悟前身。

其四

穗帐空庭锁寂寥，孤儿雪夜泣风潮。
伤心此道真如土，千载何人续孝标？①

梁县令又助银一百两办理丧事。家人将他葬在杭州方家峪外莲花峰上，九曜山之阳，实现了李渔"老将诗骨葬西湖"的夙愿。梁冶湄为之题碑碣曰：

---

①〔清〕梁冶湄：《藤坞诗草》，转引自《李渔全集》第十九卷，第127—128页。

湖上笠翁之墓

弟　梁允植立

乾隆三十一年（1766），李渔原籍兰溪下李村修族谱，李渔侄孙春芳、泰生携谱前往杭州寻找李渔之墓，见墓穴已塌陷，遂加修葺，并列碑记，中行大书：

故清笠翁太公之墓

落款为：乾隆三十一年春二月兰溪侄孙春芳、再侄孙泰生立，再侄孙宝敬书[①]。

据《敦睦堂龙门李氏族谱》记载，道光年间，下李村李氏后裔亦曾至杭州为李渔修墓。

后来，由于年久失修，李渔墓一度塌坏。嘉庆十二年（1807）三月二十七日，仁和县孝廉赵坦（宽夫）命守墓人沈得昭修筑之，重新竖起石碑，并将碑文摹下藏于家中。赵坦作《书李笠翁墓券后》纪其事，其中曰："笠翁豪放士，非坦所敢慕。特以其才有过人者，抔不克保，庶可无憾。"[②]

当时仁和人宋咸熙（小茗）作四绝句曰：

其一

筑室吴山最上头，即看餔餟亦风流。

层园名士如云散，树碣荒阡仗邑侯。

其二

移将故碣委荆榛，赚得豪家卜兆频。

九曜山南十弓地，谁知此处葬诗人。

① 《兰溪市孟湖乡文化志》，转引自《李渔全集》第十九卷，第128页。

② 〔清〕赵坦：《保甓斋文录》卷三，转引自《李渔全集》第十九卷，第128页。

其三

才人赋命多穷薄，荒冢平来亦可怜。

身后沧桑总难料，更谁重办买山钱？

其四

置人守冢计周详，更俾亲书券数行。

从此一抔长可保，不愁枉费束修羊。①

20世纪50年代初，在李渔的墓地发现了一块墓碑，中书“清故笠翁李公之墓”，右题“公讳渔，行九，海内知名士也。梁公建碑，因重刊石以记”。题款为“乾隆丙戌年寒食日兰溪侄孙春芳同再侄孙泰生敬立”。直到1962年，还有人在方家峪的原莲花峰石料厂内食堂边的石砌水池中，见到一块半人多高的青石墓碑。下半截埋在土里，上刻“清故笠翁李公之墓”八个大字，依稀可辨，其他尚有几行小字，但已模糊不清。

李渔逝世后，留下五子三女。当时长子将舒时年二十一岁，次子将开二十岁，四子将华十九岁，六子将芳十一岁，七子将蟠七岁。长女淑昭、次女淑慧已嫁，一女尚幼，或名淑贞。

将舒，字陶长，住南京，康熙四十七年（1708）壬午五月初一日终，葬于聚宝门外安德门，娶妻梁氏，生一子毅，一女适徐姓。

将开，字信斯，住南京，康熙四十九年（1710）七月初八日巳时终，娶妻陈氏、胡氏，生一子应，应又生二子。

将华，字庄南。娶妻王氏，有四子：岗、歧、崐、崇。岗有为，有一子名右文，字盛章，雍正元年（1723）生。右文有一子。

将芳，字漱六。有子二：岱、岩，分别于康熙五十四年（1715）、康熙五十七年（1718）生。

将蟠，字树德。有子名嵩，康熙四十八年（1709）生。

淑昭，字端明，嫁沈因伯，生女姒音。

① 〔清〕于源：《灯窗琐话》，转引自《李渔全集》第十九卷，第129页。

淑慧，字端芳，嫁余三垣。

康熙四十七年（1708），沈因伯依然健在，已年逾古稀。除继续主持芥子园书铺出版业务外，他后来在南京又办起了抱青阁书坊，经营达三十年之久，为中国古代出版事业作出了自己的一份贡献。

结语　文化坐标上的李渔

在中国文化史上，李渔给后人留下了一笔丰厚的遗产，也留下了一个说不尽的李渔，或许正如一千个读者心中有一千个哈姆雷特，一千个读者心中也有一千个李渔。

李渔的一生完成了诸生到畅销书作家再到出版家的华丽蜕变，大致可分为三个阶段：第一阶段是隐居伊园之前的青年时期。诸生时期的李渔，慷慨任侠，充满自信，对未来怀有美好的憧憬，但鼎革之变击碎了他的梦想；第二阶段是出山至寓居南京时期。他亲身经历战乱，对新朝怀有极为复杂的感情，自断科举之路，选择卖文和经营书业为生。为了生存，他不得不调整生存策略，虽远离政治漩涡，但又无奈周旋于权贵之门，四处托钵，请求他们的支持和施舍。第三阶段是晚年隐居层园时期。他开始反思和总结自己的一生，试图回归传统文人的本色。总之，李渔的一生充满矛盾，他自称"人间大隐"，但人生价值取向却又与传统的隐士大异其趣。传统的隐士或修身养性，追求长生不老，或遁身避世，以示对污浊官场的不满，李渔则不同，他"隐世"的目的不是安贫乐道，洁身自好，傲视权贵，追求一种精神上的超越，而是游走于达官贵人之间，有时为了生存甚至不惜摧眉折腰。他常常口谈道学却又生性风流；他自称"隐士"却又逐利觅财，追求现实生活的享乐。他交游甚广，对象既有达官贵人，也有工匠艺人；既有文坛巨子，又有陋巷贫士；既有觍颜事敌的失节官员，也有抗节不仕的遗民。他常常"打抽丰"，有时甚至直接伸手乞讨，"知老父台厚待故人，不必定为不费之惠，倘蒙念其凄凉，而复悯其劳顿，则绨袍之赐，不妨遣盛使颁来”[①]，但又守住底线，“外卑而内崇”[②]。

早年的李渔热衷于科举，盼望为官作宰，荣耀先祖，也不无治世之才。但明社丘墟之后，他果断自弃士籍。其实李渔只有秀才科名，并无责任为明王朝守节，周亮工就曾实话实说：“笠翁虽以高才未遇，无经营天下之责，而读书观理，专以时务人情为符合。”[③]清初统治者采取高压与怀柔并举的策略，为分化汉族知识分子，吸引他们为新朝服务，多次开“博学鸿词科”。戴名世曾说：“明亡也，诸生自引退，誓不出者多矣，久云，变其初志十七八”。[④]当时有不少人前去应试，其中不乏世食君禄的明朝显贵，以至出现“一队夷齐下首阳”的现象，如朱彝尊、严绳孙、姜宸英、潘耒等名士，“召试之日，侍卫诸近臣环列左右，众方濡墨属稿，作嗫嚅瑟缩状”[⑤]。一些人以年老和疾病婉辞，如黄宗羲、魏禧、傅山等；一些人则誓死坚拒，如顾炎武、李容等。古代知识分子除了作诗写文、为官作宰之外，没有其他生存技能，所以，一旦出现变故，士人贫困化就相当普遍。抱道不仕必须面对生活的重压，“不仕无禄”无法养活全家。但李渔难以做到像《水浒后传》的作者陈忱那样穷饿以终，他选择了第三条道路：卖文为生，自食其力。当时像他这样的人还不少，“里巷穷贱无聊之士，皆学为应酬文,以游诸公贵人之门”[⑥]。有些遗民明确理直气壮地提出“卖文为生合理”，如李渔的朋友方文宣称“卖文为活本儒风”，遗民归庄特作《笔耕说》为之张扬，坦言“余亦为沽者之事”。可见，李渔卖文为生并无可议之处,时人不能接受的是他逢迎新朝权贵之门、“打抽丰”谋生的行为。但这是时代的局限，如果以今天的价值标准衡量，李渔为那些达官贵人演出、叠园、解闷等，付出了辛勤的劳动，得到相应的报酬理所当然，可谓正大光明，无可厚非。在那个时代，他不得不使用屈辱的方式去得到本该属于他自己的东西，令人生悲。晚清陈森在小说《品花宝鉴》第十八回中就借仲雨之口叹道：“如今世

---

① 〔清〕李渔：《李渔全集》第一卷，第218页。

② 〔清〕李渔：《胡上舍以金赠我报之以言》，《笠翁一家言诗词集》，《李渔全集》第二卷，第9页。

③ 〔清〕周亮工：《资治新书》二集作序，《李渔全集》第十九卷，第1页。

④ 〔清〕戴名世：《戴名世集》，中华书局1986年版，第201页。

⑤ 〔清〕佚名：《啁啾漫记》，《中国野史集成》第50册，第94—95页。

⑥ 〔清〕戴名世：《戴名世集》，中华书局1986年版，第292页。

界，自己要讲骨气，只好闭门家里坐。你要富贵场中走动，重新要操演言谈手脚，亦是不容易的。上等人有两个，我们是学不来，一个是前贤陈眉公，一个就是做（作）那《十种曲》的李笠翁。这两个人学问是数一数二的，命运不佳，不能做个显宦与国家办些大事，故做起高人隐士来，遂把平生之学问，奔走势利之门。又靠着几笔书画，几首诗文，哄得王侯动色，朝市奔趋，那些大老官还要奉承他。若得罪了，到处就可以杀他，自然有拿得稳的本领，你道可怕不可怕？”李渔在内心深处对操守还是要求很严的，他的生存理念是“谋有道之生，觅应得自利”。晚年送子应试，仍觉得羞愧难当，“仰高山，形容自愧；俯流水,面目堪憎”。其实在当时，即使是遗民，送子侄辈或劝勉子侄辈出仕的现象也比较普遍，戴名世说：“自明之亡,东南旧臣多义不仕宦，而其家子弟仍习举业取科第，多不以为非。”[①]即便是大名鼎鼎的黄宗羲，虽不仕新朝，但他不希望儿子学他，因而平时也用意交结地方官员，为长子将来出仕做铺垫。所以，我们评价李渔，既要进入当时之语境，又要跳出历史，站在今人的视角重新审视，尽量做到理解与同情。可以这么说，李渔身上体现了“敢为人先”的越文化精神，他是第一个真正靠写作为生的作家，是第一个真正具有强烈版权意识的作家。他既能继承和发扬优秀传统文化，又善于接受新生事物，第一次将西洋千里镜写入小说，并用以建构小说的故事情节。

明清鼎革之际，学术思想上呈现出阳明心学与程朱理学交织杂糅的态势，李渔为人为文都体现出的“风流道学”特征，就是这种意识形态的生动诠释。这一点，同时代的张潮与他很相似，张潮一生遵循“立品须法乎宋人之道学，涉世宜参以晋代之风流”的修身原则，石虎称其“以风流为道学，寓教化于诙谐”[②]。李渔之风流、道学二者的结合，反映出其精神世界的安然自得，没有晚明文人式的痛苦挣扎。李渔既追求精神上的自由，又不突破道学的边界，竭力在名教与闲情之间找到平衡，寻觅一方快乐的天地。刚刚经历陵谷迁变阵痛的人们，曾目睹战乱的苦难、文字狱的恐怖，在这种情境下，为免于精神崩溃，

① 〔清〕戴名世：《戴名世集》,中华书局1986年版，第209页。

② 〔清〕石虎：《幽梦影·序》,〔清〕张潮著，罗刚、张铁弓校：《幽梦影》，中央文献出版社2001年版，第177页。

就必须苦中寻乐，李渔的“行乐之法”带有深刻的时代印痕。

李渔涉猎的领域相当广泛，跨越了文学、美术、戏曲、造园及艺术鉴赏等多个领域，并独领风骚，是小说家、戏曲家、诗人、词人、导演、出版家、设计师、建筑师、美食家，等等，为中国文化做出了巨大贡献，这在世界文化史上并不多见。李渔一生，无论做何事，都孜孜不倦，坚持求新求变，别具手眼，令人耳目一新。

李渔在文化上的贡献以小说、戏曲最为突出。他的小说构思新颖，结构巧妙，语言通俗，幽默风趣，虽告诫连篇，却又间以嬉笑怒骂。总体而言，他的小说受商业利益的驱动，颇多媚俗之处，成就不高，但他进一步把话本小说这一文体规范化了。更重要的是，他在小说中投入了自己的感情，糅合了自己的经历，具有了自己的风格，从而提供了一种新的短篇小说创作范式，为话本小说的文人化、个性化作出了重要贡献。他提出了“小说即无声戏”的观点，是对当时小说和戏曲普遍存在互渗现象的总结和提升。小说吸纳戏曲的艺术技巧，戏曲借用小说的表现手法，李渔的这一小说理论，推动了明末清初小说、戏曲的发展。此外，李渔还要求小说情节必须新奇，曲折有致，严谨紧凑；人物性格复杂，语言个性化。这些都是富有创见的理论。

在戏曲史上，李渔与吴伟业、尤侗并称“清初三大曲家”。他集作家（创作和改编）、班主、导演、舞台和服饰设计等于一身。为了迎合观众的某些低级趣味，李渔的戏曲作品中有不少庸俗的东西，格调不高，思想深度有限，但在艺术上多有可取之处，最大的贡献是由案头之曲向场上之曲的转变。他的剧本情节新奇，结构谨严，并且非常重视舞台效果。李渔的戏曲理论著作《闲情偶寄》，是中国古典戏剧史上第一部完整而全面的理论专著，著名戏曲史论家周贻白云：“他于戏剧的认识以及舞台的观察，以当时的情况而言，见解颇为高超，他不仅注意到登台扮演，而且注意到台下的观众，这些事，过去论曲者也约略提到过，而辟为专论，条分缕析地辨及微芒，大可以说前无古人。”[①]

李渔首倡“结构第一”，并且提出了“立主脑”的具体方法。他论述了戏曲

① 周贻白：《中国戏剧史略》，商务印书馆1936年版，第404页。

情节的发展规律及其各个阶段的特点，把情节分为家门、冲场、出脚色、小收煞、大收煞五个部分，涉及现代戏剧理论的冲突、高潮、悬念、突转等问题。他的这些论述，既契合中国古代戏曲创作实际，又与现代某些戏剧理论若合符节，所以直至今天，对我们的戏剧电影创作仍有很强的指导意义。他还论述了戏曲情节的虚实问题，认为故事情节应来源于生活，“凡说人情物理者，千古相传；凡涉荒唐怪异者，当日即朽”[①]。因此，作家在创作前，要深入生活，体验生活；在创作时，要深入人物形象的内心世界，揣摩他们的性格和语言。但是，文学生活又不等同于现实生活，所以，必要的虚构是必不可少的。对待现实生活，就像裁剪衣服，“起初则以完全者剪碎，其后又以剪碎者凑成”[②]。这样才能达到生活真实与艺术真实的统一，“幻境之妙，十倍于真，故千古传之”[③]。他接着分析了情节的“奇”与“常”之间的关系，主张求新奇，“脱窠臼”。但新奇不是怪诞，新奇来自于日常生活。他提出了语言“贵浅显”“戒板腐”等主张，尤其是对宾白的论述，比前人更为具体。李渔还继承前人的研究成果，并结合自己的创作实际，对戏曲音律问题也发表了不少精彩的观点，如拗句、上声字、务头、曲韵等的运用问题，皆是发前人所未发。

李渔的戏曲表演理论在前人的基础上有更大的发展。针对当时戏曲创作文人化、案头化的倾向，李渔明确提出了“填词之设，专为登场”的重要命题。他的戏曲表演理论更为广泛和系统，对包括导演、唱曲、念白、科范、乐器伴奏、演员素质等一系列问题都进行了论述。他说，演员表演时，要“设身处地，酷肖神情”[④]，但又不能沉溺于其中而不能自拔，必须明白自己是在演戏，这样才能把握好人物的性格。演员唱曲要字正腔圆，念白要注意高低抑扬，缓急顿挫；此外，演员还要重视舞台化妆，提高文化素养等。李渔对导演还提出了具体要求，认为作为一个导演，首重选剧。选好剧本后，导演还要对剧本进行再创作；其次，导演还要善于挑选演员，帮助演员尽快熟悉剧本和进入角色。

---

①〔清〕李渔：《闲情偶寄·词曲部上》，《李渔全集》第三卷，第14页。

②〔清〕李渔：《闲情偶寄·词曲部上》，《李渔全集》第三卷，第10页。

③〔清〕李渔：《闲情偶寄·声容部》，《李渔全集》第三卷，第109页。

④〔清〕李渔：《闲情偶寄·声容部》，《李渔全集》第三卷，第154页。

总之，较之于前人，李渔的戏曲理论论域更为宽广，阐述更为细致深刻。在李渔之前，我国已经出现了以元代关汉卿和明代汤显祖为代表的两次戏曲发展高潮，他自己又身处戏曲发展的第三个高峰之中，这就为他的理论总结提供了厚实的创作依据。在戏曲理论方面，《中原音韵》《太和正音谱》《曲律》等大批有相当理论深度的著作，为李渔的总结提供了广泛借鉴。但是，从总体而言，戏曲理论没有与戏曲创作同步发展，有的戏曲理论著作可能在某一方面是权威之作，但不够系统；有的涉及戏曲创作的方方面面，但又缺乏深度。《闲情偶寄》第一次把戏曲创作和戏曲表演全面结合起来，系统地归纳和总结了戏曲创作和演出的艺术规律，代表着我国古代戏曲理论的最高成就。而且，这些理论不仅适用于戏曲，其他文学艺术门类，都可从中汲取到丰富的营养。

《闲情偶寄》还涉及美容、服饰、居室、建筑、装潢、雕饰、造园、家具、古董、器具、烹调、美食、花木、游玩、健康等内容。

李渔一生营构过伊园、芥子园和层园，皆设计精巧，为时人所赏。他在《闲情偶寄·居室部》中提出了极有历史价值的园林建筑思想。认为园林应重实用，忌奢侈，崇俭朴，求坚固。强调设计的独创，并要求与自然融为一体。在当时产生了很大的影响，以致当时著名的园林建筑家阚泽把他与倪云林、张南垣等园林大家相提并论。中国古代民居建筑在世界建筑史上占有重要地位，对今天的建筑理论仍有重要的借鉴意义。

在《闲情偶寄·颐养部》中，李渔用达观的人生哲学，在喧嚣、烦恼的生活中发现行乐趣，提出了行乐、止忧、饮食、节色、却病等养生方法，丰富了我国古代医学、烹饪等理论。其中有的出于他个人的机智，有的则体现了中国古代的集体思维，千百年来行之有效。“种植部”则表现出中国天人合一的传统思绪，作者娓娓道来，古人生活的一个有声有色的生态环保世界得以呈现。

余秋雨先生指出：中国古代文人学士，历来寄情于天下意识、兴亡感慨、君子风范，虽也出过不少追求生活质感的性情中人，他们也愿意在诗文中流露这种生活质感，却很少像李渔这样恣意铺陈、条分缕析、津津乐道、大谈特谈。这在他们看来，不仅暴露了隐私，损害了形象，而且遮蔽了大道，无益于教化。对一些富于责任感的社会改革者来说，这种把玩富庶生活细节的习气，有违人间道义。因此一言以蔽之曰：这是封建士大夫的腐朽生活方式。确实是有点“腐朽”，但当“腐朽”已经成为一种生态事实，也不应该删除于一种健全的视野之外。健全的视野拒绝脆弱，因此不拒绝一切应该面对的事实。不仅如此，我们还认为，所谓“腐朽”，很可能是一种生态的成熟和精致。成熟到奢侈，精致到唯美，很可能是物质生活和精神生活两相和谐到一定时期之后所产生的结晶。无论如何，这也是中华文明的一个组成部分。中华文明在本质上是崇实避虚的，但在它以后漫长的发展过程中，反而产生了一种倒逆性代偿，即不少文人避实崇虚，不愿或不擅对生活实物进行文化关照。《闲情偶寄》大规模地弥补了这一缺陷，因此李渔采取的是一个重要的文化行为，“他把古代中国人具体化了”，就凭这一点，《闲情偶寄》也能在社会文化学、文化生态学上取得重要地位，至少，这是一部沉淀着多重文化选择的真实素材。[①]

李渔不但在诗文创作方面取得了突出的成就，在诗词理论方面也有所建树。他认为，文学创作应是作家内心真情的自然流露，“文生于情，情不真则文不至矣”[②]。各人有各人不同的“心”，不同的“情”，所以应“我行我法，不必求肖于人，而亦不求他人之肖我”[③]，独抒胸臆，自成一家。他的诗文理论虽深受“童心说”的影响，但又不是完全相同，在重视文学抒情作用的同时，还强调它“规正风俗”的教育功能。受王学左派的影响，公安派和竟陵派都反对复古，主张诗要“独抒性情”，在当时影响很大，但也弊端毕露。因而夏允彝、陈子龙与复社呼应，组织几社，鼓吹现实主义的诗风。至清初，由于王学末流受到批判，程朱理学得到重新倡扬，诗风也为之一变。清初诗人多故国之思，康乾以后政权日固，诗人以复古为能事，而较少反映现实。“神韵说”重视意在言外，但流于空疏；“肌理说”重视条理经理，提倡温柔敦厚的文风；桐城派主张义理、词章和考据合一，理学色彩更为浓厚。李渔的诗词创作深受公安派的影响，直抒胸臆，不加雕饰，感情真挚，语言朴素，“文生于情，情真则文自好。笠翁诗无

① 余秋雨：《重读李渔丛书》序，《李渔丛书》，河北教育出版社2003年版。
② 〔清〕李渔：《〈哀词引〉序》，《笠翁一家言文集》，《李渔全集》第一卷，第133页。
③ 〔清〕李渔：《〈诗韵〉序》，《笠翁一家言文集》，《李渔全集》第一卷，第37页。

字不真，是以独绝”[①]。但又力避公安、竟陵之弊，特别是他的生活和情感经历远比他们丰富，真实记录了明末清初社会动荡之际黎民乱离之苦以及边塞少数民族的生活，堪称“诗史”，形成了以真情实感、真知灼见为核心，性情世运并重的诗歌风格，有较高的成就，在清初诗坛上应有其一席之地。黄协埙在《锄经书舍零墨》中评价道：“笠翁以词曲知名于时，而诗句亦往往有可采者，七绝云：‘云雾山中虎豹眠，十年松子大于拳，自从柯烂无人伐，万丈奇杉欲上天。’疏宕之中，颇露奇气。悼乔姬云：‘赠予婉转情千缕，偿汝零星泪一瓢。’亦颇凄恻可怜也。”可以说李渔是清代性灵派的先声，因而连自视甚高的袁枚也承认“其诗有足采者”[②]。李渔又主张词要“耐歌”，即可读可歌，多采俗字口语入词，本色自然，明白如话。在清初词坛，陈其年尊东坡、稼轩，风格豪放；朱彝尊学姜夔、张炎，以清空为宗。李渔可谓独具一格，缺点是词的题材比较狭窄。

李渔的文章门类众多，而以记、传成就最高。李渔漫游天下，写下了大量游记，语言清新自然，洗尽铅华。如《黑山记》《严陵西湖记》等，“妙在不假粉饰”[③]。明末清初散文家借用小说的写法比较常见，如侯朝宗、魏禧等，写来情节曲折，形象生动。李渔也一样，其《秦淮健儿传》《乔复生、王再来二姬合传》等，一波三折，凄婉动人。即使是一些“打抽丰”的书札，也并不全是阿谀奉承之词，而是感情真挚，一唱三叹。如《与陈学山少宰》《上都门故人述旧状书》等。他的赋写法细腻，诙谐生动，寄托遥深，如《鸡鸣赋》。序视角独特，不尚空言，“如候虫宵犬，有触即鸣”[④]。

李渔的史学著作独具只眼，不囿成见，在重新审读史料的基础上，力求做到还原事实，“圣贤不无过，至愚亦有慧”，不粉饰，不虚美，并在论史时融入了自己的感慨，受李贽的影响很大。刘廷玑《在园杂志》卷一《李笠翁》称赞

① 《得家书》眉批，《笠翁一家言诗词集》，《李渔全集》第二卷，第115页。

② 〔清〕袁枚：《随园诗话》卷九，《袁枚全集》第3册，江苏古籍出版社1993年版，第300页。

③ 《严陵西湖记》眉批，《笠翁一家言文集》，《李渔全集》第一卷，第73页。

④ 〔清〕李渔：《一家言释义》，《笠翁一家言文集》，《李渔全集》第一卷，第4页。

李渔《一家言》所载诗词及《史断》等类“亦别具手眼”[①]。陆以湉《冷庐杂识》卷四《李笠翁》即便指责李渔《一家言》“大约皆坏人伦、伤风化之语”，《尺牍》一卷“多作乞怜之语，尤为庸鄙”，但也承认《史论》二卷“持论较胜”，“过《一家言》远矣”。[②]

李渔还是一个出版家，是古代第一个有着强烈版权意识的作家。翼圣堂、芥子园印行的书籍，流行甚广，深受欢迎。他聘请名家作序写评，配上精美的插图，设计出便于携带阅读的袖珍本。黄摩西《小说小话》云：“曾见芥子园四大奇书原刻本，纸墨精良尚其余事”。为中国古代的出版业作出了杰出的贡献。

总之，李渔的一生主要是在浙江和江苏两地度过的，在他身上，典型地体现出一些吴越文化的精神特征。他既风流又有节制，既道学又不迂腐；他适时顺变，但又有底线，时刚时柔；他慧心巧思，善于创新，开放融合。他在中国文化史上有不可动摇的地位。

而且，李渔很早就走出国门，在世界文学史上也产生了巨大影响。在李渔去世六十余年后，他的作品开始漂洋过海到达东瀛。日本学者青木正儿说：

> 十种曲之书，遍行坊间，即流入日本者亦多，德川时代（按，指1603—1876年德川幕府时期）之人，苟言及中国戏曲，无不立举湖上笠翁者。明和八年（乾隆三十六年，1771）八文舍自笑所编《新刻役者》（役者，日语优伶也。古鲁注）《纲目》中，载其《蜃中楼》第五“结唇”、第六“双订”二出，施以训点，而以工巧之翻译出之。

李渔戏曲雅俗共赏，被江户文人广为追捧，他们收藏、手抄和翻刻，李渔戏曲成为大家竞相模仿和改编的对象。例如小川破笠自称“笠翁”“破笠”，英一蝶自称“翠蓑翁”，曲亭马琴自称“笠翁”“蓑笠渔隐”。江户中期的狂歌诗人铜脉先生将自己创作的《千里柳塘偃月刀》假托为李渔的作品。李渔多才多艺，

① 〔清〕刘廷玑：《在园杂志》，中华书局2005年版，第40页。

② 〔清〕陆以湉：《冷庐杂识》，中华书局1997年版，第237页。

终身不仕，又是江户文人的偶像。据铜脉先生《唐土奇谈》记载，西郁楠亭曾为李渔画像，旁边附署名“祇园张新炳”《题笠翁先生画像》七绝一首：“芒鞋竹杖见天子，龙舰春湖赐玉卮。一曲怀仙人不解，声声惟有沙鸥知。”并附上笠翁的简介，说他天才高迈，文章自成一家，兼擅书画，至若音律传奇，风流之事则无所不长。康熙皇帝召见，他芒鞋竹杖前来参见，康熙设宴招待，李渔抚琴一曲，意境高远，皇帝非常高兴，下旨赐官，但李渔坚辞不受。[①]可见，日本文人已对李渔形象进行了重塑，将他描绘成一位高雅孤傲、多才抗俗的隐士，这是江户文人的理想投射。川端康成纪念馆里珍藏着一件日本国宝级的画册《十便十宜帖》，是由日本江户文人画的集大成者池大雅与著名的俳人、文人画家与谢芜村根据《笠翁诗集》（卷七）中的《伊园十便》《伊园十二宜》合作完成，描绘了李渔自由恬淡、洒脱闲适的形象，表现出作者对中国文人隐居生活的满怀憧憬。

江户文人结合当时日本的社会、文化特征和风土人情，在创作的过程中，对李渔戏曲进行模仿、改编或借鉴。因而李渔戏曲在江户文人传播和接受的过程中，发生了不同程度的变异，融入江户文学，促进了江户文学的繁荣。明治维新以后，随着町人文化的繁荣，对李渔戏剧小说的接受和翻案在日本迎来新的高峰。李渔的戏曲和绘画理论、诗词、史论等也受到重视，笹川临风在其编著的《中国文学大纲》卷三“李笠翁卷”中，专辟一章研究李渔的史论。[②]据粗略统计，江户时期日本经由长崎引进的《芥子园画传》就达几百部。[③]

在19世纪，李渔的传奇作品也流传到欧洲。A.佐托利（汉名晁德莅）《中国文化教程》一书，收《慎鸾交》第二十出、《风筝误》第六出和《奈何天》第二出，以拉丁文注释，1879—1909年在上海出版。1816年，德庇时英译《三与楼》，让李渔及其作品进入英语世界。第一次世界大战前，国籍不明的学者乔·

① ［日］铜脉先生著，内藤湖南解说：《唐土奇谈》，东京更生阁1921年版，第3页。

② ［日］笹川临风：《中国文学大纲》（卷三），东京大日本图书东华堂1897年版，第167页。

③ 参见蒋述卓、李治：《日本近世文艺界的李渔剧作观考辨》，《山东社会科学》2021年第5期；蒋述卓、李治：《变异学视域下的日本近世绘画中的李渔形象》，《暨南学报》2021年第2期；郭雪妮：《李渔与十八世纪日本“文人阶层”的兴起》，《外国文学评论》2021年第2期；张西：《李渔戏曲对日本江户文学的影响》，《戏剧艺术》2020年第3期。

格雷戈里曾用英语翻译《玉搔头》，但这一译本并未得到广泛流传。1999年，英国学者卜立德出版了《古今散文英译集》，选译了《闲情偶寄》中的四篇文章。同年，美国学者费春放编选中国戏剧理论，其中就有《闲情偶寄》中“词曲部”“演习部”“声容部”中的部分内容以及《比目鱼》中女主角刘藐姑的一段独白。

欧美学者对李渔的成就给予了很高的评价。1943年，恒慕义指出李渔《十种曲》“表现出创新的才能，比大多数同时代人更充分地利用舞台的戏剧性可能性”。英国学者杜为廉称赞李渔是中国文学的永恒光辉之一。1977年，茅国权和柳存仁出版《李渔》一书，将李渔的戏剧理论分为“剧本创作”“戏剧搬演”和“演员培养”三个方面进行研究。1981年，美国著名汉学家韩南出版《中国白话小说史》一书，书中提及李渔戏剧、戏剧理论与小说的关系，还详细介绍了李渔剧论的重要主张。1988年，韩南又出版《创造李渔》，这是西方李渔作品研究的重要著作之一，此书认为《闲情偶寄》中有关戏剧理论的章节“建立起近代对戏曲这种文学体裁最新颖、最系统的讨论”。到了20世纪90年代，英语世界对李渔戏曲作品的研究愈发深入，不仅从戏曲艺术角度展开研究，也从社会历史视角、性别研究视角进行探讨。1992年美国学者张春树和骆雪伦合著《明清时代之社会经济巨变与新文化——李渔时代的社会与文化及其“现代性”》一书，广阔、深入地考察了李渔生活和写作的社会和文化背景，及其在李渔作品中的反映。进入21世纪以来，英语世界的李渔研究呈现出愈发活跃、百花齐放的繁荣景象。对《十种曲》的探索逐渐涵盖了包括戏曲研究、文学发展研究，性与性别研究在内的诸多领域，体现了英语世界对李渔戏曲研究的日益深入。美国学者孙康宜和宇文所安《剑桥中国文学史（1375—1949）》是西方重要的中国文学史著作之一，此书涉及李渔作品的分析。2005年，沈广仁出版了 *Elite Theatrein Ming China，1368—1644* 一书，书中极力赞扬李渔剧论，指出其在涵摄范围、独创性和实践性三个方面都是独一无二、极具价值的。英语世界研究者经常将李渔的戏剧理论与西方文学批评观点进行比较研究。茅国权、柳存仁的《李渔》称“李渔的戏剧理论虽然扎根于中国本土，但它超越了中国戏剧的局限，并可与西方文学批评进行富有启发性的比较”。Ying Wang 认为，李渔关于戏剧结构的论述与俄国形式主义者提出的故事和情节概念相似；李渔力倡求新求奇，与西方文学批评的“陌生化”或“疏离”概念也不谋而合。此外，英语国家还出现了很多专门研究李渔创作的硕士、博士论文。①

李渔在法国也受到热烈欢迎。当代著名汉学家谭霞客曾这样介绍李渔：“这是中国有史以来最快乐的天才之一，也是最迷人的怪人之一，这是一位令人愉悦的剧作家、小说家、诗人和散文家。”1819年，法国语言学家安托万-安德烈·布鲁吉耶将英国外交官德庇时《十二楼》中的《三与楼》的英译本译成法文，自此，李渔的小说、戏剧开始在法国受到瞩目与青睐。1826年，法国著名汉学家雷慕沙在《亚洲论丛》第二卷中对《合影楼》与《夺锦楼》进行了简要概述。1987年，法国高等研究实践学院教授蓝碁在伽利玛出版社出版了一本中国故事集《玉鱼凤钗，17世纪的十二个中国故事》，其中就有《无声戏》里的《移妻换妾鬼神奇》和《男孟母教合三迁》。《肉蒲团》由于色情描写在中国遭到查禁，但在法国却获得了广泛好评，目前有皮埃尔·克洛索夫斯基和克里斯蒂娜·科尔尼奥两个法语全译本。法国著名的比较文学家勒内·艾田蒲在为该译著写的序言中将《肉蒲团》归为中国最伟大的情色小说之一。

法国也很重视李渔研究，1981年，以研究明清小说而闻名的法国汉学家雷威安的博士论文《17世纪通俗话本小说》出版，书中肯定了李渔的《无声戏》和《十二楼》的文学价值与艺术风格，称赞了李渔精湛的叙事技巧，尤其重视《无声戏》的悖论性思想与讽刺艺术。1855年玛丽特雷瑟·布鲁耶关于远东研究的博士论文《李渔：戏剧与超戏剧》向大众介绍了中国戏剧家李渔，并节译了李渔的部分戏剧作品。雷威安的学生皮埃尔·卡赛在老师的建议以及美国著名汉学家韩南的影响下开始研究李渔的作品，由此对李渔产生浓厚的兴趣。1990年，卡赛选取《无声戏》中的五个故事翻译并出版，书名为《嫉妒的丈夫，忠诚的女人》，卡赛在前言给予李渔高度评价，称之为“17世纪中国最具想象力的小说家”。2010年，皮埃尔·卡赛在其论文《李渔与旅行者的幸福》

① 参见魏琛琳：《李渔戏剧理论英译及接受史研究》，《中国文学研究》2021年第1期；万燚：《韩南的李渔研究探微》，《翻译论坛》2015年第3期；魏琛琳、袁楚林：《从陌生到会通：〈笠翁十种曲〉在英语世界的传播与接受》，《中国戏曲学院学报》2019年第4期。

中翻译了《闲情偶寄》“颐养部”里的《道途行乐之法》，卡赛给出的法文标题是“如何幸福地旅行”。在卡赛的眼里，李渔是一位真正的旅者，“即便是最可怕的逆境也可以成为快乐的源泉”。2013年，卡赛在他的论文《李渔故事与小说里的性化身》中，认为李渔作品之所以在法国广受好评有多方面的原因，不仅仅是因为他笔下的故事情节巧妙，语言流畅，更重要的，李渔“将自己的作品保持在可接受的范围内的同时，尽可能地将他那个时代的浪漫主义界限拓展得更远”。2015年，皮埃尔·卡赛又选译了《闲情偶寄》“饮馔部”里的一个片段，在卡赛看来，李渔作品打动人心的不仅仅是别出心裁的个人生活意趣，精致丰富的中国饮食文化，更难能可贵的是，李渔将对美食的热情投射到他的文学创作当中，在李渔的其他作品里时常可见与饮食相关的隐喻，李渔将感觉、创造、情感融合在一起，成就了文学艺术与生活之间相互贯通、相互融汇的可能，这是非常有见地的。法国当代汉学家谭霞客选译并出版了《闲情偶寄》，取名《李渔的秘密日记，中国的幸福艺术》，副标题是《在闲散的心情中》，该书一经出版就受到了法国读者的推崇，谭霞客认为书中所蕴含的生活美学并没有随着时间的流逝而黯然失色，相反，这是一部值得当代人品读与学习的生活指南，对我们改善当下的生活大有裨益。他在《李渔，中国的生活艺术》一文中称赞《闲情偶寄》是“滋养灵魂，放松精神的烟花”，是“穿越时空、悬若日月的真正的艺术品”，李渔也因此被法国学者誉为“中国清朝最具魅力的散文家之一”。①

与欧美汉学界相比，俄罗斯汉学界关注李渔及其作品要晚很多，在20世纪60年代，李渔及其作品就受到俄罗斯汉学家的关注，早在1970年，沃斯克列谢斯基（华克生）就发表了《中国文化（十六至十八世纪）中的“奇人”及个性的作用》，文章分析了李渔的个性及其时代意义，旨在探讨明清易代之际的李渔种种有悖于传统文人的思想和行为。1972年他又发表《中国小说研究中的作者因素——以对李渔创作手法的考察为主》，从李渔小说中表现出来的作者个性角度考察了作者与小说创作的关系问题。1985年华克生发表《李渔的道德与哲学

① 参见丁濛：《李渔作品在法国的译介与研究》，《中国文化研究》 2021年夏之卷。

思想问题》，进一步探讨了李渔不同于正统思想的人生哲学。华克生在1985年出版了李渔《十二楼》的俄文全译本，1995年翻译出版了《肉蒲团》的俄文全译本以及《无声戏》和《闲情偶寄》部分内容的俄译本。2004年华克生编辑出版了《中国色情小说集》，其中收录了《肉蒲团》《十二楼》《闲情偶寄》等李渔作品的部分内容。2008年，华克生出版了《李渔：〈肉蒲团〉〈十二楼〉》俄文本，包括了《肉蒲团》全部，《十二楼》的部分内容，而且增加了李渔《无声戏》中的七篇小说。此外，1987年苏联科学院高尔基世界文学研究所出版的《世界文学通史》第四卷中，也收录了包括汉学家李福清撰写的有关李渔作品的部分内容。李福清主要通过对李渔小说《无声戏》中《男孟母教合三迁》的故事分析，得出李渔在小说中所描绘的思想实质上反映了当时讽刺文学的新趋向的结论。李福清在1964年发表题为《中国戏曲理论———十二世纪至十七世纪初》的论文，主要介绍了李渔以前的中国戏曲理论。1975年由波兹涅耶娃、谢曼诺夫主编出版的四卷五本《东方文学史》中的《近代东方文学》中则辟有专章论述了李渔的戏剧创作，探讨了李渔戏剧理论在思想根源、美学风格等方面的特点和成就，并将李渔的戏剧理论置于与其同时代或相近时代的世界戏剧美学范围内予以关注，将他与西方的戏剧理论家进行了简单比较。[①]

德国著名汉学家顾彬的专著《中国传统戏剧》中有关于李渔戏剧研究的专题，运用中西方戏剧文化相对照的方法，凸显李渔戏剧的喜剧性与娱乐性、文学性与舞台性的有机融合。

由上述可知，李渔不仅仅是中国的李渔，也是世界的李渔，他对中国和世界文化作出了卓越贡献，必将永远屹立于世界文化之林！

---

① 参见高玉海：《俄语世界的李渔作品翻译和研究》，《浙江社会科学》2016年第8期。

大事年表

1611年（明万历三十九年）　1岁

农历八月初七，生于江苏如皋。名仙侣，字谪凡。

1625年（明天启五年）　15岁

在如皋，作《续刻梧桐诗》自励。

魏忠贤兴大狱，毁天下东林书院。熊廷弼传首九边。

1627年（明天启七年）　17岁

在如皋，作《丁卯元日试笔》诗。

娶妻徐氏。

罢袁崇焕。魏忠贤自缢死。

1628年（崇祯元年）　18岁

陕西饥荒，高迎祥、李自成起义。

1629年（明崇祯二年）　19岁

父病逝，作《回煞辩》。

太仓张溥等在江苏吴江集会成立复社。

清兵分三路攻明，陷遵化，趋蓟州。

1630年（明崇祯三年）　20岁

如皋疫病流行，全家先后罹病。

1633年（崇祯六年）　23岁

约于此年前后，回原籍浙江兰溪居住。作《归故乡赋》。

明将孔有德、耿仲明降皇太极。

复社举行苏州虎丘大会。

1635年（明崇祯八年）　25岁

在兰溪，首次赴金华应童子试，以五经见拔，为浙江提学副使许豸赏识。

张献忠西入陕西，与高迎祥、李自成会合。洪承畴、卢象升分兵讨之。

1638年（明崇祯十一年）　28岁

入金华府学，攻读举业。

与友结诗社。

1639年（明崇祯十二年）　29岁

赴杭州应乡试，落榜而归，作《榜后柬同时下第者》诗，归途遇盗。

清兵攻破济南。加征辽饷。

1640年（明崇祯十三年）　30岁

填词《凤凰台上忆吹箫·元日》。

1641年（明崇祯十四年）　31岁

瞿同知赠稚虎，作诗《活虎行》。

1642年（明崇祯十五年）　32岁

再次赴杭州应乡试，中途闻警而返，作《应试中途闻警归》诗。

母亲去世。

洪承畴、祖大寿降清。

1643 年（明崇祯十六年） 33 岁

为母亲扫墓，作《清明日扫先慈墓》诗。

结识明宗室朱梅溪。

1644 年（明崇祯十七年、清顺治元年） 34 岁

携家山中避乱，作《甲申纪乱》《甲申避乱》等诗。

李自成入北京，崇祯帝自缢于煤山。清军入京，国号大清，纪元顺治。

明福王在南京即位。

1645 年（清顺治二年） 35 岁

李渔避兵山中，作《避兵行》。

乱后入金华府通判许檄彩幕。

结识丁澎，纳妾曹氏。

清军占西安，破扬州，入南京，屠嘉定，并颁剃发令。

明将赵明寰及方国安等溃兵数万过境，大掠。乱后家毁，暂入金华。

清兵入杭州。唐王称帝于福州，鲁王监国于绍兴。李自成死。

1646 年（清顺治三年） 36 岁

金华陷落，许檄彩逃走，被迫剃发，再次避入山中。

归兰溪故里，作《丙戌除夜》《婺城行吊胡仲衍中翰》《挽季海涛先生》等诗，悼念死难者。

桂王称帝于肇庆，改元永历。

1647 年（清顺治四年） 37 岁

在兰溪，归农学圃。

清始开会试、殿试。

1648年（清顺治五年）　38岁

伊山别业建成。作《伊山别业成寄同社五首》等诗。

改名李渔，字笠鸿，号笠翁。

1650年（清顺治七年）　40岁

清理族产。访金华府推官李之芳。

约于是年卖掉伊山别业，迁居杭州，作《卖山券》。

1651年（清顺治八年）　41岁

在兰溪，被族人推举为祠堂总理，制订条约十三则。

游黑山，访金坛。

1652年（清顺治九年）　42岁

卖文糊口，《怜香伴》《风筝误》传奇似成于此年。

1653年（清顺治十年）　43岁

完成传奇《意中缘》。

访南通，回如皋。

1654年（清顺治十一年）　44岁

此年前后结交“西泠十子”，结识张缙彦等官员。

1655年（清顺治十二年）　45岁

在杭州，作《玉搔头》传奇。

汪汝谦卒，李渔协助冯云将为之营葬。

1656年（清顺治十三年）　46岁

在杭州，《无声戏·一集》似成于此年。

结识王汤谷。

1657年（清顺治十四年）　47岁

往来杭州、南京间，《奈何天》传奇、《无声戏·二集》问世。

结识张华平。

顺天乡试案、江南乡试通贿舞弊案发。

1658年（清顺治十五年）　48岁

往来杭州、南京间，小说《十二楼》问世。

丁澎流徙。周亮工自闽内调，被控贪赃，由闽逮京讯问。王仕云因左袒周亮工，同逮至京。

1659年（清顺治十六年）　49岁

往来杭州、南京间，《古今史略》《李氏五种》《蜃中楼》问世。

纳妾汪氏。

1660年（清顺治十七年）　50岁

在杭州与丁耀亢、王嗣槐、孙治、章日跻、陆光旭游。

访问吴梅村，请他为《尺牍初征》作序。陪丁耀亢游西湖。

长子将舒出生。

约是年，淑昭与沈因伯完婚。

朝廷严禁结社订盟，《无声戏·二集》因南北党争而遭受牵连，张缙彦流放。

1661年（清顺治十八年）　51岁

在杭州，《比目鱼》传奇问出。

陪周云山游桐庐严陵西湖，作《严陵西湖记》。

结识钱谦益，钱谦益为李渔作传奇序。

次子将开出生。

郑成功攻台湾。吴三桂抓获永历帝。

“哭庙案”和“明史案”发。

周亮工、王仕云释还。

1662年（清康熙元年） 52岁

移家南京。

三子将荣、四子将华出生。

编辑《资治新书初集》。

吴三桂杀永历帝。郑成功、李定国死。

1663年（清康熙二年） 53岁

开办翼圣堂。

《资治新书初集》问世。

赴苏州维护版权。

赴扬州，结识王士禛等。

1664年（清康熙三年） 54岁

《笠翁论古》问世。

张煌言被执，不屈死。

1665年（清康熙四年） 55岁

《凰求凤》传奇问世。

再赴扬州，结识杜濬等。

友人丁耀亢以《续金瓶梅》获罪。

游粤，过临江，遇施愚山，作《〈卖船行〉和施愚山宪使》；过南安，遇陆圻；过十八滩，作《前过十八滩行》；度庾岭，作《度庾岭》二首；过南滩，作《宿南雄萧寺》诗；过英德，作《英山道上》诗；在广州遇彭孙遹，荐入广东总督卢崇峻之幕。

1666年（清康熙五年）　56岁

在南京，游京师，作《帝台春·本题》词。

结识龚鼎孳、陈学山等。应陕西巡抚贾汉复之邀，游秦地。过平阳，纳乔姬。

1667年（清康熙六年）　57岁

应甘肃巡抚刘斗之邀，至兰州，纳王姬。

游西岳华山，作《西岳华山》四首。出潼关，作《潼关阻雨》诗。

周亮工为《资治新书》作序。

陆圻逃禅。

1668年（清康熙七年）　58岁

春，返回南京。《巧团圆》传奇问世。

与余怀、方亨咸、何采等游，同集芥子园中浮白轩听曲。

1669年（清康熙八年）　59岁

芥子园约于是年落成。

1670年（清康熙九年）　60岁

三月三，方文偕孙承泽过访芥子园。

应福建总督刘斗邀请，携众姬游闽，过故乡兰溪，作《二十年不返故乡，重归志感》诗。在福州过六十寿辰，作《六秩自寿》四首。

1671年（清康熙十年） 61岁

春，应宝应知县之邀，前往演戏祝寿，结识蒲松龄。

《四六初征》《闲情偶寄》相继问世。

率领家班赴苏州，以曲会友，与尤侗、余怀等交流。应邀到王永宁拙政园观剧，考察虎丘曲会。

1672年（清康熙十一年） 62岁

新春，周亮工、方孝标、方亨咸、何采、吴宗信等共集芥子园观剧。

正月游楚，过九江，抵汉阳，作《过九江得顺风，舟不得泊，四日夜抵汉阳》四首。登黄鹤楼，作《登黄鹤楼》诗。

乔姬病殁汉阳，作《断肠诗二十首哭亡姬乔氏》。

周亮工去世。

1673年（清康熙十二年） 63岁

再次游京师，过扬州，作《次韵和黄无傲舟中漫兴》；过高邮，作《阻风秦邮，喜酒米渔虾皆贱，似石尤有灵，择地而发者，喜成四绝》；过清江闸，陆驭之、汤圣昭、彭观吉、张力臣等人过访，是夕演剧度曲。过清河，作《题清河陈氏宅》诗；过桃源，作《舟次桃源戏作》诗；渡黄河，作《黄河篇》诗。至京师，王姬病故，作《后断肠诗十首》。

吴三桂反，流言牵扯到李渔。

龚鼎孳、宋琬、王仕禄逝世。

1674年（清康熙十三年） 64岁

早春，携黄姬南归，途中生七子将蟠。

寒食后一日自京师抵家，作《寒食后一日归自燕京》。夏，游芜湖。秋，游杭州，拜访已任浙江总督的李之芳、钱塘县令梁冶湄，结识徐釚。访武林旧居，作《再过武林旧居时已再易其主》诗。

广西将军孙延龄、靖南王耿精忠叛清。

1675年（清康熙十四年） 65岁

赴杭州，为浙江巡抚陈司贞祝寿。五月，游绍兴。夏，送长子将舒、次子将开赴桐庐应童子试。过严子陵钓台，填《多丽·过子陵钓台》词。

1676年（清康熙十五年） 66岁

决计移家杭州。

平南王长子尚之信附吴三桂。

1677年（清康熙十六年） 67岁

移家杭州。

过金华旧寓，思及往事，以《最高楼》悼乔、王二姬。

八月，游湖州，受到知府胡子怀款待，作《吴兴太守歌》颂之。

《一家言二集》出版。

徐氏去世。作《上都门故人述旧状书》。

1678年（清康熙十七年） 68岁

春，层园落成。立秋日，撰写《笠翁别集·弁言》。中秋前十日，作《〈耐歌词〉自序》。

作《朱子修龄倡义鸠资赎难民妻女纪略》《乔王二姬合传》。

吴三桂称帝于衡州，八月病死。

1679年（清康熙十八年） 69岁

患病经年。夏三月，为毛声山评四大奇书第一种《三国演义》作序。仲冬朔，作《〈千古奇闻〉序》；十一月四日，冬至，作《〈芥子园画传〉序》。

1680年（清康熙十九年） 70岁

正月十三日病故。葬杭州方家峪九曜山，钱塘县令梁冶湄题墓碑。

参考文献

〔清〕李渔：《李渔全集》，浙江古籍出版社1992年版。

〔清〕李渔撰，于文藻点校：《李笠翁小说十五种》，浙江文艺出版社1984年版。

〔清〕李渔著，于文藻点校：《连城璧》，浙江古籍出版社1988年版。

〔明〕李梦阳：《空同集》，上海古籍出版社1991年版。

〔明〕王守仁撰，吴光、钱明、董平、姚延福编校：《王阳明全集》上海古籍出版社1992年版。

〔明〕何心隐撰，容启祖整理：《何心隐集》，中华书局1960年版。

〔明〕李贽：《焚书·续焚书》，岳麓书社1990年版。

〔明〕李贽：《藏书》，中华书局1959年版。

〔明〕李贽：《续藏书》，中华书局1959年版。

〔明〕徐渭：《徐渭集》，中华书局1983年版。

〔明〕何良俊：《四友斋丛说》，中华书局1959年版。

〔明〕王世贞：《弇山堂别集》，《丛书集成》本，中华书局1985年版。

〔明〕王世贞：《弇州四部稿》，上海古籍出版社1993年版。

〔明〕江盈科：《江盈科集》，岳麓书社1997年版。

〔明〕钟惺：《隐秀轩集》，上海古籍出版社1992年版。

〔明〕王季重：《王季重十种》，浙江古籍出版社1987年版。

〔明〕汤宾伊：《睡庵文集》，明万历三十八年刊本。

〔明〕祁彪佳：《祁彪佳集》，中华书局1960年版。

〔明〕费元禄：《转情集》，明万历四十七年刊本。

〔明〕费元禄：《晁采馆清课》，《丛书集成初编》本，商务印书馆1936年版。

〔明〕费元禄：《鸾啸小品》，明万历刻本。

〔明〕沈德符：《万历野获编》，中华书局1959年版。

〔明〕王士性：《广志绎》，中华书局1981年版。

〔明〕屠隆：《考槃余事》，《丛书集成初编》本，商务印书馆1936年版。

〔明〕屠隆：《婆罗馆清言正续》，《丛书集成》本，中华书局1985年版。

〔明〕计成著，陈植注释：《园冶注释》，中国建筑工业出版社1981年版。

〔明〕李贽辑，〔明〕袁宏道校：《枕中十书》，明博极堂刊本。

〔清〕谷应泰：《明史纪事本末》，中华书局1977年版。

〔清〕张廷玉等：《明史》，中华书局1974年版。

〔清〕赵尔巽等：《清史稿》，中华书局1976年版。

罗筠筠：《残阳如血》，许明主编：《华夏审美风尚史》第八卷，河南人民出版社2000年版。

樊美钧：《俗的滥觞》，许明主编：《华夏审美风尚史》第九卷，河南人民出版社2000年版。

周贻白：《中国戏剧史略》，商务印书馆1936年版。

崔子恩：《李渔小说论稿》，中国社会科学出版社1989年版。

胡天成：《李渔戏曲艺术论》，西南师范大学出版社1993年版。

郭英德：《明清传奇史》，江苏古籍出版社1999年版。

郭英德：《李渔》，春风文艺出版社1999年版。

杨义：《中国古典小说史论》，中国社会科学出版社2004年版。

单锦珩：《李渔传》，四川文艺出版社1986年版。

黄强：《李渔研究》，浙江古籍出版社1996年版。

杜书瀛：《李渔美学思想研究》，中国社会科学出版社1998年版。

沈新林：《李渔与无声戏》，辽宁教育出版社1992年版。

沈新林：《李渔评传》，南京师范大学出版社1998年版。

肖荣：《李渔评传》，浙江文艺出版社1985年版。

俞为民：《李渔评传》，南京大学出版社1998年版。

徐保卫：《李渔传》，百花文艺出版社2002年版。

黄丽贞：《李渔研究》，（台北）国际出版社1995年版。

钟明奇：《李渔放弃科举考试成因说辨》，《中国文学研究》2010年第4期。

朱瑜章：《李渔河西之行及其诗作考释》，《西北师大学报（社会科学版）》2010年第3期。

钟明奇：《论三百年李渔评价中的“两极对立”》，《文艺理论研究》2016年第4期。

黄春燕：《李渔的“风流道学”与清初士人心态的蜕变》，《民族艺术研究》2017年第3期。

唐妍：《西洋千里镜与洋灯——李渔〈夏宜楼〉与李伯元〈文明小史〉中的西器书写》，《明清小说研究》2021年第3期。

魏琛琳：《南腔北调：李渔秦地行考略及其戏曲史意义》，《江西社会科学》2021年第9期。

黄强：《〈李笠翁批阅三国志〉质疑》，《晋阳学刊》1993年第5期。

黄强：《李渔〈古今史略〉〈尺牍初征〉与〈一家言〉述考》，《文献》1988年第2期。

黄强、王金花：《李渔交游考辨》，《明清小说研究》2006年第2期。

黄强：《李渔及其长女淑昭与友朋交往书信辑佚考释》，《文献》2013年第3期。

黄强：《李渔与蒲松龄交往传说的澄清》，《明清小说研究》2014年第1期。

陈洪：《“闲情”背后的“隐情”——兼论鼎革后李渔的复杂心态》，《文学与文化》2017年第4期。

黄强：《〈肉蒲团〉作者与序年再考辨》，《江南大学学报（人文社会科学版）》2019年第1期。

黄强：《再论李渔哲学观点源于王阳明心学》，《江南大学学报（人文社会科学版）》2022年第4期。

张成全：《〈合锦回文传〉非李渔所作考》，《中国文学研究》第八辑，2007年。

张成全：《〈肉蒲团〉为李渔所作考》，《明清小说研究》2008年第4期。

孙福轩：《为李渔一辩——张缙彦案、〈铁冠图〉作者考辨》，《广东第二师范学院学报》2012年第2期。

张西：《李渔戏曲对日本江户文学的影响》，《戏剧艺术》2020年第3期。

蒋述卓、李治：《日本近世文艺界的李渔剧作观考辨》，《山东社会科学》2021年第5期。

蒋述卓、李治：《变异学视域下的日本近世绘画中的李渔形象》，《暨南学报（哲学社会科学版）》2021年第2期。

郭雪妮：《李渔与十八世纪日本"文人阶层"的兴起》，《外国文学评论》2021年第2期。

万燚：《韩南的李渔研究探微》，《翻译论坛》2015年第3期。

魏琛琳、袁楚林：《从陌生到会通：〈笠翁十种曲〉在英语世界的传播与接受》，《中国戏曲学院学报》2019年第4期。

魏琛琳：《李渔戏剧理论英译及接受史研究》，《中国文学研究》2021年第1期。

丁濛：《李渔作品在法国的译介与研究》，《中国文化研究》2021年第2期。

高玉海：《俄语世界的李渔作品翻译和研究》，《浙江社会科学》2016年第8期。

后　记

记得还是2004年，因机缘巧合，我获批浙江省文化重大工程子项目“李渔传”。说实话，因自己不懂声腔，视戏曲研究为畏途，用力甚少。在接受写作任务后，内心颇惴惴不安，但别无他法，只得全力以赴做好。幸喜拙著出版后，反响尚不错，已故文史研究大家傅璇琮先生在为这套丛书撰写书评，文中特意提及拙著。如今傅先生已归道山八年，追念前情，感铭不已。

拙著初版于2005年，至这次遴选为优秀之作修订再版，弹指二十年，如今两鬓苍苍，恍然如梦。重温文中那些富有激情的词句，真不敢相信是出于自己笔下。

二十年间，有关李渔的研究成果，未有什么重大突破，主要是在史料搜集和辨识方面取得了一些实绩。拙著修订的思路，一是吸纳学界李渔研究的最新成果。比如黄强的《李渔及其长女淑昭与友朋交往书信辑佚考释》（2013年）发现李渔长女淑昭与杭州闺阁诗人书信来往的珍贵资料，拙著采用了其中一些材料。又如黄强、王金花《李渔交游考辨》（2006年）认为陆圻《威凤堂集》中《杜丽娘祠堂记》中记忆有误，“所言与笠翁相遇之中冬只能是康熙四年乙巳中冬，而不可能是陆圻居留南雄的康熙五年丙午中冬”。笔者认为证据确凿，因而改写了李渔游粤的时间，原著写在游北京之后，修订本改为游北京之前，并添加了彭孙遹举荐李渔入广东总督卢崇峻幕府等事。又，关于袁于令攻击李渔的问题，修订本采用了郑志良《明清小说文献资料探释七则：第四则“《弃瓢集》中关于李渔的诗”》（2008年）一文中，认为李渔与袁于令交恶可能是因生意上有竞争的观点。又如沈心友与淑昭成婚的时间，学界也有不同的说法，王定勇、陈安梅《日本尊经阁文库藏〈增定笠翁论古〉的文献价值》（2017年）又添一条比较可靠的证据，说明两人在顺治十七年（1660）结婚是可信的。还有《肉蒲团》著作权的归属问题，学术界也有不同的看法，拙著认为刘廷玑的说法是可信的。朱瑜章《李渔河西之行及其诗作考释》（2013年）一文还提供了李渔在西北活动的丰富资料，本书在修订过程中也有所采撷。当然，对于有些成果，笔者根据自己的判断，也有所摈弃，如黄强先生《李渔之婿沈心友家世考》（2013年）、《李渔传人沈心友述考》（2015年）等文，认为淑昭与沈心友是二婚，年龄比他大很多，其父沈李龙在外遭遇难以言说的重大变故，故《家谱》不载。还有黄强《李渔与蒲松龄交往传说的澄清》（2014年）一文否定李渔与蒲松龄有过交往，本书也未予以采纳。

二是融入笔者十几年来的一些心得体会。比如对于学界诟病的李渔“打抽丰”问题，笔者主张既要进入当时之语境，又要跳出历史，站在今人的视角重新审视，尽量做到理解与同情。又如，李渔一生创造了多个“第一”，是第一个真正靠写作为生的作家，是第一个具有强烈版权意识的作家，还有李渔既能继承和发扬优秀传统文化，又善于接受新生事物，如第一次将西洋千里镜写入小说，等等，都是吴越文化中“敢为人先”的创新精神，需要重新阐释。此外，李渔与阳明心学的密切关系，也值得进一步深入挖掘。

三是增加一些内容。比如李渔在国外的巨大影响，特辟一节专门介绍，以期比较全面地展示国外李渔文学作品翻译和研究的成就。

当然，不足之处可能尚有不少，尚祈方家不吝指正！

最后，本书之得以完成，与吸收前辈及时贤的研究成果是分不开的，再次鸣谢俞为民、黄强、沈新林、郭英德、崔子恩、徐保卫诸先生！也感谢卢敦基等先生的帮助及对拙著的青睐，使之有机会再版。

万晴川

2024年8月24日于杭州小和山